UTA-MARIA HEIM

TOSKANISCHE BEICHTE

UTA-MARIA HEIM

TOSKANISCHE BEICHTE

Kriminalroman

GMEINER SPANNUNG

Bisherige Veröffentlichungen im Gmeiner-Verlag:
Feierabend (2011), Totenkuss (2010), Wespennest (2009),
Das Rattenprinzip (2008), Totschweigen (2007),
Dreckskind (2006)

Besuchen Sie uns im Internet:
www.gmeiner-verlag.de

Im Ehnried 5, 88605 Meßkirch
Telefon 0 75 75 / 20 95 - 0
info@gmeiner-verlag.de

1. Auflage 2017

Lektorat: Claudia Senghaas, Kirchardt
Herstellung: Mirjam Hecht
Umschlaggestaltung: U.O.R.G. Lutz Eberle, Stuttgart
unter Verwendung eines Fotos von: © Webnovo / shutterstock
Druck: GGP Media GmbH, Pößneck
Printed in Germany
ISBN 978-3-8392-2125-9

Für Lucia

Die ersten Eindrücke sind immer die richtigen.
Fruttero & Lucentini, Der rätselhafte Sinn des Lebens

Den alltäglichsten, geringsten Details unseres gemeinschaftlichen Lebens müssen wir dieselbe Sorgfalt zukommen lassen wie der Revolution.
Unsichtbares Komitee, An unsere Freunde

Er trug die Lederhose mit den Hirschhornknöpfen, sie das rote Blumenkleid. Hand in Hand liefen sie hinein in den Wald. Er roch würzig und warm. Zwischen den Bäumen wuchsen Moos und Heidelbeeren. Breite Lichtschneisen querten den Weg.

»Du darfst nur auf die sonnigen Stellen treten.« Die Schwester kniff die Augen zusammen und blinzelte. »Wenn du auf den schwarzen Schatten trittst, bist du tot.«

Geschickt sprang sie von Streifen zu Streifen. Ihr blonder Pferdeschwanz wippte.

»Bin ich gar nicht«, sagte der große Bruder, der es ihr nachtat.

»Bist du doch.« Ein Admiral flatterte um sie herum und setzte sich, als sie stehen blieb und den Arm ausstreckte, auf ihre Hand. Ein Specht hämmerte.

»Komm«, meinte der Bruder, »wir spielen ›So-als-ob‹.«

Andere Kinder nannten das So-als-ob-Spiel ›Muetterles un Vaterles‹, aber ihm kam es vor, als spielten sie nur ›Was-wäre-wenn‹. Die anderen wussten immer noch, dass der Holzklotz, den sie auftischten, kein Wurstzipfel war. Das war ihm zu wenig. Ihm kam es auf den Moment an, in dem sich der Holzklotz in den Wurstzipfel verwandelte. Danach konnte er alles sein. Ehemann. Vater. Sogar Gott.

Mitten im Wald lag auf knapp 800 Metern der Buhlbachsee. Dieser Karsee war durch einen Gletscher in der letzten Eiszeit entstanden. Darin schwamm eine mit Moorbirken bewachsene fußballplatzgroße Verlandungsinsel. Drumherum standen Berge: südöstlich der über 1.000 Meter hohe Schliffkopf, östlich der Rappenberg, südwestlich der Sandkopf. Die Siedlung Zuflucht befand sich einen Kilometer Luftlinie entfernt im Südosten. Westlich und südlich des Sees verlief die B500, die Schwarzwald-

hochstraße, eine viel befahrene Motorradrennstrecke. Von dort zweigte ein Weg ab, der zum entlegenen Parkplatz der »Zuflucht« führte, die ursprünglich eine Schutzhütte gewesen war, dann eine Gaststätte, eine Jugendherberge und zuletzt ein Hotel, das nun leer stand und verfiel. Der Pfad, der vom Parkplatz abging, war der einzige Zugang zum See. Manchmal nutzten ihn Spaziergänger, Fahrradfahrer oder Feriengäste. Nun, im Hochsommer, war der Nordschwarzwald ein beliebtes Naherholungs- und Wandergebiet, und um den Kniebis herum blühte der Tourismus. Doch an diesem strahlenden Samstagnachmittag war außer den beiden Kindern kein Mensch unterwegs. Es war windstill. Durch die Luft taumelte eine Hummel.

Als die Geschwister die einsame Lichtung am See erreichten, wirkte das Ufer verlassen. Die Sonne schien gleißend hell. Sie konnten treten, wohin sie wollten.

»Juhu, jippie ja jeh!«, schrie die Schwester und hüpfte auf einem Bein. »Wir sind frei, wir sind frei! Wenn bloß keine Russen kommen mit der Atombombe.«

»Wir spielen, dass es einen Krieg gibt«, schlug der Bruder vor. »Den Dritten Weltkrieg. Das Reich des Bösen feuert auf uns die Interkontinentalrakete.«

»Aber unsere Kinder.« Die Schwester ging in die Hocke und schluchzte. »Unsere armen, armen Kinder! Wie viele hätten wir?«

»Es wären bald fünf. Wir müssten uns mit ihnen in einer Höhle verstecken.«

Die Schwester hielt sich die Hand über die Augen. »Es gibt hier keine Höhle.«

Der Bruder zeigte auf die Insel. »Aber dort liegt Afrika. Dort herrscht das Gleichgewicht des Schreckens. Wenn wir bis Afrika kommen, sind wir in Sicherheit.«

»Da wäre dann die Schöpfung. Wir müssten da hinschwimmen.«

»Du kannst noch gar nicht schwimmen.« Er biss sich auf die Lippe. Siedend heiß fiel ihm ein, dass er hätte sagen müssen, sie erwarte ein Baby, weil er ja jetzt in der anderen Welt war. Doch die Schwester war noch so klein, dass sie es nicht merkte.

Sie hob die Handflächen und verzog das Gesicht. »Dann bräuchten wir ein Schiff.«

Der Bruder nickte ernst. »Wir müssen den Meeresstrand auskundschaften.«

Sie gingen nach Norden und um den See herum, um nach einem Schiff oder einem Boot oder wenigstens einem Floß zu suchen – nach irgendetwas, das sie auf die Insel brachte. Es lag aber nichts herum, das man brauchen konnte, nicht einmal eine Weinflasche für eine Flaschenpost. Damit hatten sie auch keine Chance, ein SOS-Signal zu senden. Im Nordosten floss der Buhlbach, der von der Hochfläche kam, in den See. Sie umrundeten die etwa 40 Meter lange Ausbuchtung und gelangten zurück auf den Wanderweg. Wieder achteten sie darauf, nicht auf die Schatten zu treten, und sprangen von einer Sonnenschneise auf die andere.

»Nichts«, sagte die Schwester. »Nicht das kleinste Wenig von einem Boot.«

»Schade.« Der Bruder seufzte. »Früher gab es hier Holzflößer. Es hätte ja sein können, dass die Floßknechte ein paar Baumstämme vergessen haben. Damit hätten wir uns ein Kanu bauen können. Wir hätten paddeln können. Das hätte uns ja gereicht. Ein Segel brauchen wir gar nicht.«

Die Schwester lächelte. »Dann wären wir gerettet gewesen.«

»Die Insel kommt von den Flößern. Die haben den See aufgestaut, um die Schleusentore ganz schnell aufzumachen und das Holz hinauszuschwemmen, und dabei hat sich der Seeboden abgelöst«, erklärte der Bruder. »Das weiß ich vom Papa. In dem Jahr, wo ich auf die Welt gekommen bin, wurde der See ausgebaggert, weil er sonst vollends vermoort oder verlandet wäre. Die Endmoräne von dem Gletscher war durchlässig wie ein Sieb, der Moränenwall ist wieder abgedichtet worden.«

»Ich muss mal.« Die Schwester fasste sich zwischen die Beine.

Der Bruder schaute sich um. »Wir sind ganz allein. Geh einfach hinter einen Baum.«

»Wir spielen, dass wir verloren wären. Verloren gegangen wie Hänsel und Gretel.«

Es war das, was die anderen Kinder »Verschlupferles« nannten. »Das kann man nicht zu zweit spielen. Und man muss bis 20 zählen.«

»Ich kann schon fast bis 20.« Die Schwester tupfte auf einen Ameisenhaufen und fing an zu zählen. »Eins, zwei, drei, vier, fünf, zwölf … 20.«

»Von mir aus.« Der Bruder hielt sich den Ellenbogen vor die Augen. »Eins, zwei …«

»Drei!« Die Schwester rannte davon.

Als er die Augen öffnete und sich umdrehte, trat er aus Versehen auf den Schatten.

1.

»Zur Buße«, sagte Fischer, »betest du ein Vaterunser.«

Frau Eckerle seufzte. Sie war zu spät gekommen, er hatte 20 Minuten auf sie gewartet. Und sie wie alle vier Wochen von ihren Sünden befreit. Justus Fischer entließ sie mit wenigen Worten; er wusste, dass sie es eilig hatte. Rasch erhob sie sich und schlüpfte hinaus. Frau Eckerle war stets die letzte Kundin, die das Bußsakrament in Anspruch nahm – sie ließ anderen gerne den Vortritt. Zu tief saß die Angst, dass einer mithören konnte.

Im Auto aber wartete der Mann. Er war eifersüchtig auf den Pfarrer und misstrauisch. Dabei waren die Eckerles hoch in den 80ern, und Frau Eckerle hatte sich nie etwas zuschulden kommen lassen. Bis vor wenigen Jahren hatte sie die Buchhandlung Eckerle in der Münzgasse geführt. Sie brachte Fischer öfter Schätze mit, die sie aus jener Zeit noch hortete. Letztes Mal war es ein handsigniertes Exemplar von Markus Werners Roman »Am Hang«. Vor die Widmung des Schaffhauser Autors, dessen Schrift einer Schar aufgescheuchter Schwalben glich, hatte Frau Eckerle ein Zitat gestellt: »Allein das Zögern ist human.«

Fischer saß auf seiner Seite des Beichtstuhls und schluckte. Die Erleichterung, die er seinen Kunden verschaffte, beschwerte ihn zwar nicht, aber er konnte sie auch nicht genießen. Bevor er sich für zwei Wochen in die Sommerferien verabschiedete, nahm er ihnen nochmals die Beichte ab. Das war er seinem Arbeitgeber schuldig, *denn jeder, dem von Amts wegen die Seelsorge aufgetragen ist, ist zur Vorsorge dafür verpflichtet, dass die Beichten der ihm anvertrauten Gläubigen gehört werden, die in vernünftiger Weise darum bitten; des Weiteren, dass ihnen an festgesetzten Tagen und Stunden, die ihnen genehm sind, Gelegenheit geboten wird, zu einer persönlichen Beichte zu kommen.* So stand das quasi in seinem Arbeitsvertrag, und Fischer hatte sich bisher daran gehalten.

Er drückte den Knopf an seinem Mobiltelefon, das er auf stumm geschaltet hatte. Die Ziffern waren groß genug, dass er sie lesen konnte. Es ging gegen halb fünf. Feierabend. Der Staub flirrte, und durch die Gitteröffnung fiel diffuses Licht. Er war kurzsichtig und hatte seine Brille vergessen. Er schloss die Augen und nahm den Geruch nach gewachstem Holz wahr, den er liebte. Darunter mischte sich ein leichter Gestank nach Fäulnis und Verwesung. Dieser wurde intensiver in den Sommermonaten, und jetzt, wo es draußen an die 40 Grad hatte, roch der Beichtstuhl nach den jahrhundertealten Geschichten, die er barg. Er war ein Geschenk und stammte aus einer oberbayerischen Barockkirche. Unter seiner Berufskleidung trug Fischer bereits seine Badehose, und er freute sich darauf, zum See zu radeln, um weit hinauszuschwimmen, als die Tür auf der Seite des Pönitenten noch einmal aufflog. Mit einem Schwung, der den Moder in Wallung brachte.

Fischer setzte an, die üblichen Formeln zu sprechen, und wurde unterbrochen.

»Ich habe«, sagte ein Mann, den Fischer hinter dem Gitter nur schemenhaft wahrnahm, »eine schwere Sünde begangen.«

Das sagen sie immer. Fischer schwieg. Er dachte an das Gesetzbuch des Kirchenrechts, dem er sich unterworfen hatte: *Der Priester soll beim Beichthören dessen eingedenk sein, dass er in gleicher Weise die Stelle eines Richters wie die eines Arztes einnimmt und von Gott zugleich zum Diener der göttlichen Gerechtigkeit wie auch Barmherzigkeit bestellt ist, der der Ehre Gottes und dem Heil der Seelen dient.*

Nichts einfacher als das. Aber was war eine schwere Sünde? Eine gemeingefährliche Straftat? Ein Verbrechen gegen die Menschlichkeit? Die Gefährdung der äußeren Sicherheit? Hochverrat? Ging es um Raub? Ein Tötungsdelikt? Terrorismus? Ein Kriegsverbrechen? Die Vorbereitung eines Angriffskriegs?

Der Mann fiel auf die Kniebank und schnaufte. »Zögern Sie nicht, an Mord zu denken!«

Auch in solchen unvorhersehbaren Situationen stand das Kirchenrecht Fischer mit einem Rat bei: *Der Priester hat, sofern Fragen zu stellen sind, mit Klugheit und Behutsamkeit vorzugehen, dabei sind Verfassung und Alter des Pönitenten zu berücksichtigen, nach dem Namen eines Mitschuldigen darf er nicht fragen.* Was für ein elendiger Muckenschiss, dachte Fischer. Ausgerechnet heute, am letzten Samstag im Juli, direkt vor meinem Urlaub. Er versuchte, den Ritus der Beichte in Gang zu bringen. Er fing nochmals ganz von vorne an und ermunterte zu einer Bekreuzigung. »Im Namen des Vaters und des Sohnes und des Heiligen …«

»Amen«, sagte der Mann. Er schien sich zu bücken, nestelte an der Kniebank und krustelte herum, wie um Zeit zu schinden.

»Mord«, erwiderte Fischer, um Geduld bemüht, »wer

hat ihn begangen? Oder wer will ihn begehen? Sie etwa oder ein anderer? Ist er schon passiert, oder können wir ihn noch verhindern? Und wer ist das Opfer?«

»Tut das etwas zur Sache? Nehmen wir an, es ist ein Kind. Ein fünfjähriges Mädchen.«

»Vor Gott, unserem Herrn«, rief Fischer, »bekenne!« Das Beichtgeheimnis, erklärte er, sei unverletzlich, dem Beichtvater sei es daher streng verboten, den Pönitenten durch Worte oder auf irgendeine andere Weise und aus irgendeinem Grund irgendwie zu verraten.

»Ich möchte mir nichts von der Seele reden, schon gar nicht, wer hier was getan hat, schon gar nicht vor Ihnen, ich will die Erlösung von meinen Sünden.«

»Hören Sie mal zu, guter Mann.« Fischer pausierte. »Ich habe mich immer als Dienstleister begriffen im Auftrag Gottes des Allmächtigen. Aber ich will verhindern, dass Sie sich hier drin versündigen. Der Beichtstuhl ist ein heiliger Ort, an Ihrem Seelenheil ist mir sowieso gelegen, und wenn Ihnen das nicht passt: raus!«

»So war's nicht gemeint«, entgegnete erwartungsgemäß der Fremde. Er gehörte sicher nicht zu seinen Stammkunden. Das Prozedere war ihm offenbar unvertraut. Aber er wusste sich zu bremsen. »Verzeihung. Wenn ich es nicht ernst meinen würde, kniete ich nicht hier.«

Fischer fiel die gehobene Wortwahl auf. Der Mann sprach wie er selbst mit einer geläufigen alemannischen Färbung, er war am Bodensee beheimatet und wahrscheinlich auch hier aufgewachsen. Außerdem hatte er eine Erziehung genossen, und er wirkte intelligent. Über sein Alter ließ sich nur sagen, dass er die Lebensmitte deutlich überschritten hatte. Seine Erscheinung wirkte stattlich, sein Gesicht hinter dem Gitter blieb verschwommen.

In einer dringenden Notlage war jeder Beichtvater verpflichtet, die Beichte eines Gläubigen entgegenzunehmen, und möglicherweise herrschte Todesgefahr.

»Also noch mal«, sagte Fischer, »wir treiben hier keinen Ablasshandel. Ich kann auf den üblichen Ablauf verzichten, wenn Ihnen der nicht gefällt, aber wir müssen uns an die Regeln halten. Sie bekennen, Sie bereuen, ich spreche los.«

Fischer merkte, dass er den Fremden siezte. Er siezte im Beichtstuhl nie. Er faltete die Hände, stützte das Kinn auf und schloss die Augen. Das Schweigen währte lang. Fischer beschloss, den Prozess unbotmäßig abzukürzen. »Zur Buße«, sagte er, »betest du ein Vaterunser.«

Fischer betete. Er betete allein. Das merkte er spätestens, als er sich erhob und in der Kammer des Pönitenten, in der es totenstill geworden war, nachschaute. Der Kunde war nicht, wie Fischer befürchtet hatte, in sich zusammengesackt. Der Kunde war weg. So polternd er gekommen war, so lautlos schlich er von dannen.

Unter seiner Kniebank lag ein Handy. Fischer nahm es an sich. Es war der gleiche Typ Smartphone, den er selber auch besaß. Das stellte ihn vor ein neues, nie gekanntes Problem. Denn der Gebrauch des aus der Beichte gewonnenen Wissens, der für den Pönitenten belastend wäre, war dem Beichtvater streng verboten.

Kyrie eleison! Fischer verließ die St. Katharinenkirche, ohne das Hauptportal abzuschließen, überquerte den St. Katharinenplatz und ging hinüber in sein Pfarrhaus, ein barockes Fachwerkhäuschen, das mitten in der Altstadt am Ende der Katharinengasse lag. Die Hitze war trocken und seltsamerweise zuträglich. Anstatt zu lähmen, hatte sie etwas Beflügelndes. Es roch nach Lindenblüten, Knoblauchspaghetti und gebügelter Wäsche. Auf dem Konstanzer Weinfest ging der Kindernachmittag zu Ende. Plappernde Freizeitfamilien zogen an Fischer vorbei. Vom St. Stephansplatz drang Schlagermusik herüber.

Gegen Abend zeigte sich Konstanz in seiner ganzen südlichen Pracht. Die Innenstadt war ein einziger Korso. Überall flanierten Einheimische, Touristen und Umlandbewohner. Fischer schob sein Fahrrad Richtung Seerhein. Er verließ die Altstadt über die Fahrradbrücke, ihn blendete die schräg stehende Sonne, die das Wasser zum Glitzern brachte. Der Himmel war tiefblau.

Justus Fischer wirkte aufgehoben in diesem Stadtbild. Er war mittelgroß und schlank, sein Körper durchtrainiert, seine Bewegungen waren elastisch und zielbewusst, seine Erscheinung ergab ein harmonisches Ganzes. Fischer trieb Sport. Obwohl er die 40 deutlich überschritten hatte – er feierte demnächst seinen 42. Geburtstag – hatte er sich ein jungenhaftes Äußeres erhalten. Sein brauner Haarschopf war voll und leicht gelockt, sein Gesicht spitzbübisch. Er hatte weiche Lippen, eine gerade Nase und große graue Augen, die durch die randlose Brille noch besser zur Geltung kamen. Dass er gesellschaftsfähig, biegsam und dabei nicht uneitel war, trug ihm den Ruf ein, er sei schwul. Das klang zunächst nach einer amateurhaften Unterstellung. Doch selbst Männer, die selber bekennend schwul waren, glaubten das. Auch wenn er sich stets sorgfältig in Schwarz kleidete, sah er nicht aus wie ein katholischer Pfarrer. Er hätte eher als Architekt, Jazzer oder als einer der unzähligen Hilfsintellektuellen, Halbwissenschaftler und Social-Media-Betreiber durchgehen können, die selbst in den Semesterferien die Universitätsstadt mit Geist erfüllten. Sie fläzten sich am Ufer und hockten 24/7 mit ihren Laptops und Tablets in den Cafés und Bars.

Fischer schwitzte kaum. Er trug ein schwarzes Seidenhemd, eine schwarze Leinenhose und Flipflops. In seinem Rucksack lag unter dem Badetuch das fremde Handy, das er mit seinem Kabel aufgeladen hatte. Es war nicht gesperrt, und Fischer hatte sich flüchtig Fotos, Telefonverbindungen und die SMS angesehen, er hatte ein paar Namen und Nummern notiert. Alles erschien ihm oberflächlich, und er konnte sich keinen Reim darauf machen. Was der Pönitent für ein Mensch war und in welchem Beziehungsgeflecht er lebte, ging ihn nichts an. Es durfte sich allein darum drehen, dass er herausfand, wem das Handy gehörte, um es schnellstmöglich zurückzugeben. Es hätte vermutlich gereicht, einen Kontakt aus dem Adressbuch anzurufen, um den Inhaber des Handys ausfindig zu machen – aber damit hätte Fischer die Beichte instrumentalisiert und so bereits das Beichtgeheimnis verletzt. Deshalb zögerte er.

Möglicherweise rief der Besitzer sein Handy an. Oder er schickte eine Nachricht, in der Hoffnung, dass der ehrliche Finder sie las. War Fischer wirklich frei von Neugier, und war sein Handeln rein zweckgerichtet? Unter den gegebenen Umständen sicher nicht. Der Auftritt des fremden Kunden hatte ihn nachhaltig verstört. Falls der Mann die Wahrheit gesagt hatte, war möglicherweise etwas Grausames geschehen. Oder es würde noch passieren.

Fischer brauchte Zeit. Er hatte sich noch keine Strategie überlegt. Das Ganze ging an die Grenzen dessen, was er verantworten wollte. Einen Mord, so er bereits begangen wurde, würde er anzeigen. Ganz bestimmt. Vermutlich. Vielleicht. Oder doch nicht? Und was würde er tun, wenn er von der Planung einer Tat erfuhr, die in der Zukunft lag?

Das in Deutschland geltende Recht überließ ihm die Entscheidung: Laut Strafgesetzbuch war das Unterlassen einer Anzeige strafbar, wenn jemand von dem Vorhaben oder der Ausführung einer rechtswidrigen Tat glaubhaft erfahren hatte. Davon ausgenommen war ein Geistlicher: Er war nicht verpflichtet anzuzeigen, was ihm in seiner Eigenschaft als Seelsorger anvertraut worden war. Er durfte es aber tun.

Nach kanonischem Recht hingegen durfte er es nicht. Hier gewährte das Beicht- und Seelsorgegeheimnis dem Kunden in vollem Umfang Schutz. Im »Codex Iuris Canonici«, kurz CIC, dem Gesetzbuch des Kirchenrechts der römisch-katholischen Kirche, war das Grundrecht der Christgläubigen auf Wahrung ihres guten Rufs und ihrer Intimsphäre verankert. Dieses Grundrecht wurde durch das Beichtgeheimnis und dessen Unverletzlichkeit geschützt. Der Bruch des Beichtsiegels war somit strafbar. Ein Beichtvater, der das Beichtgeheimnis direkt verletzte, wurde zur Strafe vom Apostolischen Stuhl exkommuniziert; verletzte er es aber nur indirekt, sollte er nach Schwere der Tat bestraft werden. Dass Fischer das Handy an sich genommen und untersucht hatte, würde wohl als indirekte Verletzung gewertet – je nachdem, was er damit anstellte.

Wie auch immer: Nach kanonischem Recht wäre Fischer unter Umständen seinen Job los. Aber er entschied. Das Beichtgeheimnis griff in solchen Fällen keineswegs automatisch. Der Kunde wusste das wahrscheinlich bloß nicht. Wie gehörte zum Beichtgeheimnis ein zurückgelassener Gegenstand, zumal ein Handy? Was meinte das Kirchenrecht dazu? Fischer sagte sich, dass er allein damit fertig werden sollte. Er würde keinen vorschnell um Hilfe bitten, ehe er nicht wenigstens ein bisschen schlauer geworden war. Früher oder später würde jemand anrufen. Vielleicht würde der Kunde selber sich melden. Und sein Handy zurückverlangen. Dann konnte Fischer außerhalb des Beichtstuhls mit ihm sprechen, und das würfe auf alles zumindest ein etwas anderes Licht. Wobei es, rein kirchlich betrachtet, an der Notwendigkeit, die Sache vertraulich zu behandeln, nichts änderte. Möglicherweise war noch gar nichts Schlimmes eingetreten, und man konnte es mit etwas Geduld und Gottvertrauen verhindern. Dass der Fremde meinte, er habe eine schwere Sünde begangen, bedeutete noch nicht, dass im strafrechtlichen Sinne irgendetwas geschehen war. Und er hatte keineswegs gestanden, er selbst habe jemanden getötet oder töten wollen. Fischer war sich dennoch sicher, dass er die Sache ernst nehmen musste. Der Kunde war gläubig, er beichtete nicht zum Spaß. Er wollte sein Gewissen erleichtern und wählte einen Weg, der ihm eher unvertraut war. Dass das Beichten offenkundig nicht zu seinen Gewohnheiten gehörte, machte es unwahrscheinlich, dass er log. Was brachte ihm die Aufmerksamkeit eines Pfarrers, wenn ihm gar nichts am Ritual lag?

Auf der Reichenaustraße fuhr Fischer stadtauswärts. Er kam durch das Industriegebiet und bog rechts ab zur Bahnlinie, fuhr dann auf dem Radweg bis zum Bahnhof Reichenau. Am Wollmatinger Ried, dem größten

Naturschutzgebiet auf der deutschen Bodenseeseite und einem der wichtigsten Vogelschutzgebiete Mitteleuropas, querte er die Schienen und erreichte schließlich das Strandbad Hegne. Das Naturschutzzentrum, bei dem sich Fischers Cousine Constanze engagierte, unterhielt hier eine Anlaufstelle, um Schulklassen und Urlaubern die Vogelwelt zu erklären.

Im Strandbad, zu dem ein Campingplatz gehörte, herrschte ein ungeheurer Trubel. Kleinfamilien kämpften um die Wette darum, wer sich am nachhaltigsten austoben konnte. Fischer liebte das. Die wiedererkennbare Geräuschkulisse, das Jauchzen und Planschen, erinnerte ihn an seine Jugend. Man kannte ihn hier, er besaß wie in jedem Jahr eine Dauerkarte, die er nicht mehr vorzeigen musste.

Fischer schob das Rad am Biergarten vorbei und schaute hinüber auf die Insel Reichenau. Vor ihm lag der Gnadensee, der flachste und wärmste Teil des Bodensees, den man bei einer Temperatur von circa 24 Grad locker durchschwimmen konnte. Unbehelligt stellte er sein Fahrrad am Ufer ab, legte den Rucksack daneben, zog sich aus, spannte die Kleider auf den Gepäckträger und ging ins Wasser. Es war noch klar genug und nicht zu lau, um sich abzukühlen. Die Zeiten, in denen der See drohte umzukippen, lagen vor Fischers Geburt. Inzwischen war das Wasser nicht nur sauber, es war nahezu steril. Die Fische verhungerten. Allen voran der Felchen, der wichtigste Bodenseefisch. Was den Badegast erfreute – keine Algen – trieb die Berufsfischer zur Verzweiflung. Leere Netze zogen sie aus dem See.

Fischer schwamm zügig hinaus. Vorbei an Luftmatratzen und Tretbooten, an Wasserball spielenden Kindern, an Omas und Liebespaaren. Bald war er allein. Um sich die Glätte des Sees und in der Ferne einzelne Paddler und Jachten. Er spürte seinen Leib, seine Kraft, seinen Atem. Den Schnauf. Das Element. Die Verbundenheit mit allem Lebendigen. Er schwamm lange und ausdauernd. Im Einklang mit allem. Wenn ein Wildwütiger wie er sich nicht schlauchen und schinden musste, war keine Gefahr angesagt. Keinen Augenblick dachte er daran, dass sich jemand an seinem Rucksack vergreifen, dass einer sein Fahrrad klauen könnte.

Als Fischer eine gute Stunde später zurück ans Ufer watete, war alles noch an seinem Platz. Der See warf sanfte Wellen. Die meisten Badegäste hatten sich verzogen, die Campingurlauber warfen an ihren Plätzen den Grill an. Die Sonne stand tiefer. Noch immer war es heiß. Fischer hatte eine leichte Gänsehaut. Er spürte eine befreiende Mattheit in seinen Gliedern, und als er das Badetuch nahm und sich abtrocknete und anzog, überkam ihn eine Milde, die er mochte. Er war dankbar und demütig. Das Leben war gut. Auf dem Rucksackboden fischte er nach dem Handy, zog es aus der Hülle und checkte das Display. Niemand hatte angerufen, und es gab keine SMS.

Als er aufblickte, stand Sarah vor ihm. Mitsamt ihrem Fahrrad. Sie hatte den Helm abgenommen, und der Schweiß rann ihr übers Gesicht. Zornig starrte sie ihn an. Ihre Augen waren schlitzförmig und glänzten wie winzige schwarze Tollkirschen, die Mundwinkel zeigten nach unten. »Justus! Du hast mich nicht mitgenommen. Du hast gesagt, du nimmst mich mit.«

»Mein Gott«, sagte Fischer. »Prinzessin! Wie hast du es bis hierher geschafft?«

Sarah stampfte mit dem Fuß auf. Sie blickte ihn an. Ihr verzerrtes Gesicht zeigte Wut, Schmerz und Enttäuschung. »Du hast mich nicht mitgenommen. Du hast gesagt, du nimmst mich mit.«

»Ja!«, rief Fischer. »Ja! Das habe ich gesagt. Dann ist aber etwas passiert, wo ich allein sein musste. Verstehst du das denn nicht? Ich brauche manchmal für ein paar Stunden meine Ruhe.«

»Du Wüster!«, schrie Sarah. »Böse bist du, böse böse böse.« Ihre schräg stehenden Augen blitzten. Dann fing sie sich und lachte. Sie fiel Fischer um den Hals. »Justus, jetzt hab ich dich! Jetzt hab ich dich!«

»Wenn ich dich nicht hätte!« Er bückte sich, herzte und küsste sie.

Ihr Leib war klein, beseelt und kugelig. Ihr glatter schwarzer Pferdeschwanz glänzte. Sie rieb ihr winziges Ohr an seiner Wange. An ihnen vorbei stoben zwei kreischende Kleinkinder. Sarah machte sich los und zeigte auf sie. »Die sind süß. Süß sind die. Ich will auch ein Baby bekommen. Kann ich ein Baby?«

Fischer seufzte. »Klar kannst du. Aber du weißt doch, du brauchst einen Papa.«

Sarah richtete den Zeigefinger auf ihn und strahlte. »Du bist der Papa.«

»Nein«, erwiderte Fischer trocken, »ich bin der große Bruder. Ich bin über zehn Jahre älter als du und deshalb einfach schon schlauer. Und weil ich manchmal klüger bin, darf ich bestimmen. Das haben wir ausgemacht. Daran halten wir uns. Also hör auf damit. Und bitte sag nicht wieder vor irgendwelchen Leuten, ich sei dein Mann.«

»Ich bin deine Frau«, bot Sarah an.

»Menschenskind, Sarah. Du bist meine Haushälterin«, entgegnete Fischer.

»Darf ich eine Limo?«

Sie musste etwas trinken. Fischer gab ihr seine Plastikflasche mit lauwarmem Pfefferminztee. Sarah trank gierig, doch ohne Hast.

Die späten Sonnenstrahlen streichelten den See. Sie kehrten ihm den Rücken zu. Gemeinsam radelten sie zurück. Dafür brauchten sie die dreifache Zeit, die Fischer für den Hinweg benötigt hatte. Dabei legte sich Sarah mächtig ins Zeug. Eigentlich sollte sie sich nicht so anstrengen. Sie wollte aber unbedingt beweisen, dass sie es schaffte. Fischer war das wichtiger als der Tadel der Hausärztin, sollte es Sarah wieder auf dem Herz haben hinterher. Es war ihm sogar wichtiger als Sarahs Gesundheit. Ihre Lebenserwartung hing davon ab, wie wohl sie sich fühlte. Wie viele Glücksmomente sie hatte. Wie viel Bestätigung sie bekam.

Hinter dem Katharinenturm ging die Sonne unter.

»Kann ich Pizza?«

Sarah konnte Pizza. Nach so viel Radtour konnte sie das. Sie nahm eine »Vier Jahreszeiten« aus dem Gefrierfach, löste sie vom Karton und schob sie in den Backofen. Dabei vergaß sie, die Pizza aus der Plastikummantelung zu lösen. Fischer korrigierte das, als Sarah auf der Toilette war. Es brachte nichts, sie darauf hinzuweisen. Sie fühlte sich dann unzulänglich, ohne etwas zu lernen.

Für sich selber bereitete er einen Salat zu. Das konnte Sarah auch, aber sie brauchte dafür Ruhe. Die fehlte ihr, wenn sie Hunger hatte. Er wusch den Kopfsalat, schnitt Gurken, Tomaten und Paprika hinein, langte nach dem

Ziegenfrischkäse, salzte und würzte, zerrupfte ein paar Gartenkräuter, gab Essig und Öl dazu. Er legte eine CD ein. Mozart. Es nachtete endlich ein. Er zündete eine Kerze an.

»Halt«, sagte Sarah, nachdem sie auf der Terrasse den Tisch gedeckt hatte, »erst beten.«

Fischer stellte sich neben sie und faltete die Hände. Sie schauten auf ein Bild, das neben der Glastür hing und das Sarah gemalt hatte. Es stellte Jesus Christus dar und war ganz in Gelbtönen gehalten. Man konnte seinen Leib kaum erkennen, weil er im Licht zerfloss. Dennoch hatte Sarah protestiert, als Fischer behauptet hatte, das Gemälde sei abstrakt. Sie sagte, das sei seine barmherzige Seele. Und die strahle heller als das Kreuz. Was Fischer lieber nicht vertiefen wollte. Es verunsicherte ihn. Tief drinnen fühlte er, dass Sarah recht hatte. Er fing an, das Kreuz aus dem Pfarrhaus und aus der Kirche zu verbannen. Wo immer es ihm möglich war, verzichtete er darauf, eines aufzustellen.

»Komm, Herr Jesus, sei unser Gast / und segne, was Du uns bescheret hast.« Sarah schrie fast, klatschte und lachte. So sehr freute sie sich auf das Essen.

»Amen«, sagte Fischer. Für ihn war das Gebet etwas Inwendiges. Etwas, das dauernd da war. Das ihn vom Erwachen den ganzen Tag noch bis in den Schlaf hinein begleitete. Seit seinem achten oder neunten Lebensjahr hatte er nie etwas anderes getan, als zu beten. Das Beten hatte das Denken ersetzt. Er brauchte daher die Rituale nicht. Aber es war klar, dass Sarah sie brauchte.

Sie aßen. Von drinnen tönten leise Klarinettenläufe. Vom Weinfest waberten Blasmusikfetzen herüber, in der Luft lagen fernes Stimmengewirr und Gelächter. Sarah nahm ihr Pizzastück in beide Hände und biss ab. Sie seufzte, stöhnte. Es tat ihr wohl.

»Schmeckt's?«, fragte Fischer und dachte an das Handy. Ob einer angerufen hatte. Es lag noch im Rucksack.

»Und ob«, sagte Sarah. »War das ein Tag.«

»Und was für einer.«

Sie prosteten einander zu, Sarah mit Sirup-Sprudel, Fischer mit einem Weißwein, einem Riesling erster Güte. Sarah gähnte mit vollem Mund. »Darf ich morgen mit zum Gnadenseeschwimmen?«

Fischer zerkaute sorgfältig seinen Salat. »Nur, wenn du mit dem ›Seehas‹ fährst.«

»Ich nehm das Fahrrad mit in den ›Seehas‹.«

»Okay«, meinte Fischer mit einem halben Blick auf die Uhr. Es war zehn durch.

»Was ist los?« Sarah musterte ihn und trank mit gurgelnden Schlucken. Dann japste sie und knallte das Glas auf den Tisch. »Mit dir ist doch was komisch, Justus. Wirst du krank?«

»Ich glaube nicht.« Fischer horchte in sich hinein. Irgendwo saßen die richtigen Worte und warteten darauf, dass er sie fand. »Ich weiß nur nicht, ob wir am Montag schon loskommen. Ich muss hier noch was erledigen.«

Sarah sprang auf und warf die angebissene Pizza auf den Teller. »Dann geh ich schon ins Bett, und du machst das jetzt gefälligst.«

Fischer trug ihr Pizza und Sprudel auf dem Tablett hinterher. Als er hinter ihr die Zimmertür schloss, hörte er sie laut schimpfen. Er grinste. Als Sarah auf die Welt gekommen war, hatte er sofort gemerkt, dass sie etwas Besonderes war. Sie besaß dichtes schwarzes Haar und sah ganz anders aus und viel zarter als seine übrigen Geschwister, die alle jünger waren als er. Ihre schmalen Augen standen schon leicht schräg, während sie noch ein Baby war, und mit der Zunge dirigierte sie das Spiel ihrer winzigen Hände. Justus hatte sie Prinzessin getauft. Er sagte das nur noch selten.

Fischer legte eine Jazz-CD ein, ohne darauf zu achten, was es war. Er hatte sie geschenkt bekommen und noch nie gehört. Er drehte die Anlage auf, nahm das fremde Smartphone sowie Notizbuch und Füller mit und ging wieder nach draußen. Ohne den Tisch abzuräumen, goss er sich ein zweites Glas Riesling ein und lauschte auf die Klänge der Nacht. Perlende Klavierläufe verbanden sich mit verhaltenem Festgeplänkel. Im Strandbad war er nicht dazu gekommen, weiter über die Sache nachzudenken; nun schlug er das Notizbuch auf, untersuchte das Handy etwas gründlicher und ergänzte die Fakten, die er bereits gesammelt hatte.

Der Kunde im Beichtstuhl hieß Peter Müller. Er war am 15. August 1960 geboren und hatte das Smartphone zum letzten Geburtstag von seinem Sohn geschenkt bekommen, wofür er sich mit einer SMS bedankte. Im Lauf des Jahres hatte sich darauf ein beträchtlicher Datenmüll angesammelt, dem sich nicht entnehmen ließ, womit Peter Müller sein Geld verdiente. Es stellte sich lediglich heraus, dass er Klavier spielte. Er hatte Pfingsten in Italien verbracht und dabei mehrere Kontakte geknüpft. Außerdem plante er einen weiteren Italienurlaub. Neben wenigen Bekannten und Freunden hatte er eine Frau und zwei halbwüchsige Kinder. Und ein Tier namens Rübli. Er hatte ein Haus gebaut, und im Januar war seine Mutter gestorben. Sein Vater lebte im Pflegeheim.

Wenn er seine Mutter aktiv beim Sterben unterstützt hatte, war es seltsam, dass er erst jetzt zum Sakrament der heiligen Beichte erschienen war. Wenn er sich mit dem Gedanken trug, dem Vater aus der Welt zu helfen, konnte man ihn vielleicht noch zur Umkehr bewegen.

Fischer checkte im Online-Telefonbuch sämtliche Peter Müllers, die es in Konstanz gab, und rief sie der Reihe nach an. Er benutzte dafür sein Handy, um die Mobilnummer zu hinterlassen. Es waren erstaunlich wenige Einträge, und schon bei der dritten Nummer hatte er Glück.

»Himmel, Sie haben mein Handy«, sagte Müller, »wo kann ich es abholen?«

»Auf dem Weindorf«, erwiderte Fischer.

»Ich wohne ums Eck in der Hussenstraße«, meinte Müller, »in dem Haus, das gestaltet wurde von dem Maler Hans Breinlinger.«

Der expressionistische Knaller mit dem anthroposophischen Schuss, dachte Fischer. Müller hatte also kein Haus gebaut. Er hatte renoviert. »Ich kenn das Haus.«

»Ich bin in zwei Minuten da. Wir finden uns schon. Ich ruf Sie an.«

Müller besaß also noch ein zweites Mobiltelefon. Sein Diensthandy, das er sicherte und unter Verschluss hielt. Das Kombinieren fiel Fischer leicht, denn er war schon weit gediehen mit seinen wenigen Erkundigungen. Nach einer anfänglichen Ratlosigkeit ließ sich die Sache erstaunlich locker an. Eines kam zum anderen. Das verwunderte ihn eigentlich nicht. Denn er glaubte, dass alles, was er erfahren musste, ihn erreichte. Da besaß er ein großes Gottvertrauen. Viel zu fragen, fühlte er sich generell nicht befugt, doch war es niemals nötig, Verborgenes auszukundschaften. Es bestand erst mal keine Veranlassung, Peter Müller zu googeln. Denn auch in diesem Fall würden sich die Zusammenhänge von selber ergeben. Mit dieser Zuversicht verließ Fischer das Haus, nachdem er Sarah einen Zettel an die Badezimmertür geklebt hatte, auf dem in Großbuchstaben stand, er komme gleich wieder.

Dass das Weinfest fernab des Sees stattfand, verhinderte eine mediterrane Atmosphäre keineswegs. Der Samstagabend war licht, die Luft lau. Ein leichter Wind strich durch die Gassen und streifte die nackte Haut. Am Firmament strahlten, watteumwölkt, spektakuläre Sternbilder. Auf dem St. Stephansplatz standen die Leute dicht gedrängt um die Buden herum, lärmend und lachend. Die Frauen in weiten Kleidern und ausschweifenden Farben, die Männer in Bermudashorts. In einem Baum schaukelte ein riesiger Lampion mit Vollmondgesicht. Darunter wurde Bodenseewein aus Hagnau ausgeschenkt (der dortige Winzerverein war als erste Winzergenossenschaft in Baden 1881 vom Pfarrer und Volksschriftsteller Heinrich Hansjakob gegründet worden), und ein Glas davon hielt Müller in der Hand. Er war noch größer und schwerer, als Fischer ihn sich, seinem Eindruck und den Fotos zufolge, vorgestellt hatte. Zum weißen Polo trug er einen leichten beigefarbenen Leinenanzug. Sein gegerbtes Gesicht war braun gebrannt. Außerdem war er komplett kahl. Müller lehnte schwitzend an einem Stehtisch, den er zur Hälfte beanspruchte und virtuos verteidigte, und prostete Fischer, der das Handy schwang, zu.

»Hagnauer Sonnenufer. Ein vorzüglicher Müller-Thurgau. Eine Kreuzung aus Riesling mit Madeleine

Royal, von einem gewissen Professor Müller aus dem schweizerischen Thurgau vor bald eineinhalb Jahrhunderten gezüchtet«, eröffnete Müller. Sie mussten laut sprechen. Man verstand sein eigenes Wort kaum bei dem Krach.

»Sie sind also Winzer«, schlussfolgerte Fischer. Er sah in sehr seelenvolle Augen, ein warmes Braun schimmerte zwischen dichten Wimpern. Auf den ersten Blick hatte er erkannt, dass Müller ein Charismatiker war. Über ihm waren die Gaben des Heiligen Geistes ausgeschüttet worden: Er besaß eine fesselnde Ausstrahlung.

»I wo, nein.« Müller lachte und ruderte um mehr Armfreiheit. Die Umstehenden traten widerwillig einen halben Schritt zurück. »Aber meine Vorfahren waren welche. Winzer und Schweizer dazu!«

Er schob Fischer ein zweites Viertele hin, das er bereits für ihn erstanden hatte. Fischer roch und kostete. Der typische Bodensee-Weißwein. So feingliedrig und facettenreich vom Charakter, wie es der Boden halt hergab.

»Mehr Sonne hat's nicht«, sagte Müller. »Immerhin: zart und würzig mit weicher, bekömmlicher Fruchtsäure. Passt wunderbar zu geräucherten Felchen. Ich habe noch einen im Kühlschrank, den könnte ich geschwind holen. Haben Sie schon gegessen?«

»Durchaus.« Fischer legte das Smartphone auf den Tisch. »Das ist Ihres. Ich möchte es Ihnen zurückgeben.«

»Auf den ehrlichen Finder!« Müller hob das Glas. Trank. »Meine Familie ist heute Morgen schon in den Urlaub. Wir fahren ja immer mit dem Wohnwagen in die Toskana. Ich muss noch dableiben, weil ich am Montag einen Termin habe. Nun hat es sich schon rentiert. Wo haben Sie das Ding denn gefunden?«

Fischer erkannte den vertrauten alemannischen Einschlag des Kunden wieder. »Dort, wo Sie es am Nachmittag verloren haben. Wissen Sie das denn nicht? In der Katharinenkirche. Genauer gesagt, in meinem Beichtstuhl.«

»In Ihrem Beichtstuhl?« Müller lachte. Es war ein schweizerisches Lachen. Eher zu laut. »Ich war noch nie in so einem Kasten. Ich bin evangelisch und außerdem ausgetreten.«

Fischer starrte ihn an. Obwohl ihn die Massen umzingelten, hatte er den Eindruck, er sei mit Müller allein auf einer einsamen Insel. Einerseits war ihm der Mann, der etwa 15 Jahre mehr auf dem Buckel hatte als er, vertraut und nahe wie ein Wahlverwandter, andererseits stieß er ihn im Wortsinn ab.

»Was glotzen Sie denn so? Na ja, bitte entschuldigen Sie. Ich wollte Ihnen nicht zu nahe treten.«

»Ich bin katholischer Pfarrer«, sagte Fischer. »Und somit gewohnt, dass man mich anlügt. Aber was soll die ganze Show? Sie waren heute bei mir beichten. Ich kann mich genau an Ihre Stimme erinnern.«

»Sie irren sich.« Müller schüttelte den Kopf. »Ich war heute den ganzen Tag mit meinen Freunden auf einer Jacht, das können drei Leute bezeugen.«

»Das ist nicht nötig«, antwortete Fischer.

Müller fing an herumzueiern. »Ich habe das Handy wohl schon gestern verloren. Aber ich habe es erst vorhin gemerkt. Ich wollte mich eben selbst anrufen, da … Wie kamen Sie überhaupt auf mich?«

»Das war kein Problem. Ihre Festnetznummer ist ja ganz oben gegegespeichert.« Fischer stotterte. Eine lässliche Lüge. Ihm wurde erst jetzt in vollem Umfang bewusst, dass er, so lax er sich gab, in intimen Daten gestöbert hatte. Weil er einem Beichtgeheimnis auf der Spur war, das nun doch anfing, komplizierter zu werden. Weil der Mann, den es wohl irgendwie betraf, ihm mit einem Glas Weißwein in der Hand gegenüberstand. Aber der Kunde war nicht Müller! Das wurde Fischer mit einem Mal klar. Ein anderer hatte das Handy im Beichtstuhl deponiert. Was er damit angestellt hatte, ging eindeutig zu weit, auch wenn die Ausbeute harmlos war und nie ein Sterblicher davon erfahren würde. Ich lass die Finger davon, schwor sich Fischer, wozu muss ich einen Handydieb finden, der mir zugeraunt hat: »Zögern Sie nicht, an Mord zu denken!«

»Mir wird auf einmal schlecht.« Müller fasste sich ans Herz.

Fischer, der dummes Zeug gedacht hatte, bezog das auf sich. Ihm war klar, dass er den Schwur von eben vergessen konnte. Er durfte Müller, der möglicherweise in Schwierigkeiten steckte und in Bedrängnis geriet, nicht im Stich lassen. Vielleicht war er das künftige Opfer. Der Kunde, der Müllers Handy entwendet hatte, war gefährlich und Müller komplett arglos. Das dauerte ihn. Gleichzeitig konnte Fischer die Katze auch nur einen Spaltbreit aus dem Sack gucken lassen. »Ein Mann, der etwas kleiner, schmaler und auch älter sein könnte als Sie, aber ebenfalls vom Bodensee stammt – kennen Sie einen, auf den diese Beschreibung passt?«

Müller machte eine bemühte, dabei weit ausholende Geste. »Stimmt die nicht für 50 Prozent der Männer hier?«

»Das Smartphone wurde Ihnen vermutlich von so einem Mann geklaut. Von einem meiner Kunden.

Haben Sie irgendeine Ahnung, wer das gewesen sein könnte?«

Müller zuckte die Achseln. »Könnte sein, dass es im Edeka in der Gottlieberstraße passiert ist. Ich lasse das Handy immer im Korb liegen, wenn ich was aus den Regalen hole, weil da mein Einkaufszettel drauf ist.«

Fischer hätte sein Gesangbuch verwettet, dass Müller log. Gerade dann hätte er den Verlust doch in der Sekunde bemerken müssen. Außerdem fragte er sich, wieso Müller zum Einkaufen extra in den Stadtteil Paradies fuhr, wo er es ums Eck zum Edeka viel näher hatte. In der Bodanstraße gab es auch einen.

Müller gelang ein Lächeln. »Jetzt ist es ja wieder da.«

Fischer fragte sich, warum Müller einen zunehmend angespannten Eindruck machte. »Der Kunde hat das Handy im Beichtstuhl liegen lassen. Vielleicht hat er es einfach verloren, oder er hat es dort deponiert. Möglicherweise wollte er, dass es gefunden wird.« Dieser Teil der Geschichte gehört nicht zum Beichtgeheimnis, dachte Fischer. Das darf ich ungestraft mutmaßen. »Wie auch immer. Er kam jedenfalls nicht wieder, er rief nicht an, verlangte es nicht zurück.«

»Meine Güte!«, rief Müller, der aussah, als habe er in eine Zitrone gebissen. Er verzog schmerzverzerrt den Mund. »Jetzt machen Sie doch nicht aus der Mücke einen Elefanten. Ich hätte den Verlust verschmerzt. Es ist nur mein Privathandy. Es sind keine sensiblen Daten drauf. Aber das wusste der Dieb ja nicht, und dann tat es ihm leid. Deshalb ging er zur Beichte und ließ den entwendeten Gegenstand zurück.«

Das klang plausibel. Demut und Erbarmen, dachte Fischer. Ich finde beichten toll. Es entlastet. Er hatte in seiner Laufbahn als Beichtvater schon zwei Tötungsdelikte gehabt: Eine Frau hatte ihre psychotische Schäferhündin erstickt. Weiche Bedeckung. Eine mutige Tat, die Frau hätte dabei draufgehen können. Fischer vergab ihr, und »Er« tat es sicherlich auch. Eine alte Witwe beteuerte, ihren todkranken Mann durch falsche Ernährung erledigt zu haben. Sie tat es durch Insulin, was sie nicht zu beichten wagte, aber Fischer wusste es von Dr. Deisböck, dem Hausarzt, der es nicht beweisen konnte. Er vergab ihr, und »Er« tat es wahrscheinlich auch.

Fischer strauchelte und schnappte nach dem Stehtisch. Diesmal fühlte er sich überfordert. »Es gibt da was. Der Kunde wollte etwas anderes beichten.« Fischer stockte. »Um Diebstahl ging es dabei nicht. Was machen Sie eigentlich beruflich?«

»Ich bin Gerichtspsychiater.«

»Aha.« Fischer machte ein dummes Gesicht.

»Ich habe Medizin studiert, meinen Facharzt gemacht, war anschließend lange in der forensischen Psychiatrie tätig. Seit bald 20 Jahren arbeite ich freiberuflich. Im Dachgeschoss habe ich meine Praxis und erstelle dort Gutachten zur Glaubwürdigkeit und Korrektheit von Aussagen vor Gericht oder zur Schuldfähigkeit eines Angeklagten. Manchmal geht es auch um die Einschätzung der potenziell noch vorhandenen Gefährlichkeit bereits verurteilter Straftäter. Das sind dann sogenannte Prognosegutachten. Da geht es dann meist um die Kriminalprognose bei Tätern, die inhaftiert und im Maßregelvollzug untergebracht sind.« Müller zitterte. Er schien zu frieren.

»Aha.« Fischer überlegte. Er sah Müller fest an und entdeckte in seinen Augen stecknadelkopfgroße rote

Punkte. »Sie reden also mit Menschen, die eine schwere Sünde begangen haben. Das ist der Beichte nicht unähnlich.«

Müller erbleichte. Ihm brach der Schweiß aus. »Meine Schwerpunkte liegen in der Tötungs- und Sexualdelinquenz, da geht es dann um die strafrechtliche Schuldfähigkeit, also die Verantwortlichkeit hinsichtlich der Paragrafen 20 und 21 StGB, um die Unterbringung in der Psychiatrie oder speziell in der Entwöhnungstherapie in einer Entziehungsanstalt gemäß Paragraf 63 StGB und Paragraf 64 StGB und um die Anordnung der Sicherungsverwahrung gemäß Paragraf 66 StGB.«

»Ja so«, sagte Fischer.

Müller, weiß wie ein Segel, hing voll in den Seilen. Er taumelte. Stockend und mit schier finalem Elan sprach er. »Als freier Mitarbeiter gehe ich noch ganz anderen Aufgaben nach. Es gibt da eine Anfrage … Ein unerhört spannendes Forschungsgebiet … Innovative Methoden … Wir brauchen Sie. Ich werde Ihnen genau mitteilen, worum es geht. Wie die Kommunikationswege verlaufen. Und wer dabei an den Strippen zieht. Zu gegebener Stunde erfahren Sie alles. Das verspreche ich Ihnen. Bis dahin protokolliere und speichere ich sämtliche Daten …«

»Ist Ihnen nicht gut? Fehlt Ihnen etwas?«

»Ein Sturm fegt durch die Welt und wird sie in ihren Grundfesten erschüttern … Sämtliche Weisheiten werden von den Füßen auf den Kopf gestellt … Aber wir haben Widersacher. Wir haben Feinde. Es herrscht Krieg.« Müller rollte mit den Augen und murmelte: »Ich tu's.«

»Hä?«, fragte Fischer. »Soll ich Sie geschwind heimbringen?«

Müller stellte das Glas ab und tappte wie ein Eisbär auf ihn zu. Er trat nahe an ihn heran und bedachte ihn mit der allumfassenden Abschiedsgeste des Scheidenden. »Ich tü's!« Er flüsterte flötend und hauchte aus.

»Was? Was tust du? Jetzt mach nicht lang!« Fischer flehte um den einen Moment, den er brauchte, um nach der entglittenen Wahrheit zu schnappen und sie ans Licht zu holen. Der Fang schillerte noch im Verborgenen, versprach aber Fülle und Gehalt.

»Ich tü's.« In der Sekunde ging Müller zu Boden. Er brach zusammen und fiel einfach um.

2.

NSA Zweigstelle Rom

TOP SECRET // Intensive Überwachungsoperation Calamari Romana

Ziel: Durchdringung der Kommunikationswege des Vatikans im Hinblick auf die Wirtschafts- und Finanzorganisation des Heiligen Stuhls

Protokoll des Telefongesprächs zwischen Andrea Tedesco, dem Vorsitzenden einer Untersuchungskommission mit unbekanntem Auftrag, wohnhaft in Florenz, und Dr. med. Peter Müller, Konstanz.

Nachrichtenquelle: 4859btb§ätq43541bA

Datum und Uhrzeit: ||||||||||

– Hallo, mit wem spreche ich?

– Sie kennen mich bereits.

– Ah, Sie sind es wieder. Dieser Schweizer Schizo, der mich nach Feierabend belästigt.

– Ich verbitte mir das.

– Schon gut. Bei unserem ersten Gespräch habe ich Sie echt für gestört gehalten. Leute, die im Namen Seiner Heiligkeit anläuten, haben meist eine herbe Macke.

– *[schnauft]* Schwabe! Bünzli!

– Diese Wahnkranken handeln die thematischen Relevanzen nicht mit ihrem Interaktionspartner aus, sondern beharren auf Auslegungen, die sich scheinbar sinnvoll aus ihren idiosynkratischen Vorerfahrungen ergeben, um die Wirrnis der unvertrauten Welt übersichtlich und erwartbar zu strukturieren.

– Haben Sie es sich überlegt?

– Durchaus. Einer Organisation, die eine halbe Million Euro für den Weihnachtsbaum auf dem Petersplatz ausgibt, will ich lieber nicht beitreten. Für ein kleines bisschen Flitter! Und Milliardendefizite bei der Vatikanbank. Oder übertreibe ich jetzt? Scusi.

– Sie haben die falschen Bücher gelesen. Und wer spricht von Mitgliedschaft?

– Wes Brot ich ess, des Lied ich sing.

– Mag sein. Einverstanden. Können wir uns darauf einigen, dass Sie kein Honorar verlangen? Wir zahlen auch keins. Dann sind Sie frei und bleiben unabhängig.

– Sie sind ja vollends plemplem. Das ist ein Haufen Arbeit. Meinen Sie, ich kann so weitermachen wie bisher und erledige das nebenbei?

– Sagt ja keiner. Aber Geld und Ruhm sind die Fesseln, die uns binden.

– Ich habe wirklich null Sendungsbewusstsein.

– Aber Ehrgeiz.

– Das ja.

– Sie haben es weit gebracht.

– Woher wissen Sie das?

– Wir hätten Sie sonst nicht in unsere Kommission beordert.

– Beordert? *[lacht]* Sprechen wir von den Konditionen.

– Ein andermal. Hören Sie, es geht hier nicht um Geld. Geld spielt überhaupt keine Rolle. Es geht um das Übernatürliche. Glauben Sie an das Übernatürliche?

– Selbstverständlich. Sie nicht?

– Nein. Das Übernatürliche, um es mal direkt zu sagen, ist mir scheißegal.

[Pause.]

– Ah. Okay. Ich dachte, Sie sind im Auftrag des Herrn unterwegs?

– Machen Sie keine Witze. Haben Sie denn schon eine Protokollantin und einen Geistlichen in Deutschland aufgetrieben?

– Ich bin doch noch gar nicht dabei.

– Haben Sie?

– Wieso soll das Protokoll eine Frau machen?

– Frauen sind gründlicher. Junge Frauen. Frauen mit Ambitionen. Frauen, die gut aussehen und in einer Krise stecken.

– Wegen mir. Ich hätte eine. Eine junge Autorin aus Altötting, die von ihrer Familie gerade für nichts und wieder nichts davongejagt wird.

– Altötting? Was für ein Zufall. Kommt nicht auch unser Joseph da her?

– Marktl am Inn. Gehört zum Landkreis. Sie hat bis jetzt in Altötting gelebt, nachdem sie irgendeinen Schreiberlehrgang an einem Literaturinstitut absolviert hat, sehr originell, aber vermutlich muss sie jetzt zu den Horden nach Berlin ziehen. Im Augenblick ist sie auf der Flucht.

– Das wird Seiner Heiligkeit aber überhaupt nicht gefallen. Es gibt immer gute Gründe dafür, wenn die Familie ein Mitglied verstößt.

– Sie ist schlau, sie kann schreiben und sie hat keine Perspektive. Weil die Verkaufszahlen ihres Pseudobestsellers, da kann das Feuilleton ein Lied davon singen, nach einem Desaster in den Keller gegangen sind.

– Was ist passiert?

– Sie hat ihre Verwandtschaft beleidigt, um groß herauszukommen. Sie hat dabei übersehen, dass man das einfach nicht tut. Da haben Sie recht. Netzbeschmutzerinnen sind auch hierzulande alles andere als sexy.

– Ganz genau. *[lacht]* Meinen Sie, in Italien wäre das anders? Die Familie ist tabu. Nirgendwo spielt sie eine größere Rolle als im Vatikan. Dort ist sie nachgerade heilig.

– Für diese Autorin ist das Ganze ein Fiasko. Wir sollten ihr eine Chance geben. Ich habe ein gutes Gefühl dabei.

– Haben Sie mit ihr geschlafen?

– Wo denken Sie hin. Im Leben nicht. Ich bin ihr nie begegnet.

– Wie sind Sie auf sie gekommen?

– Ich habe ihren Roman gelesen. Und ein paar Zeitungsartikel.

– Und?

– Brillant. Das Buch, meine ich. Aber unspektakulär. Vollkommen harmlos.

– Sie ist intelligent, sagten Sie …

– Sagte ich das?

– Gut aussehend?

– Unbedingt. Frauen unter 30 sehen immer gut aus.

– Wie heißt sie?

– Ist das wichtig? Sie ist katholisch.

– Sind Sie katholisch?

– Tut das was zur Sache?

– Und Ihr Geistlicher? Wie koscher ist der?

– Kein Kommentar.

– Sie haben keinen, aber ich habe einen für Sie.

– Ah.

– Er heißt Fischer, Justus Fischer. Er ist Anfang 40, nette Erscheinung. Und jetzt passen Sie auf: Er kommt aus Konstanz. Es ist der Pfarrer der St. Katharinenkirche. Sagt Ihnen das was?

– Nein. Das heißt, die Kirche kenne ich natürlich. Ist ja nicht zu übersehen, mitten in der Altstadt. Hässlicher Bau. Also gut. Aber wie kommen Sie grade auf den?

– Schierer Zufall. Er hat einen herben Verlust erlitten in der Kindheit. Er wird unserer Sache zugetan sein.

– Sind Sie sicher?

– Absolut. Man kann den Verlust nur provozieren, indem man lang gelebte Routine verweigert.

– Heißt?

– Er hat ein Trauma. Er muss da immer wieder durch. Er will da wieder durch, und wir helfen ihm dabei. An den Punkt zu kommen, wo der Schmerz sitzt. Das Ende. Wo die Ohnmacht zulangt. Im Alltag geht das nicht, sonst bricht man zusammen. Wir liefern ihm den ersehnten Ausstieg. Vielleicht hilft ihm das endlich, die Qual zu verarbeiten.

– Wer ist der Psychologe, Sie oder ich?

– Ich weiß ja nicht, was Sie studiert haben. Außer Medizin vielleicht.

– Danke für das Gespräch.

[Pause.]

– Hören Sie, ich wollte jemanden finden, der in Ihrer Nähe ist. In Ihrer Stadt. Ich dachte, dass das die Sache erleichtert.

– Tut es ja auch. Wenn es funktioniert. Also danke. Ich meine … Sie haben sich ja wirklich bemüht.

– Sie sollten diesen Fischer mal kennenlernen. Und unauffällig auf die Probe stellen.

– Wie könnte das gehen?

– Weiß ich doch nicht. Sie sind der Forensiker.

– Was hat das damit zu tun? Im Übrigen verheimlichen Sie mir etwas. Keine doppelten Spielchen! Legen Sie die Karten auf den Tisch.

– Na gut. Fischers Großvater kannte Papst Pius XII. persönlich. Das ist in den Geheimarchiven des Vatikans zwar nicht direkt dokumentiert, soweit sich mir die Sache erschlossen hat, doch es gibt Anhaltspunkte, denen ich nachgegangen bin.

– Heißt?

– Mir wurde es aus verlässlicher Quelle zugetragen. Ein Kardinal hat mir Fakten geliefert …

– Und?

– Nichts und. So kam ich auf Fischer. Hören Sie, sagte er, da gab es doch einen in Konstanz … Das hat die damals wahnsinnig beschäftigt. Dieser Großvater war der Anführer der Bewegung des Erzengels Michael, einer, würde man heute sagen, globalen Kirche von unten. Darüber waren international Hunderttausende organisiert. Hunderttausende Katholiken! Sie müssen sich das mal vorstellen.

– Wann war das?

– Nach dem Zweiten Weltkrieg.

– Wieso hat man nie davon gehört?

– Dafür wurde alles getan.

– Weshalb hat diese Bewegung den Holocaust nicht verhindert?

– Das haben sie den Papst gefragt.

– Warum er ihn nicht verhindert hat? Und?

– Weiß nicht. Non lo so. Keine Ahnung. Ist auch egal. Dann hab ich diesen Fischer gegoogelt. Und wie durch ein Wunder kam ich auf die Seite einer südwestdeutschen

Lokalzeitung. Da geht es um eine Sommerlochserie. Die läuft noch. Es dreht sich um eine Reihe unaufgeklärter Verbrechen. Da kam Fischer drin vor. Als Kind. Sozusagen mit Klarnamen. Justus F. Und es wurde gesagt, dieser Bruder von dem verschwundenen Kind sei heute Pfarrer in Konstanz. Das stand da.

– Halt. Das geht mir zu schnell. Das müssen Sie mir jetzt aber genauer erklären.

– Gehen Sie einfach ins Netz und schauen sich den Artikel an. Ich schicke Ihnen nachher den Link. Der Fall passt exakt in unser Schema. Es ist haargenau das, was wir brauchen, denn es dreht sich um Folgendes: Als Fischer sieben oder acht war, spielte er mit seiner kleinen Schwester an einem See, irgendwo im Schwarzwald. Kenne das Kaff nicht. Nie dort gewesen. Okay, sie spielen da, und irgendwann geht die Schwester verlustig.

– Hä?

– Ja. Sie ist weg. Und nirgendswo mehr aufgetaucht. Nie wieder. Bis heute nicht.

– Wie kann das sein? Das gibt es doch nicht. Mit DNA kann man alles aufklären. Wenn man welche hat. Wenn man welche findet.

– Ah, der Forensiker. Von der Schwester fehlt seit 1983 jede Spur. Ein Mann, der so etwas in der Kindheit erlebt hat, trägt Narben davon.

– Was für ein blöder Satz.

– In der Tat. Aber es ist so. Fischer ist verwundet. Und damit verwundbar. Und Wundern zugeneigt. Denn er hofft selber auf eines.

– Brauchen wir einen Gläubigen?

– Dieser Fischer ist Realist. Das Erste, was ich im Netz über ihn gefunden habe: Er ist Initiator der St. Katharinen-Stiftung, die Hunderten von Christen aus dem Nahen Osten wegen IS und Terror am Bodensee Asyl gewährt. Ich weiß nicht, wie die das hinbringen. Die holen und integrieren diese Leute quasi lautlos. Die Fakten habe ich ohne Mühe recherchiert. Aber kein Geplärr von wegen Probleme.

– Fischer fängt mir langsam an zu gefallen.

– Warum?

– Ich liebe Verdränger. Wetten, dass er den Lokalzeitungsartikel über sich und seine Schwester nicht gelesen hat?

– Wette verloren. Hat er.

– Woher wissen Sie?

– Hat er. Wetten? Sagt aber nichts. Stottert. Kommen wir zur Sache: Sie und Fischer?

[Pause.]

– Könnte es nicht sein, dass uns einer über die Schulter schaut?

– Das ist mir scheißegal, Herr Dr. Müller. Mit Verlaub.

3.

Als die Glocke der Chiesa di Santo Stefano bimmelte, wachte Giulia Franca endlich auf. Sonntagmorgen. Das Kissen neben ihr war unberührt. Roberto hatte bei sich übernachtet. Sie fürchtete, dass sie verschlafen hatte, und dass er allein hinausgefahren war. Da fiel ihr ein, dass sie das Glockengeläut in ihrer Wohnung draußen in Marina eh nicht hören konnte. Sie hatte es auf ihrem Telefonino gespeichert, und als sie die Augen öffnete und der erste Dämmer durch die Lamellen kroch, sprang sie auf, machte Licht, deaktivierte den Weckruf und hüpfte ins Bad. Ein Blick in den Spiegel ließ keinen Zweifel daran, dass sie von Natur aus blond war. Und dass sie älter wurde. Ihre Konturen verschwammen, das Haar wurde grau und spröde, auf den Handrücken zeigten sich Altersflecken, sie hatte zugenommen. Der Bauch war nicht mehr so flach wie früher, der Busen weniger straff, der Po hing, und am rechten Fuß wuchs ein Hallux. Daneben litt sie in beiden Vorderfüßen unter einem Morton Syndrom, einer Nervenschwellung des Plantarnervs. Die gutartige Geschwulst führte mitunter zu heftigen Schmerzen. Der Nerv, der an der Fußsohle entlanglief und permanent dem Druck des gesamten Körpers und des benachbarten Mittelfußknochens ausgesetzt war, hatte sich aufgrund der Fehlbelastung durch Senk-Spreiz-Knickfüße entzündet. Das wurde nicht mehr besser, und machen konnte man eigentlich auch nichts. Giulia, die notorisch High Heels getragen hatte, war nur noch in Schlappen unterwegs, die spöttisch »Calzature tedesche« geheißen wurden.

Nicht alles, was störte und plagte, war somit den vergleichsweise späten Wechseljahren zuzuschreiben. Wobei die Schwindelanfälle immer irritierender wurden und die Hitzewallungen am meisten nervten. Seit Monaten blieb die Periode aus, vermutlich für immer. Das alles gehörte zu den Dingen, die man nicht ändern konnte. Giulia hatte nicht vor, sich damit die Laune zu vermiesen. Ihre hellblauen, braun gesprenkelten Augen sprühten vor Lebenslust, und tiefe Lachfalten zogen sich zum Jochbein. Sie war wach und bereit für ein Abenteuer. Ihr ganzer Körper strotzte vor Energie. Ihr fiel ein Gedanke von Spinoza ein: Freiheit bestehe nicht in der Fähigkeit zu wählen, sondern in der Fähigkeit, in Alleinheit gemäß seiner Natur zu handeln.

Rasch pinkelte sie, schlüpfte in ihre ausgebeulten Jeans, zog sich T-Shirt und Fleecejacke über und stopfte die Gummistiefel in eine Plastiktüte. Sie fischte nach ihren Flipflops und stürzte in der Küche einen Espresso hinunter. Als sie Marina di Santo Stefano am nördlichen Felskap der Halbinsel Monte Argentario Richtung Porto Santo Stefano verließ und die Serpentinen hinüber zum Fischerhafen Porto del Valle fuhr, graute der Morgen. Nicht nur wegen einer gewissen Namenseitelkeit fuhr sie ein fast noch nagelneues Modell der »Giulia«, eine coupéartige Sportlimousine von Alfa Romeo mit einer äußerst effektiven Technik. Es ging um das philosophische Prinzip des Autodesigners Lorenzo Ramaciotti, das sie überzeugte: Das Design war sanft wie der Umriss einer Wolke;

es gab keinesfalls preis, welche Kraft im Inneren verborgen war. Das erwies sich, zumal für eine Frau, als identifikationsfördernd. Der Nachteil der neuen »Giulia« war, dass man damit fast nichts transportieren konnte. Deshalb fuhr Giulia, um Besorgungen zu machen, mit Robertos Sprinter und ließ die Namensvetterin in der Garage stehen, die sie extra für teures Geld gemietet hatte.

Die Panoramastraße schlängelte sich durch die braune Macchie, eine Gebüschformation aus Steineichen, Heideflächen, Ginstersträuchern und Zistrosen. Giulia gab Gas. Sie blickte hinunter auf zerklüftete Buchten und kleine Strände mit bizarren Felsen; der Weg führte an Wachtürmen und winzigen Inseln vorbei bergab in den Ort. Im Hafengelände fand Giulia einen illegalen Parkplatz, von dem sie wusste, dass er geduldet wurde. Die Sorge, dass die »Giulia« zerkratzt oder geklaut wurde, war nicht ganz von der Hand zu weisen – eingeschlagene Scheiben und zerstochene Reifen gehörten ebenfalls zum Risiko, mit dem man leben musste. Da Giulia es hasste, nicht zu wissen, in welchem Zustand sie die Karre wieder antreffen würde, ging sie meistens lieber zu Fuß. Fahrrad oder Motorino waren ihr zu gefährlich – in dem Punkt war sie komplett unitalienisch.

Roberto schmiss im Boot den Motor an. Die »Rita«, die manchmal Mucken hatte, reagierte prompt. Sie war nach Robertos Ex-Frau benannt, von der er sich schon vor 15 Jahren hatte scheiden lassen, und entsprechend wartungsbedürftig.

»Ciao Bellissima!«, rief er Giulia zu. »Amore. Ich hab schon Panini besorgt. Caffè?«

»Grazie, hab schon einen getrunken.« Sie sprang an Bord, umhalste und küsste ihn. Er wirkte zerknittert und schmeckte nach Salz. Giulia strich ihm durch die wuscheligen grauen Locken, die ihm noch feucht bis auf die Schultern fielen. Am Hinterkopf wurden sie dünn.

»Du siehst umwerfend gut aus«, sagte Roberto, der fast einen Kopf größer und kräftig war. Er fasste sie an den Schultern, hielt sie auf Armlänge von sich weg und strahlte. Für einen Mann, der auf die 60 zuging und immer noch gelegentlich rauchte, hatte er erstaunlich weiße und makellose Zähne. »Meine Giulia, du wirst mit jedem Tag schöner. Certo!«

»Ah, no.« Giulia legte den Kopf in den Nacken und lachte. Seit gut zwei Jahren war sie mit Roberto Colleoni, einem passionierten Koch und Gastwirt, zusammen, der am Ortsausgang von Marina direkt am Meer ein Ristorante betrieb, das »Da Roberto«, und dort in der Küche die Fische briet, die er selber fing. Sie betrachtete es als Fluch und Segen zugleich. Er war der Grund, weshalb sie weiter zwischen der Maremma und Florenz pendelte. Und sich weder durchringen konnte noch zwingen musste, eine Entscheidung zu fällen, die mit Mitte 50 längst anstand. Mit 25 war aus der Kunstgeschichts-, Germanistik- und Philosophiestudentin Julia Nast die Florentiner Zahnarztgattin Giulia Franca geworden. Nach 30 Jahren konnte sie nicht einfach nach Stuttgart zurück. Aber sie konnte auch nicht ewig *la Tedesca*, die Deutsche, bleiben. An Robertos Seite war sie im Dorf eine Fremde. Das tat ihr weh. Obwohl sie mitunter Heimweh hatte, das brannte wie ein Phantomschmerz, fühlte sie sich in der Toskana zugehörig, halbwegs beheimatet. Doch ihr Zuhause war immer noch in Florenz. Dort war ihre Familie, waren ihre Freunde. Dort war ihre Agentur, die Agenzia Azzurro Vacanze Verde, die Ferienwohnungen vermittelte, Toskana-Aufenthalte organisierte, Touristen bespaßte, Seminare bestritt. Das alles konnte sie auch über Internet erledigen. Allerdings arbeitete sie in Florenz nebenher für Carlo Scarivari, einen Immobilienmakler, mit dem sie das Büro teilte. Es lag zentral in der Via Porta Rossa zwischen Via Calzaiuoli und Via Tornabuoni, auf halbem Weg zwischen Arno und Dom. Mitten in der Nacht hatte Carlo sie angerufen, weil er auf seinem Handy einen Anruf erhalten hatte, der für sie bestimmt gewesen war. Das Display zeigte eine deutsche Nummer, und der Mann sprach nur Deutsch und Englisch. Beides verstand Carlo immerhin mehr als mangelhaft, aber der Deutsche habe herumgedruckst. Obwohl er überaus verzweifelt gewirkt habe, konnte ihm Carlo nicht entlocken, um was es ging. Er gab Giulia die Nummer, und der Name kam ihr sogleich bekannt vor. Peter Müller. Einer ihrer Klienten. Als keiner sich meldete, sprach sie auf die Mailbox.

Das Licht war diesig, das Wasser glatt. Als sie die Küste verließen, ging über dem Tyrrhenischen Meer die Sonne auf. Mit Macht schob sich das orangerote Rund in den fahlen Morgenhimmel. Ein leiser Wind strich ihr durch die Locken und kitzelte Giulia am Ohr. Es roch nach Motoröl, Schiffsdiesel und Fisch.

»Worüber denkst du nach?«, fragte Roberto, fuhr sich durch die Haare und band sie zu einem Dutt zusammen. »Was quält dich? Jetzt sag schon. Dimmi, Amore.«

»Wir sollten mal wieder Spinoza lesen.« Giulia sah ihn an. »Wie findest du den: *Einzig der ist frei, der mit freier Zustimmung unter der Leitung der Vernunft lebt.*«

»Sì. Das lässt sich hören.« Roberto grinste. »Vor Gericht und auf hoher See allemal.«

Giulia verstand, worauf er anspielte. Er dachte an das Ökosystem der Weltmeere. Seit einigen Jahren organisierte er Pescaturismo. Er nahm interessierte Urlauber zum Fischfang mit und erklärte ihnen, wie sich der Stoffkreislauf regulierte und der Fischbestand langsam wieder erholte. Jahrelang war das Meer von gesetzlosen Fischern, den Pirati, rücksichtslos leergefischt worden. Dann verfolgten entschlossene Aktivisten eine radikale Idee. Vor der Küste wurden Betonwürfel mit Widerhaken versenkt, um die Schleppnetze der Pirati zu zerreißen. Viele Touristen kapierten nicht, warum vorher keine Gesetze griffen. Rettend war allein die Tat.

Unweit vom Ufer sicherte Roberto das Boot und warf die großmaschigen Treibnetze aus. Sie waren relativ instabil, hielten keine zu großen und fassten keine zu kleinen Fische und verhinderten, dass er durch den Beifang seinen Teil zur Überfischung beitrug. Giulia freute sich schon auf ihr Frühstück: Sie würden frische Panini mit rohem Fisch belegen, mit Olivenöl bestreichen und mit Rosmarin bestreuen. Dazu gab es Kaffee aus der Thermoskanne und Wasser.

Roberto, der mit den Netzen hantierte, sang eine Arie aus einer italienischen Oper, in der sehr viel Amore vorkam. Wie alle Italiener schrie er beim Singen.

Giulia blinzelte in die Sonne, die rasch an Kraft gewann. »Es wird wieder ein wunderbarer Tag werden. Wolkenlos und windstill.«

»Hoffentlich wird es nicht noch heißer«, erwiderte Roberto, der seine Nummer abrupt unterbrach. »Das Wasser in der Lagune ist schon wieder viel zu warm.«

Wie immer sprach Roberto mit einer leidenschaftlichen Emphase. Stets gestikulierte er, entwickelte dabei eine lebhafte Mimik; er drückte auf die Stimme und legte eine besondere gefühlsmäßige Betonung in einzelne Worte, als verkünde er Botschaften von größter Wichtigkeit. Giulia fand auch das typisch italienisch.

Genau zwei Jahre zuvor waren im Tyrrhenischen Meer innerhalb von drei Tagen 200 Tonnen Fische gestorben. Damals hatte die Wassertemperatur in der Laguna di Orbetello ein Rekordhoch von 34 Grad erreicht. Dort maß man die höchsten Temperaturen im gesamten Mittelmeerraum. Obwohl die Fischer kaltes Wasser in die Lagune pumpten, konnten sie das Fischsterben nicht stoppen. Tausende von stinkenden verwesenden Fischkadavern trieben im Meer und mussten weggeräumt werden. Der Bürgermeister von Orbetello rief auf dem Höhepunkt der Ferien den hygienischen Notstand aus. Das Ganze hatte allein für die Fischer auf der Halbinsel Monte Argentario zu einem Schaden von zehn Millionen Euro geführt. Viele gingen pleite. Welche verheerenden Folgen es für die Hotel- und Restaurantbesitzer, die Schiffsverleiher, Campingplatzbetreiber und somit für den gesamten Tourismus hatte, wurde nie untersucht. Da die Urlauber sich zurückhielten oder abreisten, gab es beträchtliche Verluste.

Roberto hatte sein Ristorante vorübergehend schließen müssen. Obwohl es nicht weit von der Punta Lividonia entfernt lag, einem gigantischen Aussichtspunkt mit einem spektakulären Leuchtturm, blieben mitten in der Hauptsaison die Gäste aus. Als er zwei Wochen später wieder aufmachte, änderte er vorübergehend seine Speisekarte. Statt Fisch nun Fleisch, oder vegetarisch und vegan. Um die Einbußen zu verkraften, entließ er zwei seiner Kellner und bat Giulia, kurzfristig einzuspringen. Sie arbeitete umsonst, ohne einen Cent, und für zwei. Es machte ihr Spaß. Seither half sie jeden Sommer aus. Nun war es schon der dritte.

Während Roberto sang und werkelte, las Giulia den Anfang eines Buches, das sie ausgeliehen und dann ein paar Wochen lang liegen gelassen hatte. Es handelte sich um den Familienroman einer jungen süddeutschen Autorin, Merle Engel, der teilweise in der Toskana spielte und den Giulias Freundin Camilla für den renommierten Verlag Buonarotti ins Italienische übersetzen wollte. In den Titel »Muränenmahl«, ein dickes Debüt, flossen wohl eigene Erfahrungen ein. Jedenfalls stand das auf dem Klappentext. Obwohl Giulia mit der allzu jungen, betont fetten Sprache des übertrieben umfangreichen Werks nicht immer zurechtkam, war die Story um die Familie Teufel, die drei Generationen umfasste, von der ersten Seite an fesselnd und mitreißend, und sie merkte erst, wie viel Zeit vergangen war, als die Sonne stach und sie schwitzte. Sie zog die Fleecejacke aus. Roberto holte die Netze ein. Sie sprang auf und packte mit an.

Die Ausbeute war mager. Immerhin vier Wolfsbarsche und zwei Doraden, die Roberto nach einer Bekreuzigung sofort per Kopfschlag tötete und mit einem scharfen Messer ausnahm.

»Erinnerst du dich an den Klienten, der an Pfingsten beim Tauchen einem Großen Roten Drachenkopf begegnet ist? Und der so unglücklich mit seinen Giftstacheln in Kontakt kam, dass er gestochen wurde?«

»Certo!«, sagte Roberto. »Dieser Peter. Was ist mit ihm?«

»Irgendwas stimmt nicht. Heute Nacht hat er bei Carlo angerufen und wollte mich sprechen. Keine Ahnung, was los ist.«

»Vielleicht Komplikationen mit der Krankenversicherung«, schlug Roberto vor.

»Ruft man deshalb nachts an? Es muss was Ernstes sein. Er hat das ja nur knapp überlebt. Er hatte höllische Schmerzen und hat sie vielleicht wieder. Du weißt ja, noch Monate später können anfallartige Schmerzzustände und Kreislaufzusammenbrüche auftreten.«

Roberto übergoss sich die Hände mit Wasser und rieb sie an einem Küchentuch ab. Er blinzelte in die Sonne und grinste. »Der Drachenkopf ist ein schmackhafter Speisefisch mit einem zarten Fleisch. Man kann ihn im Steinofen braten. Wie die Muräne. Weißt du noch, die Mittelmeer-Muräne mit dem Drachenkopf im Maul? Das war ein Fang! Fressen und gefressen werden! Wer zuletzt isst, isst am besten.«

Giulia verstaute die beiden Eimer mit den Fischen. »Ich hab Peter auf die Mailbox gesprochen, aber er hat nicht zurückgerufen bisher.«

»Haben wir hier draußen überhaupt Empfang? Er wird sich schon melden.«

Roberto fuhr das Boot zurück. Sie blickten auf weißblaue Buchten.

Die Hitze nahm rasch zu. Als Giulia am Vormittag im halb verwilderten Gartengrundstück neben dem Ristorante Kopfsalat und Pastatomaten erntete, feste, ovale rote Früchte der Sorte »De Berao«, läuteten die Glocken der Chiesa. Auf ihrem Telefonino erschien eine deutsche Nummer. Mit ihrem dreckigen Daumen wischte sie über das Display, das von der Sonne halb blind war. »Pronto!«

»Grüß Gott, mit wem spreche ich?«

Die Stimme klang zu jung. Doch der Mann sprach mit einem bodenseealemannischen Akzent. »Giulia Franca. Von der Agenzia Azzurro Vacanze Verde. Bist du es, Peter?«

»Nein, hier ist Justus Fischer. Ich bin der Pfarrer der Katharinengemeinde in Konstanz und geistlicher Beistand von Dr. Müller. Ich versuche, meinem Mitbruder praktisch zu helfen.«

»Ist was passiert?« Giulia klemmte sich das Telefonino ans linke Ohr. Mit dem Unterarm strich sie sich den Schweiß von der Stirn. Dann legte sie eine Tomate in den Korb.

»Es tut mir leid, dass ich Sie stören muss. Dr. Müller erlitt einen Zusammenbruch. Er liegt auf der Intensivstation im Klinikum Konstanz und ist derzeit nicht bei Bewusstsein. Im Notarztwagen, wo ich ihn begleiten durfte, sprach er von einer seltenen Fischvergiftung. Ich dachte zunächst an den geräucherten Felchen, den er verspeist hatte, aber er meinte, ich solle im Bedarfsfall Sie anrufen, Sie könnten mir das erklären. Ihre Nummer fand ich dann auf seinem Handy, das ich an mich nehmen durfte.«

Giulia erzählte Fischer von dem Tauchunglück am Pfingstmontag. »Eine Fischvergiftung war das zwar nicht, aber eine Vergiftung durch die Stacheln eines Fisches«, schloss sie.

»Wie heißt der Fisch?«, fragte Fischer.

»Drachenkopf. Großer Roter Drachenkopf.«

»Seltsam«, sagte Fischer. »Dr. Müller hat sich für ganz andere Fische interessiert, nämlich für Muränen. Er hat da eine Menge gegoogelt und sich Notizen gemacht. Schon bei den Römern galt die Muräne als besonders beliebter Speisefisch. Im alten Rom wurden Mittelmeer-

Muränen in riesigen Becken gehalten, mit Sklavenfleisch gefüttert und in großen Mengen geschlachtet. Was wissen Sie über Muränen?«

»Ich schneide gerade Kopfsalat und pflücke Tomaten«, erwiderte Giulia und blickte an den gut drei Meter hohen Pflanzen hoch. »Ich bin eher für die Beilagen zuständig. Was das angeht, ich helfe aus in einem gut gehenden Fischlokal. In eineinhalb Stunden kommen die ersten Mittagsgäste.«

»Fast kein Fisch kann heutzutage noch bedenkenlos verzehrt werden«, meinte Fischer. »Eigentlich geht nur noch Karpfen.«

»Carpa«, bestätigte Giulia und langte nach einer lauwarmen Tomate. Die harte Haut platzte auf. Aus dem sämigen Fruchtfleisch rann etwas hellrote Flüssigkeit, die aussah wie Fischblut. »Aber was Sie da faseln, ist wirklichkeitsfremd. Ideologisch.«

»Mitnichten. Die Gewässer sind überfischt, die Speisefischbestände erschöpft. Raten Sie mal, wie viel Kilo Fisch ein Durchschnittseuropäer im Jahr konsumiert.«

»Non lo so. Können wir zum Punkt kommen?«

»19 Kilo. Bitte. Also noch mal. Es geht um diese Muränen. Fällt Ihnen irgendwas dazu ein?«

»Was wollen Sie?«

»Ich versuche, meinen Mitbruder zu verstehen. Weil er möglicherweise in eine Sache verstrickt ist, die ich nicht begreife. Wieso hat er sich ausgerechnet mit Muränen beschäftigt?«

»Woher wissen Sie das?«

»Er gab mir … also, das Handy …«

Giulia holte tief Luft. »Okay. Es existiert da ein Problem. In den sogenannten Unterwasserparadiesen nahe der Nachbarinsel Giglio, wo Peter auf meine Empfehlung hin mit seiner Familie den Pfingsturlaub verbracht hat, werden Muränen oft von Tauchern gefüttert. Sie gewöhnen sich rasch daran, jagen nicht mehr und werden aggressiv. Sie fallen Taucher an. Dabei greifen Muränen normalerweise nur an, wenn sie in die Enge getrieben werden. Dann wehren sie sich und beißen. Da sie kräftige Kiefer und spitze Zähne besitzen, sind die Bisse sehr schmerzhaft. Ich habe Peter auf die Gefahr hingewiesen. Er ist ein erfahrener Taucher. Es ist nichts passiert. Also nichts mit Muränen, meine ich. Die Sache mit dem Drachenkopf war ausgesprochenes Pech.«

»Warum wollte er dann das alles nach seinem Pfingsturlaub herausfinden?« Fischer machte eine Pause. Danach referierte er flüssig und schier endlos, was er sich offenbar von Müllers Recherchen hatte merken können: »Bisswunden von Muränen bluten lange, tun sehr weh und heilen schlecht. Oft gelangen Bakterien und Giftstoffe aus der Nahrung in die Wunde. Ein eigenes Gift besitzen Muränen nicht. Allerdings bilden besonders große Arten ein Endglied der Nahrungskette. Als solches reichern sie Gifte in ihrem Fleisch an, das zu Ciguatera-Vergiftungen führen kann. In sieben von 100 Fällen enden sie tödlich.«

Giulia schnappte nach Luft. »Hören Sie …«

»Ciguatoxine sind weder Bakterien noch Viren, sondern Dinoflagellaten: giftige Produkte von einzelligen Geißeltierchen, die in Korallenriffen auf Algen und Seetang leben und von den Korallenfischen gefressen werden. Im Verlauf der Nahrungskette sammelt sich das für die Vergiftung verantwortliche Nervengift und konzentriert sich in den großen Raubfischen.«

»Ja und?«

»Diese Art der einst tropischen Fischvergiftung wird durch die Meereserwärmung zu einem globalen Problem«, schloss Fischer. »Sprich, es gibt massenweise verdorbenen Fisch. Damit ließe sich handeln. Ciguatoxine könnten als biologische Waffen im terroristischen Kampf eingesetzt werden.«

»Und das sollte Müller interessiert haben?«

»Ja klar. Schon rein beruflich, oder? Da treffen sich doch Kriminologie und Neurologie. Ciguatoxine bilden bereits in geringsten Dosen Krankheitsbilder und schwere neurologische Symptome aus. Ich find das ziemlich beeindruckend: Unmittelbar nach dem Verzehr brennt und prickelt der Gaumen. Nach fünf bis sechs Stunden kommt es zu einem Taubheitsgefühl an der Lippen- und Mundschleimhaut; auch die Hände, die Füße sowie das Gesicht fühlen sich taub an. Es entwickeln sich Hautausschläge, Bauchschmerzen, Übelkeit, Erbrechen und Durchfall. Das Wärme- und Kälteempfinden kehrt sich schmerzhaft um. Zudem entsteht ein allgemeines Schwächegefühl. Weitere mögliche Symptome: Juckreiz an Handflächen und Fußsohlen, Schwindel, Kopfschmerzen, Muskelschmerzen, Gelenkschmerzen, Muskelkrämpfe. Es kann zu lebensbedrohlich absinkendem Blutdruck und Herzrasen kommen. Die Magen-Darm-Beschwerden klingen meist nach ein bis zwei Tagen wieder ab. Die charakteristischen neurologischen Symptome können oft Wochen bis Monate bestehen bleiben. Die Vergiftung der Fische lässt sich durch Geschmack oder Geruch nicht erkennen. Außerdem werden Ciguatoxine nicht inaktiv – weder durch Erhitzen oder Gefrieren noch durch Magensäure. In gefrorenem Fisch sind sie unbegrenzt haltbar.«

»Tja. Ein kühner Schluss, da gleich an ein Kampfmittel für den Dschihad zu denken.« Giulia kam sich überfahren vor und war von diesem zwanghaften Vortrag komplett ermattet. Knapp berichtete sie vom »Muränenmahl«. »Peter hat das Buch mitgebracht und es erst Camilla Bruni gegeben. Sie ist Übersetzerin und sucht dafür nach einem Verlag. Es ist ein gewaltiger Erstling. Die Autorin heißt Merle Engel. Camilla hat mir das Buch geliehen. Es geht um eine – wie sagt man – opulente Familiengeschichte. Ich habe es noch nicht zu Ende gelesen, aber es soll zumindest teilweise autobiografisch sein.«

»Vielleicht sollte ich es auch lesen«, meinte Fischer. »Geht es dort um Vergiftungen?«

»Nein, bisher zumindest nicht. Ich bin ja noch nicht durch. Was wollen Sie eigentlich?«

»Es dreht sich um das Beichtgeheimnis eines mir fremden Kunden.« Fischer räusperte sich. »Und darum, womöglich Schlimmeres zu verhindern. Sind Sie katholisch? Ich wünsche Ihnen neben Gottes Segen noch einen schönen Sonntag.«

»Katholisch?« Ich nicht, dachte Giulia, aber dass Roberto mit dem Alter immer katholischer wurde. Sie hätte gerne den Pfarrer gefragt, ob es dieses Phänomen in Deutschland auch gab.

»Wenn Ihnen irgendetwas einfällt, das von Bedeutung sein könnte, dann melden Sie sich bitte«, bat Fischer. Damit war das Gespräch beendet.

»Giulia F., geboren in Stuttgart: Mit 25 Jahren ist sie ausgewandert. Das bereut sie heute bitter. Doch 30 Jahre später führt kein Weg zurück. Ihre Ehe ist gescheitert, sie hat zwei erwachsene Kinder, aber sie schafft den Absprung nach Deutschland nicht mehr. Giulia F. ist Inhaberin einer Tourismusagentur. Sie gilt als eine zupackende, leidenschaftliche und humorvolle Frau, doch sie ist zerrieben zwischen zwei Kulturen; ihre Wurzeln spürt sie zwar noch, aber ihr Erbe lebt sie nicht mehr. Das führt immer wieder zu Konflikten. Beispielsweise findet sie Carlo S.s Geschäftsgebaren widerwärtig. Ihr Bürokollege, ein Immobilienmakler, für den sie nebenbei auch arbeitet, legt Leute, die in der Toskana blind Häuser kaufen, einfach aufs Kreuz. Und Roberto C., ihr Lebensgefährte, der ein gut gehendes Fischlokal führt, gibt in seinem Restaurant Ware, die vermutlich aus China kommt, für fangfrisch aus. Giulia F. findet das verwerflich, aber Roberto C. ruft, was soll ich machen, die Gewässer sind leer, die Gäste wollen Frischfisch. Mein Essen schmeckt! Es ist gut, es ist bezahlbar, es ist sorgfältig zubereitet. Und Carlo S. grinst. Warum soll man Menschen um ihren Traum bringen, dass sie in der Toskana ein glückliches Alter verleben, bloß weil die Leitungen im Haus schadhaft sind und die nächste Bäckerei zehn Kilometer entfernt? Giulia F. wünscht sich, noch einmal im Leben auf jemanden zu treffen, der ihr in moralischer Hinsicht entspricht. Einen geraden, kompromisslosen Menschen, dem zutiefst schwäbische Werte wie Sauberkeit, Pünktlichkeit und Ehrlichkeit, verbunden mit Demut und Erbarmen, wirklich etwas bedeuten. Sie ahnt nicht, was das für Schwierigkeiten mit sich brächte. Sie ist in vielerlei Hinsicht naiv. Und sie liebt die Sonnenuntergänge hinter dem Felsen, vor dem das Meer liegt. Sie wird die Toskana nicht mehr verlassen.«

»Was für ein Hornochse«, sagte Giulia und klickte mit der Maus auf die Stopptaste. »Dabei tat er so leutselig, dieser Frischluftfilmer, aber er hat nicht das Geringste begriffen. Nun ja. Man sollte Klienten nie das Gefühl geben, sie kämen in irgendeiner Weise an einen heran. Sonst gehen sie mit dem, was man ihnen freizügig mitteilt, gerade so um, wie es ihnen passt.«

»Mach dir nichts draus«, sagte Camilla, die mit ihr in der Terrassentür unter dem Sonnenschirm saß und einen Cappuccino trank. Sie besaß eine volltönende, angenehme Stimme. Zu einem grell geblümten Baumwollkleid trug sie hochhackige Silbersandalen. Ihre Haare waren ein Flammenmeer. Kein Unbeteiligter wäre auf die Idee gekommen, dass sie eine Queer-Feministin war. Sie hatte Anfang der 1990er-Jahre über Gender Studies promoviert und ging davon aus, dass die geschlechtliche und die sexuelle Identität erworben waren. Sie interessierte sich neben der Literatur, die sie übersetzte, ausschließlich für die Kraft der Normen und die Strukturen der Macht. Roberto, der Camilla lange kannte, behauptete, sie sei in der Jugend *Camillo* Bruni und sein bester Kumpel gewesen. Giulia glaubte ihm nicht. Camilla war gut zehn Jahre jünger als er.

Giulia schwenkte die Faust. »Vaffanculo. Ich bin stinkwütend.«

»Du meine Güte. Wegen so einem Trottel von Hobbyjournalist.« Camilla grinste.

»So ein Bockmist. Man sollte diesen Muckenschädel mundtot machen.«

»Lohnt sich nicht.«

»Non me ne frega un cazzo! Das ist mir scheißegal. Wenn der sich hier noch mal blicken lässt, kann er was erleben.« Giulia lachte. Sie gab Camilla das Tablet zurück. Gemeinsam hatten sie sich auf YouTube »Die Toskanafraktion – Folge 7« angesehen, eine Reihe erzreaktionärer und idiotischer Blindfischreportagen, die privat im Internet kursierten.

Das »Da Roberto« hatte drinnen im Lokal nur vier kleine quadratische Tische, aber auf der Terrasse, die zum Meer hinunterging, war beliebig viel Platz. Wenn mehr Gäste kamen, stellte Roberto noch Tische dazu, improvisierte Sitzgelegenheiten. Zur Not hängte er eine Tür aus, legte sie auf die beiden Regentonnen und bespannte sie mit einem frisch gebügelten weißen Leintuch.

Am Vorabend war das Ristorante völlig überlaufen gewesen. Schon vor acht waren die eingedeckten Tische besetzt, und als eine Dreiviertelstunde später die Sonne über dem Meer nahe der Landzunge unterging, hockten leicht bekleidete Gäste mit Rotweinkaraffen und Antipastitellern auf den Felsen unten am Ufer. Sie lachten und lärmten gegen das Tosen des Meeres an. Ihr Geschrei verlor sich zwischen Wellen und Motoren. Wie jeden Samstag im Hochsommer war Party an der Strandpromenade von Marina. Dort wimmelte es von lärmenden Leuten. Dicht gedrängt flanierten Urlauberfamilien und Einheimische. Erhitzte, verschwitzte Körper drückten sich aneinander vorbei, gebräunte, gerötete Gesichter, gestylte Frisuren, tätowierte Schultern, sandige Beine. Viele Italiener führten Hunde an der Leine, meist allerliebste Dackel. Der südländische schwarzbraune Kurzhaardackel war, kurz vor seiner Ausrottung, groß im Kommen. Die Dackeldichte auf dem Korso war immens. Es roch nach Hundescheiße und Schweiß, nach Sonnenöl, Tomatensoße, Himbeereis und Salz. Händler boten alles Erdenkliche an, sogar Bücher. Die lange Reihe der Buden ging vom Jachthafen in Marina Centro bis hinaus zu »Da

Roberto«, wo man unwillkürlich landete und oft auch auf ein Glas Sangiovese, ein paar Scheiben Salami, eine Portion frischer Scampi und ein Häuflein Spaghetti alla Bottarga blieb. Und als um Mitternacht das Feuerwerk abbrannte und der Himmel über dem Hafen aufleuchtete, goss sich Giulia ein Glas Vernaccia ein und schloss die Kasse.

Als nun am Sonntag gegen zwei die letzten Mittagsgäste aufbrachen und die hochstehende Sonne stach, fühlte sie nach einem Teller Tagliatelle eine Müdigkeit aufsteigen, die sie zwang, sich flach auf den Boden zu legen. Giulia schloss die Augen. Ihre Lider flackerten. Alles war orangefarben.

»Komm«, sagte Camilla und streckte ihr die Hand hin. »Gehen wir eine Runde schwimmen. Siesta ist doch was für Weicheier!«

»Gleich.« Giulia blinzelte und ließ sich hochziehen. »Ich hab übrigens endlich das Muränenbuch angefangen.«

»Und?«

»Ganz gut. Wie ist dieser Peter eigentlich darauf gekommen?« Giulia ließ sich auf ihren Stuhl fallen und schenkte sich Wasser nach.

Camilla scherrte sich am Kopf und wickelte die Haarpracht zu einem Knoten. Auf die Innenseite ihres linken Oberarms war ein zierlicher Skorpion tätowiert. »Ich glaube, das war, nachdem du ihm von den Problemen beim Tauchen gemailt hast. Dann hat er ›Muräne‹ gegoogelt und stieß auf den Roman. Der hat ja in Deutschland Furore gemacht. Es gab einen richtigen Skandal.«

»Verrate mir mal nicht den Schluss. Aber was war der Anlass?«

Camilla seufzte. »Mitglieder der Familie haben sich wiedererkannt und ein riesiges Theater veranstaltet. Es gab sogar eine einstweilige Verfügung, oder wie das heißt. Die wurde dann aber wieder aufgehoben. Jedenfalls ist nichts passiert. Der Roman wurde weiter verkauft. Mit steigender Auflagenzahl. Und nun wird er ins Italienische übersetzt. Signor Buonarotti ist dabei. Ich hab den Vertrag so gut wie in der Tasche.«

»Glückwunsch.« Giulia war kurz davor, Camilla vom Anruf des Konstanzer Pfarrers zu erzählen, ließ es dann aber. Wenn sie zum Strand runter wollten, konnten sie keine Endlosdiskussionen führen.

»Was ist Peter eigentlich von Beruf?«, fragte Camilla. »Komisch, ich habe ihn nie danach gefragt. Ich weiß nur, dass er nichts mit Büchern zu tun hat.«

»Nein, er ist Arzt«, antwortete Giulia. »Und er steckt möglicherweise irgendwie in Schwierigkeiten. Das ist jetzt aber nur so ein Gefühl. Also los! Einverstanden. Bevor ich meinen Mittagsschlaf halte, schwimmen wir eine Runde.«

Sie schnappten sich ihre Taschen, die stets gepackt waren mit dem Allernötigsten. Und rannten Hand in Hand hinunter ans Ufer.

Der Himmel war weiß vor Hitze, das Meer türkisfarben, der Sand glühend. Camilla, die keine Flipflops dabeihatte, quiekte. Der Strand war leer bis auf ein paar unbelehrbare nordeuropäische Rucksacktouristen, die sich in ihre leuchtend bunten Iglus zurückgezogen hatten. Giulia spannte den Sonnenschirm auf, den Roberto in den Boden gerammt hatte. Sie legten Matten und Badetücher aus. Das Wasser war ruhig und kristallklar. Als sie im Bikini hinein in die sich kräuselnden Wellen liefen, bewunderte Giulia Camillas elegante Kurven. Für eine Frau hoch in den 40ern war Camilla in einem selten privilegierten Zustand. Sie hatte begnadete Gene. Sie war schön, sie war schlau, sie war sportlich. Munter schwang sie sich in die Wogen, warf sich zurück, ließ sich treiben. Schwamm hinaus. Giulia war keine Wasserratte. Aber sie machte gern eine Weile mit, ehe sie zurück ans Ufer stakste und auf ihr Badetuch fiel. Sie döste ein, bis der Refrain einer Canzone von Lucio Battisti in ihr Bewusstsein drang: »Acqua azzurra, acqua chiara / con le mani posso finalmente bere. / Nei tuoi occhi innocenti / posso ancora ritrovare / il profumo di un amore puro, / puro come il tuo amor.«

Giulia sah von Camilla bloß noch einen stecknadelgroßen Kopf. Lucio sang weiter: »Ti telefono se vuoi / non so ancora se c'è lui … / accidenti che farò …«

Sie griff in Camillas Tasche, fischte nach dem Telefonino, knipste. »Pronto! Ciao, che fai?« Ohne es zu merken, zitierte sie den Anfang des alten Schlagers, der sie aus dem Schlaf gerissen hatte.

»Sind Sie das, Camilla Bruni?« Eine deutsche Stimme. Die Stimme einer Frau.

»Certo.« Giulia wusste nicht, was sie dazu veranlasste, sich für ihre Freundin auszugeben. Es war harmlos. Ein Spiel. Sie dachte sich eigentlich nichts dabei.

»Ich warne Sie. Lassen Sie das.« Die Frau sprach mit einem süddeutschen Akzent.

Oha. »Was denn?« Giulia war verwirrt.

»Das wissen Sie genau.«

»Ich weiß gar nichts. Sie müssen schon deutlicher werden.«

»Wir möchten nicht, dass sich dieses Machwerk noch weiter verbreitet. Also lassen Sie davon ab.« Die Frau seufzte. Sie klang müde. Sie klang alt.

»Ach so. Na dann. Reden Sie vom ›Muränenmahl‹?« Giulia war mit einem Schlag hellwach. »Verstehe. Geht Sie das was an? Hat man vielleicht auch einen Namen?«

»Es geht mich sehr wohl was an. Ich bin Traude Engel, die … die Stiefgroßmutter von Merle Engel. Hören Sie: Merle hat jetzt schon so viel Unfrieden in der Familie gestiftet … Und viele von denen, die es betrifft, leben in der Toskana. Oder sonst wo in Italien. Wenn das Buch auf Italienisch erscheint … Ich flehe Sie an. Ich … ich zahle auch dafür. Was bekommen Sie für die Übersetzung?«

Giulia hatte keine Ahnung. Camilla hatte mal was gesagt. Aber was? »25 Euro pro Seite?«

»50«, sagte Traude Engel. »100. 100 sind mein letztes Wort. Ich zahle Ihnen 100, und Sie sorgen dafür, dass das Machwerk in Italien nicht herauskommt.«

»Wie stellen Sie sich das vor?«

»Ganz einfach. Sie schreiben ein Gutachten, dass das Buch nichts taugt. Das geben Sie Buonarotti. Wenn der aussteigt – er ist der Größte – sind wir raus.«

»Sie sind vom Fach.« Giulia war baff.

»Keineswegs. Aber so geht die Welt.«

»1.000«, sagte Giulia.

»1.000 was?«

»1.000 Euro pro Seite.« Giulia griff in ihre Tasche, fischte nach dem Roman. Das »Muränenmahl« hatte 587 bedruckte Seiten. »Macht 587.000 Euro.«

4.

NSA Zweigstelle Rom

TOP SECRET // Intensive Überwachungsoperation Calamari Romana

Ziel: Durchdringung der Kommunikationswege des Vatikans im Hinblick auf die Wirtschafts- und Finanzorganisation des Heiligen Stuhls

Schreiben von Andrea Tedesco, dem Vorsitzenden einer Untersuchungskommission mit unbekanntem Auftrag, wohnhaft in Florenz, an einen führenden Amtsinhaber des Heiligen Stuhls, Identität verschlüsselt.

Nachrichtenquelle: 3450däu§ltzß36541qF

Datum und Uhrzeit: |||||||||

Hochwürdigste Exzellenz,

im Hinblick auf die Erfüllung der ihr von Seiner Heiligkeit übertragenen Aufgabe ist die Task-Force im Aufbau und um mehrere Sachverständige erweitert worden. Wie vorgesehen bin ich mit einer Kerntruppe nach Altötting gefahren, um in der Gnadenkapelle das Gnadenbild der Schwarzen Madonna in Augenschein zu nehmen. Wie Sie wissen, erfreut sich Altötting als Marienwallfahrtsort weltweiter Beliebtheit, und so herrschte dort ein reger Pilgertourismus. Um unser Vorgehen nachvollziehbar zu machen, möchte ich kurz ausholen und die Geschichte des Wunders einflechten, die Sie freilich in

Umrissen schon kennen: 1489 ist ein dreijähriger Junge in den Bach gefallen. Die völlig aufgelöste Mutter brachte das ertrunkene Kind in die Marienkapelle, wo sie es auf den Altar legte und mit anderen Gläubigen für seine Rettung betete. Schon bald regte sich das scheinbar oder realiter tote Kind und kehrte zu den Lebenden zurück. Der Legende nach wurde der Junge in späteren Jahren zum Priester geweiht.

Schon viel früher, um 1330, war das frühgotische Bild der Schwarzen Madonna mit dem Jesuskind in der Kapelle aufgestellt worden. Es ist aus Lindenholz geschnitzt und dient seitdem der Anbetung, die alljährlich am 15. August, dem Fest Mariä Himmelfahrt, ihren Höhepunkt erreicht. Auch Joseph Ratzinger ist schon als Kind häufig nach Altötting gepilgert. Als großer Marienverehrer legte Papst Benedikt XVI. bei einer Wallfahrt am 11. September 2006 seinen Bischofsring, den er bis zur Papstwahl getragen hatte, vor dem Gnadenbild ab. Er wurde am Zepter der Muttergottesstatue befestigt. Als die Gnadenkapelle Ende Februar 2011 wie in jedem Jahr für die Generalreinigung zwei Wochen lang geschlossen war, wurden auch am Gnadenaltar Reinigungsarbeiten vorgenommen. Dem zehnjährigen Philipp E., dem einzigen Sohn einer damit befassten italienischstämmigen Fachkraft, der an unheilbarer Leukämie litt und austherapiert seinen Tod erwartete, gelang es, in einem unbeobachteten Moment den Bischofsring mit seinen Händen zu berühren. Er erhoffte sich seiner eigenen Aussage zufolge davon kein Wunder, sondern er wollte den Ring bloß aus Neugier anfassen. Doch in diesem Augenblick erlebte der Junge, der wegen des protestantischen Vaters nicht einmal rechtgläubig war, eine Spontanheilung. Alle

Symptome waren mit einem Mal verschwunden, und sein Blutbild wurde völlig normal.

Da die Eltern Philipp aufgegeben hatten und der letzte Arztbesuch schon Wochen zurücklag, in denen es ihm konstant schlechter gegangen war, weigerte sich der behandelnde Hausarzt, ein Wunder zu attestieren. Auch hatten die Eltern daran überhaupt kein Interesse. Lediglich Philipp bestand darauf, als er drei Jahre später konfirmiert werden sollte, der Sache nachzugehen. Er wandte sich an die zuständige Diözese und stieß dort auf begeisterten Zuspruch. Nachforschungen wurden angestellt, Gremien gebildet. Halbwissen paarte sich mit wissenschaftlichem Dilettantismus.

Wie Sie wissen, wurde ich von oberster Stelle hinzugezogen, um eine Kommission zu bilden, die diesen Fall aufklärt. Das Ziel dieses Auftrags ist Ihnen hinlänglich bekannt. Ebenso dürften Sie mit den Schwierigkeiten einigermaßen vertraut sein. Mit der misslichen Entwicklung der letzten Jahre sind wir nun konfrontiert. Wie durch ein Wunder (sic!) konnte es gelingen, dass die Angelegenheit nicht ans Licht der Öffentlichkeit gelangte. Leider können wir Philipp nicht mehr befragen und seine Eltern nicht zurate ziehen, weil alle drei im letzten August bei einem Bootsunfall ertrunken sind. Die E.s waren unterwegs in den Süden und machten vorher einen Abstecher an den Bodensee, weil sie dort Verwandte besuchen wollten. Sie mieteten ein Wassersportgerät und fuhren los, obwohl die Sturmwarnleuchten angingen. Binnen weniger Minuten gab es ein Gewitter. Unweit von Markelfingen im Untersee geriet das Boot in Seenot, und die DLRG Konstanz konnte bei ihrem Einsatz nur noch die Leichen bergen. Die Rekonstruktion des Unfalls ließ so wenig wie die Obduktion daran zweifeln, dass die Familie verunfallt war, weil sie das Naturgewässer unterschätzt hatte. Unglücke dieser Art passieren leider immer öfter. Im Jahr rückt die DLRG Konstanz inzwischen zehn Dutzend Mal aus.

Was uns nun wirklich irritiert und stört: Bereits 2008 gab es ein anonymes Bekennerschreiben, wonach der Ring vertauscht worden sein sollte. Angeblich wurde er auf dem Devotionalienschwarzmarkt versteigert. Sachverständige wurden von einem internen Kreis eingeschaltet, die jedoch nichts erkennen und beibringen konnten. Die Experten pochten auf die Echtheit des Rings, der allerdings auf verborgenen Seiten mit schwerwiegenden Detailangaben im Darknet kursierte und dort Bieter fand. Sollte es wahr sein, dass der Bischofsring vertauscht wurde, wäre das Wunder noch unwahrscheinlicher und für unsere Behufe zwecklos.

Ein Schulaufsatz, den Philipp kurz nach seiner Genesung geschrieben hat, gelangte durch eine Befragung eines früheren Lehrers in unsere Hände. Er gibt uns Rätsel auf. Philipp erzählt davon, dass in der Gnadenkapelle Herzbestattungen stattfanden. (Das stimmt, wenn man den Zeugnissen glaubt. In nicht geringer Zahl. Als Agnostiker – verzeihen Sie mir dies Bekenntnis – kann ich mit der mystischen Dimension dieser Angelegenheit nichts anfangen.) Aber denken Sie doch an Schneewittchen! Davon erzählte der Junge. Er gab das Märchen wieder. Der Jäger habe bei dem Frischling Lunge und Leber durchbohrt, die Königin, das boshafte Weib, habe beides in Salz gekocht gegessen, doch wo blieb das Herz? Das fragte Philipp. Er stellte die These auf, Schneewittchens Herz sei in der Gnadenkapelle bestattet. Der Deutschlehrer der damals fünften Gymnasialklasse, ein Oberstudienrat mit Namen Ernst Engel, inzwischen im Ruhestand, kann Auskünfte geben.

Hinsichtlich Ihres Anliegens stehe ich jederzeit zu Ihrer Verfügung und danke für die erwiesene Großzügigkeit.

Ihr ergebenster Diener Andrea Tedesco

5.

Am letzten Julisonntag hielt Fischer den finalen Neunuhrgottesdienst vor seinem Urlaub ab. Obwohl draußen ein leuchtender Sommertag lockte, tröpfelten nach dem Zusammenläuten drei Dutzend Gläubige ins Innere der Kirche, die aus Beton war und die Form eines Schiffes hatte. Sie war in den 1960er-Jahren erbaut worden und gemahnte an eine Arche. Die Bullaugenfenster waren bunt verglast, der Boden war aus groben Holzplanken, der Tabernakel aus Pflastersteinen. Die Bänke waren ebenso wie Altar und Lesepult von einer Beschützenden Werkstätte gefertigt worden. Statt eines Kreuzes gab es ein riesiges Wandgemälde eines damals in der Region namhaften, inzwischen vergessenen Künstlers, das einen etwas abstrakt anmutenden Jesus zeigte, der die Hände gen Himmel hob. Obwohl seine Körperhaltung die Form des Kreuzes erahnen ließ, war das Kreuz selber nicht sichtbar. Diese Darstellung hatte seinerzeit zu erheblichem Ärger geführt und irritierte noch immer. Der barocke Beichtstuhl hingegen, das Schmuckstück der Kirche, erfreute sich lebhaften Zuspruchs. Auch die Kinder schlüpften gerne hinein; mitunter bloß, um Verstecken zu spielen. Fischer ließ sie gewähren – nicht ohne ihnen nahezubringen, was es mit dem Bußsakrament auf sich hatte. Das hatte zur Folge, dass sie gern zum Beichten kamen. Fischer war mitunter der Einzige, der ihnen zuhörte. Und beim Erzählen erfasste sie eine Leichtigkeit. Danach schwebten sie fort wie kleine Engel.

Die Kinder hatte Fischer am Mittwoch mit einem Schülergottesdienst in die Sommerferien entlassen. Er hatte ihnen dafür extra seinen Segen gegeben. Der Kindergottesdienst um elf Uhr entfiel somit. Etwa ein Drittel der Besucher, die um neun kamen, waren alte Leute. Die Eckerles fehlten. Dafür waren einige der Asylbewerber erschienen, die im Katharinenhaus wohnten. Dass sie nach Konstanz flüchten konnten, verdankten sie der finanziellen Hilfe des Stiftungsrats, dem Fischer angehörte. Die St. Katharinen-Stiftung, die sich ursprünglich um Menschen mit Behinderungen vor Ort gekümmert hatte, half nun auch Christen im Nahen Osten, sich vor dem islamistischen Terror in Sicherheit zu bringen. Darunter waren leider nur wenige Kirchgänger, was Fischer bedauerte. Fast zwei Drittel der Messeteilnehmer waren Mitglieder seiner Verwandtschaft, väterlicher- und mütterlicherseits. Justus Fischer hatte sich aus dem Netz seiner Familie nie befreit. Dort herrschte eine hohe soziale Kontrolle, geprägt von traditionellen Rollenerwartungen, die von keinem hinterfragt wurden. Auch Fischer hielt sich an die Regeln, die ihn zwar einerseits einengten, ihm aber andererseits Geborgenheit gaben und ein zwar überschaubares, aber leichtes Leben ermöglichten. Den Haushalt führte seine über zehn Jahre jüngere Schwester Sarah, die mit dem Downsyndrom zur Welt gekommen war. Im Pfarrhaus arbeitete seine sieben Jahre jüngere Schwester Hannah, die ihm mit ihrem Perfektionismus auf die Nerven ging. Seine Mutter putzte und pflegte die Gräber von Leuten, die keinen mehr hatten, sein Vater setzte alles instand, was kaputt ging. Sein Großvater überarbeitete seine Predigten, und seine Großmutter, die langsam dement wurde, strickte ihm Socken. Cousine Constanze überwachte, ob die Pfarrei den Erfordernissen der WutbürgerInnen- und Willkommenskultur nachkam: Alles musste politisch zum Kotzen korrekt sein. Fischer konnte sich sicher sein, dass er mit ihrer Hilfe keine gravierenden Fehler machte. Constanze und Tante Mechthild, die Schwester der Mutter, sorgten immerhin für die noch fehlende Ergänzung des bürgerlichen Parteienspektrums: Sie waren jenseits von Grün und irgendwo ziemlich weit links. Dieses Mutter-Tochter-Projekt wurde von der zahlenmäßig überlegenen väterlichen Verwandtschaft ignoriert, beziehungsweise ins konservative Schema integriert. Dass sich Mechthild und Constanze in der Ökologie- und Flüchtlingsbewegung engagierten, fiel nicht weiter auf, denn das taten andere auch. Alles hielt sich im Rahmen der gängigen Rollenerwartungen und eingeübten Rituale. Männliches und weibliches Tun orientierte sich an dem, wie es immer schon war und fürderhin zu sein hatte.

Die Fischers waren alteingesessene Konstanzer, die seit Generationen am See lebten. Justus war das zweitälteste von sieben Geschwistern. Clemens, der Erstgeborene, war am plötzlichen Kindstod gestorben, eine Schwester, Rahel, als Kleinkind verunfallt. Drei von den Fünfen, die übrig blieben, hielten die Pfarrei zusammen. Die anderen beiden, Esther und August, bauten sich eine Existenz auf und kamen regelmäßig zur Kirche. Es gab kein schwarzes Schaf unter ihnen, niemanden, der ausbrach. Nur wenige aus dem Familienverband verließen Südwestdeutschland. Und natürlich wohnten rund um den Bodensee Onkel und Tanten, Cousins und Cousinen,

Neffen und Nichten. Man war hier daheim. Einige wohnten auch auf der Schweizer Seite. Dort lag im Herbst und im Winter der gleiche Nebel. Manchmal fünf Monate lang. Die Melancholie, die sich über den See senkte, einte scheinbar alle. Denn der Sommer konnte es nicht sein. Da wähnte Fischer stets leise Auflösungstendenzen.

Es waren auch gar nicht alle gekommen. Magda fehlte. Sie war mit der Familie schon in den Ferien. Kasimir fehlte. Ahne Anneli mit ihren Enkeln fehlte. Onkel Engelbert fehlte auch. Seit Tante Beate im Heim war, ließ er sich kaum noch blicken. Dafür spielte das Geschwisterkindskind Laurentia wie immer die Orgel. Während die Gemeinde im Kanon das »Halleluja« aus Taizé sang, spürte Fischer die Hitze, die bis in die Kirche kroch. Sie stieg ihm die Beine hoch, erfasste Bauch und Brust, ließ ihn erbeben und stieg ihm ins Gesicht. Seine Hände und Lippen zitterten. Der Schweiß brach ihm aus und rann an den Schläfen herunter. Fischer kannte das. Er wusste, dass sich sein Gesicht besorgniserregend rötete, bis es zündrot war. Es war eine Art Panikattacke, die durch Stress oder Angst verursacht wurde. Äußere Wärme konnte ein Auslöser sein. Er litt seit Kindheitstagen darunter. Dabei durfte es ihn einfach nicht aufregen. Es ging vorbei. Mit ruhiger Stimme und ohne zu stottern verkündete Fischer das Evangelium. Dann predigte er zum Festtag von Abdon und Sennen. Das waren zwei vornehme persische Adelige, die um das Jahr 250 zum christlichen Glauben gefunden hatten. Während der Christenverfolgung wurden sie nach Rom verschleppt. Kaiser Decius ließ sie fesseln und foltern, doch sie blieben standhaft und wurden deshalb von Gladiatoren im Amphitheater mit dem Schwert enthauptet. Die beiden galten als

Märtyrer und als Schutzpatrone der Kindergartenkinder und Gärtner.

Während er sprach, sah Fischer immer wieder zu seinem Großvater hinüber, dem Vater des Vaters, der gebeugt und schmächtig neben der aufragenden Großmutter in der Bank kauerte. Niemand sah ihr an, dass sie »es nicht mehr so recht wusste«, dass sie geistig abbaute. Man merkte es oft erst, wenn man sich eine Weile mit ihr unterhielt. Zwar konnte sie noch Kopfstand machen, doch der Kopf selber tat es nicht mehr. Sie verbarg das Schwinden ihres Verstands hinter einer Fassade unbeirrbarer Höflichkeit. Das trieb den Großvater, der zwar körperlich zunehmend verfiel, aber auch mit über 90 Jahren noch über einen brillanten Intellekt verfügte, zunehmend in die Vereinsamung. Fischer versuchte, das abzumildern, indem er verstärkt mit dem Opa diskutierte. Und über Abdon und Sennen hatten sie nicht schlecht gestritten. Der Großvater, der sich sowieso mit Märtyrern schwertat, hielt die beiden für überschätzt. »Wem es hienieden nicht passt«, hatte der Opa mit fester Stimme gemeint, »möge sich geräuschlos zurückziehen, doch wer schwach und lärmend aus der Welt flieht, propagiert einen Heiligen Krieg. Dieses Bescheidenheitsgemetzel von selbstentwerteten geistigen Hungerleidern haben nicht erst die Sprengstoffgürtelträger erfunden. Nicht da sein zu wollen, in Selbstgeißelung und Totschlag zu flüchten und das Sterben als Polterabend zu inszenieren, hat bittschön nichts zu tun mit Jesus Christus. Aber leider ist es seit Menschengedenken zutiefst unsrig.«

Fischer hatte vergeblich versucht, den Großvater zu bremsen. Wenn er kritisierte, dass das irdische Leben durch das Christentum entwertet würde, hatte er zwar nicht unrecht. Auch die fatalen Konsequenzen, die Todessehnsucht, Blutrausch und Jenseitsstreben über zwei Jahrtausende hinweg gehabt hatten, waren nicht zu leugnen. Aber Fischer geriet die Sache dennoch zu arg aus dem Ruder. Er musste schon befürchten, dass es wieder mal auf einen Disput über die Katharinenkirche hinauslief. Der heiligen Katharina von Alexandrien war die Kirche geweiht, deren Patrozinium dem Opa nicht passte, weil er diese Jungfrau, die zu den 14 Heiligen Nothelfern zählte und als Schutzpatronin zuvorderst für Stotterer, Schulen, Scholastiker und Schneiderinnen firmierte, für erfunden und ein wissenschaftlich nicht haltbares Ärgernis hielt. Im letzten Moment konnte Fischer das leidige Thema abbügeln.

Der Rest der heiligen Messe verlief störungsfrei und nahte zügig dem Ende.

»Gehet hin in Frieden.«

»Dank sei Gott dem Herrn.«

Fischer, der die Liturgie liebte, küsste den Altar, machte die Kniebeuge und lief, allen voran, davon. In der Sakristei zog er sich um und griff nach Müllers Handy, das er nach der missglückten Rückgabe am Vorabend wieder an sich genommen und behalten hatte. Er würde erst telefonieren können, wenn er sich von den beiden Ministrantinnen verabschiedet und der Familie gestellt hatte. Man würde ihn nach seinen Urlaubsplänen fragen.

»Pronto!«

»Grüß Gott, mit wem spreche ich?« Fischer stand auf der Terrasse des Pfarrhauses und starrte auf das Gras, das zwischen den Terrakottaplatten wuchs. Drinnen knallte Sarah mit den Türen. Sie packte laut schimpfend ihre Schwimmsachen.

»Giulia Franca. Von der Agenzia Azzurro Vacanze Verde. Bist du es, Peter?«

Fischer hob an zu einer weitschweifigen Erklärung. Nach einem Zusammenbruch liege Dr. Müller ohne Bewusstsein im Klinikum Konstanz, er sei auf der Intensivstation und derzeit nicht ansprechbar. Im Notarztwagen habe er von einer seltenen Fischvergiftung geredet und gemeint, Frau Franca könne die Sache erklären.

»Giulia.« Sie erzählte Fischer von dem Tauchunglück am Pfingstmontag. Und von der Vergiftung durch die Stacheln eines Großen Roten Drachenkopfes.

Sie diskutieren eine Weile über Muränen, für die sich Dr. Müller nach seinem Urlaub eingehend interessiert hatte. Dann rief Fischer zum gefühlt 100. Mal Müllers Frau an, um sie über den Zustand ihres Mannes zu informieren. Wieder Fehlanzeige, und wieder hinterließ Fischer keine Nachricht auf der Mailbox. Bevor er sich mit Sarah auf den Weg nach Allensbach machte, googelte er endlich Peter Müller. Er hoffte auf eine Homepage und fand sie auch. Doch sofort stieß er auf sehr viel mehr Information: Etliche aktuelle Artikel berichteten von mindestens drei unterschiedlichen Fällen mit problematischem Ausgang, bei denen Müllers Gutachten eine Schlüsselrolle spielten. Der Gerichtspsychiater hatte offenbar ernsthafte Probleme. Fischer wurde erst jetzt allmählich bewusst, mit welchen Schwierigkeiten er zu kämpfen hatte, wenn er das fremde Beichtkind über Müller finden musste. Und einen anderen Weg gab es nicht. Das Ausmaß dieser Aufgabe überwältigte ihn. Er musste sich später darum kümmern.

Justus Fischer war in Zuflucht geboren und aufgewachsen. Dieser Ortsteil von Bad Peterstal-Griesbach lag auf einer Hochebene in der Nähe des Buhlbachsees. Früher verlief dort an der Schwarzwaldhochstraße die Landesgrenze zwischen Baden und Württemberg; es war ein dünn besiedeltes und strukturschwaches Gebiet nahe dem Kniebis, wo man in fast 1.000 Meter Höhe hervorragend Skifahren lernen konnte. Das hatte Justus getan. Dann, als er 13 wurde, hatte sich der Vater von Freudenstadt nach Konstanz versetzen lassen, wo er herstammte. Er ging zurück in seine Heimat. Und mit ihm zogen Frau und Kinder. Das war nun fast 30 Jahre her. Damals war Justus seine Berufung längst bewusst gewesen; im Alter von acht Jahren, als andere Astronaut oder Lokomotivführer werden wollten, hatte er gelobt, Priester zu werden. Er wurde Mitglied der KjG. Doch nun kam eine neue Leidenschaft hinzu: das Wasser. Justus hatte auf der Stelle schwimmen gelernt. Er trat in die DLRG ein und ließ sich als Lebensretter ausbilden. Schon als Schüler war er beim Wasserrettungsdienst im Einsatz.

Das Gnadenseeschwimmen begann um halb eins. Fischer zahlte seine Gebühr und ließ sich zum Start an den Jachthafen auf der Insel Reichenau transportieren. Die Sonne stach senkrecht vom Firmament. Die Stimmung auf der Fähre war ausgelassen. Die Teilnehmer gossen sich gegenseitig kaltes Wasser über den Kopf und benetzten johlend auch Fischer. Er genoss es. Sarah befand sich in der Obhut ihrer Schwestern beim Ziel im Strandbad Allensbach. Hannah und Esther würden übertrieben gut auf sie aufpassen, ihr kein Eis spendieren, keine Pommes, sondern sie stattdessen mit mitgebrachten Radieschen, Gurkenscheiben und salzarmem Sprudel versorgen.

350 Leute schwammen bei fast 40 Grad Hitze die eineinhalb Kilometer vom Jachthafen zum Strandbad. Das war die maximale Zulassungszahl; die Schwimmer wurden von Booten begleitet, und alle kamen gut an. Fischer, der sich treiben ließ, erreichte einen guten Durchschnitt.

»Na, und wohin geht nun die Reise?«, fragte Esther, als sie zu viert mit kühlen Getränken versorgt in Ufernähe unter einem Sonnenschirm saßen. Sie hatte, wie sie gleich eingangs erklärt hatte, ihren freien Sonntag. Esther war lange ledig geblieben. Plötzlich hatte sie mit Mitte 30 geheiratet und ein Kind nach dem anderen geboren. Wie viele Frauen, die sich spät dazu entschlossen, war sie überkorrekt darauf bedacht, alles in der Familie richtig zu machen. Dazu gehörte auch ihr Recht auf selbstbestimmte Freizeit. Doch ohne ihre zwei Kleinen und ohne ihren Mann wirkte sie seltsam schutzlos, und Fischer konnte sich nicht daran erinnern, wann sie ihn direkt mit einer Frage konfrontiert hatte, die ihn selber betraf.

»Findland«, sagte Sarah, die ein buntes Blumenkleid trug, das ihr gut stand. Sie winkte einem Nachzügler, der in Siegerpose, mit prächtigem Vollbart und nackt wie Neptun, dem See entstieg. Sofort wurden ihm Tücher gereicht.

»Finnland«, korrigierte Hannah, die der gut zwei Jahre älteren Esther wie aus dem Gesicht geschnitten war. Beide waren groß, steif und hellhaarig und das ganze Gegenteil von Sarah. Sie hatten wasserblaue Murmelaugen, ebenmäßige Gesichtszüge, hielten sich aufrecht und kamen nach der Großmutter. In ihren dünnen, sackartigen Reformkleidern waren sie gewandet wie in einer Jugendstilbibel.

»Lohnt sich das denn?«, fragte Esther. »Du hast doch nur zwei Wochen.«

Drei, dachte Fischer. Wenn ich will, sind es drei. Aber vermutlich sind wir nach 14 Tagen wieder da. »Finnland diesmal nicht.« Fischer nahm einen tiefen Schluck. »Wir waren jetzt schon so oft in Skandinavien.«

»Findland.« Sarah grinste. »Findland heißt Findland, weil wir es finden.« Sie boxte Hannah in die Schulter und lachte los.

Esther lächelte. »Find ich toll, Justus, dass du Sarah immer mitnimmst. Wenn du nicht wärst …«

Nein, dachte Fischer, sie ist mir keine Last. Sarah gehört dazu. Und wenn du jetzt wieder mit den Eltern anfängst, steh ich auf und geh.

»Aber hast du mal überlegt«, meinte Esther, »einen richtigen Familienurlaub zu machen? Also mit mehreren Generationen und in einer Gruppe? Du könntest ein größeres Ferienhaus anmieten. Dann könnten alle reihum auf Sarah aufpassen.«

»Auf Sarah muss niemand aufpassen. Sie passt auf sich selber auf.« Fischer erhob sich. »Meine Damen?«

»Jetzt hast du uns immer noch nicht gesagt, wo ihr hinfahrt.« Hannah schmollte.

»Findland«, jubelte Sarah. »Wir erfinden Erfindland!«

»Ich kann Sarah gern noch mitnehmen, wenn du packen willst«, bot Hannah an. Aus jeder ihrer Silben sprach der Vorwurf: Ich bin fast 35 Jahre alt und habe bald keinen Mann mehr, weil meiner dieses Leben nicht aushält und mir wegläuft. Benedikt will keine Frau haben, die im Pfarrhaus Rechnungen zahlt und arme Seelen tröstet. Er möchte eine Frau, die ihn und seine beiden Kinder zum Feierabend mit einem warmen Essen begrüßt, anstatt Mimi und Noah bei der Oma und die Küche kalt zu lassen. Benedikt muss die ganze Woche im Pflegeheim schuften und hat keine Lust, sich am Sonntag auch noch mit Sarah herumzuschlagen.

Fischer seufzte. Hannah übersah, nicht er war das Problem, sondern sie selbst.

»Au ja au ja au ja!« Sarah sprang auf und klatschte in die Hände. »Ich will Mimi besuchen. Bitte, darf ich, kann ich Mimi, Justus?«

Fall Nummer eins. Adelheid Messerschmidt hatte ein tadelloses Leben geführt, bis ihr nachts an einer Tankstelle der Satan begegnet war. Sie erkannte ihn sofort, und er wollte nur eines von ihr: Sie sollte ihren Mann töten. Also fuhr sie heim, fesselte den auf dem Wohnzimmersofa schlafenden Ronald Messerschmidt, nahm das Samuraischwert, das über ihm an der Wand hing, schnitt ihm die Halsschlagader durch und ließ ihn ausbluten. Mit dem Blut strich sie die Balken ihres Fachwerkhauses. Danach stellte sie sich der Polizei. Adelheid Messerschmidt wurde in die forensische Psychiatrie eingeliefert, wo Dr. Peter Müller sie mehrfach besuchte. Er führte lange Gespräche mit ihr und kam zum Ergebnis, dass sie zum Zeitpunkt der Tat psychotisch gewesen sein musste, wovon nun keine Rede mehr sein konnte. Der Satan war noch in derselben Nacht wieder verschwunden und, nachdem sie seinen Auftrag ausgeführt hatte, nie mehr aufgetaucht; und Adelheid Messerschmidt konnte sich auch nicht erklären, warum er sie heimgesucht hatte. Die Psychose hatte sie an- und war von ihr abgefallen. In seinem Schuldunfähigkeitsgutachten schrieb Müller, die Tat habe sie zwar begangen, sie sei aber infolge einer akuten psychotischen Störung schuldunfähig gewesen, und jetzt gehe eben keine Gefahr mehr von ihr aus. Demzufolge wurde sie vor Gericht freigesprochen und durfte die Psychiatrie verlassen.

Adelheid Messerschmidt wollte mit 37 Jahren kein anonymes Leben in einer fremden Stadt anfangen. Sie wollte nach Hählingen zurück, wo sie geboren und aufgewachsen war, und weiter als Hartz-IV-Empfängerin in dem Haus leben, dessen Balken sie mit dem Blut ihres Mannes gestrichen hatte. Die Dorfbevölkerung scherte das nicht. Hählingen bestand aus einem übel beleumundeten Ortskern, in dem Leerstand und Alkoholismus grassierten, und einem stattlichen Neubaugebiet. Auch die drei erwachsenen Kinder, die über das gewaltsame Ableben des Vaters und das Verbrechen der Mutter schwer schockiert waren, ließen Adelheid Messerschmidt in Ruhe. Wer sie nicht machen ließ, war einzig ihre Schwiegermutter. Lene Messerschmidt kam über die Ermordung ihres Sohnes nicht hinweg, sie war besessen von Rachegedanken, wünschte ihrer Schwiegertochter den Tod und durchzog die Medien quasi mit einer fiktiven Blutspur. Jeder konnte im Internet nachlesen, dass die Schlächterin von Hählingen Adelheid Messerschmidt hieß und schräg gegenüber der Kirche wohnte. Passiert war ihr zwar offenbar noch nichts, doch Lene Messerschmidt drohte nicht nur ihr, sondern auch dem Gerichtsgutachter, der den Freispruch vorbereitet hatte. Sie verfolgte Peter Müller mit akribischem Hass.

Es ging gegen Abend, die Sonne sank hinter die Häuser, doch es war unvermindert heiß. Fischer saß in Shorts und kurzärmeligem Hemd auf der Terrasse, trank einen Schluck Johannisbeerschorle, stierte auf seinen Laptop und überlegte, ob der Beichtkunde womöglich Messerschmidt senior sein konnte, Lenes Mann. Das Wenige, was er über den Fremden wusste und was der gesagt hatte, würde passen. Der Gatte kam zwar nirgends in den Artikeln und Filmausschnitten vor, die im Netz kursierten, doch das sagte nichts aus über dessen Existenz. Fischer fand Lene Messerschmidts Telefonnummer im Internet, ein einziger Treffer, und rief sie an. Sie meldete sich nach dem siebten Klingeln mit einem knappen »Ja bitte?«

»Verzeihen Sie die Störung. Justus Fischer. Ich bin Pfarrer in Konstanz und Beichtvater eines Mannes, der meinen geistlichen Beistand benötigt.«

»Was wollen Sie von mir?« Die Stimme klang schnarrend.

»Sind Sie katholisch? Ist Ihr Mann katholisch?« Fischer sah einem Spatz zu, der über die Terrakottaplatten hüpfte.

»Was geht Sie das an?«

»Nichts. Tut mir leid. Aber es geht um das Seelenheil eines Beichtkinds und vielleicht um etwas mehr.«

»Da könnte ja jeder kommen.«

»Ist Ihr Mann bekennender Katholik?«

»Ich habe keinen Mann«, sagte Lene Messerschmidt nach einer Pause. »Ich bin seit einer Ewigkeit geschieden, und der Kerl, mit dem ich früher mal verheiratet war, ist vor fünf Jahren gestorben.«

Ja klar, dachte Fischer. Sie hat niemanden. Sonst stünde er auch mit ihr im Telefonbuch. »Gibt es sonst jemanden in Ihrem Umfeld, der männlich ist, katholisch, und der Dr. Müller übelwill?«

»Welchem Dr. Müller?«

»Dem Gerichtspsychiater.«

Sie stöhnte. »Ach, daher weht der Wind. Wieder so ein Trittbrettfahrer. Es hört vermutlich nie auf.«

»Was hört nie auf?«

»Diese Hetzkampagne. Sie mussten einfach jemanden finden, den sie ganz vorne hinstellen. Und das bin ich.« Lene Messerschmidt holte tief Luft. »Jetzt hören Sie mal gut zu. Seit Wochen versuchen Schundblätter und Dreckssender, mich auszunutzen. Ich soll Dinge gesagt haben, unglaublich. Was für ein Quatsch. Natürlich ist es schrecklich, dass mein Sohn nicht mehr ist. Für eine Mutter ist das immer furchtbar, wenn ihr Kind stirbt. Aber letztlich hat er sich das auch selber zuzuschreiben.«

»Wie meinen Sie das?«

»So, wie ich es sage. Ronny war von klein auf schwierig. Er war impulsiv und konnte sich selber schlecht steuern. In der Jugend wurde er komplett unberechenbar. Dann kam später auch noch der Alkohol hinzu. Muss ich mehr sagen?«

»Nein.« Fischer schluckte. »Kann es sein, dass Ihre Schwiegertochter die Psychose bloß simuliert hat? Um straffrei auszugehen?«

»Das weiß ich doch nicht. Ich hab seit Jahren keinen Kontakt zu ihr. Und halte sie nicht für sonderlich schlau. Eigentlich trau ich ihr kaum zu, dass sie bei Grün über die Ampel geht. Und katholisch ist sie auch nicht. Keiner von uns ist katholisch.«

Fall Nummer zwei. Der heute 29-jährige Gunnar B., später Bobronski, war im Hungerloch, in einem winzigen Weiler bei Stockach, aufgewachsen. Er arbeitete als Installateur und war im Betrieb wie bei den Kunden beliebt. Allerdings litt er unter einer Störung seines Sexuallebens, die er selber nicht recht verstand. Beizeiten hatte er es sich zur Gewohnheit gemacht, auf seinen Handwerkertouren arglose Tramperinnen mitzunehmen, die er dann zu sexuellen Handlungen überredete. Vor zweieinhalb Jahren hatte er eine Mitfahrerin zum Geschlechtsverkehr verführt, von der er seiner Aussage nach glaubte, sie sei 16. Die Eltern der erst 13-Jährigen zeigten ihn an, und er wurde zu drei Jahren und zwei Monaten Gefängnis verurteilt. Als er zwei Drittel seiner Haftzeit verbüßt hatte, wurde Dr. Peter Müller mit einem Prognosegutachten beauftragt. Müller stellte in seinen Befragungen fest, dass von Bobronski keinerlei Gefahr mehr ausging. Er hatte sich einer erfolgreichen Sozialtherapie unterzogen, er leugnete nichts und bereute die Tat. Auch setzte er sich kritisch mit seinem früheren Leben auseinander. Vor einigen Monaten hatte er den Kontakt zu seiner früheren Freundin wieder aufgenommen, die es in Betracht zog, ihm noch eine Chance zu geben. Seine Eltern überließen ihm vorübergehend Wohnraum. Sein Arbeitgeber war bereit, ihn wieder in die Firma aufzunehmen. Die Prognose sah gut aus. Müller befürwortete seine Entlassung, die vom Gericht verfügt wurde. Bobronski kam frei. Der Strafrest wurde zur Bewährung ausgesetzt.

Wer damit nicht klarkam, dachte Fischer, waren die Kollegen. Sie waren verunsichert in ihrer Männlichkeit. Bobronski wurde gemobbt. Die Reifen seines Autos wurden zerstochen, er wurde über Aufträge nicht oder falsch informiert, er wurde gezwungen, Fehler zu machen. Sein Chef war ratlos. Er wusste nicht, wem er glauben sollte. Wer damit noch weniger zurechtkam, überlegte Fischer, waren die Nachbarn – zumal, wenn sie pubertierende Töchter hatten. Als Eltern mussten sie ihre Kinder schützen. Ihre Wehrhaftigkeit musste öffentlich demonstriert werden, und dazu dienten nun Leserbriefe in der Regionalzeitung, die im weltweiten Netz einen Shitstorm auslösten. Die Welt der Social Media, das wurde lawinenartig aus Blogs und Foren geschleudert, war gegen Gunnar Bobronski, der Rest schwieg. Und wer gegen Bobronski war, der war bald auch gegen Peter Müller, dessen Gutachten die Weichen für Bobronskis Freilassung gestellt hatte. Peter Müller hatte demnach viele Feinde, die ihm drohten, die ihm übel mitspielten und das Handwerk legen wollten.

Fischer wollte eben auf dem Handy im Klinikum anrufen, um sich zum dritten Mal an diesem Sonntag nach Müllers Befinden zu erkundigen und erneut darauf zu pochen, dass er ihn als sein geistlicher Beistand endlich besuchen durfte, als es drinnen auf dem Festnetz läutete. Es war Sarah. Sie war aufgedreht und außer Puste. »Darf ich Mimi, bitte, darf ich Mimi übernachten?«

»Gib mir mal Hannah.« Fischer sah wieder den Spatz. Er hielt seine Hand auf.

»Alles gut«, sagte Hannah. »Dann kannst du den Abend nutzen, um eure Sachen zu packen. Ihr fahrt doch schon morgen früh?«

Fischer schüttelte unwillig den Kopf. »Das kann ich auch so. Du musst dich nicht verpflichtet fühlen, dich um Sarah zu kümmern.«

»Sie tut Mimi gut«, sagte Hannah.

Fischer ließ es dabei bewenden. Er zog sich sorgfältig um, schwarzes Polohemd, Leinenhose und Slippers, stieg in seinen schwarzen Smart, für den er im Parkhaus Altstadt einen Garagenplatz hatte, und programmierte das Navi. Am See entlang fuhr er auf der B33 gen Westen in Richtung Radolfzell. Zwischen Wollmatinger Ried und Psychiatrie begegnete er sekundenkurz einem Habicht, der blitzschnell war auf seinem Jagdflug. Fischer erkannte ihn an seinem auffallend langen Schwanz. Ein seltener Anblick, da dieser Greifvogel sich äußerst scheu verhielt. Fischer blinzelte in die tief stehende Sonne. Sein Magen knurrte. Er hatte den ganzen Tag noch kaum etwas gegessen. Gern hätte er einen Abstecher gemacht auf die Reichenau. Sein Lieblingsimbiss lag in Ufernähe am Ortseingang. Man konnte draußen sitzen, und es war immer viel Betrieb. Der Saibling aus dem Ofen war sensationell, ebenso die Fischsuppe. Aber »Bei Riebels« machte um sechs zu und war sonntags sowieso geschlossen. Also fuhr Fischer an der Abzweigung zur Reichenau vorbei. Es hatte eh keinen Sinn, jetzt an Essen zu denken. Er musste es erst hinter sich bringen. Auf dem Rückweg würde er irgendwo einkehren.

Bei Radolfzell ließ Fischer den See links liegen, bog nach rechts ab auf die B34 und fuhr dann weiter auf der B313. Gegen neun erreichte er bei Sonnenuntergang Stockach. Er kurvte an der historischen Oberstadt mit ihren Bürgerhäusern vorbei in Richtung Winterspüren. Der Hegau benahm sich hier unspektakulär; eine markante Vulkanlandschaft wie um Singen herum gab es nicht. Ganz im Gegensatz dazu war die Gegend karg geschwungen und kaum romantisch. Als Fischer auf einem asphaltierten Feldweg den Weiler Hungerloch erreichte, versackte die Sonne hinter den Bäumen. Das Navi sagte, er habe sein Ziel erreicht. Fischer ließ den Smart unter einem Feldkreuz stehen und stieg aus.

»Loch« bedeutete mitnichten, dass der Flecken sich in einer Senke befand. »Loch« hieß einfach Wald. Der umrahmte die Ackerlandschaft. Vier Höfe standen versetzt und luftig inmitten der Felder. Drei davon waren bewirtschaftet. Sie waren umgeben von Ställen, Gärten und landwirtschaftlichem Gerät. Auf dem Balkon des Hauses, das dem Feldweg am nächsten lag, goss eine beleibte Bäuerin die Geranien.

»Guten Abend«, sagte Fischer, »wohnt hier irgendwo eine Familie Bobronski?«

Die Bäuerin zeigte auf den vierten Hof, rückwärtig und ab vom Weg, etwa 100 Meter entfernt. Das Grundstück war zugewachsen. Hinter dem Zaun wucherten Hecken. Dahinter ragten Bäume auf. »Die sind da aber schon lange nicht mehr. Das gehört denen wohl noch, aber die haben sich seit was weiß ich wie vielen Jahren nicht mehr blicken lassen. Das vergammelt dort alles.«

»Bobronski klingt aber nicht wie von hier?«

»Flüchtlinge«, sagte die Bäuerin. Damit war alles geschwätzt.

»Ich will mir das Stück Land mal ansehen. Ich möchte es vielleicht kaufen.«

Fischer lief über die hohe Wiese, auf der Klatschmohn, Kamille und Wilde Malve blühten, und durch das Gestrüpp. Er schlüpfte zwischen den Latten hindurch, kämpfte mit einem Thujabaum, zerkratzte sich die Arme an einem Brombeerbusch, stieß einen harmlosen Fluch aus. Schließlich stand er in einem verwilderten Garten, inmitten von Unkraut und Brennnesseln. Stapfte auf das Haus zu, das unbewohnt wirkte und verfiel. Es war größer, als es aus der Ferne den Anschein gehabt hatte. Der Wohntrakt ging über in den Stall, und daneben stand ein Schuppen. Fischer umrundete beide Gebäude. Vor einer Trauerweide zuckte er zurück. Er sah zwischen den herabhängenden Zweigen ein Bein baumeln, aber er irrte sich. Es war bloß eine verwehte Plastiktüte. Auf einem eingetrockneten Misthaufen lag ein Tierschädel. Möglicherweise von einem Spanferkel. Vielleicht hatten Jugendliche hier gegrillt.

»Ist da jemand?«, rief Fischer. Seine Stimme schwankte. Erwartungsgemäß kam keine Antwort. Das Grundstück war in ein mattes Licht getaucht, das die Grüntöne einzeln hervorhob. Am dunkeltürkisfarbenen Abendhimmel leuchteten orange- und pinkrote Streifen. Es begann zu dämmern. Im Gegensatz zum Garten, der seltsam schillerte, wirkte das Haus düster und dräuend. Die Giebelseite war zur Dämmung mit grauen Asbestplatten verschalt. Eine zersprungene Scheibe im Erdgeschoss war mit einem Stück Pappe ausgebessert worden. Die Fenster hatten allesamt grobmaschige Vorhänge, die in den 1960er-Jahren modern und einstmals weiß gewesen waren. Sie strahlten eine Verlockung aus, ein Versprechen an Geborgenheit, das zwar längst nicht mehr galt, aber erahnen ließ, wie es einmal gewesen sein musste.

Für Fischer war es ein vergangener und zerstörter Sehnsuchtsort, der ihm die Kehle zuschnürte. Auf einmal glaubte er, hier schon einmal gewesen zu sein. Ihn packte ein Déjà-vu. Er empfand es sehr stark. Es konnte ein Film gewesen sein oder ein Traum oder eine Kindheitserinnerung. Höfe wie diesen hatte es bis in die 1980er-Jahre hinein überall gegeben. Dann waren sie allmählich umgebaut oder abgerissen worden. Oder an Leute wie die Bobronskis vermietet, die arm und unzugehörig waren. Mit dem Hackklotz als Leiter stieg Fischer auf die brüchige Regentonne und linste durch die schmale Fensterfront in den Kuhstall. Er erkannte die Anbindevorrichtung, die Ketten und die Kotrinne. Der Steinboden war vollgestellt mit Kisten und Gerümpel. Auf einem aufgeschlitzten Sofa lag ein schmutziges Laken. Fischer ging zur Stalltür und schob den Riegel beiseite, doch sie war mit einem schweren Schloss gesichert und ließ sich nicht öffnen. Er lief halb um das Haus herum und die Stiegen rauf. Auch die Eingangstür war verschlossen.

Was mach ich hier?, fragte sich Fischer. Bin ich noch ganz gescheit? Die Tür war aus Milchglas, auf dem Weizenhalme schwangen. Sie hatte links und rechts einen Sprung. Neben der Tür hing ein verwitterter Briefkasten aus blassgelbem Holz, auf den ein Posthorn aufgemalt war. Fischer lupfte den Deckel. Er war leer.

»Hallo!«, rief Fischer. »Herr Bobronski? Kommen Sie raus! Ich tue Ihnen nichts! Ich will Ihnen nur helfen!«

Dann blieb Fischer einfach stehen. Er stand da und lauschte. Eine Amsel sang. Sanft senkte sich der Dämmer. Fischer stellte sich vor, wie Bobronski erhängt an einem Fensterkreuz hing. Oder an einem Balken in der Scheune. Er rollte die Regentonne unter das kaputte Erdgeschossfenster, kletterte darauf, drückte den Pappkarton ein, langte von innen an den Griff und machte das Fenster auf. Der Raum lag im Halbdunkel. Fischer konnte nichts erkennen. Vergeblich versuchte er, sich an der Hauswand hochzustemmen.

»Verschwinde!«, zischte es von drinnen. »Los, hau ab!«

»Herr Bobronski … Ich tue Ihnen nichts. Ich heiße Justus Fischer und bin Pfarrer. Sie müssen von hier weg, wenn Sie nicht wollen, dass man Sie findet.«

»Fort! Fort mit dir, aber schnell! Sonst stech ich dich ab.«

Fischer hob den rechten Arm und malte als Schlusssegen ein Kreuzzeichen in die Luft. »Der Herr segne und behüte dich. Der Herr lasse Sein Angesicht leuchten über dir und sei dir gnädig. Der Herr hebe Sein Angesicht über dich und gebe dir Frieden. Schalom!« Fischer sprang von der Tonne.

Mit Gewalt war hier nichts zu machen. Fischer dachte, dass es sich damit erst mal hatte. Und dass Fall Nummer drei warten musste. Es ging dabei sowieso nur um einen zurückgekehrten IS-Kämpfer, der zum Christentum konvertierte. Dass er sich katholisch taufen ließ, war zwar über die Maßen erfreulich, und aufschlussreich erschien, dass Dr. Müller den Gesinnungswandel auf seine Glaubwürdigkeit hin überprüfte – sehr relevant kam Fischer die Notiz, die er in einer Online-Zeitung gefunden hatte, im Hinblick auf seine Belange allerdings nicht vor. Oder übersah er etwas? War hier die Falle, in die er beinah getappt war?

6.

NSA Zweigstelle Rom

TOP SECRET // Überwachungseinsatz Cozze alla Marinara

Ziel: Verfolgung der Kommunikationswege des Vatikans hinsichtlich der verdeckten Operation Miracolo

Protokoll des Telefongesprächs zwischen Andrea Tedesco, dem Vorsitzenden einer Untersuchungs-Kommission mit unbekanntem Auftrag, wohnhaft in Florenz, und Ernst E., Altötting.

Nachrichtenquelle: 0459hfc§wpj52084äX

Datum und Uhrzeit: |||||||||

– Sie haben Philipp in Deutsch unterrichtet?

– Geht Sie einen Dreck an. Scheren Sie sich zum Teufel.

– Nicht doch. Jetzt hören Sie mir bitte mal zu. Sie gewinnen dadurch nur Vorteile.

– Was soll ich mit dieser Lebensversicherung? Mein Sohn ist tot, ebenso mein Enkel, meine Schwiegertochter. Meine Frau ist daran zerbrochen. Sogar unser Hund ist krank. Behalten Sie Ihr Geld.

– Ihnen steht ein Betrag in einer sechsstelligen Summe zu, wenn Sie mir bloß ein paar Fragen beantworten.

– Ich habe der Polizei alles schon gesagt. Im letzten Sommer. Nach dem Unfall.

– Welcher Polizei?

– Na, wir sind doch alle vernommen worden. Die Konstanzer haben uns einbestellt und stundenlang dabehalten. Keine Ahnung, auf welcher Rechtsgrundlage. Wahrscheinlich wegen Terrorverdacht!

– Letzten Sommer war ziemlich viel los mit Terrorismus. Es gab Anschläge in ganz Europa.

– Eben. Aber mein Sohn war kein Islamist. Er hatte keine Kontakte zum IS. Mein Enkel war auch kein kommender Amokläufer. Gut, Philipp war ein stiller Junge, kein Wunder nach dem Krebs, er ist dem Tod ja quasi von der Schippe gesprungen. Er war in mancherlei Hinsicht ein verrückter Spinner, er hatte so was wie das Zweite Gesicht, er konnte sozusagen hellsehen und kommunizierte mit dem Übersinnlichen; aber gefährlich war er deshalb noch lange nicht.

– Sie können einen erweiterten Suizid also ausschließen?

– Das ist typisch Versicherung. Jetzt geht es um die Umstände, unter denen man nicht zahlt.

– Genau.

– Warum kommen Sie eigentlich erst jetzt?

– Das hat untersuchungstechnische Gründe. Wir fürchten, Ihre Familie ist gar nicht ertrunken.

– Was, nicht ertrunken.

– Kennen Sie die Marienschlucht?

– Nein. Nicht, dass ich wüsste. Aber hier ist ja alles voll mit Maria.

– Sie liegt nicht hier in der Nachbarschaft, sondern vis-à-vis vom Hegauer Jakobsweg, am Steilufer des südlichen Überlinger Sees. Nach einem dramatischen Erdrutsch ist die Marienschlucht seit einigen Jahren weder zu Fuß noch mit dem Schiff erreichbar. Aber es gibt am Einstieg einen verlassenen Wanderparkplatz, von dem ein steiler Waldpfad zur Ruine Kargegg führt. Sie steht auf halbem Weg auf einem Bergsporn. Von dort geht eine Holzstiege den Hang hinunter. Oben auf dem Fels ist ein riesiges Relief der Muttergottes mit dem Jesuskind in den Stein gehauen.

– Klingt ja wildromantisch.

– Zwischen den engen Felsen liegt also die Marienschlucht. Sie führt zum See hinab. Unten gibt es eine Feuerstelle, einen verwahrlosten Kiosk und einen schmalen Badestrand mit einem Steg. Da hat man das vertäute Boot der Familie Engel gefunden.

– Ganz falsch. Der Überlinger See liegt auf der anderen Seite. Und man barg das Boot doch später im Gnadensee! Ganz in der Nähe von Markelfingen.

– Das haben wir auch gedacht. Aber es gab am besagten Tag gar kein Unwetter. Die Leichen wurden dort ins Wasser geworfen.

– Wie sind sie denn, Ihrer Meinung nach, umgekommen?

– Schwer zu sagen. Der Aufenthalt in der Marienschlucht ist akut lebensgefährlich. Jederzeit kann sich dort wieder der Erdboden auftun. Und einen verschlingen.

– Was wollen Sie damit sagen?

– Dass Philipp seither verschwunden ist. Haben Sie die Toten identifiziert?

– Das hat unsere Enkelin Merle getan. Sie ist über zehn Jahre älter als ihr Bruder. Sie ist schon 27.

– Ich dachte, Philipp war ein Einzelkind?

– Wie kommen Sie denn darauf? Nein, nein, aber Philipp ist der Stammhalter. Und Merle ist adoptiert. Es soll nur keiner wissen.

– Haben Sie noch Kontakt zu ihr?

– Sie wohnt bei uns im Haus. Allerdings macht sie gerade Urlaub in Italien.

– Das trifft sich ja gut. Wissen Sie, wo ich sie finde?

– Ich kann Ihnen ihre Handynummer geben. Ich schick den Link gleich per SMS.

– Sie reagieren ganz schön gelassen.

– Ich habe als kleines Kind einen Weltkrieg überlebt. Und möglicherweise sind Sie größenwahnsinnig.

– Möglicherweise.

– Jedenfalls kommen Sie von keiner Versicherung. Ich tippe eher auf den Geheimdienst.

– Ohne Ihnen zu nahe treten zu wollen, Sie leiden ja unter Verfolgungswahn.

– Ich werde verfolgt. Wir wurden verfolgt. Das ist ein Unterschied.

[Pause.]

– Hören Sie, die waren seit der Gesundung meines Enkels hinter ihm her. Jetzt haben sie ihn vermutlich. Merle hat den falschen Knaben identifiziert. Sie konnte ihn nicht wiedererkennen. Sein Gesicht war Brei.

– Seit wann wissen Sie das?

– Gar nicht. Ich reime es mir nur gerade zusammen. Und trage es mit Fassung. Was glauben Sie, wer war der tote Knabe? Und wo ist Philipp jetzt?

– An einem Ort, wo man Versuche mit ihm anstellt? Im Dienste der wundergläubigen Wissenschaft? Es geht dabei möglicherweise um eine künftige Heiligsprechung …

– Sie meinen, er soll heiliggesprochen werden?

– Nein, nicht er. Und wo, weiß ich doch auch nicht. Aber es könnte sein, er lebt noch.

– Wieso mussten seine Eltern sterben? Was hat mein Sohn denn getan? Er kann so wenig dafür wie meine Schwiegertochter.

– Sie hätten gemerkt, dass der Junge vertauscht wurde. Dass das nicht Philipp war. Sie hätten seine Entführung oder das Fortschaffen seiner Leiche verhindert. Und vielleicht wussten sie noch ein paar Dinge, die nicht ans Licht kommen sollten.

– Dann musste der andere Knabe wegen ihm dran glauben.

– Das ist nicht gesagt. Vielleicht war es ein junger Mann, der auf der Straße lebte. Und dort starb. An Aids, an Drogen. Einer, den keiner vermisst hat.

– Meinen Sie, sie betäuben Philipp? Wird er von diesen Irren gequält?

– Wir wissen ja nicht einmal, ob er noch lebt. Und ich kann Ihnen auch gar nicht sagen, wer dahintersteckt. Ob es die Guten sind, die Bösen oder beide.

– Sie spielen selber ein doppeltes Spiel, stimmt's? Sie sind nicht der, der Sie vorgeben zu sein. Ich rede jetzt nicht von dem Quatsch mit der Versicherung.

– Ich möchte diesen Fall aufklären. Und Philipp finden. Lebendig oder tot.

– Dann sind Sie halt auch wieder von der Polizei? Ermitteln Sie für oder gegen den Vatikan? Oder vielleicht beides?

[Pause.]

– Ich müsste schon wissen, auf welcher Seite Sie stehen. Oder wenigstens, falls es darauf keine Antwort gibt, von welcher Behörde Sie kommen. Aus welchem Land. Sie klingen wie ein Schweizer …

– Die Schweiz hat nichts damit zu tun.

– Wenn ich Ihnen helfen soll, wer ist Ihr Auftraggeber, Herr …

– Tedesco. Wie geht es eigentlich Ihrer Frau?

– Traude hat das alles furchtbar mitgenommen. Dabei ist sie gar nicht Philipps echte Großmutter. Meine erste Frau starb vor zehn Jahren an einem Hirnschlag. Sie hat das alles nicht mehr mitgekriegt, die ganze Aufregung um seine Krankheit und was danach kam. Ich war ziemlich lang allein, und dann habe ich Traude kennengelernt.

– Übers Internet?

– *[lacht]* Nein, über den Kirchenchor.

– Aber ich dachte, Sie sind nicht gläubig?

– Es gibt auch Protestanten in Altötting! Der Chor hat Tenöre gesucht, und da ich gern singe …

– Sie kannten sich vorher nicht?

– Nicht gut, nein. Nur vage vom Sehen. Traude war ebenfalls verwitwet, aber es war alles noch frisch. Außerdem hat sie eine große Familie um sich herum, vier erwachsene Kinder und auch schon Enkel. Es war und ist nicht einfach, zumal Merle nun diesen Schlüsselroman geschrieben hat.

– Welchen Schlüsselroman?

– Das »Muränenmahl«. Sie beschreibt darin diese Patchwork-Geschichte der Familie Teufel, aus der Sicht einer Erzählerin, die adoptiert ist. Das hat keinem in der Familie gefallen. Wer erkennt sich schon gern selber in so einem kleingeistigen Haufen? Meine Schwester Inge wird als geizig und hässlich bezeichnet. Sie hat dann versucht, juristisch gegen das Buch vorzugehen.

– Und?

– Hat nicht geklappt. Inge hat sich keinen gescheiten Anwalt geleistet.

– Wieso dieser Titel?

– Hat wohl mehrere Bezüge. Unter anderem geht es darum, dass eine Muräne eine Hand verspeist. Die Hand eines Kardinals! Er wurde übrigens später seliggesprochen.

– Was haben Kardinäle mit Ihrer Familie zu tun? Ich dachte, es ist ein Schlüsselroman.

– Das sind so Traumbilder, glaube ich. Ein Albtraum.

– Kommt Philipp in dem Roman vor?

– Am Rande. Nur als Nebenfigur. Merle hat sich den Stoff aufgespart. Sie wollte ein eigenes Buch darüber schreiben, über das sogenannte Wunder. Sie hat das »Muränenmahl« ja abgeschlossen, bevor der Unfall passiert ist. Oder was immer. Das Manuskript war letztes Jahr im Juni fertig. Dann hat es ein wenig gedauert. Erst dieses Frühjahr kam das Buch heraus.

– Kann es sein, dass es darin versteckte Anspielungen gibt, die nachträglich eingefügt wurden und die nur ein Eingeweihter versteht?

– Weiß ich doch nicht. Hab keine gefunden. Lesen Sie das Buch halt selbst.

– War Philipp auch adoptiert?

– Nein. War er nicht. Hat jeder gesehen, dass er das nicht war.

– Jetzt mal im Ernst. Was machen Sie eigentlich beruflich, Herr Engel?

– Ich bin im Ruhestand.

– Und vorher?

– Ich war selber mal Polizist.

– Ah. Ich dachte, Deutschlehrer.

– Das war mein Cousin. Er lebt schon länger nicht mehr. Wir sind beide nach einem gefallenen Onkel getauft. Nein, ich war Polizist.

– In Altötting? Stelle ich mir überschaubar vor.

– Wie man's nimmt. Der Zuständigkeitsbereich der hiesigen Polizeiinspektion erstreckt sich auf 403 Quadratkilometer. Er umfasst etliche Städte und Gemeinden, zusammengenommen sind das ungefähr 70.000 Einwohner.

– Und was haben Sie genau gemacht?

– Ich war im Dienstbetrieb für den Wallfahrtsverkehr zuständig. Stellen Sie sich mal vor, wir haben eine Million Pilger pro Jahr. Eine Million stürmt zum Marienheiligtum in der Gnadenkapelle am Kapellplatz. Das Verhältnis ist sechs zu vier. Das heißt, 600.000 Kraftwagenwallfahrer stehen 400.000 Bus- und Bahnwallfahrern gegenüber. Immer mehr junge Leute kommen jetzt als Fußwallfahrer. An Pfingsten ist bei uns die Hölle los und ebenso an Mariä Himmelfahrt.

– Philipp glaubte, Schneewittchens Herz sei in der Gnadenkapelle bestattet …

– Von Herzbestattungen habe ich nicht viel Ahnung.

– Und womit können Sie mir nun helfen? Sie haben vorhin von Hilfe gesprochen.

– Die Bedingung dafür wäre, dass Sie mit offenen Karten spielen. Von wo kommen Sie?

– Von ganz oben, Herr Engel.

– Dann kennen Sie die Geschichte. 2008 wurde der Bischofsring von unserem Joseph entwendet, der am Zepter der Jungfrau befestigt ist. Dieses Eigentumsdelikt hatte die höchste Geheimhaltungsstufe. Die Sache ließ sich aber regeln. Wir haben den Ring im Darknet wiederbeschafft und die Fälschung versteigert.

– Verstehe. Der Ring, den Philipp berührt hat, war also echt.

7.

Der Montagmorgen graute. In aller Herrgottsfrühe steuerte Giulia Robertos Sprinter ins Zentrum der Lagune von Orbetello, wo sie auf dem Großmarkt verschiedene Salatsorten, Gemüse, Küchenkräuter und Gewürzpflanzen einkaufte. In Florenz mussten in der Gastronomie mindestens 50 Prozent der Lebensmittel, mit denen Speisen und Getränke zubereitet wurden, aus der Toskana kommen. Dafür gab es ein Gesetz, das Giulia inspiriert hatte, die Messlatte noch weit höher zu legen. Offiziell stammte alles, was bei »Da Roberto« auf den Tisch kam, aus dem eigenen Garten – aber dazu hätte es nicht nur einer wundersamen Tomatenvermehrung bedurft. Immerhin hatte Giulia neben dem durchaus ertragreichen Gemüsefeld einen spektakulären Kräutergarten angelegt. Dort wuchsen neben Wilder Malve, Dost, Teufelsabbiss, Feldstiefmütterchen, Kamille, Pfefferminze und Ringelblume auch Silberdistel, Odermennig, Schafgarbe, Gänsefingerkraut und Königskerzen. Zu Ferragosto, nach Weihnachten dem wichtigsten kirchlichen und familiären Feiertag Italiens, der am 15. August auf das Fest Mariä Himmelfahrt fiel, wurden daraus zur Ehre der Muttergottes prächtige und betörend duftende Kräuterbuschen gebunden. Bei der Kräuterweihe wurden sie gesegnet, danach getrocknet und in bestickten weißen Baumwollbeuteln auf die Tische gestellt. Sie sahen aus wie die Lavendelsäckchen für den Kleiderschrank, rochen aber weit weniger muffig. Sie sollten das Ristorante vor Blitzschlag, Krankheit und Ungemach schützen. Gäste, die das missverstanden und das Essen mit einer Kräuterprise würzten, riskierten eine leichte Vergiftung. Tödlich wirkten die Mischungen aber nicht.

Mit der Morgensonne im Rücken fuhr Giulia nach Marina zurück. Obwohl sie schrecklich müde war, genoss sie das Panorama. Von der Küstenstraße aus hatte man einen weiten Ausblick aufs Meer, das dunkelblau war und glitzerte. Der Horizont schimmerte satt, wo die Erde sich krümmte. Eine schmale Straße bog ab auf den Tombolo della Giannella. Die nördliche Nehrung war die letzte der drei Landengen, welche die Halbinsel Monte Argentario mit dem toskanischen Festland verbanden. Wenn Giulia den Blick nach rechts wandte, meinte sie, den Gebirgszug Monti dell'Uccellina zu erkennen. Dort, im Parco Regionale della Maremma, existierte ein nahezu naturbelassenes und intaktes Ökosystem mit den typischen Landschaftsformationen: Neben Weiden und ausgedehnten Pinienwäldern wuchsen auf den Felsenhängen, die bis zu 400 Meter hoch waren, Steineichenwälder mit mediterraner Macchia-Vegetation. Im Mündungsgebiet des Flusses Ombrone zogen sich Sümpfe und flache Binnenseen, die von Dünen umgeben waren. Durch den Naturpark führten markierte Wanderwege, auf denen man zu diversen Sehenswürdigkeiten gelangte. Dazu gehörte die Abteiruine von San Rabano, eines Benediktinerklosters aus dem 11. Jahrhundert, das als Festung gedient hatte und um das sich Pisa und Siena so lange stritten, bis es abgerissen wurde. Erhalten waren Kirchenmauern mitsamt dem Vierungsturm. Giulia zog es dorthin.

Die Überreste hatten sie bei einer Marschroute, die sie eher als Spaziergang empfand, in eine seltsame Erregung versetzt. Sie hatte plötzlich die Eingebung gehabt, sie sei wiedergeboren. Sie konnte das Kloster in ihrer Vorstellung genau rekonstruieren, und sie roch die Patina der Kammer, sie schmeckte die Arzneien des Klostergartens, sie hörte den Nachhall der Gesänge.

Gegen Mitternacht hatte wieder dieser verrückte Pfarrer angerufen, Fischer, der stotterte. Peter Müller befinde sich noch immer in unansprechbarem Zustand im Konstanzer Klinikum, Fischer werde als geistlichem Beistand der Zugang verweigert, er könne Müllers Frau nicht erreichen, ob Giulia eine Ahnung habe, wo sich die Familie befinde. Diese sei am Samstag mit dem Wohnwagen in die Toskana gefahren.

»Auf dem Campingplatz Villaggio Turistico Camping Verde Mare.«

»Wawawas?«, machte Fischer. »Sind Sie sicher? Wo ist das denn?«

»Vier Sterne«, erwiderte Giulia. »Bei Albinia, auf dem Festland, ziemlich nah an der Via Aurelia. Sie finden alles, auch die Telefonnummer und den genauen Anfahrtsweg, auf der Homepage.«

»Ist es gut dort?«

»Der Camping ist klasse. Er liegt nördlich der Stadt. Dort beginnt ein langer Sandstrand, ein nicht besonders breiter Streifen zwischen Pinienhain und Meer. Albinia selber ist halt eine Kleinstadt, sie liegt gegenüber von Monte Argentario, wo ich wohne. Sie sind schnell bei mir: Über den nördlichen Verbindungsarm, die Giannella, gelangt man zur Halbinsel. Albinia bietet keine nennenswerten Sehenswürdigkeiten, aber man findet dort alles, was man braucht. Es gibt jede Menge Läden und Lokale.«

»Woher wissen Sie, dass die Müllers dort sind?«

»Ich habe Peter den Tipp gegeben. Er ist doch ein Klient von mir. Er hat sich an die Agenzia Azzurro Vacanze Verde gewandt.«

»Schon klar.« Fischer klang etwas ungeduldig.

»Das war Pfingsten, und die Müllers brachen nach Peters Tauchunfall den Urlaub ab. Sie wollten aber nochmals hierher zurückkommen, weil es ihnen ganz ausgezeichnet gefallen hat.« Giulia merkte selber, wie gestelzt sie sprach. Und wie schleppend ihr Deutsch klang. Wenn sie Wein getrunken hatte, kam ihr das Italienische leichter über die Lippen.

Fischer bedankte sich und wünschte eine gute Nacht.

Das Ristorante hatte gerade geschlossen. Roberto war schon nach Hause gefahren. Giulia wusste nicht, ob die paar Ecken zu ihr nach Marina Centro oder in sein eigenes Appartement in der Altstadt von Porto Santo Stefano. Bis sie später zu ihm ins Bett kroch, falls er bei ihr schlief, konnte es noch zwei, drei Gläser dauern. Giulia genoss den Wein, die Nacht und die Stille, das sanfte Rauschen des Meeres. Camilla, mit der sie am Ufer unten im Sand saß, schenkte ihr nach. Sie tranken einen an die Vollkommenheit heranreifenden Brunello di Montalcino vom Weingut Casanova di Neri, der seine optimale Genussreife noch lange nicht überschritten hatte.

»Auf deine Karriere als Erpresserin.« Camilla hob ihr Glas. Sie stießen an und kicherten.

Nachdem Giulia ihr den Blödsinn mit den 587.000 Euro gestanden hatte, war Camilla kurz wütend geworden. Dann hatte sie noch am Nachmittag Traude Engel angerufen und sich für den bösen Scherz ihrer Freundin entschuldigt. Traude Engel war nicht darauf eingegangen, sondern hatte ihr Angebot wiederholt: Camilla sorgte dafür, dass das »Muränenmahl« in Italien nicht erschien. Als Aufwandsentschädigung bekam sie das Übersetzungshonorar, das ihr dabei entging, und noch eine erkleckliche Summe obendrauf.

»Und wenn es ein Bestseller geworden wäre? Man würde dann ja nie erfahren, wie sich das Buch verkauft«, hatte Camilla eingewandt. Und dass ihr eventuell ziemlich viel Geld entging. Außerdem drehe es sich um die Freiheit der Literatur. Es stehe nicht dafür, dass ein Werk totgeschwiegen werde, nur weil sich ein paar Leute angegriffen fühlten. Das müssten, wenn überhaupt, die Gerichte entscheiden. Camilla hatte sich in eine Argumentation verrannt, die so formal war wie scheinrational. Weil sie plötzlich nicht mehr weiter wusste, hatte sie Traude Engel in ihr Haus in Porto Santo Stefano eingeladen. Sie könne dann ja mal durch die Toskana fahren und mit ihrer Verwandtschaft reden. Camilla sei gerne bereit, sie zu begleiten und, falls nötig, zu dolmetschen. Traude Engel hatte für das Angebot gedankt und gemeint, sie werde es sich überlegen. Allerdings wolle sie keine schlafenden Hunde wecken. Zudem sei sie die nächsten 14 Tage dazu verdonnert, ihre beiden Enkel zu bespaßen. Wenn man die Zwillinge ebenfalls unterbringen könne, sei das Ganze vielleicht sogar eine brillante Idee.

All das ging der übermüdeten Giulia am nächsten Morgen durch den Kopf, als sie, auf dem Rückweg vom Großmarkt, auf der Panoramastraße eine Haarnadelkurve nahm und einen winzigen Augenblick nicht aufpasste. Der Sprinter geriet auf die Gegenfahrbahn, und ihr kam ein in Signalfarben gekleideter Rennradfahrer entgegen, dem sie in letzter Sekunde noch ausweichen konnte.

Als Giulia die Kisten aus dem Sprinter lud, war der Strand noch verwaist und das Ristorante zugesperrt. Leona, ein mageres schwarzes Kätzchen, warf ihr einen verschreckten Blick zu und rannte davon. Giulia schloss die Tür auf und schleppte die Einkäufe in die Küche. Maria, die mehrere Jobs machte, hatte bereits geputzt. Es roch scharf nach chemischen Reinigungsmitteln und Chlor. Die Italiener kannten nach wie vor keine Scheu, alles zu desinfizieren und mit Insektiziden zu behandeln. Giulias Vorstöße, Naturstoffe einzusetzen, stießen auf schieres Unverständnis. Immerhin war alles sauber gerichtet, und sie konnte mit den Besorgungen fortfahren. Roberto, der die Nacht wieder bei sich verbracht hatte, würde frühestens gegen zehn Uhr auftauchen. Wenn er morgens nicht mit dem Boot rausfuhr, ließ er sich Zeit. Giulia zuckte zusammen, als sie hinter sich Schritte hörte. Sie hob die Hände und drehte sich langsam um.

»Buongiorno!«, sagte eine sanfte jugendliche Männerstimme. »Ich bin's doch nur, Luca. Wie schön, dich zu sehen, Giulia. Wie geht es dir? Hast du mich vermisst?«

»Den Teufel hab ich. Ich hab dich bis eben vergessen.«

»Das ist ein Fehler«, sagte Luca Cazzotto und lächelte.

Er sah bezaubernd aus. Große, schlanke Statur, kakifarbene Bermudashorts und karmesinrotes Seidenhemd, dunkelbraune Locken, schmales Gesicht, etwas zu feine, sehr behaarte Hände. Fast quadratische Nägel. Am rechten Unterarm trug er eine deutsche Herrenuhr, eine »Nomos Tangente«. Er schob die Prada-Sport-Sonnenbrille hoch. Giulia entdeckte auf der Innenseite des Handgelenks, unterhalb der Schnalle des Lederarmbands, ein kleines Tattoo. Es war ein strenges, etwa vier bis fünf Zentimeter langes Fischsymbol, in dem unter dem Namen Luca die Zahlen 5 und 10 standen. Offenbar war er an einem 5. Oktober geboren. Giulia seufzte. Sie wurde alt. Denn sie fand diese selbstbezogenen Bekundungen, mit denen junge Leute ihre Haut unveränderlich kennzeichneten und die Stempel bleibend zu Markte trugen, einfach nur bescheuert.

Luca lächelte. Seine kaffeebraunen Augen leuchteten. Darunter lagen Müdigkeitsschatten, die ihn noch attraktiver machten. »Meine Mama lässt dich grüßen.«

»Madonna zoccola. Was willst du? Geh zur Hölle.« Giulia fühlte eine Wut auflodern, die sie kaum bezähmen konnte. Wenn Luca verreckte, war sie sicher nicht schuld, doch sie pries die Werke des Herrn und sang ein Halleluja.

»Wir müssen uns um Robertos Versicherungen kümmern. Es gibt jede Menge Risiken. Du weißt ja, so ein Betrieb ist immer gefährdet. Mein Vater hat da ein Auge darauf. Auf ihn ist absolut Verlass. Er wird jeden Schaden abwenden.« Luca sagte das mit der Sachlichkeit eines absolut makaberen Hurensohns.

»Was will Alfonso? Was soll ich Roberto sagen?« Giulia nahm an, dass Alfonso Cazzotto ein Padrone war, ein Don, dass er eine Familie unter sich hatte, die er mit starkem Arm und kühlem Kopf regierte. Sie wusste es nicht. Über die Mafiastrukturen sprach man in der Toskana nicht mit einer Deutschen. Auch Roberto tat das nie. Zu seinem und ihrem Schutz, wie er betonte. Aber vielleicht hatte er einfach selbst keine Ahnung, wo die Fäden zusammenliefen. In Giulia stieg der siedende Schweiß auf. Vom Nasenrücken rannen ihr tränengroße Tropfen über Nasenflügel und Wangen. Mit dem Unterarm wischte sie sich die Nässe vom Gesicht. Die Wechseljahre machten sich immer dann bemerkbar, wenn man sie am wenigsten brauchen konnte.

Luca legte den Kopf schief und grinste. »Dass ich da war. Das reicht.«

»Hau ab.« Giulia machte eine Handbewegung, als wolle sie Fliegen verscheuchen. »Los, raus hier, ehe ich mich vergesse.«

»Ciao, Giulia. Und tausend Dank für die Grüße an meine Mama.«

Luca drehte sich auf dem Kalbslederabsatz um und ging. Die lokale Mafia machte keine Geschäfte mit Frauen. Schon gar nicht mit einer Tedesca. Sie hatte keine Ahnung, was Roberto an Alfonso zahlte. Und welches Netzwerk dahintersteckte. Aber sie ahnte, was passieren konnte, wenn das Ristorante nicht gut versichert war. Kürzlich war die Hafenbar auf der benachbarten Isola del Giglio halb abgebrannt, weil ein Kontaktgrill defekt war. In der Nähe von Terrarossa im Süden der Lagune war ein Pizzabäcker beim Ausheben einer Klärgrube von einem Erdrutsch verschüttet worden und im Lehm erstickt. »Da Roberto« warf nicht so viel ab, dass man sich die horrenden Versicherungsbeiträge jederzeit leisten konnte. Giulia seufzte. Sie hätten die Zuwendungen von Traude Engel gut brauchen können.

Gegen halb neun – Giulia stapelte gerade Tischwäsche und Küchentücher, um sie in die Wäscherei zu bringen – rief Pfarrer Fischer wieder an. »Ich suche ein Appartement oder ein Ferienhaus mit drei Schlafzimmern. Am besten in der Nähe von Albinia. Ab heute für mindestens zwei Wochen. Wir sind zu viert. Zwei getrennte Einzelzimmer, eines mit Ehebett. Sie haben doch diese Agentur. Können Sie mir da nicht was vermitteln?«

»Wie stellen Sie sich das vor? Es ist Hochsaison, alles ausgebucht, und ich nehme mir gerade eine Auszeit.« Giulia dachte nach. Camilla hatte ihr Haus schon Traude Engel angeboten, sonst fiel ihr niemand ein, der noch etwas vermieten oder Gäste beherbergen konnte. »Überstürzen Sie nichts. Ich frage auf dem Campingplatz nach, ob die Müllers tatsächlich eingetroffen sind. Sonst machen Sie sich noch umsonst auf den Weg.«

»Sicher nicht«, sagte Fischer, dem garantiert auffiel, dass Giulia einen leichten schwäbischen Akzent hatte. Sie klang wohl ein wenig wie die Naherholungstouristen und Ausflügler aus dem Stuttgarter Umland, die den Bodensee am Wochenende in ein Kampfgebiet verwandelten. Sie verstopften die Straßen und vergifteten das Klima. Vielen Seebewohnern waren die Schwärme aus der Landeshauptstadt daher von jeher verhasst. Fischer gehörte offenbar nicht dazu. »Ich habe Urlaub, wir müssen irgendwo hin, im Auto sitzt meine vergnügungssüchtige Haushälterin mit einem hochbetagten Liebespaar. Die beiden haben sich nach über 70 Jahren neu entdeckt und wollen noch was erleben. So geht Beziehung. Es gibt kein Zurück. Wenn wir Herrn Dr. Müller nun helfen können, ist das gut, und ich vertraue auf Jesus Christus. Sollte es uns nicht gegeben sein, denn ich erreiche seine Familie nicht, ist das Gottes Wille. Das Klinikum hat mich endlich erhört. Ich durfte zu ihm. Peter Müller ist aus der Intensivstation entlassen. Es geht ihm ordentlich und er spricht den Genüssen des Leibes zu, kurz: Er hat angemessen gefrühstückt. Allerdings hat er kein Wort mit mir gewechselt, denn hinterher schlief er den Schlaf der Gerechten und war durch nichts aufzuwecken.«

»Wenn das so ist«, meinte Giulia, »lass ich mir etwas einfallen.«

Sie rief auf dem Camping Verde Mare an und hatte gleich eine Schnalle am Apparat. Noch immer sprach Giulia kein akzentfreies Italienisch. Das ließ die Signorina sie nun spüren, die was von Datenschutz faselte, für den es gar kein italienisches Wort gab. Dann plötzlich wusste sie doch was von einer Familie Müller aus Konstanz, die zwar gebucht, aber nicht eingecheckt habe; wobei es im System 28 Müllers gebe, knapp ein Viertel davon anwesend. Im Übrigen sei man completo.

»Du meine Güte«, sagte Camilla, womit sie einen von Giulias Sprüchen zitierte. »Dein Roberto nutzt dich doch aus. Wie lange willst du noch für ihn malochen?«

»Es geht halt nicht anders.« Giulia schluckte. Sie zupfte einen weißen Faden von ihrem schlichten schwarzen Baumwollkleid und kratzte sich am Schenkel. »Es fehlt am Geld, das Ristorante trägt sich grad so, außerdem macht es mir Spaß. Florenz ist im Sommer die Hölle, Carlo ist jetzt ebenfalls ausgeflogen, er aalt sich an irgendeinem Strand, ölt seine Frau ein und baut mit den Kindern Sandburgen.«

»Wenn du mit deiner Agenzia Pause hast, mach doch auch mal Ferien. Tu wenigstens ein paar Tage lang nichts. Roberto ist ein Weiberheld. Ich kenn diesen Mann. Der ändert sich nie! Während du schuftest, vögelt er irgendwelche Schnepfen. Die können genauso gut gratis in seiner Küche stehen.« Camilla schnaufte ins Telefonino.

»Ich hab dich eigentlich angerufen, um dich zu fragen, ob du noch jemanden weißt, der eine Ferienwohnung vermietet.« Giulia fiel ein, dass sie immer noch nichts von dem Pfarrer aus Konstanz erzählt hatte. Camilla hatte zwar das nächtliche Telefongespräch mitgehört, aber sie hatten die Angelegenheit nicht groß erörtert, und Giulia wollte sie auch jetzt nicht vertiefen. »Es geht um einen besonders netten Klienten von mir, der spontan anreist und den ich nicht enttäuschen möchte.«

Camilla lachte schrill auf. »Morgen ist der 1. August. Ganz Italien hat Urlaub.«

»Falls Traude Engel mit ihren Enkeln nicht auftaucht, könntest du vielleicht ...« Giulia fiel ein, dass Fischer am liebsten in der Gegend von Albinia unterkommen wollte. Wieso nicht gleich auf dem dortigen Camping? Vielleicht wurde doch noch ein Bungalow frei. Die Betten waren sicherlich nicht sonderlich toll, aber es war besser als nichts. »Vergiss es. Ich versuch was anderes. Mit einer kleinen Geschäftsidee wird sich auf dem Verde Mare schon ein Loch auftun.«

»Wenn du gleich in die Wäscherei fährst, komm auf einen Kaffee bei mir vorbei.«

Giulia hörte die Erleichterung in Camillas Stimme. »Gern.«

»Oh, es klingelt«, sagte Camilla. »Ich muss schnell runter. Dabei bin ich noch nicht gerichtet, und gefrühstückt habe ich auch nicht.«

»Ich bringe ein paar Cornetti mit.«

»Dann mach ich uns einen frisch gepressten Orangensaft. Wenn ich nicht aufmache, bin ich draußen am Pool. Okay? Ciao.«

Giulia beugte die Wäsche in die Körbe, lud sie in den

Sprinter und bretterte los. Auf der Panoramastraße von Marina nach Porto Santo Stefano war viel Verkehr. Lkws, Wohnmobile, Motorinos und Motorräder kamen ihr entgegen. Die meisten kamen vom Festland und hatten ihr Ziel bald erreicht. Ins Centro hingegen fuhren vor allem Hausfrauen, um einzukaufen. Ihre Kleinwägen verstopften die Zugänge zur Innenstadt. Selbst für Anwohner gab es nirgendwo freie Parkplätze. Giulia ließ den Transporter in der Einfahrt der Wäscherei stehen, die noch nicht geöffnet hatte. Sie sah auf die Uhr: zehn nach neun. Sie hatte Lust auf einen längeren Spaziergang und nahm ihre Tasche. Zu Fuß ging sie durch die engen, schattigen Altstadtgassen, vorbei an den beige- und rosafarbenen Hausmauern, an den Plastikkordel-Vorhängen und den Kübeln mit Basilikum und Geranien, die Stechmücken abwehren sollten. Unter einem Fenster stand ein schwarzes Graffito: ΙΧΘΥΣ. Es war sorgsam mit einer Schablone aufgetragen worden. Immer mehr Jugendliche verewigten sich an den Wänden mit schwer zu entziffernden, betont geheimnisumwitterten Zeichen. Sie nahmen dafür Sprühdosen und dicke Filzstifte, die sich nicht mehr abwischen und kaum noch überstreichen ließen. Das war wieder so etwas Selbstverliebtes und Endgültiges, das Giulia nicht gefiel. ΙΧΘΥΣ. Sie versuchte, das Namensrätsel zu lösen, und scheiterte. In einer Pasticceria kaufte sie je zwei Cornetti mit Puderzucker und Creme und stieg die flachen Stufen hinunter zum Meer, das sich plötzlich vor ihr auftat, tief dunkelblau, schimmernd und endlos.

Als die Halbinsel Monte Argentario im Wirtschaftswunder sehr zügig zu einer Touristenhochburg wurde, schossen Hotels und Appartements aus dem Boden. Der traditionelle Fischfang ging als Haupteinnahmequelle unter und wurde von den neuen Zweigen verdrängt. Dennoch kam es zu keinem echten Massentourismus. Umweltschützer verhinderten eine großflächige Bauspekulation – gemeinsam mit den reichen und prominenten Villenbesitzern, die ihre Grundstücke einzäunten, mit Alarmanlagen und Hunden sicherten und den Zugang zum Strand vielerorts verunmöglichten.

Porto Santo Stefano war mit knapp 10.000 Einwohnern der Hauptort von Monte Argentario. Der zerfaserte Ortsrand ragte ins Landesinnere und zog sich an der zerklüfteten Küste entlang. Auf den Felsen mit Meerblick erstreckten sich bis in Ufernähe die Paläste und Parks. Die engen, verwinkelten und steilen Abkürzungen, die Giulia einschlug, waren mit dem Sprinter nicht passierbar. Sie begegnete keinem Menschen, mit Ausnahme eines Downhillers, der auf seinem Monsterrad ums Eck schoss, den Hang hinab auf sie zu raste und sie beinahe in den Abgrund riss. Im letzten Moment sprang Giulia zur Seite. Der Downhiller streifte sie fast. Da er eine Schutzausrüstung mit Vollvisierhelm trug, wäre der Zusammenstoß für ihn glimpflicher ausgegangen.

»Idiota«, schrie Giulia ihm nach.

»Idiota«, bellte es von unten zurück.

Nach einer guten halben Stunde hatte sie die Auffahrt zu Camillas Haus erreicht. Die Villa Cavolfiore thronte auf einer malerischen Landzunge etwas außerhalb. Camilla, die von ihren Übersetzungen kaum leben konnte, hatte sie mitsamt Grund und Boden wenige Jahre zuvor geerbt. Sie sprach selten darüber und versuchte, das Anwesen mit ihren bescheidenen Mitteln in Ordnung zu halten. Der zweigeschossige Natursteinbau war umgeben von bizarren Olivenbäumen, Edelkastanien, Pinien und Zypressen. Giulia tippte den Digicode ein, trat durch das schmiedeeiserne Tor und ging den schnurgeraden Pfad entlang zur Treppe, die hinauf zum Eingang führte.

»Hau ab, na los, du blödes Viech! Gscht! Gscht!«

Auf den Stufen ringelte sich eine schwarze Aspisviper. Giulia klatschte in die Hände, zischte und ging ein paar Schritte zurück. Wenn sich Aspisvipern bedroht fühlten, griffen sie aus einer erheblichen Distanz heraus an. Ihr Gift war stärker als das der Kreuzotter, und ein Biss konnte zu einem allergischen Schock führen. Giulia vertrug keine Bienen- und Wespenstiche und wollte nichts riskieren. Sie wartete, bis die Schlange zwischen den Steinen verschwunden war, trat dann in den Rundbogen, stellte sich neben den Läufer, unter dem sich stets Skorpione befanden, klingelte zweimal, wartete wieder und ging dann um das Haus herum. Die Kulisse, die sich ihr an der dem Meer zugewandten Seite des Hauses bot, war atemberaubend: Vor den glitzernden Wellen, durch die eine Fähre glitt, lag der türkisfarbene Pool. Die winzige Bucht war zum Ufer hin offen. Der Blick ging hinüber zum Capolungo, einem bizarren Felsen, der madonnengleich aus dem Meer ragte. Auf dem Sandstrand wuchs eine Palme. In einem gelben Liegestuhl lag, in ein weißes Badetuch gehüllt, Camilla. Sie hatte Rock und Bluse auf den Boden geworfen und wandte Giulia den Rücken zu.

»Ciao, nicht erschrecken.«

Giulia war noch fünf Schritte vom Liegestuhl entfernt, als die Frau aufsprang und sich umdrehte. Ihre Haut glänzte feucht. Wassertropfen perlten von ihren Schläfen. Sie raffte das nasse Tuch über der Brust. Es war nicht Camilla, obwohl sie ihr ähnelte. Sie war groß und hatte einen straffen Körper. Ihr harmonisches Gesicht wurde von knallroten, triefnassen Locken umspielt. Ihre Augen waren genauso goldbraun. Aber ihre Nase war anders als die von Camilla; es war nicht die Nase einer griechischen Göttin. Es war die Eroberer-Nase des größten Feldherrn der Antike. Hannibal. Und diese Frau war 20 Jahre jünger als Camilla. Sie war noch keine 30.

»Wer sind Sie denn? Und wo ist Camilla?« Giulia entschied sich dagegen, die junge Frau zu duzen, obwohl ihr das selber komisch vorkam. Alle, die sich für fortschrittlich und modern hielten, duzten sich in Italien. Siezen tat man nur die Deutschen. Sie legte die Tasche auf den Marmortisch. Bevor die junge Frau antworten konnte, wusste Giulia, wer das war. Und wo sie das Gesicht schon mal gesehen hatte. Auf dem Schutzumschlag des Buches, das in ihrer Tasche lag und das sie gerade las: »Muränenmahl«. Sie schaltete um auf Deutsch. »Merle Engel, nicht wahr? Ich bin Giulia.«

»Merle.« Sie klang etwas heiser und streckte ihr die kühle Hand hin. »Signora Bruni ist in der Küche.«

Giulia zog die flachen Sandalen aus. Durch die Terrassentür gelangte sie barfuß in die Halle, die sich über beide Stockwerke erstreckte. Die Decke war aus dunklem Holz. An den Wänden hingen Dutzende von Kuckucksuhren und Kruzifixen, dazwischen klein- und großformatige Zeichnungen und Gemälde. Moderne Kunstwerke, Plastiken und Stelen, wuchsen aus dem Boden und hingen von oben herunter. An Möbeln gab es ein Sofa und Ledersessel. Und einen zehn Meter langen Holztisch mit Stühlen drumherum.

Camilla stand in der Kochinsel und drückte den Knopf der Espressomaschine, die sanft schnurrte. Tassen, Löffel, Wasserkaraffe und Gläser standen bereits auf dem Tablett. »Hab ich die Klingel nicht gehört?«

»Das ist ein Ding«, erwiderte Giulia und zapfte ein Glas Leitungswasser. »Was macht denn dieses Fräuleinwunder an deinem Pool?«

Camilla wandte sich vollends um und grinste. »Sie versteckt sich. Keine Ahnung, weshalb und vor wem. Aber sie befindet sich wohl in ernsthaften Schwierigkeiten. Sie war schon in der Toskana. Und da hat Traude Engel sie zu mir geschickt.«

»Ich dachte, die beiden können nicht miteinander.« Giulia trank in großen Schlucken und wischte sich mit dem Handrücken über den Mund.

»Das Gegenteil ist der Fall. Merle vertraut ihr. Diese Oma versucht, sie zu retten. Und meinetwegen kann sie ein paar Tage bei mir bleiben.«

»›Welche Weisheit ließe sich finden, die größer wäre als die Güte?‹« Giulia grinste.

»Spinoza«, riet Camilla.

»Rousseau.«

Als Camilla das Tablett nahm und nach draußen ging, verspürte Giulia den unbezwingbaren Drang, sofort nackt hinunter zum Meer zu laufen. Diese Lust überkam sie nur, wenn sie sehr erhitzt war und schwitzte. Giulia gierte nach einer Abkühlung. Aber das Meer war zu aufwendig. Nach einer Dusche würde sie im Pool ein paar Runden schwimmen und sich dann wieder auf den Weg in die Wäscherei machen. Bis sie zurück ins Ristorante kam, stand Roberto schon in der Küche, und das

Personal trudelte langsam ein. Am Montagmittag war selten viel los – doch nachdem am Wochenende der Urlaub über die Italiener hereingebrochen war, bildete der heutige Tag vielleicht die Ausnahme.

In der Terrassentür blieb Giulia stehen und kehrte um. »Ich muss noch kurz aufs Klo.«

Schnell verschwand sie in der Gästetoilette. Es platschte. Ein Schrei. Sie empfand ihn als unwirklich, beeilte sich dann aber doch, zog den Slip hoch und rannte nach draußen. Camilla stand bis zum Bauch im Wasser, das ein wenig rot verfärbt war, und versuchte, Merle, die auf dem Rücken trieb, an Land zu ziehen. Giulia lief zur Treppe des Pools, packte Merle an den Schultern und legte sie zusammen mit Camilla, die sie an den Schenkeln hielt, auf den warmen Steinfliesen unter dem Sonnenschirm ab. Im Nacken bildete sich eine Blutlache. Camilla holte ein Handtuch und schob es ihr unter den Kopf.

Vor Giulia spulte sich in Sekundenschnelle das Szenario ab, das nun kommen musste. Auf dem Telefonino würde sie einen Notruf tätigen: »Qui c'è stato un incidente.« Sie würde die nötigen Informationen weitergeben und die Nummer des Digicodes. Camilla fasste Merle an den Hals, kniete sich neben ihren Brustkorb und neigte das Ohr hinunter zum Mund. Gleich würde sie ihr die Handballen auf das untere Drittel des Brustbeins legen. Dann finge sie an mit der Herzdruckmassage. Nach 30 Stößen würde sie zweimal beatmen. Giulia würde weitermachen. Sie würden sich abwechseln.

»Sie atmet«, flüsterte Camilla.

Merle gab ansonsten kein Lebenszeichen von sich. Dennoch ging von ihr eine Art Wille aus. Sie ließ alles mit sich geschehen, als gäbe es ein Einverständnis. Gemeinsam drehten sie Merle in die stabile Seitenlage, drückten das Kinn nach oben und überstreckten den Kopf. Giulia hielt ihre Hand, fühlte dabei mit der anderen den Puls und sprach beruhigend auf sie ein.

Fast gar glaubte sie, die Sirene der Ambulanza zu hören. In ihrer Fantasie lief ein Film. Gleich bretterte der Rettungswagen die Auffahrt hoch und hielt neben der Villa. Zwei Rettungskräfte sprangen heraus und übernahmen. Merle lag, verbunden und an Schläuche angeschlossen, auf einer Liege und wurde abtransportiert. Die surreale Szene spulte sich ab wie im Traum. Giulia wachte auf, als Merle die Augen aufschlug.

»Grazie, Giulia. Das hast du fabelhaft gemacht. Sie kommt zu sich!« Camilla lächelte.

»Puh!« Merle stöhnte. Fasste sich an den Hinterkopf. »Das tut weh. Und ich blute ja! Kann man das verbinden?« Sie sprang auf. »Was ist eigentlich passiert?«

»Du bist irgendwie schräg ins Wasser gesprungen. Der Pool ist auf dieser Seite eben nicht tief genug.« Camilla schnaufte. »Ich hätte dich warnen sollen, ich stand quasi daneben. Jetzt muss ich mir die Wunde mal näher ansehen.«

»Aber das war doch kein Köpfler?« Merle kämpfte offenbar gegen Erinnerungslücken.

»Nein, sonst hättest du dir das Genick gebrochen. Trotzdem hast du dich verletzt.«

»Wie kann man sich dabei so wehtun, dass es am Kopf blutet?« Giulia runzelte die Stirn. »War das vielleicht die Treppe?«

»Komm, Merle, leg dich wieder hin.« Camilla deutete auf den gelben Liegestuhl. »Du hast vermutlich eine

Schädelprellung. Und vielleicht auch eine Gehirnerschütterung. Gleich wird es dir übel, und du musst dich übergeben.«

Merle gehorchte. Camilla legte ihr das Handtuch in den Nacken und wollte ins Haus gehen, um Verbandszeug zu holen.

Giulia lief um das Becken herum und hob etwas von den Fliesen auf, das blinkte. »Schau mal. Ist das eine Patronenhülse?«

»Quatsch.« Camilla nahm ihr das Metallteil aus der Hand. »Aus was ist das?«

»Ich nehme an, aus Aluminium?« Giulia schluckte. Jemand ist hier eingedrungen und hat auf Merle geschossen, dachte sie. Er hat versucht, ihr einen Genickschuss zu verpassen. Dabei hat er einen Schalldämpfer benutzt. Camilla behält die Sache für sich, und Merle kann sich an nichts entsinnen.

Camilla legte das Teil auf den Tisch und lachte. »Das Ding stammt von meinem Sonnenschirm. Die Spitze ist abgeplatzt.«

Als Giulia um die Mittagszeit endlich zurück ins Ristorante kam, war Roberto mächtig sauer. Eine senkrechte Zornesfalte grub sich in seine hohe Stirn. Er sprach kein Wort. Strafte sie mit Schweigen. Sie konnte ihm nicht begreiflich machen, was geschehen war. Und weshalb der Ausflug in die Wäscherei fast drei Stunden gedauert hatte. In der Personaltoilette zog Giulia sich um. Kurzärmelige weiße Bluse, schwarzer Rock, schwarze Schürze. Montagmittag hatten die Bediensteten bis auf eine Stundenkraft, die später kam, frei. Roberto war mit seinen beiden Aushilfen in der Küche. Giulia war auf der Terrasse allein.

Die ersten Gäste kamen vom Strand, zwei dicke Deutsche und ein dünner, die nur einen Cappuccino wollten und ein spätes Frühstück. Roberto war dagegen, sie abzuweisen. Giulia holte die selbst eingemachten Marmeladen – Bitterorange, Moschuserdbeere, Baumerdbeere, Feige und Johannisbeere mildsauer – schnitt Schinken in millimeterdünne Scheiben, rieb Parmesankäse, zupfte Kirschtomaten und Rucola und komponierte das Ganze auf einem Rest Risotto. Dazu reichte sie einen kleinen Salat. Sie hobelte Möhren, pulte knackige Markerbsen, die besonders aromatisch schmeckten, weil sie extrem eiweiß- und zuckerhaltig waren, schnitt Petersilie und arrangierte alles an frisch gestochenem Kopfsalat auf einem Pasta-Teller. Sie gab einen Klecks Sahne in die Mitte, beträufelte das Werk mit Olivenöl und Balsamico und streute gerösteten Sesam mit Schwarzkümmel darauf.

»Haben Sie keine Eier?«, fragte launig einer der Deutschen, als sie mit dem vollgeladenen Tablett an den Dreiertisch trat. Er hatte den Aufsatz seiner Sonnenbrille nach oben geklappt und äugte zu ihr hoch. Seine Augen waren blutunterlaufen. Unter dem dünnen graubraunen Haar schimmerte die gerötete Kopfhaut durch. Zu Shorts mit Hawaiimuster trug er ein nicht ganz sauberes weißes Feinripphemd, unter dem sich der Bauch wölbte. Seine blaubraune Pranke landete auf Giulias nacktem Unterarm.

»Selbstverständlich«, erwiderte Giulia und knallte das Tablett auf den Tisch, »servieren wir Ihnen ein Ei. Wie möchten Sie es? Gekocht? Weich, hart? Oder drei Eier gebraten? Natur oder als Rührei?«

»Sie macht sich über dich lustig«, sagte die Frau, die ihm gegenübersaß. Ihr Kunstfaserkleid mit Spaghettiträgern und Leopardenmuster brachte die Speckwülste auffallend zur Geltung. »Sie will dich vorführen, Kevin.« Und dann, zu Giulia gewandt: »Wir lassen uns von Ihnen nicht provozieren.«

Die dritte Person am Tisch stimmte zu. Es war ein schütterer Alter, der zu beiden nicht passte. Er trug einen abgeschabten Straßenanzug und nickte gedankenverloren. Schon wieder hatte Giulia das Gefühl, in einem Film zu sein, aber diesmal im falschen, und diesmal war der Film echt. Das passierte wirklich.

»Bitte entschuldigen Sie«, sagte Giulia. »Das wollte ich nicht. Es tut mir sehr leid, und wir hätten auch noch etwas toskanisches Tiramisu. Es ist statt mit Mascarpone mit Englischer Creme gefüllt. Sie besteht aus Eigelb, Zucker, Milch und Vanille und ist eine Spezialität des Hauses. Natürlich geht die Rechnung auf uns.«

»Also gut«, meinte der magere Deutsche und musterte seine fettleibigen Freunde. »Das wäre doch ein Friedensangebot.«

Giulia lief in die Vorratskammer, holte die ekelige, nach faulen Eiern stinkende Biskuit-Schichttorte aus dem Mistkübel, beträufelte die Löffelbiskuits mit kaltem Espresso, Marsala, Amaretto und Weinbrand, gab reichlich Kakaopulver darauf und verteilte die Pampe auf drei Teller.

»Geht doch«, sagte die Dicke.

Giulia servierte mit einem warmen Lächeln.

Die drei Deutschen aßen andächtig. Der Dottore, den sie mit ziemlicher Sicherheit aufsuchen mussten, würde ihnen nicht verraten, was zu dieser Lebensmittelvergiftung geführt hatte. Die Salmonellose trat erst ein bis drei Tage nach dem Verzehr auf, die Campylobacteriose zwei bis sieben Tage später. Wenn die Gäste mit Symptomen wie starken Durchfällen, Bauchkrämpfen, Fieber und Schüttelfrost davonkamen, hatten sie Glück gehabt. Wurde der starke Flüssigkeitsverlust nicht ausgeglichen, vergiftete das den Körper. Das führte dann zur Thrombose oder Embolie, wurde zum Auslöser für Schlaganfall und Herzinfarkt. Auch konnte es zum Schock kommen: Kreislaufschwäche und Bewusstseinsstörungen steigerten sich von Lethargie und Verwirrtheit bis hin zu Delirium und Koma. Selbst wenn es auf die eine oder andere Weise tödlich endete, der Dottore, den Giulia kannte, würde beim Leben seiner Großmutter schwören, dass die im Ristorante verzehrten Speisen nichts damit zu tun haben konnten.

Am Nachmittag bereute sie es. Sie hatte überreagiert. Es macht aber letztlich nichts, dachte Giulia. So was kommt vor. Und es erfährt nie einer. Im Schweigen sind wir Toskaneser Weltmeister. Die uns eigene Form der Omertà ist besonders rigide. Sie verbietet uns, mit Außenstehenden über Dinge zu sprechen, die für einen von uns nachteilig sein könnten. Diese Schweigepflicht gilt nicht nur für Mitglieder der heimischen Mafia. Sie betrifft nicht nur Eingeborene. Sie gehört zum Ehrenkodex aller. Sogar eine Tedesca, die lange genug hier lebt, wird darin einbezogen. Wer dagegen verstößt, ein Pentito also, ein sogenannter Reuiger und Geständiger, den zieht man zur Rechenschaft. Wir regeln alle unsere Angelegenheiten selbst. Aber auch das kommt nie heraus. Alles wird verschwiegen, was in die Landschaft passt. Wer redet, muss sterben. Das wird Merle Engel, wenn sie nicht bald wieder abreist, zum Verhängnis werden.

8.

NSA Zweigstelle Rom

TOP SECRET // Intensive Überwachungsoperation Calamari Romana

Ziel: Durchdringung der Kommunikationswege des Vatikans im Hinblick auf die Wirtschafts- und Finanzorganisation des Heiligen Stuhls

Protokoll des Telefongesprächs zwischen Andrea Tedesco, dem Vorsitzenden einer Untersuchungs-Kommission mit unbekanntem Auftrag, wohnhaft in Florenz, und Dr. med. Peter Müller, Konstanz.

Nachrichtenquelle: 9435jfk§fhe28345dG

Datum und Uhrzeit: ||||||||||

– Sie haben schon wieder absolute Scheiße gebaut.

– Wieso denn jetzt wieder?

– Sie hätten Fischer allein nach Rom beordern sollen. Und nicht mit seiner Mischpoke in die Toskana.

– Sind Sie eigentlich jüdischen Glaubens, Signor Tedesco?

– Wie kommen Sie darauf?

– Ihre altbackene Wortwahl. Der Begriff »Mischpoke« wurde 1941 in den Duden aufgenommen. Bedeutung abwertend. Im Jiddischen nicht.

– Un momento, per favore. Nun mal langsam. So schnell wie Sie googelt echt keiner. Chapeau. Aber zielführend ist das nicht. Im Übrigen glaube ich gar nichts.

– Da haben wir echt was gemein.

– Man muss nicht katholisch sein, um ein Wunder zu generieren.

– In der Tat. Da geht es um schiere Wissenschaft. Wie tief ist eigentlich das Finanzloch des Vatikans?

– In den schlimmsten Zeiten sprach man von 40 Millionen Euro.

– Die offizielle Version. Dieses Gerücht verbreiteten die Konservativen der Kurie. Vor einiger Zeit war von einer halben Milliarde die Rede.

– Bene. Unter uns: eine allzu optimistische Hochrechnung.

– Und wo nimmt der Heilige Stuhl die Kohle nun her?

– Das soll nicht unsere Sorge sein. Die Weltchristenheit reicht ja weit. Das Evangelium wird schon dafür sorgen, dass Gelder zurückfließen. Wieso interessiert Sie das überhaupt? Machen Sie sich Sorgen um Ihre Gage?

– Ich habe bisher immer für Auftraggeber gearbeitet, die anständig waren. Sie hielten sich zumindest an das Gesetz.

– Was für ein Quark. Sie arbeiten hier nicht wie üblich für einen Staat, sondern für ein nicht staatliches Völkerrechtssubjekt. Im Gegensatz zu den Vollmitgliedern der Vereinten Nationen vertritt der Heilige Stuhl keine nationalen Belange. Er verfolgt nur das moralische und universelle Interesse, die Welt zu verbessern.

– Braucht es dafür ein Heer von Heiligen? Oder würde es zur Not auch reichen, dass die Bilanzen stimmen?

– Sie behaupten doch wohl nicht, dass das Finanz- und Rechnungswesen der Chiesa cattolica korrupt genug ist, dass es Sie von Ihrem Auftrag abhält?

– Worin besteht der noch mal?

– Das wissen Sie genau.

– Ach ja, richtig. *[lacht]* Ich soll ein Wunder diagnostizieren. Nach all den Jahren einen Fall aufrollen, medizinisch und forensisch, zu dem es kaum aussagekräftiges Faktenmaterial gibt.

– Sie sollen diese Quellen finden, verdammt. Und auswerten.

– Ist das Ganze nicht ein wenig scheinheilig?

– Hören Sie, ein direkter Abgesandter Seiner Heiligkeit hat mir den Auftrag erteilt, mich um die Sache zu kümmern. Und nichts anderes tue ich.

– Und wenn nun herauskommt, dass kein Wunder vorliegt?

– Dann fangen wir wieder von vorne an. Mit einem anderen Team.

– Bis das Wunder dann steht.

– Zur Not. Ja.

– Was versprechen Sie sich davon?

– Es eint unsere heilige Kirche. Wir gehen gestärkt daraus hervor.

– Wir? Sind Sie katholisch?

– Nicht nennenswert. Ich zitiere nur meinen Auftraggeber. Vergessen Sie nicht, wir stehen mitten in einem Krieg. »Es ist ein Krieg um Interessen, ein Krieg um Geld, ein Krieg um Ressourcen der Natur«, sagt Papst Franziskus. Dabei geht es aber vor allem um den rechten Glauben, auch wenn er das nicht recht wahrhaben will. Oder nicht öffentlich sagen darf. Doch auch Franziskus plädiert für das Wunder. Der Beleg von Wundern hilft dem Christentum im Kampf gegen den Islam und andere Weltreligionen. Vor allem, wenn es zeitnah um Oberhäupter geht.

– Alles dreht sich dabei um Transparenz.

– Sie sagen es.

– Eine Loge spielt dabei nicht etwa eine Rolle? Freimaurer, zum Beispiel.

– Was hätte das für einen Sinn?

– Hatten wir doch alles schon. Mitten im Herzen der Kurie. Aufs Mal musste Papst Johannes Paul I., noch keine drei Wochen im Amt, seinen halben Laden auflösen.

– Jaja, ich entsinne mich. Wann war das, Ende der 70er? Damals tauchte diese obskure Liste auf, und die Leute sollten an die Luft fliegen. Wie sind Sie denn darauf gestoßen?

– Im September 1978 fand in Rom eine wahre Revolution statt. 121 fristlose Entlassungen. Der Leiter der Vatikanbank, seine Angestellten, prominente Erzbischöfe und Kardinäle. Am 28. September hat der Papst seinen Kardinalstaatssekretär informiert, welche internationalen Würdenträger freigesetzt werden sollten. Die Unterredung dauerte bis in den Abend hinein. Am nächsten Morgen lag Johannes Paul I. tot im Bett.

– Aber das …

– Die Nonne Vincenza, die Vorsteherin des päpstlichen Haushaltes, fand ihn in aller Herrgottsfrühe. Nach offiziellem Bekunden saß er aufrecht da und hatte ein Schriftstück in der Hand, vielleicht war es die Liste. Zwei Ärzte, darunter sein Leibarzt, schätzten den Todeszeitpunkt auf etwa 23 Uhr.

– Nun ja, er hat sich halt aufgeregt. Und er war herzkrank.

– Oder er wurde vergiftet.

– Nichts weist darauf hin.

– Viele vermuten das. Merle Engel, unsere Jungautorin aus Altötting, greift es in ihrem Romandebüt auf. Ansonsten wirklich nur eine banale Familiengeschichte. Kennen Sie sie inzwischen?

– Müsste ich sie inzwischen kennen?

– Sie schreibt, der Papst habe mit seinem Kardinalstaatssekretär einen Fisch verspeist, eine Muräne, die Schwester Vincenza ganz serviert und fachgerecht filetiert habe.

– Große Gräten. Kinderspiel. Kann jeder.

– In ihrem Innern fand sich ein Oktopus.

– Was hat diese Geschichte mit der Romanhandlung zu tun?

– Es ist ein Albtraum. Er mündet in ein Gleichnis.

– Sie verschweigen mir etwas.

– Mitnichten. Lesen Sie das verfluchte Buch doch selbst.

– Schon seltsam, was dieses Fräuleinwunder aus Altötting für Fantasien hat.

– Würde sie sich sonst als unsere Protokollantin eignen? Und der Tod von Johannes Paul I. ist in der Tat gut für Spekulationen. Er wurde nie obduziert.

– Ging ja auch nicht. Ist doch klar, warum: Wenn er eines natürlichen Todes gestorben ist, war er schon krank, als das Konklave ihn gewählt hat. Dann hat es sich geirrt! Das durften die Kardinäle niemals zugeben. War es aber kein natürlicher Tod, war die Sache noch schlimmer! Kein noch so schreckliches Gerücht reichte in diesem Fall an die Wahrheit heran.

– Die einen sind Weltverbesserer und Heilige, die anderen Heuchler und Meuchler. Mich stört ein wenig, dass die Realität so wagenweit auseinanderklafft. Ich werde ein leises Befremden nicht los.

– Dann erhöhen wir Ihr Honorar.

– Das nützt nichts. Haben Sie nicht selbst gesagt, Geld spielt in dem Fall keine Rolle?

– Habe ich das?

– Das Streben nach Geld und Ruhm sind die Dinge, die uns vom Wesentlichen abhalten. Ein Zitat, zumindest sinngemäß, des britischen Schriftstellers Tim Parks, der in der Nähe von Verona lebt. Ich habe es in einem seiner Bücher gelesen, in dem es um die Kraft der Literatur geht, aber ich finde die Stelle nicht mehr. Ich habe daraus viel gelernt.

– Aus dem Werk oder aus dem Satz?

– Aus beidem.

– Dann sind Sie ein leidenschaftlicher Leser?

– Notgedrungen. Wie Daniel Pennac in »Comme un roman« glaube ich an *die paradoxe Wirkung des Lesens, die darin besteht, uns von der Welt abzulenken und dabei einen Sinn für sie zu finden.* Dieses Zitat ist wörtlich. Es steht im Original und in der Übersetzung jeweils auf Seite 19. Ich fand die Übersetzung übrigens in einer zum öffentlichen Bücherschrank umgebauten Telefonzelle.

– Dann sind Sie der Antwort auf die Frage nähergekommen, wieso Merle Engel von ihrer Familie verstoßen wird? Wenn wir sie engagieren, sollten wir wissen, worin ihre Verletzlichkeit besteht.

– Sie rührt an Tabus. Wie ihre Heldin, die Ich-Erzählerin Muriel Teufel, wurde sie adoptiert.

– Lachhaft. Das ist doch heutzutage kein Beinbruch mehr. Und schon gar nicht in Deutschland.

– Das sagen Sie. Frau Engel weiß natürlich längst Bescheid. Und sorgt nun auf dem Umweg eines Romans dafür, dass alle es erfahren. Auch die Verwandtschaft, die irgendwo in Italien lebt, vermutlich in der Toskana.

– Woher wissen Sie das denn?

– Wie gesagt, ich habe »Muränenmahl« gelesen. Und bin der Ansicht, sie erzählt das alles nicht einmal aus Hass und Rache oder einem anderen niederen Beweggrund. Sie will globale Literatur schreiben. Mit Themen, die man überall versteht. In sämtlichen Kulturen der Erde. Damit will sie weltweit groß herauskommen.

– Ist das etwa kein niederer Beweggrund?

– Muriels leiblicher Vater ist unbekannt. Es wird nicht darüber spekuliert, ob er etwas mit der Familie Ratzinger zu tun hat.

– Ganz schön weit hergeholt. Nur weil die Autorin aus Altötting stammt … Im Übrigen: Wir befinden uns in einem Krieg, Herr Dr. Müller. Vergessen Sie das bitte nicht!

– In welchem Krieg denn?

– Im Krieg der einen gegen die anderen. Schon mal was gehört von der Kommunikationsguerilla? Auch Informationsguerilla oder Medienguerilla genannt?

– Glaub nicht.

– Das ist eine Form des geistig bewaffneten Kampfes, bei dem gezielt Informationen und Desinformationen eingesetzt werden, um bestimmte Ziele zu erreichen. Die klassische Guerilla-Taktik, möglichst effektive punktuelle Operationen durchzuführen, wird auf den Bereich von Information und Kommunikation übertragen.

– Klingt wie eine künstlerische Strategie zur Subversion oder eine kulturelle Instandbesetzung.

– Ganz richtig, Herr Dr. Müller. Diese Schwachköpfe begreifen das nur nicht.

9.

Der Opa sah das Schild zuerst: *Villaggio Turistico Camping Verde Mare*. Ein Pfeil wies auf einen abschüssigen Küstenweg, der von der Via Aurelia abbog und hinunter zum Meer führte. Fischer setzte den Blinker. Da er nur den Smart fuhr, hatte ihm sein Schwager Benedikt im Tausch das Familienauto geliehen, einen himmelblauen VW Caddy 2.0 TDI, der nach Karottenbrei, Pfefferminzpisse und Blockflöte roch und im Schnitt sechs Liter Diesel verbrauchte. Allmählich hatte sich Fischer an die Größe des Kombis gewöhnt. Er fuhr die ganze Strecke, da der Großvater seinen Führerschein auf Druck der Enkel abgegeben hatte. Weder die Großmutter noch Sarah waren in der Lage, ein motorisiertes Fahrzeug zu steuern. Da Fischer alles allein bewältigen musste und die Reisegruppe öfter Pausen benötigte, kamen sie am Montag nur bis ins Piemont. In Castelnuovo Calcea, einem abgelegenen Kaff in der Provinz Asti, ein Stück oberhalb von Genua, hatten sie übernachtet. Das Motel lag fast direkt an der Autobahn und wurde offenbar vorwiegend als Bordell genutzt. Sie mieteten zu einem günstigen Preis zwei nebeneinanderliegende nüchterne Appartements, die geschmackvoll in Beige-, Rot- und Brauntönen gehalten waren. Statt Zweier- gab es extrem breite Dreierbetten, und mitten im restlos ausgekachelten und mit Bänken versehenen Badezimmer war eine Striptease-Stange befestigt. Die Oma lobte die seniorengerechte Ausstattung, der Opa schwieg. Spätabends saßen sie noch draußen unter dem Vordach, es war dunkel und nieselte leicht. Sarah deutete auf die barbusige Silhouette auf der gegenüberliegenden Tür und meinte, das Mädchen sei aber hübsch. Sie tranken Holundersprudel und Bier und aßen die letzten mitgebrachten Salamibrote, ehe sie zu Bett gingen.

»Allerheiligen«, sagte am Morgen die Großmutter.

»I wo«, erwiderte Sarah, »wir haben doch erst den Maifeiertag.«

»Wir liegen genau dazwischen«, befand Fischer. »Zusammengenommen habt ihr also völlig recht.«

»Du fährst«, erklärte der Großvater, »du konzentrierst dich und schwingst keine viehmäßigen Reden.«

Nach einer schnellen Dusche und einem italienischen Frühstück – Cappuccino und Hörnchen – brachen sie am Morgen auf. In der Ausfahrt verlor sich ein allerliebstes graubraunes Kaninchen ins Dickicht, hoppelte flink davon. Schnell war man in Ligurien. Im Speckgürtel von Genua verfuhr sich Fischer, sie landeten in der Kolonne der einkaufenden Hausfrauen in Sori am Golfo Paradiso, die im Ortskern in einen Stau mündete. Aufheulende Vespas drängelten sich in die Lücken und gurkten dolce an den Autoschlangen vorbei. Er fand eine Parklücke für Behinderte, die er dank Opas Schwerbehindertenausweis, dem »Jagdschein«, nutzen durfte, und sie stiegen langsam ein schmales Treppchen hinauf, setzten sich zu viert auf eine Bank, tranken abwechselnd aus einer großen Plastikflasche und schauten. Unter ihnen erstreckte sich die Bucht. Neben einer Batterie von sattgrünen Sonnenschirmen dümpelten helle Boote. Quellwolken zogen. Es war warm, aber weit weniger heiß als in Konstanz.

»Wie schön das ist, mein Sohn«, meinte freudig und verjüngt die Oma. »Und fallen wir dir wirklich nicht zur Last?«

Fischer besänftigte sie. Gern hätte er ihre Augen liebkost, ihre Hand gestreichelt. Er traute sich nicht. Erwiderte lediglich wahrheitsgemäß, es sei eine Gnade Gottes. Die Großeltern dürften noch einmal mit den Enkeln zusammen verreisen, was ihnen seit Jahren wegen etlicher Gebrechen nicht mehr vergönnt gewesen sei.

»Guck mal, da!« Als sie aufstanden, zeigte Sarah auf eine Feldsteinmauer neben dem Pfad, der weiter nach oben, Fischer nahm an, zu einem Kloster, führte. »Da geht es zu Nordsee. Können wir wilde Kartoffeln?«

Das Fisch-Emblem, das auf die Mauer gesprüht war, ähnelte tatsächlich den Insignien der Fast-Food-Kette. »Wir sind in Italien«, sagte Fischer, »wir sollten uns eine Pizza kaufen.«

Sie fanden einen Pizzabäcker, der ihnen große rechteckige Stücke auf die Hand gab, mit Tomaten, Kartoffeln, Kapern, Sardellen und Salsicce, dazu Zwiebeln für die Oma, und aßen sie mit den Fingern. »Kann ich Cola?«, fragte Sarah, legte den Kopf schief und tanzte auf einem Bein. »Bitte, kann ich Cola, Justus?«

Statt Siesta fuhren sie in der zunehmenden Gluthitze weiter. Der Caddy hatte keine Klimaanlage, oder Fischer wusste nicht, wie man sie bedienen musste. Die Sonne knallte. Die Fahrt in den Süden strengte alle an. Der Großvater saß mit einer Karte aus den 1960er-Jahren steif auf dem Beifahrersitz, beharrte auf seiner Route und negierte das Navi. Die Mautstationen stressten Fischer, der sich in die falsche Spur einfädelte, kaum Italienisch konnte und mit den Automaten nicht zurechtkam. Als hinter ihm gehupt wurde, bekam er einen Schweißausbruch. Sarah und die Großmutter dösten auf dem Rücksitz. Die Autostrada dehnte sich endlos. Fischer konzentrierte sich auf den Verkehr, auf die Flut der Lastwägen, Wohnmobile und Autos, Motorräder fädelten sich ein und schlängelten sich halsbrecherisch durch die Lücken hindurch, und ermunterte seine Beifahrer konstant zum Trinken. An jedem fünften Autogrill musste gehalten werden. Weder die Oma noch Sarah konnte selbstständig eine fremde Toilette aufsuchen, und es gab keine weibliche Begleitperson. Fischer brachte beide bis zur Tür und den Opa dann zum Pissoir, wo er eine geschlagene halbe Stunde brauchte.

Dass er, in einer unvorhergesehenen und überstürzten Aktion, die beiden Großeltern mitnahm, war typisch für Fischer, der zu spontanen Lösungen neigte. Der Opa war 91, die Oma fast 89 Jahre alt. Während er geistig rege, aber körperlich hinfällig war, konnte sie zwar noch Kopfstand machen, doch der Kopf selber tat es nicht mehr. Das Paar war an die 70 Jahre verheiratet. Die beiden lebten allein im eigenen Haus und versorgten sich noch weitgehend selbst, aber Fischer, der in der Nähe wohnte, sah jeden Tag nach ihnen. Die Kurzzeitpflege, in der beide unterkommen sollten, während er sich mit Sarah seine Auszeit nahm, hatte wegen Personalknappheit absagen müssen. Die Mutter kränkelte und war derzeit nicht belastbar, der Vater sowieso unzuständig, die Geschwister waren abwesend oder flüchteten sich in Ausreden. Cousine Constanze und Tante Mechthild, die sich immer wichtig nahmen, boten auch keinerlei Hilfe an, zumal sie von Mutters Seite kamen. Fischer befand sich wie so oft in einem inneren Konflikt und suchte nach dem schnellsten Ausweg: Er strebte danach, alle Aufgaben, vor die er sich gestellt sah, geschwind miteinander zu versöhnen. Dass er dabei alle überforderte und am meisten sich selbst, verleugnete er.

Sie passierten dosenförmige und filigrane, mit Drähten überspannte Raststätten, wuchtige Wassertürme, Transformatorenhäuschen, Hochspannungsleitungen, eine Erdölraffinerie mit ihrem sellerieknollenartigen Geknäuel und Geschlängel, monströse Rohre, zierlich geschwungene Straßenlaternen, Autobahnbrücken, Aufzüge, Fußgängerüberwege, Friedhöfe, die als gedrungene Dörfer vorüberzogen, Tunnel, Türme, Kraftwerke, Industrieanlagen, Palmen, Oleanderhecken, Olivenhaine, Kirchen, Supermärkte, zerfaserte Gewerbegebiete, zerklüftete Landschaften, Hügelketten, Ebenen. Abgemähte Kornfelder lagen da wie Toastbrote. Auf einem Kreuz am Straßenrand, das mit Plastikblumen umkränzt war, thronte ein Motorradhelm.

Am Dienstagabend erreichten sie endlich die Toskana, die Straßen führten immer noch weiter in den Süden, und als Fischer auf dem Parkplatz vor dem Camping anhielt und ausstieg, atmete er tief durch.

»Du bist gut gefahren, mein Sohn«, lobte höflich die Oma, die mal wieder eine Generation übersprang und Fischer für seinen Vater hielt. Er half ihr aus dem Caddy.

»Kann ich Meer?«, fragte Sarah. Sie saute auf Fischer zu und zog ihn am Arm.

»Später, Prinzessin.« Er küsste sie erschöpft auf die Stirn.

»Ich geh einchecken«, verkündete wie ausgewechselt der Opa, der elastisch aus dem Auto stieg. »Gebt mir mal eure Pässe.«

Fischer zückte seine Geldbörse und glaubte es nicht.

Der Bungalow mit der Nummer 23 in der Via dei Gladioli, den Giulia Franca für sie gebucht hatte, lag inmitten eines Pinienwaldes. Auf dem Sandboden lag ein Teppich aus Nadeln, in den Bäumen hockten hübsch gesprenkelte Eichelhäher, die rotzfrech miteinander schwätzten. Fischer ging umher und sah sich aufmerksam um. Die Küchennische befand sich außerhalb auf der Terrasse, mit einer gut ausgestatteten Kochgelegenheit, bestehend aus Kühlschrank, Gasherd und Zubehör, und der Raum selbst beherbergte, in sich abgeschlossen, Bad und Toilette sowie, neben Schränken und einem überraschend bequemen Ehebett, ein stabiles Stockbett.

»Kann ich oben?«, fragte Sarah und schlug mit der flachen Hand auf die Matratze.

»Klar«, sagte Fischer. Es roch nach Moder, sonnengesättigtem Holz und scharfen Putzmitteln. Er öffnete ein Fenster, das mit einem Moskitonetz bespannt war.

Die Großmutter gab dem Fahrer des kleinen Geländefahrzeugs, der sie hergebracht und ihnen alles gezeigt hatte, ein paar Euro, eingewickelt in ein Heiligenbildchen, und der Großvater streckte sich, winkte und schmetterte auf Lateinisch: »Salve!«

Munter griff die Oma zum pinkfarbenen Plastikbesen, der am Fensterladen lehnte, und fing an zu kehren. »Das ist ja ein einziger Dreck da. Überall Nadeln, und bald ist alles mit Salz verklebt und mit Sand und Staub.«

»Ein Heidenscheiß«, bestätigte der Opa. »Aber du wirst es nicht verheben können. Konzentrier dich lieber auf die guten Sachen. Hörst du die Zikaden geigen? Das ist ein ganzes Orchester. Bestimmt gibt es hier überall wilden Fenchel, den kann man in den Salat tun, das schmeckt und sieht lustig aus wie lauter kleine gelbe Sterne.«

»Au ja, au ja, au ja.« Sarah stand in der Tür und tanzte auf einem Bein. »Und nachts warten wir auf Sternschnuppen.«

Der Großvater nickte. »Es soll in diesem August besonders viele geben. Einen ganzen Sternschnuppenregen. Wir sollten Strichlisten führen.«

»Ihr seid mir wirklich eine Hilfe.« Fischer musste lachen. »Wir sollten erst mal ankommen. Hört mal, ich hole jetzt das Auto, und ihr bleibt hier und passt aufeinander auf.«

»Kein Ding«, meinte die Oma und strahlte ihn an, »das sagt man doch heutzutage, wenn etwas degenmäßig dagegen geht, nicht wahr? Kein Ding.«

Fischer fühlte den Impuls, sie zu umarmen und ihr zu sagen, wie großartig sie war. Aber selbst in ihren Outdoor-Klamotten, die aus den 90er-Jahren des vergangenen Jahrhunderts stammten, als sie noch Berge bestiegen hatte, wirkte sie unberührbar und vornehm. Fischer fehlte der Mut. Er drehte sich um und stob davon.

Der Campingplatz war riesengroß und voll belegt. Aber die Bungalows, Plätze und Zelte waren luftig gestreut, es gab überall Bäume und jede Menge Platz. Zwischen den Wohnwagen und Wohnmobilen waren Wäscheleinen gespannt, die eine bestimmte Logik einhalten mussten, damit kein Kind auf dem Rad sich darin verfing. Das hatte Fischer gleich in der Campingordnung, die in ein rabiates Deutsch übersetzt war, gelesen. Der schmale Pfad war belebt. Familien kehrten plappernd vom Meer zurück, behängt mit Schwimmringen, Luftmatratzen und Laken, halb nackte Kleinkinder rannten zwischen den Fahrrädern hindurch, es roch nach Rauch. Emsige Väter schmissen den Grill an, laute Schlagermusik brandete in die Fernsehkanäle, alles wirkte sehr italienisch.

Fischer achtete kaum auf die Beschriftungen der Wege, die nach Blumen benannt waren – Via delle Ortensie, Via delle Gardenie, Via dei Gerani – sondern versuchte, sich blindlings zur Rezeption durchzukämpfen, wo der Wagen geparkt war. Immer geradeaus. Das misslang. Über etliche Kurven gelangte er auf einen Hügel; er kam an einem Waschhaus vorbei, vor dem sich Schlangen bildeten und das sie glücklicherweise nicht aufsuchen mussten. Von dort ging es zum Einkaufszentrum mit Fischladen und Metzgerei, das gerade eben schloss, und weiter zu einer Pizzeria. Dann kam, hinter einem Kreisel, eine Haupttrasse. Irgendwann nahte, nach einer Ewigkeit, der Eingang. Fischer wurde klar, dass sich keiner außer ihm hier orientieren konnte. Dass er stets die volle Verantwortung trug.

Auf dem Parkplatz stieg er in den Caddy, in dem es heiß war und stank. Über die vorschriftsmäßigen Einbahnstraßen brachte er ihn im Schritttempo zum Bungalow, wo er schweißüberströmt ausstieg.

»Du kannst da stehen«, sagte der Opa und deutete auf eine Einbuchtung.

»Wir packen erst mal aus«, befand Fischer. »Wo sind Sarah und die Oma?«

»Sie sind ans Meer gegangen.« Mit dem ausgestreckten Arm deutete der Großvater, der erhitzt wirkte und dem eine weiße Strähne ins Gesicht hing, in eine unbestimmte Weite.

»Wieso hast du sie nicht aufgehalten?«

Der alte Mann lächelte grashalmfein, die Augen wässrig, seine Wangen waren rot, die Züge weich und fast glatt. »Hüte dich vor dem allzu Erwartbaren!«

Fischer ließ die Fahrertür offen und rannte Richtung Rauschen. Der Pfad lief in Schlangenlinien durch den

Pinienwald, und mehrere Schilder deuteten gen *Mare*. Er merkte zwar, dass ihm die entgegenkommenden Camper kopfschüttelnd Platz machten, aber in ihm war alles schwarz. Der Strand war keine 500 Meter entfernt. Das Tor in der Umzäunung war offen. Die Wellen machten ein bergendes Geräusch. Fischer lief, vorbei an vereinzelten Kameras und Handys, in Sandalen durch den warmen Sand in den ultimativen Sonnenuntergang.

Sarah und die Oma saßen umschlungen am Ufer und blickten auf den Felsen, hinter dem die Sonne versackte.

»Es ist ein Jammer, dass sie nicht ins Meer plumpst«, meinte die Oma.

»Man kann nicht alles haben«, erwiderte Sarah.

Fischer weinte.

Drei Stunden später, als alles ausgepackt war, sie Spaghetti mit roter Soße gegessen hatten und die anderen in ihren Betten lagen, saß Fischer vor einem Glas kühlem Pomino Benefizio auf der Terrasse. Er hatte ihn aus der Pizzeria geholt. Da er keinen Essig trinken wollte, hatte er den mit Abstand teuersten Wein genommen. Der Barrique bestand vorwiegend aus Chardonnay, den Fischer sonst nicht übertrieben schätzte. Dieser jedoch roch sehr mediterran nach Vanille, Pfirsich und Lorbeer. Dazuhin schmeckte er frisch und war lang anhaltend im Abgang. Harmonisch und komplex. Fischer, der solche Wein-Elogen hasste, war beeindruckt. Und ärgerte sich, dass er keine gescheiteren Formulierungen fand. Der Wortmüll aus den Werbepostillen färbte unweigerlich ab und löschte die eigene Denkungskraft aus. Von ferne vernahm er italienische Schlagermusik, darunter mengten sich wieder Fernsehfetzen. Ein Kleinkind weinte. Auf einmal tat sich ihm eine Ahnung auf. Fischer wunderte sich, dass er nicht eher darauf gekommen war. Er rief Müller an. Der sprudelte los. Er sei soweit genesen. Und habe sich, auf eigene Verantwortung, aus dem Klinikum entlassen. Und mache sich nun gleich auf den Weg.

»Horch«, unterbrach ihn Fischer, dem es fernlag, Müller zu duzen. »Ich bin in der Toskana. Und habe Ihr Handy bei mir, und ich argwöhne zumal, wer es im Beichtstuhl hat liegen lassen.«

Müller schwieg. In der Leitung lag ein Sirren.

»Die letzte Kundin, der ich am Samstag die Beichte abnahm, war Frau Eckerle. Ihr Mann wartete wie immer im Auto auf sie. Herr Eckerle ist mir persönlich bekannt. Er begleitet seine Frau beim Kirchgang, obwohl es nicht arg weit ist, und sie ist noch gut zu Fuß. Er nimmt manchmal an der Messe teil, verzichtet aber gemeinhin auf den Erhalt der Sakramente. Beichten tut er nie. Die Eckerles dulden es offenbar, dass jeder sich in Glaubensdingen anders verhält. Da ich meine Brille nicht aufhatte, konnte ich Herrn Eckerle durch das Gitter nicht erkennen. Er muss es aber gewesen sein. Niemand außer den beiden wusste, dass ich um halb fünf noch im Beichtstuhl saß. Um vier Uhr ist offiziell Schluss.«

»Das fällt Ihnen aber früh ein.«

In der Tat, dachte Fischer. »Ich habe da etwas ausgeblendet, von dem ich wohl meinte, dass es nicht sein kann. Nennen Sie es Verdrängung.«

Müller lachte. »Und nun wollen Sie wissen, wie Herr Eckerle an mein privates Mobiltelefon kam.«

»Nein!«, rief Fischer, dem siedend heiß einfiel, dass die Eckerles am Sonntag nicht in der Messe gewesen waren. Das war ungewöhnlich – dennoch hatte er dem weiter keine Beachtung geschenkt. Schließlich war Urlaubszeit. Aber fuhr das betagte Ehepaar überhaupt noch in die Ferien? Hoffentlich war den beiden nichts passiert. Weiter wollte Fischer im Augenblick nicht denken. Tun konnte er sowieso nichts. »Auf keinen Fall. Es geht mich nichts an. Sagen Sie bitte nichts. Verschweigen Sie mir das, in meinem eigenen Interesse. Ich darf Ihnen, glaube ich, anvertrauen, dass ich Herrn Eckerle im Verdacht habe. Gut, er wirkte jünger auf mich, aber er kann es gewesen sein. Belassen wir es dabei. Die Umstände sollten nicht ans Licht gezerrt werden.«

»Sehr gut«, erwiderte Müller. »Ich werde Ihnen dennoch die Augen öffnen.«

»Ich bin auf dem Campingplatz, auf dem man Sie mit Ihrer Familie erwartet.« Fischer nahm einen Schluck Wein. »Allerdings ist noch niemand hier aufgetaucht.«

»Sie werden auch nicht kommen. Ich habe meine Frau und die Kinder an einen sicheren Ort geschickt.« Müller pausierte. »Und übrigens. Ich werde Ihnen das mitteilen dürfen, ohne Ihr Seelenheil aufs Spiel zu setzen oder Ihre Karriere zu gefährden. Nichts, was auf dem Handy gespeichert wurde, ist echt. Weder die Namen noch die Verbindungen. Es gibt diese Leute nicht.«

»Wie bitte?« Fischer glaubte, sich verhört zu haben. Die SMS? Die Fotos? War die Familie, die Müller auf dem Handy hatte, nicht seine wirkliche Familie? Wen hatte Fischer angerufen, als er seine Frau sprechen wollte? Und was war ein sicherer Ort? Wozu war er nötig? Was war los, wenn es hier nicht sicher war?

»Dass ich zusammengebrochen bin, war nicht vorgesehen. Alles andere entsprach einer genauen Planung. Wir haben Sie einem Versuch unterzogen. Sie haben den

Test bestanden. Wir brauchen keinen, der alles hinnimmt. Wir brauchen einen klugen Geistlichen, der kombiniert, handelt, der an sich hält und den Regeln gehorcht.«

Wer war »wir«? Fischer schüttelte stumm den Kopf.

»Sind Sie noch dran? Ich nehme den Flieger und bin morgen Abend bei Ihnen. Wir treffen uns in einem Ristorante. ›Da Roberto‹ in Marina di Santo Stefano, auf der Halbinsel Monte Argentario. Können Sie sich das merken? Acht Uhr, seien Sie pünktlich, wir nehmen dann den Apéro zum Sonnenuntergang auf der Terrasse. Kommen Sie allein.«

»Morgen Abend? Aber das geht nicht. Unmöglich. Ich kann nicht einfach so mit Ihnen essen gehen. Ich muss wenigstens meine Schwester mitbringen.«

Fischer dachte ans Konstanzer Weinfest. Als Müller zusammengebrochen war, hatte er geflüstert: »Ich tu's.« Dreimal hintereinander. Es hatte sich angehört wie: »Ich tü's!« Was wollte Müller damit ankündigen? Was hatte er vor?

Fischer nahm einen Schluck. Und noch einen. Schenkte sich nach. Sinnierend saß er auf der Terrasse und lauschte in die Nacht. Die Geräusche erloschen. Es wurde still um ihn her. Bis auf ein Schaben, ein rhythmisches Sirren. War das, was er hörte, sein Tinnitus, waren es nachtaktive Grillen oder Zikaden-Männchen, die lange nach dem Ende der Dämmerung immer noch die Weibchen anlockten? Fischer horchte in sich hinein, weil sich irgendeine verborgene Weisheit ankündigte. Da fiel ihm das Gedicht von Eugen Roth ein, »Die Zikaden«: *Es lobe hoch Anakreon / Das Flöten der Zikaden schon. / Doch leicht wird's einem nachts zuviel: O unglückseliges Flötenspiel!*

Ein Pinienzapfen fiel neben Fischer auf den Boden. Der Aufprall kam ihm unnatürlich laut vor. Er schaute nach oben. Zwischen den leise schwankenden Ästen öffnete sich die Nacht. Über ihm stand der zunehmende Mond. Keine Sternschnuppe, doch die Sternbilder wachten. Zentral und sauber eingeparkt: der große Wagen. Ein Stern erstrahlte stärker als alle andern und zog eine emsige Spur: Die ISS kreuzte das All. Die Internationale Raumstation war das größte Technologieprojekt aller Zeiten; als Außenposten der Menschheit im All und als fliegendes Labor trat sie den Beweis an, dass eine friedliche Nutzung des Weltraums universelle Synergien bildete. Der globale Gott existierte. Der Mensch konnte zu ihm in den Himmel kommen.

Peter Müller gab es wirklich. Er hatte eine Homepage. Er war Gerichtspsychiater. Er ging einer anspruchsvollen Tätigkeit nach, die von ihm selber dokumentiert und von Presseorganen kommentiert wurde. Daran gab es überhaupt keinen Zweifel. Gleichzeitig behauptete er, dass die Daten, die sich auf seinem Mobiltelefon befanden, in Wirklichkeit nicht existierten. Dass sein Privathandy somit eine Lüge war. Dazu ausersehen, Fischer auf die Probe zu stellen.

Fischer war nicht bekannt, dass es Institutionen gab, die einen Pfarrer überprüften. Seine Unbeugsamkeit im Hinblick auf das Beichtgeheimnis. Wozu brauchte es dazu einen Gerichtspsychiater, der nicht einmal katholisch war? Hatte Müller einen Nebenjob? Gab es geheime Auftraggeber? Fischer hielt vieles für möglich. Aber was wusste er schon.

»Mein Sohn, du hockst hier noch?« Die Oma trat durch die Tür, mit wirrem weißem Haar, das ihr auf die Schultern fiel. Sie trug kein bodenlanges Nachthemd aus ungebleichter Baumwolle, wie Fischer erwartet hatte, sondern einen verwaschenen Jogginganzug. Darunter zeichnete sich ihr weiblicher Leib ab, eine tiefsitzende, füllige Brust mit deutlich hervortretenden Warzen, ein runder, weicher Bauch. »Was treibst du denn?«

»Ich sinniere. Und ich trinke ein Glas. Möchtest du auch eines?«

»Gern«, sagte die Großmutter und setzte sich sehr gerade auf den weißen Plastikstuhl ihm gegenüber. Erwartungsvoll sah sie ihn an. Ihr Blick war kindlich, das ovale Gesicht, das im kargen Licht gelblich wirkte, durchfurcht von Falten. Während der Großvater körperlich abbaute und sich ungelenk und marionettenhaft bewegte, blieben seine Züge unversehrt vom Alter. Das gab ihm etwas Clowneskes. Bei der Großmutter war es genau umgekehrt. Durch ihre Fitness und das von den Jahren gezeichnete Gesicht wirkte sie sehr würdig, und ihre feinen Manieren machten sie gleichsam unberührbar. Sie flößte einem übertriebenen Respekt ein. Man neigte dazu, sie völlig zu überschätzen.

Fischer holte ein zweites Weinglas und goss es halb voll. Sie prosteten einander zu.

»Auf unseren ersten gemeinsamen Urlaub, Sohn.« Die alte Frau schnüffelte und trank. »Hm, das riecht nach Holunder. Und es schmeckt schön sprudelig und sauer, viel erfrischender als meine Milch. Und wie hast du die Feiertage verbracht?«

Fischer, der ihr hatte sagen wollen, welchen Wein sie trank, stutzte. »Danke, gut. Wie immer. Ich hab halt Gottesdienst gehalten. Und selber?«

Die Oma lächelte. »Ich bin nicht zur Kirche gegangen. Weißt du, ich hätte mir das früher nie erlaubt.«

»Es muss auch mal sein«, meinte Fischer.

»Weißt du, ich finde es bis heute so schade, mein Sohn, dass du nicht Priester geworden bist.«

»Wieso bin ich das nicht?«

Die Großmutter zuckte ohnmächtig die Schultern. »Gottes Wege sind unergründlich«, sagte sie hilflos und mit zitternder Stimme.

»Aber ist Lehrer nicht auch was? So wie der Opa?«

Sie sah ihn an, mit traurigem Vorwurf. »Du hättest sie nicht heiraten müssen. Das Kindlein ist ja dann sowieso gestorben.«

»Dann wären die andern sechs nicht zur Welt gekommen.«

»Weißt du«, sagte die Oma mit einer plötzlichen und ungewohnten Heftigkeit, »das wäre vielleicht besser so. Die taugen alle nicht viel. Bis auf Rahel vielleicht.«

»Rahel ist tot.«

Sie runzelte die Stirn. »Tot? Quatsch. Ich habe sie gerade eben noch gesehen!«

»Sie ist verunglückt. Das ist drei Dutzend Jahre her.« Fischer korrigierte seine Großmutter nicht gern. Es verwirrte sie nur, und sie konnte sich das sowieso nicht merken. Außerdem kam es vor, dass sie sich zehn Minuten später doch wieder daran erinnerte, dass Rahel schon lange nicht mehr am Leben war.

Fischer hatte sie noch nie aggressiv erlebt. Das wurde sie auch jetzt nicht. Sie stieß nur ihr Weinglas um, und Fischer glaubte, es sei Absicht.

»Wo sind wir denn überhaupt gelandet?«, fragte empört die Oma und stellte das leere Glas mit zittrigen

Fingern wieder hin. Sie sah zu, wie der Wein vom weißen Plastiktisch auf ihre Jogginghose rann. »Was ist das bloß für ein Lager? Das ist doch kein Leben hier. Wir sind doch nicht auf der Flucht.«

Zum Kriegsende hatte sie fliehen müssen. Als Flüchtlingsmädchen war sie an den Bodensee gekommen. Die Großmutter hatte nie darüber geredet. »Wir sind in Italien«, sagte Fischer. »In der Toskana. Auf einem Campingplatz. Wir machen Urlaub.«

»Ich will sofort heim zu meinem Mann.«

Fischer zeigte zum Fenster neben der Tür und hörte ein leises Schnarchen. »Dein Mann liegt dort drin und schläft.«

Die Oma winkte ab. »Das ist doch nicht mein Mann.«

Der erste gemeinsame Urlaubstag begann angenehm und strukturiert. Am Mittwoch schlief die Großmutter ungewöhnlich lang und wachte erst auf, als Sarah nach Großvaters Geldbeutel kramte. Der Opa nahm sie an der Hand. Während die beiden Panini kauften, zog die Oma sich an und deckte auf der Terrasse den Tisch. Fischer machte Tee und Espresso. Er kochte Milch und Eier, stellte Butter, Käse und Marmelade auf den Tisch und schnitt Äpfel in feine Schnitze. Als sie frühstückten, war es bereits halb neun. Vor dem Nachbarbungalow war ein Hund angeleint, ein kurzbeiniges weißes Wollknäuel, das den Kopf schief legte. Zwei Kleinkinder sprangen umher, ein drittes saß am Tisch und malte versunken. Auf dem Pfad gingen Leute allein und in Gruppen Richtung Waschhaus. Zwei schwarzbraune Kurzhaardackel stritten sich beim Gassigang über die Rangordnung. Mütter wiesen mit den immer gleichen Lauten ihre Kinder an.

»Su, dai, dai«, verstand Fischer. Ein vorbeiflanierender Italiener sang mit sicherer Stimme die Friedenshymne von Eros Ramazzotti: »Se bastasse una bella canzone a far piovere amore / Si potrebbe cantarla un milione, un milione di volti / Bastasse già, bastasse già / Non ci vorrebbe poi tanto a imparare ad amare di più.«

Der Opa machte einen tiefenentspannten Eindruck. Seine greise Gestalt war den Umständen perfekt angepasst. Er trug ein sandfarbenes Polohemd und gestreifte Bermudashorts, und Fischer wunderte sich, dass seine von Krampfadern durchzogenen Beine, die er lässig übereinanderschlug, leicht gebräunt waren. Das kam offenbar von der Gartenarbeit, die er trotz der Mühsal immer noch gern verrichtete. Die Oma war ebenfalls an die Sonne gewöhnt. Ihre Arme waren fleckig, der Ausschnitt war schneeweiß. Auf Sarah würde Fischer am meisten aufpassen müssen. Ihre Haut nahm überhaupt keine Farbe an. Sie wurde von der Sonne glühend rot. Fischer hatte Sonnencreme mit dem höchsten Lichtschutzfaktor dabei, er würde sie gut eincremen müssen.

»Ich habe für uns vier Liegestühle und zwei Sonnenschirme gebucht«, sagte der Großvater, »gestern beim Einchecken. Ich bin dafür, dass wir gleich zum Strand gehen und gegen halb zwölf, zwölf zurückkehren. Wir kochen etwas, essen, legen uns hin, und am Nachmittag unternehmen wir eine Kleinigkeit.«

»Perfekt.« Fischer lachte. Der Opa war noch im hohen Alter ein Meister der Organisation, ein Held des Alltags. Kein Heiliger zwar, nicht mal ein Geistlicher, aber ein alter Schulmeister, dessen Geist bestach, und ein Despot der kleinen Dinge. Fischer verstand, dass sein Vater gegen dessen Vater nie angekommen war. Auf keinem Feld, weder auf dem des Intellekts noch auf dem des kruden Daseins. Dieses doppelte Duell musste der Enkel ausfechten. »Nudeln oder Reis? Viel haben wir nicht mehr. Wir können hier auf dem Camping einkaufen oder in den Ort fahren.«

»Das machen wir später«, befand der Opa, der sich sein weißes Haar zurückstrich und trotz seiner Gebrechlichkeit erstaunlich vital wirkte. »Für den Abend besorgen wir Fisch.«

»Heute Abend geht nicht«, sagte Sarah, die lange in sich gekehrt geschwiegen hatte. »Justus ist verabredet. Zum Essen in ein Lokal, und ich darf mit.«

»Ist das wahr?«, fragte die Oma.

»Ja.« Fischer schluckte. Sarah war also wach gewesen und hatte gelauscht. »Können wir zwei euch denn ein paar Stunden allein lassen?«

»Natürlich«, sagte die Oma und lächelte. »Mein Mann passt ordentlich auf uns auf.«

Fischer half der Oma im Bad beim Zähneputzen. Auch die Großeltern hatten noch ihre eigenen Zähne, die ergänzt wurden durch Implantate und Brücken. Früher, dachte Fischer, wäre das nicht möglich gewesen. Dass man bis in dieses hohe Alter hinein ein letztlich vollständiges Gebiss besitzt.

»Uaaguaa Raaa auf, mein Sohn«, sagte die Großmutter und gurgelte.

»Was?«

Sie spuckte. »Du passt gut auf Rahel auf.«

Fischer zuckte zusammen. »Klar. Mach ich.«

Sie packten einen Korb und gingen zum Meer. Die aufsteigende Sonne erleuchtete kraftvoll den Pfad, der durch den Pinienwald hinunter zum Sandstrand führte. Sarah und die Oma trugen karmesinrote Baumwollkleider, von der Mutter sorgsam auf Maß geschneidert und genäht. Neben der aufragenden hellhaarigen Großmutter wirkte Sarah noch kompakter, kleiner und kugeliger als sonst, und ihr schwarzer Pferdeschwanz wippte. Sie kaute an einem Apfel und pfefferte den Butzen ins Gebüsch, das eine lockere Kette zwischen Wald und Strand bildete.

Was haben wir für ein Glück, dachte Fischer. Er dankte Gott, stolperte über eine Wurzel, verlor einen Flipflop, und alle lachten.

Um sie herum herrschte ein unverbrauchter, vormittäglicher Lärm. Jugendliche spritzten und tobten durchs flache Wasser, Sandburgen bauende Kinder riefen sich Befehle zu, aus einer Stereoanlage quoll laute Musik. Auf Holzschlägern klackerten Bälle. Ein verbrannter Rundschädel, auf dessen zehn Finger »non ho amici« tätowiert war, schrie in sein Handy mehrmals hintereinander das Wort »essatamente«.

»Essatamente«, sagte Sarah. Sie lagen in ihren Liegestühlen, die Großeltern zu zweit in ihrer leichten Sommerkleidung, Sarah neben Fischer im Bikini und er selbst in einer Badehose mit Hawaiimuster, die ihm fast bis zu den Knien ging und die er daheim am See nur ihr zuliebe anzog. Sarah hatte sie ihm geschenkt, vor zwei Jahren zu seinem 40. Geburtstag; ein Sonderangebot, das vom Sommerschlussverkauf übrig geblieben und im Preis noch weiter herabgesetzt worden war. Sie zeigte darauf, lachte, quietschte, klopfte sich auf die Schenkel vor Begeisterung und besah sich hernach die Innenflächen ihrer Hände.

Der Opa las in einem dünnen Buch, das er gegen Sonnenmilchflecken in Zeitungspapier eingeschlagen hatte. Auf dem Titel stand längs in Großbuchstaben: *Der Zwei-*

kampf ist eröffnet. Über der Lesebrille trug er eine große Sonnenbrille, sein weißes Haar lockte sich und fiel ihm in die Stirn. Die Oma löste mit der Lupe ein Kreuzworträtsel. Sarah musterte die Liegenden und die eintrudelnden Grüppchen und Familien.

»Sie suchen ein Sandquartier«, sagte Sarah, die mit dem Finger durch die Luft fuhr.

Aus ihrer roten Lacktasche zog sie eine kleinformatige Frauenzeitschrift, in der sie interessiert blätterte. Sie konnte ziemlich gut lesen, aber öfter fehlte ihr die Geduld. Ihr ganzer Körper war voller Sand, und Fischer fragte sich, wie sie das so schnell geschafft hatte. Er musste darauf achten, dass sie sich eincremte, dass ihre Haut nicht verbrannte.

»Ein Strandquartier«, korrigierte nach einer Ewigkeit die Oma. »Wenn du das nicht begreifst, kann dir keiner mehr helfen. Fertig. Aus.«

»Was liest du eigentlich?«, fragte Fischer laut über die beiden Frauen hinweg.

Der Großvater hatte ausgezeichnete Ohren. Er verstand ihn trotz Meerestosen, Jauchzen und Johlen und Stimmengewirr. »Einen philosophischen Roman von zwei geschupften Italienern. ›Der rätselhafte Sinn des Lebens‹. Bollenmäßig. Was den Pfad der Erkenntnis angeht …«

Fischer stützte sich auf. »Heißt?«

»›Tao k'o tao, fei ch'ang tao‹«, zitierte der Opa und hob den Finger, »›Der Weg, welcher der Weg ist, ist nicht der wahre Weg.‹«

»Laotse?«, riet Fischer.

Der Opa winkte ab. »Wohl, bloß den hat es nie gegeben.«

Fischer versuchte, sich seiner eigenen Lektüre zuzuwenden: »Der Kardinal« von Henry Morton Robinson.

Das vergilbte Taschenbuch war über 600 Seiten stark und abgegriffen, die Schrift winzig klein und gerade noch zu entziffern. Sein Vater hatte den US-Bestseller aus den frühen 1950ern gekauft, als die Mutter mit Justus schwanger gewesen war. Es ging um den attraktiven amerikanischen Priester Stephan Fermoyle, der als Lieblingsgeistlicher von Pius XI. mit nur 44 Jahren als jüngster Erzbischof der Vereinigten Staaten zum Kardinal wurde. Fischer las und erfuhr, dass Pius XI. einen Butterwecken und eine Tasse Kakao frühstückte. Sein Hauptvorwurf an das Leben lautete: »Müssen Wir denn Unser Leben damit verbringen, Dinge anzuhören, die Wir bereits wissen?« In seiner Enzyklika »Non abbiamo bisogno«, die sich gegen den italienischen und den erstarkenden deutschen Faschismus richtete, befasste er sich 1931 mit der »Katholischen Aktion«, einer antifaschistischen Laienbewegung. Die Enzyklika sorgte weithin für Aufsehen. Die Diplomatie stand Kopf. Mussolini ritt, König Viktor Emanuel im Schlepptau, mit Pomp und Gloria zum Vatikan.

Neben den Mietplätzen war ein öffentlich zugänglicher Streifen, der sich füllte mit Handtüchern, Taschen, Schirmen, Plastikflaschen, Sandförmchen, Eimern und fast nackten Körpern. Eine tätowierte Frau sprach, während ihr ein Kind den Rücken eincremte, laut in ein Mobiltelefon. Fischer, der links am Rand lag, schnappte Wörter auf wie »forza«, »dai«, »niente ma«, »ma vedremo« und »ma figurati«. »Dai i numeri?«, schrie die Frau heiser. »Mi dai fastidio. Ma come sai … Lo so. Lo so. Vaffanculo. Cazzo.«

»Lo so. Lo so. Vaffanculo. Cazzo«, äffte Sarah sie begeistert nach. Sie traf den Tonfall der aufgebrachten Frau exakt.

Fischer, der nichts vom Fluchen verstand, grinste unbedarft. Was die italienische Sprache anging, war er sowieso völlig unvoreingenommen. Er wandte den Blick ab. Schloss die Augen. Stimmen waberten. Es klang manchmal süddeutsch, meistens waren es Italiener. »Dai«, »vieni«, »su«, »mangiare« und »aspetta« waren ihre Lieblingsvokabeln. Das Meer rauschte und wogte. Er öffnete die Augen wieder. Flache Wellen züngelten ans Ufer, der Himmel spielte sein Blau. Eine Wespe labte sich am Schraubdeckel der Apfelsaftschorle-Flasche, die Sarah mitgebracht hatte. Sie lehnte am kleinen Rundtisch unterhalb des Sonnenschirms. Als Sarah nach der Flasche griff, flog ihr die Wespe in den Mundwinkel. Sarah, völlig panisch, schlug sich kreischend auf die Lippen und sprang auf.

Das war's. Jetzt ist der Urlaub vorbei, dachte Fischer. Ruckartig richtete er sich auf. »Mensch, Sarah. Hast du die Wespe runtergeschluckt? Sitzt sie noch in deinem Mund?«

»Schscht! Ganz ruhig, Rahel.« Die Oma erhob sich ebenfalls und nahm Sarah rasch in den Arm. »Das tut kurz arg weh, aber wir machen Eis drauf.«

»I wo. Nicht schlimm. Sie ist fortgeflogen. Sie hat nicht gestochen«, sagte Sarah.

»Das habt ihr beide gut gemacht. Tapfer«, lobte der Opa.

Fischer ließ sich zurück auf die Liege plumpsen. Er war sich im Klaren darüber, dass er soeben versagt hatte. Seine desorientierte Großmutter hatte die Situation besser im Griff gehabt als er. Trotzdem war er höllisch erleichtert.

»Dopo. Su. Eh, eh!«, schrie ihm einer ins Ohr. Mehrere Mädchen kreischten. Er musste eingenickt sein. Als Fischer vom Lärm definitiv erwachte, waren die beiden Liegestühle rechts von ihm leer. Die Oma und Sarah machten Wassergymnastik. Die Großmutter hatte ihr rotes Kleid ausgezogen und trug einen schwarzen Schwimmanzug, den Fischer noch nie an ihr gesehen hatte und der ihr hervorragend passte. Sarahs Bikini war verrutscht, aber sie merkte es und zurrte am Oberteil. Mit zwei Dutzend Leuten stampften die beiden ins knietiefe Meer und schlenkerten johlend mit den Armen. Eine Animationstrainerin übertönte mit dem Mikro den dröhnenden Italo-Popsong aus der Musikanlage. Sie feuerte ihre Mannschaft an, als befände man sich in einem Wettstreit. Ein schriller Fiepton zwang sie zur Mäßigung.

»Was drückt dich, mein Bub?«, fragte von rechts außen der Opa. Er sah von seinem Buch auf, seufzte, klappte es zu, schob die Brillen nach oben. Er drehte sich auf die Seite, warf Fischer einen auffordernden Blick zu. »Mit dir stimmt doch etwas nicht. Wieso sind wir überhaupt hier? Es gefällt mir gut, keine Frage, wir haben in der Nähe gezeltet, deine Großmutter und ich, auf einer Pilgerwanderung gleich nach dem Krieg, ich muss mir den Ort noch mal zu Gemüte führen. So vieles hat mich auf dem Weg hierher an seltmals erinnert. In mir wohnen Welten, weißt du?«

»Eine Pilgerwanderung?«

Der Opa lachte. »Na ja, wir waren eine ganz schön bunte Truppe. Wir zogen von Konstanz nach Rom. Die meisten, die dabei waren, sind schon gestorben. Aber die Eckerles, die kennst du. Die waren bei den Jüngsten, und sie waren noch gar kein Paar. Deine Großmutter und ich, wir waren noch nicht einmal verheiratet. Wenn wir uns nicht auf eine Wallfahrt begeben hätten, wäre diese Reise unmöglich gewesen.«

»Verstehe.« Fischer lachte auch.

»Nichts verstehst du.« Der Großvater hob mahnend den Finger. »Wir haben eine Mission gehabt. Wir haben das Andenken derer, die widerstanden haben, weitertragen wollen. Und mahnen. Die Kirche von unten, die habt wahrlich nicht ihr erfunden. Wir freilich auch nicht. Sie ist so alt wie das Christentum selbst.«

»Aber wolltet ihr nicht einfach im Meer baden?«

Der Opa schlug sich auf die Schenkel. Wieherte. »Mein Bub. Wir wollten bekennen. Und die Frau erkennen. Baden konnten wir im Bodensee.« Er wurde ernst. »Ich glaube, wir wollten vor allem wandern. Ich bin ja nicht mehr vollends im Krieg gewesen. Also sagen wir, im Krieg nicht mehr richtig fort. Wir hatten, verzeih den Ausdruck, Hummeln im Arsch. Nenn es, von mir aus, Sehnsucht nach dem Süden.«

Fischer wusste, dass sich ein katholischer Flakhelfer in ein katholisches Flüchtlingsmädchen verliebt hatte und dass sie bis heute nicht darüber reden wollten. Nicht über das, was sie damals tun mussten, und nicht darüber, wie sie sich kennengelernt hatten.

»Nun sprich«, ermunterte der Opa. »Eine richtige Antwort ist wie ein lieblicher Kuss.«

»Meinst du nicht«, Fischer stierte in den stahlblauen Himmel, »dass es uns hier jetzt zu heiß wird? Wir sollten uns langsam an die Hitze gewöhnen.«

»Es ist kein Grad wärmer als in Konstanz. Aber bitte, wie du willst. Dann nimmst du uns heute Abend halt mit.«

10.

NSA Zweigstelle Rom

TOP SECRET // Vernetzter Überwachungseinsatz Cozze alla Marinara mit der Überwachungsoperation Calamari Romana

Ziel: Verfolgung der Kommunikationswege des Vatikans hinsichtlich der verdeckten Operation Miracolo

Protokoll des Telefongesprächs zwischen Andrea Tedesco, dem Vorsitzenden einer Untersuchungskommission mit unbekanntem Auftrag, wohnhaft in Florenz, und Dr. med. Peter Müller, derzeit unterwegs in der Toskana.

Nachrichtenquelle: 5460söh§äal27284zS

Datum und Uhrzeit: ||||||||||

– Sind Sie jetzt völlig wahnsinnig geworden?

– Man tut, was man kann.

– Alldieweil auf korrekte Manieren bedacht. *[schnauft]* Schwabe! Bünzli!

– Diese Umgangsformen! Ihr Ton hat sich wirklich nicht gebessert.

– Ich hatte Ihnen die Botschaft zukommen lassen, die Umstände haben sich geändert.

– Ihrer Weisung zufolge soll ich Fischer ins Boot holen.

– Sie sollen ihn beobachten. Ein Auge auf ihn haben. Mehr nicht.

– Heißt das, unsere Mission fällt ins Wasser?

– Keineswegs. Aber sagen wir, es werden neue Schwerpunkte gesetzt. Seine Heiligkeit befiehlt uns zu warten.

– Heißt?

– Die Kommission mit der ursprünglichen Zielverfolgung wird erst gebildet, wenn alle Hindernisse aus dem Weg geräumt sind.

– Wie denn das? Wir haben über alles gesprochen. Wir haben über 2.000 Jahre Christentum gewälzt. Und was machen wir nun mit unserer Protokollantin?

– Sie soll sich schon mal warmlaufen. Wenn sie so weitermacht, wird sie von der Gegenseite über die Grenze gejagt. Oder weit Schlimmeres.

– Wovon sprechen Sie?

– Ichthýs. Die Betonköpfe von der Basis. Nach den mir vorliegenden Informationen fackeln die Jungs nicht lang. Die kommen doch, was die Wurzeln angeht, direkt aus dem Deutschen Kaiserreich. Die Bewegung des Erzengels Michael lässt sich nach neuesten Erkenntnissen bis zur Jahrhundertwende zurückverfolgen.

– Weiß Fischer davon? Ich meine, dass sein Großvater … Dass er da eingestiegen ist und ganz vornedran saß.

– Das ist 70 Jahre her. Fischer hat keinen Schimmer von Ichthýs. Wie wir auf ihn gekommen sind, ist, wie gesagt, Zufall. Wir nehmen ihn, weil er ein Süddeutscher ist. Verwurzelt. In seiner Diözese aktiv. Beheimatet. Traumatisiert. Perfekt. Na gut, sein Großvater lebt noch. Aber er ist uralt. Der macht uns keine Scherereien mehr.

– Sind Sie sich ganz sicher? Was ist mit dieser Bewegung? Gibt es da heute noch Versprengte?

– Keinerlei. Vor einem halben Jahrhundert hat sich das alles verläppert. Doch die Ichthýs-Brüder setzen genau an dem Punkt an. Sie haben – wie sagt man bei Ihnen – einen Ruf wie Donnerhall, wie Schwertgeklirr ...

- ... und Wogenprall. Nun mal langsam, Herr Nachbar. Was soll diese Kritik an einem gewissen Fundamentalismus? Die deutsche Gründlichkeit war meistens, aber nicht immer verkehrt. Haben wir heute den Schweizer Nationalfeiertag, oder was?

– Exakt. Haben wir.

– Jetzt machen Sie mal halblang. Der Rütlischwur mitsamt seinem Ewigen Bund ist auch nicht besser. Und im Übrigen, das sind doch heutzutage alles Italiener. Wenn's zum Schwur kommt, lassen sie das Schwert stecken.

– Da wär ich mir mal nicht so sicher. Und übrigens. Wie sind Sie auf Merle Engel gekommen?

– Was?

– Wie haben Sie sie gefunden?

[Pause.]

– Sie wollten sie doch nicht wegen des Romans in unsere Untersuchungskommission beordern! Sie wussten doch genau, dass Philipp Engel ihr Bruder ist. Sie wussten mehr als wir. Wie geht das? Wie kann das sein?

[Pause.]

– Vielleicht wissen Sie auch, wo sich Philipp jetzt aufhält? Was aus ihm geworden ist? Ob er noch lebt?

– Nein, das weiß ich nicht. *[Pause.]* Im letzten Sommer bekam ich den Auftrag, ein Gutachten zu erstellen. Es ging um einen Rückläufer ... einen muslimischen Rückkehrer aus Kampfgebieten im Nordirak. Dieser Tomislav, ein Bosniake, der sich Abu al-Jubna nannte, war von klein auf seelisch-geistig labil. Er hatte erwartbarerweise einen Migrationshintergrund und eine unterdurchschnittliche Intelligenz. Mit 19 war er obdachlos, entmündigt und unzurechnungsfähig. Der IS hatte ihn in einer psychosomatischen Klinik rekrutiert, in den Irak geflogen und dort vergeblich versucht, ihn als Selbstmordattentäter auszubilden. Tom lernte, wie man Sprengstoffgürtel baut. Mit diesem Wissen wurde er nach Konstanz geschickt, um beim Seenachtsfest ein Blutbad anzurichten. Anstatt ein Attentat zu verüben, ging er zur Polizei und ließ sich einsperren. Nun saß er in Stuttgart-Stammheim in Untersuchungshaft und sollte vor Gericht gestellt werden. Das konnte ich abwenden. Tom war nie Mitglied einer terroristischen Vereinigung gewesen, sondern allenfalls Sympathisant. Als er die wahren Ziele des Islamischen Staats erkannt hatte, war er unter dem Vorwand, einen Anschlag zu planen, aus dem Kampfgebiet geflohen. Inzwischen war er vom IS zum Christentum konvertiert, nachdem ihm in der Zelle ein junger Mann erschienen war, der einen Bischofsring trug.

– Mamma mia! Und das war natürlich unser Philipp!

– Kaum. Aber so bin ich auf ihn gekommen. Und bevor ich ihn aufsuchen konnte, ist er verunfallt oder verschwunden.

– Diese Angelegenheit blieb absolut geheim. Niemand außerhalb des engsten Zirkels weiß etwas von dem Ringwunder.

– Das denken Sie. Wie sind Sie eigentlich auf mich aufmerksam geworden?

– Sie wurden mir empfohlen.

– Von seiner Heiligkeit, jawoll. Weil ich aus Süddeutschland stamme. Dort lebe. Die Gepflogenheiten kenne. Die Sprache. Die Mentalität. Und weil ich der Beste bin. Der Krösus meines Fachs.

– Dann zeigen Sie jetzt mal, was Sie draufhaben.

– Selbstverständlich. Gern.

– Die Weisung wurde geändert. Wir beweisen nun nicht mehr das Wunder, wir suchen nach Philipp.

– Das kommt mir sehr viel simpler vor. Handfester. Chapeau.

– Täuschen Sie sich da mal nicht.

– Wo fangen wir an?

– Wieder kann uns dieser Fischer eine große Hilfe sein. Er ist traumatisiert. Und er passt ins Schema. Denken Sie an die Sache mit der Schwester.

– Rahel.

– Wie alt war sie, als sie auf Nimmerwiedersehen verschwand?

– Ich glaube, fünf.

– Und Justus war acht. Die beiden haben zusammen gespielt. An diesem See.

– Vielleicht ist sie ertrunken. Oder sie wurde überfahren.

– Es führt ja eine große Straße da vorbei.

– Die B500. Die Schwarzwaldhochstraße. Der Fahrer hat sie mitgenommen und ein Stück weiter weg aus dem Auto geworfen.

– Könnte so gewesen sein. Möglicherweise wurde sie aber auch entführt. Von einem Perversen. Oder einer unfruchtbaren Frau, die unbedingt Mutter werden wollte.

– Vielleicht sollten wir erst Rahel finden, oder vielmehr Rahels Leiche, denn es ist schon sehr unwahrscheinlich, dass sie heute noch lebt. Wir sollten diesen alten Vermisstenfall lösen, bevor wir uns auf die Suche nach Philipp begeben.

– Warum?

– Nur so eine spinnerte Idee. Vergessen Sie's. Dann kann ich Fischer jetzt einberufen?

– Himmel noch mal, nein. Er soll sich zu unserer Verfügung halten. Mehr aber nicht.

– Ohne zu wissen, was Sache ist?

– Sicher. Was sonst.

– Mal ganz ehrlich. Halten Sie es für möglich, dass der Klerus hinter Philipps Verschwinden steckt?

– Wenn es so wäre, hätten wir dann von ganz oben den Auftrag, ihn zu finden?

– Wieso nicht? Es könnte natürlich auch andersherum sein. Militante Fanatiker der Kirche von unten, die gegen das Dogma der Wunder zu Felde ziehen, halten ihn fest. Und machen ihn mundtot. Er darf nie wieder öffentlich auftreten. Weil sie sonst befürchten müssen, dass sie sich geirrt haben. Weil sich in Philipp das Wunder manifestiert.

– Oder sie haben ihn getötet.

– Oder das.

– Oder sie machen Versuche mit ihm. Menschenversuche.

– Vielleicht kann Philipp inzwischen selber Wunder wirken. Womöglich kann er zaubern.

– Dann sitzt er im Pentagon und rückt die Weltordnung zurecht.

– Er besiegt den Klimawandel.

– Mal was ganz anderes. Was macht Tom jetzt?

– Weiß ich doch nicht. Vermutlich versteckt er sich vor dem IS. Die mögen keine Verräter.

11.

In der ersten Augustwoche war in Marina di Santo Stefano der Bär los. Das ganze Land hatte Ferien und fast jeder fuhr ans Meer. Obwohl auf der Halbinsel Monte Argentario kein Massentourismus herrschte, waren zum Sonnenuntergang eine Menge Leute unterwegs. Scharen von zurückkehrenden Badegästen säumten die Küstenstraße, dazwischen Radfahrer, Kinderwägen, Jogger und Hunde. Am Ristorante brummten Vespas vorbei wie Hornissen, bemannt mit Einheimischen und Fremden.

Am Mittwochabend war es bei »Da Roberto« traditionell bumsvoll. Es war der Abend unter der Woche, an dem die Italiener am liebsten ausgingen. Auf der Terrasse herrschten gegen halb neun ein Ansturm und ein Trubel, die selbst Giulia zu viel wurden. Sie schwitzte, und ihr taten die Beine weh. Dabei war die Anzahl der Tische, für die sie verantwortlich war, überschaubar. Roberto hatte alle Aushilfen mobilisiert, die er kriegen konnte. Das Personal wuselte in langen schwarzen Schürzen zwischen den Gästen hin und her und trug Teller bis hinunter zum Strand.

Es war ein fein gestimmtes Licht. Nachdem die Sonne untergegangen war, bekam das Meer etwas violett Durchscheinendes. Am Himmel wuchsen zarte Rosastreifen aus einem kräftigen Orange. Schwach erstrahlten Sterne. Vor ihnen lag eine der wenigen Nächte im Jahr, in denen es kaum abkühlte. Man konnte fast glauben, dass es ewig so weitergehen würde. Sich der Illusion hingeben, irgendetwas sei von Dauer. Das war ein Moment, den Giulia besonders liebte: Der Sommer stand kurz vorm Zenit.

Am Rand, den Felsen zu, saß Peter Müller mit vier Landsleuten: dem Konstanzer Pfarrer Fischer, einem greisen Paar und einem kleinen dicken Mädchen mit Pferdeschwanz, Schlitzaugen und Damenbart, das Grimassen zog und dabei sehr komisch wirkte. Alle aßen das Tagesmenü: grünen Salat mit Tomaten, Rigatoni al Forno, gegrillte Dorade. Giulia räumte die Pasta-Schüsseln ab, brachte flache Teller und wenig später den Hauptgang. Zwei Fische reichten für vier Personen. Sie lagen zwischen wilden Kartöffelchen auf Mangold, und an den Rändern war die Platte mit glatter Petersilie und Zitronenschnitzen garniert. Dazu gab es eine Schale mit Meerrettichschaum.

»Das ist sehr schön, was Sie uns da servieren«, sagte die Greisin förmlich. »Aber wir können das unmöglich mit Messer und Gabel essen.«

»Soll ich Ihnen beim Zerlegen helfen?«, bot Giulia an.

Sie wollte eben beginnen, da kam Roberto aus der Küche, lief auf den Tisch zu, blieb fünf Meter entfernt stehen, fuchtelte ungeduldig mit den Armen.

»Da kommt einer. Ist das der Koch?« Das seltsame Mädchen zeigte mit dem Finger.

»Was ist denn los? Moment noch, ich komme gleich«, rief Giulia in Richtung Roberto. »Ich muss nur noch …«

»Lassen Sie.« Der Pfarrer winkte ab. »Alles gut.«

»Ich mach das.« Das Mädchen sprang auf, wippte mit dem Kopf und zeigte mit beiden Händen auf die Doraden. »Kann ich? Und ist das der Koch? Hat der das?«

»Ja, das ist Roberto, der Chef. Der hat das gekocht.« Giulia bemerkte, dass das Mädchen doch schon etwas älter war, eine Frau und erwachsen, und stellte die Platte mitten auf den Tisch. Die Gäste waren vom Bodensee und kannten sich mit Fischen aus. Sie würden damit zu Streich kommen.

»Warum trägt er keine Mütze?«, fragte das alte Mädchen.

»Das ist kein Koch, das ist ein Tagdieb.« Die Greisin spitzte den Mund, legte den Kopf schief und lächelte. »Der schafft nichts Rechtes, der doktert doch bloß umeinander. Und Sie sind eine dumme Supp, eine rotzriegeldumme, dackelhafte Pfuddla. Der nutzt Sie den ganzen Tag nur aus. Für nix und wieder nix. Und am End lässt er Sie im Stich. Ihnen ist wirklich nicht zu helfen. Sie sollten dem charakterlosen Siech den Laufpass geben.«

Man ließ die Oma reden. Keiner wies sie zurecht, weil sie offenkundig verkalkt war.

»Zu warm«, erklärte Giulia. »Zu warm für eine Kochmütze. Der Chef hat dafür den Pferdeschwanz und das weiße Band um den Kopf. So können auch keine Haare ins Essen fallen.«

Roberto verschwand, laut die Arie Alfredos singend. »La traviata«, seine bevorzugte Verdi-Oper, hatte er voll drauf. Und er schuf sich damit einen furiosen Abgang, der die Gäste amüsierte. Giulia grinste. Dass Verdi im Vorfeld, gegen Ende der 1840er-Jahre, die trostlosen Zustände in Italien beklagt hatte, hörte man Roberto mit keiner Silbe an. *Italien? Armes Land!!!*, hatte Verdi aus Paris geschrieben. *Italien ist nichts anderes mehr als ein großes und schönes Gefängnis. Ein Paradies für die Augen, eine Hölle für das Herz!*

»Bringst du uns bitte noch einen Weißen und Wasser.« Müller schenkte den Rest ein, beugte sich übern Tisch und streckte ihr die beiden leeren Karaffen hin.

Giulia sah, dass ihm was runterfiel, ein Taschentuch oder ein Zettel, den er sich in die Hosentasche gesteckt hatte; sie wollte ihn noch darauf hinweisen, aber das seltsame Mädchen sprang schon auf und verschwand halb unterm Tisch.

»Alla cucina«, bellte Fischer grottenfalsch und hob sein Glas. »Auf die Küche!«

Giulia lachte.

»Vergelt's Gott. Grazie für das hervorragende Essen.« Er prostete allen zu, pries Gott in der Höhe und trank. Dann wandte er sich wieder an Giulia, die Sarah zeigte, wo sie das Fischmesser ansetzen sollte. »Stimmt das, dass Sie alles Gemüse selbst anbauen und sogar selber fischen?«

»Manchmal. Soweit es halt geht.« Giulia lächelte. Ihr fiel auf, dass Fischer extrem gut aussah. Er wirkte jung, aber doch schon gestanden, dabei verschmitzt und pfiffig. Wie die gesamte Runde war er sorgfältig gekleidet: Er trug eine beige Baumwollhose und ein kurzärmeliges weißes Hemd.

Fischer kniff ein Auge zu und blinzelte. »Wir begnügen uns alle mit dem Machbaren.« Er blickte zu ihr auf und musterte sie aufmerksam. Sie hatte das Gefühl, dass die Runde in ein Gespräch vertieft gewesen war, das sie unterbrochen und gestört hatte. Und nun gerade aufs Mal wusste sie, dass der Pfarrer sie am nächsten Morgen aufsuchen würde.

Um halb acht, als sie im Garten die Tomaten bewässerte, stand er vor ihr. Am Abend zuvor war ihr nicht aufgefallen, dass er eine Brille trug. Sie war randlos und unauffällig und vergrößerte seine grauen Augen. Obwohl der Himmel fast wolkenlos war und es wieder ein strahlender Tag werden würde, hatte er einen langärmeligen schwarzen Seidenpullover an und dunkelgraue Jeans. Damit wirkte er düsterer als am Vorabend und fast amtlich. In ihrer rot-weiß gestreiften Schürze fühlte sich Giulia plötzlich ungenügend. Sie stellte das Wasser ab und legte den Schlauch hin. »Buongiorno.«

»Ich würde Sie um eine Auskunft bitten«, sagte Fischer umstandslos. »Was wissen Sie über Peter Müller?«

Giulia sprach, ohne nachzudenken. Ihr kam es vor, als hätte sie diese Antwort schon einmal gegeben. Eine Art Déjà-vu. »Er ist Arzt, glaube ich. Er hat eine Frau und vier Kinder, aber zwei sind nicht von ihm und eines ist schon erwachsen. Die Geschichte mit dem Drachenkopf kennen Sie ja bereits. Den hat's ganz schön nabutzt.« Da Fischer sein Bodenseealemannisch sprach und ihr der Tonfall vertraut war, verfiel sie mehr und mehr in ihren schwäbischen Dialekt. »Peter ist mein Klient, ich habe ihn über meine Agentur beraten. Selbst wenn ich Ihnen mehr erzählen könnte, wäre Diskretion angebracht.«

Fischer nickte. »Das ist mir sehr sympathisch. Einverstanden. Unternimmt Ihre Agentur denn auch irgendwelche Nachforschungen?«

»Nein.« Giulia lachte. »Die Agenzia Azzurro Vacanze Verde organisiert vor allem Urlaube. Ganz selten mal ein Seminar. Im Übrigen mach ich das weitgehend allein, und ich hab wirklich keine Zeit. Non ho tempo …«

»Okay, Sie wollen Ihre Nase nicht in fremder Leute Angelegenheiten stecken. Sie sind also nicht über Gebühr wunderfitzig«, schlussfolgerte Fischer, der schwitzte. Er bekam einen roten Kopf, und der Schweiß lief ihm die Schläfen hinunter. »Geht mir genauso. Ich habe nur ein wenig den Überblick verloren. Man will mich in etwas hineinziehen und verwickeln. Das hat in Konstanz schon angefangen, und in der Toskana geht es geradeso weiter. Man hat mich mit Tricks hierher gelockt. Irgendwelche Drahtzieher wollten, dass ich hier auftauche. Sie geben sich bloß bislang nicht zu erkennen. Und leider spreche ich kaum ein Wort Italienisch. Deshalb bin ich auf Müller angewiesen, dem ich nicht traue und der mir keinen reinen Wein einschenkt.«

»Um was dreht es sich denn?« Giulia griff nach dem Schlauch und wässerte weiter die Tomaten.

»Man will mich wohl exkommunizieren.« Fischers Gesicht rötete sich noch mehr. Er nahm ein Papiertaschentuch und wischte sich den Schweiß ab. »Anders kann ich mir das alles nicht mehr erklären. Das ganze Theater um dieses Handy macht mir Angst. Nicht, dass ich es wirklich durchschaue. Nun ja, jedenfalls werde ich auf die Probe gestellt. Von einem Gerichtspsychiater, das ist dieser Müller nämlich, der angeblich nicht einmal katholisch ist. Kann es sein, dass er hier in Italien einer Organisation angehört? Es muss nichts mit seinem Beruf zu tun haben.«

»Was weiß ich denn?« Giulia merkte irritiert, dass sie neben Fischers Bodenseealemannisch nicht nur in ihren alten schwäbischen Singsang verfiel. Sie verlor auch den Anstand. »Ich verstehe von Ihrer Geschichte nicht einmal die Hälfte. Sind Sie sicher, dass Sie keine psychischen Probleme haben? Das Ganze klingt mir ein wenig nach Verfolgungswahn.«

»Aber ich werde verfolgt! Ich soll scheinbar von irgendeiner obskuren Institution rekrutiert werden. Deshalb werde ich dem Vernehmen nach auf meine Standfestigkeit hin getestet. Allerdings halte ich das alles für keine große Geistesweisheit.«

»Haben Sie denn Feinde?«, fragte Giulia.

»Nein«, erwiderte Fischer spontan. »Wenn ich welche hätte, würden sie mir unterstellen, ich missbrauche kleine Kinder. Das ist ein Allheilmittel gegen sämtliche Formen von Renitenz. Damit zwingst du jeden Pfarrer in die Knie.«

»Ich kann Sie und Ihre Begleiter heute am späten Nachmittag meiner Freundin Camilla Bruni vorstellen. Sie hat diese deutsche Autorin zu Gast, die ein Buch geschrieben hat, das teilweise in der Toskana spielt. Es heißt ›Muränenmahl‹. Peter hat dieses Buch ja angeschleppt, das wohl schon irgendwie ziemlich für Ärger gesorgt hat.«

»Danke«, sagte Fischer. Seine Gesichtsfarbe normalisierte sich. »Ich weiß gut. Und ich sehe, dass Sie mir helfen wollen. Obwohl ich nicht zusammenkriege, was das mit meinem Problem zu tun haben soll.«

Giulia dachte, dass sie ihn äußerst attraktiv fand. Ihr gefiel auch seine Schutzlosigkeit. Der Schweißausbruch resultierte bei ihm nicht aus den Wechseljahren. Seine offen zutage tretende Unsicherheit und Schwäche wirkten einnehmend.

»Gibt es in der Toskana«, fragte er, »eine Mafia?«

»Nein«, entgegnete Giulia, »nicht, dass ich wüsste.«

Ein Motorino kam knatternd von Marina herauf. Der Motorenlärm näherte sich und erstarb.

»Mein Mann.« Giulia legte den Schlauch wieder auf den Boden und wischte sich die Hände an der Schürze ab. »Was will der denn schon? Er ist heute erstaunlich früh dran.« Sie hob die Hände, schüttelte den Kopf und rief: »Ma che vuoi?«

»Buongiorno, Amore.« Mit strahlendem Lächeln erschien Roberto im Garten, küsste Giulia sanft auf die Lippen, gab Fischer fest die Hand. Neben dem stattlichen Roberto schien der Pfarrer zu schrumpfen – er wirkte plötzlich kleiner und fast zierlich.

»Sprechen Sie Deutsch?«, fragte Fischer.

»Sì, signore. Un poco. Wie sagt man? Ein wenig.« Roberto redete mit unnötig starkem Akzent. Dabei nestelte er an seinem Pferdeschwanz.

Giulia zog die Augenbrauen zusammen. »Das ist Justus Fischer, ein Pfarrer aus Konstanz und ein Klient von mir.« Sie sprach weiter Deutsch mit schwäbischer Färbung. »Er möchte heute zu den Monti dell'Uccellina, in den Parco Regionale della Maremma. Er interessiert sich für die Abteiruine von San Rabano. Du weißt schon, die Überreste dieses Benediktinerklosters aus dem 11. Jahrhundert. Für seine Verwandten, mit denen er Urlaub macht, ist die Wanderung zu anstrengend, und ich würde ihn gerne begleiten. Ist das okay für dich, Roberto?«

»Certo, Amore. Maria hat wenig zu tun. Sie hat mich gefragt, ob sie aushelfen kann. Sie wird sich freuen.« Wieder lächelte er einen Tick zu breit. »Der Donnerstag ist bei uns auch nie so voll wie der Mittwoch. Es reicht, wenn du für den Abend zurück bist.«

Obwohl seine Stimme freundlich klang, horte Giulia den seltsamen Unterton, den sie als zurechtweisend, mahnend oder drohend empfand. Verwirrt pflückte sie eine Tomate. Sie hatte das Gefühl, dass an der Situation etwas nicht stimmte. Sie wurde übermannt von einer plötzlichen Fremdheit. »Grazie, Roberto. Ich geh mich umziehen«, sagte sie, drehte sich um und verschwand schnell im Haus.

»Warum haben Sie Ihren Mann angelogen?«, fragte Fischer, als Giulia neben ihm im Caddy saß. Mit dem Handrücken wischte er sich den Schweiß von der Stirn. Dann hob er die Brille an, um sich mit dem Zeigefinger den Nasenrücken abzuwischen. Nach einem Blick in den Rückspiegel warf er den Motor an und fuhr los.

»Habe ich das? Und übrigens, er ist nicht mein Mann.« Giulia machte das Fenster auf. Ihre blonden Haare tanzten im Wind. Sie trug ein kariertes Baumwollkleid und Flipflops. In ihrer Sporttasche hatte sie neben einer Fleecejacke, Leichtwanderschuhen und Socken auch Sachen für den Strand, eine Flasche Wasser, Tomaten, Käse und Brot. Und das »Muränenmahl«, das sie unterwegs weiterlesen wollte. Sie war auf Seite 338. Es waren noch fast 250 Seiten. »Wie lange können Sie Ihre Familie denn allein lassen?«

»Das wird man sehen«, sagte Fischer. »Am schwierigsten ist es für die Oma. Der Opa ist mit ihrer Beaufsichtigung manchmal überfordert. Sarah kommt klar, wenn sie in ihrem nächsten Umfeld die Orientierung hat. Dann braucht sie nur ein paar Menschen um sich, die sie kennt. Und deren Verhalten sie nachahmen kann.«

Bis auf ein entgegenkommendes Müllfahrzeug war die Küstenstraße leer. Das Meer schimmerte wie blaulilafarbene Seide. Am Himmel hingen vereinzelt Schönwetterwolken.

»Meinen Sie das ernst?«, fragte Fischer. »Wenn wir in diesem Naturschutzgebiet sind, wird es langsam heiß, und bis wir die Ruine erreichen, geht es möglicherweise gegen Mittag. Warum wollen Sie überhaupt mit mir dorthin?«

»Sie werden es nicht bereuen. Es gibt in diesem Naturpark alles, um Ihnen die Geschichte der Maremma nahezubringen: prähistorische Höhlen, Grotten, etliche Wachtürme aus pisanischer und aus florentinischer Zeit, die gebaut wurden, um die Schiffe der angreifenden Sarazenen zu sichten. Sie erleben die typische Vegetation: Rinder- und Pferdeweiden, ausgedehnte Pinienwälder, Sumpflandschaft, Flüsse, flache Binnenseen mit kleinen Dünen, Felshänge, den Gebirgszug. Wir beginnen bei der Ombrone-Flussmündung. In den Feuchtgebieten mischt sich Salzwasser mit Süßwasser, dort leben sowohl Süßwasser- als auch Seefische. Im Übrigen sind die historischen Wasserregulierungsanlagen noch erhalten. Das Flusswasser wurde kontrolliert in die Seitenkanäle abgeleitet, was wesentlich zur Bewirtschaftung beitrug. Ganz in der Nähe haben wir einen Naturlehrpfad sowie eine Vogelbeobachtungsstation. Es gibt Hunderte von Singvögeln und Zugvögeln und sogar wieder Fischadler.«

»Fischadler?«, fragte Fischer verwirrt. »Sie meinen Seeadler?«

Giulia schüttelte den Kopf und lächelte. »Der Fischadler, die Italiener nennen ihn ›falco pescatore‹, ist in den 60er-Jahren im Mittelmeerraum fast ausgestorben. Nur auf Korsika, auf den Balearen und an der nordafrikanischen Küste gab es noch ein paar Vögel. Auf Korsika gelang die Wiederaufzucht. Im Parco Regionale della Maremma wurden ebenfalls Jungvögel angesiedelt. Der Lebensraum an der Ombrone-Mündung ist für sie ideal.«

»Verstehe«, sagte Fischer.

»Der 15 Kilometer lange Sandstrand von Marina di Alberese ist naturbelassen. Was an Ästen und Algen angeschwemmt wird, bleibt einfach liegen. Sie finden dort weder ein Ristorante noch Bars. Der Zugang ist räumlich und zahlenmäßig begrenzt. Ein Großteil des Ufers ist meist menschenleer. Der schönste Abschnitt zieht sich die sechs Kilometer von der Flussmündung des Ombrone bis zur Abteiruine. Zwar sind nur etwa zwei davon als Wanderroute freigegeben, aber ich weiß, wie man auf dem Weg weiterkommt.«

Fischer lachte. »Klingt wie ein Geheimtipp aus dem Reiseführer. Wenn das so ist, schon überredet. Was hat eigentlich Peter Müller heute vor?«

Giulia stutzte. »Das müssen Sie doch wissen. Sie haben gestern Abend mit ihm gegessen.«

»Es kam nichts dabei heraus. Ich hatte ja die Familie dabei. Nun weiß ich nicht mal, wo er wohnt.«

Fischer bog ab auf den Tombolo della Giannella und bretterte auf der Landenge sechs Kilometer geradeaus, links das Tyrrhenische Meer und rechts die Laguna di Orbetello. Auf dem Festland gelangten sie zur Via Aurelia und wenig später kam nahe Albinia die Abzweigung.

»Wollen wir Cornetti mitbringen?«, fragte Giulia, als sie in den Küstenweg einbogen, der runter zum Campingplatz führte.

Fischer schüttelte den Kopf. »Darum kümmern die sich schon.«

Es ging gegen halb neun. Sie parkten den Caddy auf dem Kurzzeitparkplatz vor der Rezeption und gingen zu Fuß den Hauptweg entlang. Auf dem Viale dei Papaveri kamen ihnen Radfahrer und Rentner mit Hunden entgegen. Eine singende Italienerin schwang eine große Tüte.

Als sie nach einigen Minuten die Via dei Gladioli erreichten, saßen die Großeltern mit Sarah beim Frühstück. Sie aßen Panini mit Mortadella, selber eingelegte Essiggurken und Marmelade, und teilten sich die Wurst mit den Wespen. Oder mit den Bisshummeln, wie die Großmutter sie nannte. Die Oma passte auf, dass Sarah keine Bisshummel in den Mund flog. Und dass sie dort vom Brot abbiss, wo keine Bisshummel saß. Sarah schimpfte, aber mit Großmutters Ruhe bezwang sie ihre Panik.

»Ciao.« Giulia überlegte, ob sie die Tomaten aus dem Auto holen sollte.

»Es ist gut, wenn man feste Zeiten hat«, erklärte die Oma und warf Fischer einen tadelnden Blick zu. Dann zeigte sie auf Giulia. »Was ist denn das für ein Scherben?«

»Du kennst sie.« Fischer setzte zu einer Erklärung an.

»Du kommst mir grad geschliffen«, sagte der Opa idiosynkratisch.

Fischer hörte allerlei aus dieser Bemerkung heraus, sowohl Zustimmendes als auch Ablehnendes, vor allem aber Erleichterung.

»Wo warst du denn, Justus?« Sarah sprang auf, klatschte in die Hände, tanzte auf einem Bein einmal um ihre eigene Achse und fiel Fischer um den Hals. Kauend gab sie ihm einen Kuss.

»Ich hab schon mal was ausgekundschaftet.« Fischer zeigte auf Giulia. »Signora Franca arbeitet nur nebenher bei Roberto. In Florenz hat sie eine eigene Tourismusagentur und begleitet Urlaubergruppen auf Wanderungen. Ich würde vielleicht vorschlagen …«

»Interessant«, meinte die Oma. »Gerne nehme ich Ihre Angebote entgegen.«

»Du kannst auch was mit uns essen.« Sarah holte ein weiteres Gedeck und, da es nur vier Plastikstühle gab, von drinnen einen Hocker.

»Danke.« Giulia hockte sich hin.

Fischer schenkte Kaffee ein. Als die Espressokanne leer war, setzte er in der Kochnische neuen auf.

Giulia griff nach der aufgeschäumten Milch. Sie fühlte sich etwas befangen.

»Es wird wieder heiß werden heute.« Der Opa blickte durch die Pinien in den Himmel. »Kein ideales Wanderwetter. Ich glaube nicht, dass ich in der Lage sein werde, mich einer Gruppe anzuschließen.«

»Kann ich wieder Wassergimastik?«, fragte Sarah und biss in ihr Panino. »Kann ich, Justus?«

»Geh mit Gott, mein Sohn«, sagte die Oma. »Zieh feste Schuhe an. Nimm ein Vesper mit. Wenn du nur zum Nachtessen wieder da bist.«

»Schaffst du das?«, fragte Fischer.

Der Großvater nickte. »Ich werd schon mit ihr fertig.«

»Ich pass auf die Oma auf«, erklärte Sarah mit vollen Backen, »und der Opa passt auf mich auf.«

Der Caddy parkte am Wegrand. Das Naturschutzgebiet erstreckte sich vor ihnen in verwaschenen Graugrüntönen. Und dazwischen viel stilles Braun. Gras und Buschwerk waren verbrannt. Schroffe Felswände ragten auf. Giulia und Fischer kamen zügig voran. Sie durchquerten den Naturpark und nahmen den Pfad zum Meer. In Strandnähe wuchsen spärliche Dünen. Treibholz lag herum. Bruchholz bildete landeinwärts eine Art Zaun. Der Sand war hell und sauber, bis auf die unvermeidlichen Plastikteile, die an den entlegensten Küsten überall angeschwemmt wurden, vom Kühlergrill bis zur Einwegspritze, der Himmel azurblau, das Meer gesprenkelt mit Türkis- und Grüntönen. Nirgendwo war ein Boot, ein Schiff, es flog kein einzelner Vogel. Es brummte nicht einmal ein Insekt. Die Sonne stand hoch und strahlte, es ging kaum ein Wind, doch die Hitze war erträglich.

»Hierher verirrt sich kein Mensch«, sagte Giulia. »Niemand. Hier sieht uns keiner. Wir könnten uns an den Strand legen. Leider haben wir keinen Schirm. Vielleicht können wir uns mit Tüchern und Holzstecken ein Sonnendach bauen.«

Fischer schüttelte den Kopf. »Eigentlich wollte ich zur Abteiruine.«

»Das Kloster läuft uns nicht weg. Es ist nicht weit, wir sind unterhalb des Pfads.«

»Dann sollten wir erst ein wenig ins Wasser gehen«, meinte Fischer.

»Gute Idee.« Sie schlüpfte aus ihrem Kleid. Darunter trug sie einen ockerfarbenen Bikini, der ihre Bräune betonte. Er passte gut zu dem blonden Haar, das sie beim Gehen hochgesteckt hatte. Giulia bückte sich und versorgte ihre Sonnenbrille im Etui. Sie roch ihr eigenes Parfüm, das den leichten Schweißgeruch überdeckte. Im Rücken spürte sie Fischers Blicke, und sie ahnte, dass er sie durchschaute. Sie hatte ihn hierher gelockt, weil sie ihn verführen wollte; weil sie hoffte, dass er die Gelegenheit nutzte. Sie kannte die Stelle, weil sie hier schon mal das Gleiche versucht hatte, und sie vertraute darauf, dass es ihr auch diesmal wieder gelang.

»Der Zölibat ist eine feine Sache«, sagte er und griff nach der Bastmatte, die sie ihm hinstreckte. »Ich bin ein überzeugter Verfechter davon, weil ich überall sehe, was das Streben nach erotischer Erfüllung an Energien bindet.«

Giulia dachte daran, dass sie mit Roberto an diesem Strand gewesen war, in ihrem ersten gemeinsamen Sommer, und dass sie sich hier geliebt hatten. Während Fischer sich auszog, rannte sie ins knietiefe Wasser. Sanft umspülten die Wellen ihre Beine. Plötzlich spürte sie, dass Fischer hinter ihr stand. Sie fühlte seinen Atem.

»Was antwortete Proust in seinem berühmten Fragebogen beim ersten Mal auf die Frage, wo er leben möchte?« Laut und ohne sich umzudrehen gab sie die Antwort. »Im Land des Ideals, oder vielmehr meines Ideals. Und beim zweiten Mal, als er wieder gefragt wurde, bezeichnete er ›das Land, in dem ich leben möchte‹ als ›eines, in dem bestimmte Dinge, die ich mir wünsche, wie durch ein Wunder Wirklichkeit würden – und in dem die Zärtlichkeit immer auf Gegenseitigkeit beruhte‹.«

»Liebe wäre nicht angemessen begriffen, wollte man sie lediglich als Motivation zu bestimmtem Handeln deuten«, entgegnete Fischer. »Liebe verleiht gewissen Dingen und Ereignissen, Personen und Kommunikationen eine besondere Überzeugungskraft.«

Nun wandte sich Giulia um und suchte Fischers Blick. Er hatte seine Brille abgenommen. Sie sah zu ihm auf. »Das haben Sie schön gesagt.«

»Es ist ein Zitat von Niklas Luhmann. Das ist ein Gesellschaftstheoretiker, der sich auf sehr verdienstvolle Weise mit der Religion als Quelle der Sinnstiftung befasst hat.« Fischer grinste. »Noch differenzierter hat er das Phänomen der Liebe untersucht.«

»Hat er das?« Giulia legte den Kopf schief.

Er nahm ihre Hände, drückte sie, legte sie kurz an seine kaum behaarte Brust und ließ sie wieder los.

Wäre Giulia zehn, zwölf Jahre jünger, also in Fischers Alter, gewesen, hätte sie ihn gefragt, ob er sich zu Frauen hingezogen fühle, ob er je mit einer geschlafen habe und ob er es jetzt vielleicht ausprobieren wolle. So aber ließ sie es bleiben. Zu groß war die Angst vor einer Zurückweisung. Fischer hatte ihr mit Händen zu greifendes Angebot bereits abgelehnt, für den Augenblick zumindest, ohne dass es offen dazu kommen musste. Die Diskretion bot ihr Schutz. Und Aufschub, denn letztlich war ja noch nichts entschieden.

Fischer watete in die Wellen hinein, ließ sich fallen und schwamm mit kräftigen Zügen hinaus. Giulia folgte ihm, blieb aber in Ufernähe. Als er hinter einem Felsen, der ins Meer ragte, verschwand, kehrte sie um und schwamm zurück ans Ufer. Ohne sich abzutrocknen sank sie auf die Bastmatte, schloss für einen Moment die Augen und sprang wieder auf. Bis Fischer wiederkam, würde sie das Sonnendach fertig haben. Giulia trank einen Schluck lauwarmes Wasser, checkte das Telefonino, das kein Netz hatte, schlüpfte in ihre Flipflops und sprang über den Strand hinüber zu der langen Reihe mit den Bruchholzbäumen. Zwischen Stauden mit staubigen gelben Blättern und niedrigen Hecken lag totes Gehölz. Ihre Beine und ihr Bauch waren sandig. Die Bikinihose tropfte. Kurz kam sie sich wieder vor wie ein Kind – leichtgewichtig, bedeutsam und versunken ins Spiel. Als Zehnjährige war sie mit den Eltern an der Adria gewesen. Dort war die Sonne über dem Meer auf- und nicht untergegangen, und sie hatte schon am frühen Morgen mutterseelenallein fremde Sandburgen restauriert, die die Nacht zerstört hatte.

Gebückt bahnte sich Giulia den Weg ins Gestrüpp. Sie tastete sich vor, langte nach den Zweigen und prüfte das morsche Geäst. Es würde nicht einfach sein, passende Stecken zu finden. Die meisten Hölzer waren zu dick und zu kurz. Die wenigen Stangen, die infrage kamen, waren fest mit dem Stamm verwachsen. Plötzlich sah sie am Boden etwas glitzern. Es war eine deutsche Herrenuhr, eine »Nomos Tangente«. Giulia hob sie auf. Eine solche Uhr hatte sie kürzlich schon mal gesehen, aber sie entsann sich nicht, wo und bei wem. Auf jeden Fall war es seltsam, dass eine so teure Uhr mitten im Bruchholz lag. In einem Strandabschnitt, der für Besucher gesperrt war. Dann entdeckte Giulia zwischen den Hölzern noch etwas. Sie beugte sich darüber. Es war eine abgehackte rechte Männerhand. Sie lag auf der Seite. Der Handrücken war stark behaart. Der Handteller schimmerte hell, die gekrümmten Finger waren bläulich verfärbt, die Nägel fast schwarz. Die Schnittstelle war gerade. Daran klebte dunkelbraunes, geronnenes Blut. Am Handgelenk war ein Fisch tätowiert, unter dem Namen Luca standen die Zahlen 5 und 10.

Giulia taumelte zurück, fiel, schaute sich um, konnte Fischer aber nirgends entdecken. Falls er wieder aus dem Wasser gestiegen war, befand er sich zumindest außerhalb ihres Sichtfelds und damit vermutlich auch außer Rufweite. Sie rannte übern Strand hinüber zum Ufer. Ein Kormoran schwamm im flachen Wasser und pickte abwechselnd in zwei Fischschwärme, die sich zu beiden Seiten immer neu formierten. Im Einfall des Lichts wurden kaleidoskopartige Bilder erzeugt. Die tödliche Choreografie der kleinen Fische gestaltete sich nach einem Plan, der dem Fressen und Gefressenwerden eine geheime Ordnung verlieh. In regelmäßigen Abständen schnappte der Kormoran zu, kam an die Oberfläche, streckte den Kopf hoch und verschlang aufrecht seine Beute. Giulia dachte an das deutsche Wort Begnadigung, das es im Italienischen nicht gab. Amnistia war nicht dasselbe. Grazia auch nicht. Perdono, tregua, indulto schon gar nicht. Ein Fischadler kam vom Land her und kreiste im Gleitflug über der See. Unterseite und Kopf waren weiß, in der Flügelmitte sah man ein schwarzes Band. Er blieb in der Luft stehen wie ein Bussard und rüttelte, bevor er sich senkrecht aufs Wasser stürzte. Giulia öffnete den Mund. Das Meer rauschte und schluckte ihren Schrei.

»Do hengsch di num.« Fischer murmelte etwas Unverständliches, bückte sich und ging in die Knie.

»Hä?« Giulia schüttelte den Kopf. »Bitte?«

»Kein Zweifel. Die Hand von einem Mann. Er war Linkshänder«, sagte er, den Blick auf die Hand gerichtet. »Sonst hätte er seine Uhr nicht rechts getragen.«

»Wieso war?« Giulia zitterte. Sie hielt Abstand. »Der Mann lebt vielleicht noch.«

»Wir lassen alles genauso liegen. Tun Sie die Uhr wieder dorthin, wo Sie sie gefunden haben. Wir gehen zum Auto und verständigen die Polizei.« Fischer richtete sich auf. Er hatte sich schnell abgetrocknet und war in seine Turnschuhe geschlüpft. In seiner nassen Badehose stand er da.

»Ich mache das. Vorher bringe ich Sie zurück zu Ihrem Camping. Sie sollten dann einfach erreichbar sein.« Giulia bemühte sich, entschlossen zu klingen.

»Man wird die Hand schnell identifizieren. Und damit den, dem sie fehlt«, meinte Fischer. »So eine Tätowierung ist ja vermutlich eher einmalig.«

Er reagierte gelassen, so, als sei ihm das schon einmal

passiert oder als habe er damit gerechnet. Giulia ging ein paar Schritte rückwärts, fuhr herum, rannte, strauchelte, fing sich, würgte und erbrach sich in die Dünen.

Fischer folgte ihr, als es vorbei war. »Geht es wieder?«

Er berührte sie leicht an der Schulter. Sie nickte. Wandte das Gesicht ab. »Ich kenne den Kerl. Luca. Er wohnt ein paar Dörfer weiter. Er ist fast noch ein Kind. Ob er wirklich Linkshänder ist, weiß ich nicht, aber er trägt dieses Horoskop-Motiv am Handgelenk.«

»Sie haben den Fisch wiedererkannt?«

Sie nickte. »Mitsamt Namen und Geburtsdatum.«

»Lucas Sternbild ist nicht Fisch, sondern Waage«, meinte Fischer, »wenn die Zahlen so gemeint sind, ist er im Oktober geboren. Können Sie seine Handynummer herausfinden?«

Giulia begriff. Wo es klingelte, lag Lucas Leiche. Sie ging zu ihrem Platz und kramte in der Tasche. »Ich habe sie gespeichert. Aber es gibt hier keine Verbindung.«

»Versuchen Sie es.«

Sie fingerte auf ihrem Telefonino. Zitternd drückte sie auf das Display. Es funktionierte. Sie lauschte. Nichts. Von nirgendwo in der Pampa kam ein Klingelton.

»Pronto.«

»Bist du es, Luca? Come stai? Wie geht es dir?«, fragte Giulia auf Italienisch.

»Grazie, bene«, sagte er, »und selber?«

»Bist du irgendwie – verletzt? Hat man dir was getan?« Pause. »Hör zu, ich will dir ja nur helfen. Sorry. Mi dispiace tanto.«

»Keine Ursache«, erwiderte Luca.

Er klang fröhlich wie der gute Junge, den Giulia zwei Jahre zuvor kennengelernt hatte. Sie atmete tief durch.

Konnte es sein, dass die Hand nicht die von Luca war? Dann war die Tätowierung eben doch nicht einmalig. Dann hatte sie irgendeine Bedeutung. »Mach ein Foto von dem Tattoo an deinem rechten Handgelenk. Schick es mir. Und beweis mir bitte, dass es heute aufgenommen wurde.«

»Was soll der Quatsch.«

»Tu, was ich dir sage.«

Giulia wartete ohne allzu große Hoffnungen. Keine drei Minuten später kam das Bild. Neben der Hand lag das Telefonino, darauf Datum und Uhrzeit. Giulia zeigte es Fischer, der sich inzwischen angezogen hatte. Im gleißenden Licht konnte man kaum etwas erkennen.

»Jetzt sehen Sie doch!« Sie versuchte, die Helligkeit richtig einzustellen. Hielt Fischer das Display hin.

»Die Geschichte vom Fischzug des Petrus.« Er lächelte. »Lukas 5, 10. Der Menschenfischer! Das Symbol bezieht sich auf den Satz aus dem Lukasevangelium. Jesus sagt zu Petrus: ›Fürchte dich nicht! Du wirst jetzt keine Fische mehr fangen, sondern Menschen für mich gewinnen.‹ Damit erweist sich Jesus auch als Wegweiser zur Wahrheit.«

Giulia fiel auf ihr Handtuch. Zog die Schenkel hoch. Vergrub den Kopf zwischen den Knien. Schluchzte.

»Werden Sie zur Polizei gehen?«, fragte Fischer trocken.

»Ich glaube, Sie verstehen das hier nicht.« Giulia sah zu ihm hoch, schrie: »Sie haben doch überhaupt keine Ahnung!«

Er ließ sich neben ihr in den Sand fallen und nahm sie ihn den Arm. Schaukelte sie sanft hin und her. »Scht. Scht. Besinnen Sie sich.«

»Das hätten Sie wohl gern.« Giulia ruderte mit den Armen, befreite sich, schniefte, trocknete sich das Gesicht ab, lachte. Weinte wieder. »Ich habe Luca zur Hölle gewünscht. Sein Vater ist ein gottverdammtes Arschloch. Er treibt Schutzgelder ein, und Luca hilft ihm. Aber ich bin plötzlich davon überzeugt, dass Luca immer noch einer von den Guten ist. Er hätte mir sonst das Bild nicht geschickt. Man vertraut sich keiner Tedesca an.«

12.

NSA Zweigstelle Rom

TOP SECRET // Vernetzter Überwachungseinsatz Cozze alla Marinara mit der Überwachungsoperation Calamari Romana

Ziel: Verfolgung der Kommunikationswege des Vatikans hinsichtlich der verdeckten Operation Miracolo

Schreiben eines führenden Amtsinhabers des Heiligen Stuhls, Identität verschlüsselt, an Andrea Tedesco, den Vorsitzenden einer Untersuchungskommission mit unbekanntem Auftrag, wohnhaft in Florenz.

Nachrichtenquelle: 3582wöd§ubv90184lG

Datum und Uhrzeit: |||||||||

Verehrtester Signor Tedesco,

Glückwunsch. Nomen est omen. Sie sind da jetzt mit einer deutschen Gründlichkeit vorgegangen, die ihresgleichen sucht. Dennoch ist Seine Heiligkeit not amused. Not at all. Spiegelstrafen, das sind Methoden, die wir hinter uns gelassen haben. Natürlich können Sie nicht das Geringste dafür, wenn diese Idioten nun anfangen, sich wegen eines gemeinen Diebstahls die Hände abzuhacken. Aber wir haben Sie eingesetzt, um so etwas zu verhindern. Schon vergessen? Und die ganze Ungebührlichkeit wegen eines geklauten und dann wiederinstallierten Rings.

Ciao – Pontifex

13.

»Es gibt hier Leute, die Menschen, die in christlichen Kreisen organisiert sind, die rechte Hand abhacken«, meinte Fischer, den Giulia dauerte. Sie weinte immer weiter. Ihre naive Selbstbezogenheit hatte etwas Kindliches, das ihn zugleich anrührte und ärgerte. Offenbar weinte sie wegen des Schocks, aus Hilflosigkeit, und nicht, weil sie etwas verstand, das über die Grenzen ihres bisherigen Weltbildes hinausging. »Es geht nicht um Namen und Geburtstage. Ich weiß nicht, ob Sie das wirklich begriffen haben.«

Der Rest der Rückfahrt verlief schweigend. Fischer fuhr. Giulia beruhigte sich und hickste. Sie starrte aus dem Fenster, schrieb eine SMS und trank kleine Schlucke aus einer fast leeren Wasserflasche, die sie sich zwischen die Beine geklemmt hatte. Die Landschaft säumte den Weg. Fischer wunderte sich, wie schnell er sich an sie gewöhnt hatte. Pinien, Zypressen. Die Felsen, die Farben, das Meer. Grüngraubraun vor Türkis. Der alles überwölbende Himmel mit seinem schier unendlichen Blau. Die Unausweichlichkeit schien innezuhalten. Als sei es ein immerwährender, endloser Sommer. Fischer fragte sich, wie dennoch die Zeit vergangen war. Lidschlag um Lidschlag ging es gegen halb vier. Sie hatten kaum etwas gegessen. An einem »Frutta e Verdura« machten sie auf Giulias Bitte hin halt. Sie kauften Pfirsiche und eine große

Plastikflasche Wasser. Damit setzten sie sich bei offenen Türen ins Auto. Die Sonne knallte durch die Frontscheibe. Es roch nach Himbeersirup, Salz und Fäulnis. Giulia bot Fischer Tomaten, Brot und Käse an. Er dankte dem Schöpfer, nahm einen ungewaschenen Pfirsich und aß.

Auf den kleinen verstaubten Platz bog ohne zu blinken ein silbergrauer Fiat Sedici ein, ein geländetauglicher Wagen mit Allradantrieb, der in zehn Meter Entfernung hielt. Die hinteren Seitenfenster und das Heckfenster waren dunkel getönt.

»Aspett. Da sind sie«, sagte Giulia.

Fischer dachte an die Mafia. Oder an die Kripo. An den Apostolischen Nuntius des Heiligen Stuhls, des ältesten diplomatischen Dienstes der Welt. Wer auch immer ihnen gefolgt war, wen auch immer Giulia hierher bestellt hatte. Dann ging die Fahrertür auf, und Müller stieg aus. Schwankend kam er auf sie zu.

»Schön, Sie zu sehen«, sagte Fischer. »Wen haben Sie denn noch im Gepäck?«

Giulia blieb auf dem Beifahrersitz und starrte reglos vor sich hin.

»Machen wir's kurz«, entgegnete Müller, der zerknittert und elend wirkte, »am besten, Sie vergessen alles, was Sie erlebt haben. Können wir uns darauf verständigen?«

»Gewiss nicht.« Fischer stieg aus dem Caddy und pfefferte den Pfirsichstein unter einen Busch. Er spürte die Hitze auflodern, aber er dachte im Traum nicht daran zu stottern. »Jetzt raucht's. Klären Sie mich sofort darüber auf, was hier gespielt wird!«

»Wenn ich das wüsste. Wichtig ist, dass wir uns nirgendwo mehr nachvollziehbar treffen. Keine Spuren, kein Telefon, keine SMS. Morgen Nachmittag halb fünf

Uhr hier. Wenn es nicht klappt, übermorgen wieder.« Müller klang erschöpft, aber keinesfalls resigniert. Er fuhr sich mit dem rechten Handrücken über die Glatze. »Haben wir uns verstanden. Fischer, es geht hier um was. Reich Gottes!«

Müllers Handgelenk war untätowiert. Das wunderte Fischer eigentlich nicht. Müller gehörte keinesfalls zu den Leuten, die sich outeten; er blieb undurchschaubar und janusköpfig. Was ihn wundernahm, war Müllers Gruß. Wenn er es recht wusste, hatten Hegel, Hölderlin und Schelling im Tübinger Stift diese Losung benutzt, um im Gefolge der Französischen Revolution den deutschen Idealismus zu begründen. Das war bald zweieinhalb Jahrhunderte her, und die drei renitenten Studenten hatten das Reich Gottes als etwas Diesseitiges begriffen, das inwendig im Menschen selbst errichtet werden musste. Eine Antwort auf die Botschaft des Lukasevangeliums war das nicht unbedingt. Statt um Sendungsbewusstsein ging es eher um neue Innerlichkeit.

Die Hintertür des Fiats sprang auf, und der Opa fand heraus. Er hatte Mühe, auf die Beine zu kommen. Wacklig tappte er näher. »Du bist in ziemliche Unbill geraten, mein Bub«, sagte er mit einem feinen Grinsen zu Fischer. »In ein Schlamassel, ein richtiges Malheur.«

Eine weiße Strähne umspielte sein Gesicht. Mahnend hob er den Zeigefinger. Er weiß mehr als ich, dachte Fischer. Müller hat ihn eingeweiht. Er verwarf den Gedanken wieder, versuchte es dennoch: »Kannst du mir verraten, was hier los ist?«

Der Großvater reagierte nicht.

»Wir fahren zu Camilla«, beschloss Giulia, die sich endlich aus dem Auto schälte.

»Das geht auf keinen Fall«, entgegnete Müller.
»Doch. Das geht.« Giulia verschränkte die Arme.
»Ich muss sofort zurück«, erwiderte Fischer, »ich kann Sarah mit der Oma nicht länger allein lassen.«
»Wir haben beide zu Roberto ins Ristorante gebracht. Sie decken die Tische und putzen Salat. Maria achtet darauf, dass sie nicht weglaufen.« Müller nickte, als hätte er eine tiefe Weisheit verkündet.

Fischer fuhr mit Giulia im Caddy hinter dem ziemlich verdreckten Fiat her. Ihn blendete die Sonne. Er fragte sich, wozu Müller eine Art Geländewagen gemietet hatte. Tat es nicht ein ganz normaler Kleinwagen? Aber vielleicht wollte er sich ja in unwegsame Gebiete vorwagen. Und vermutlich kam man mit dem »Sedici« im bergigen Hinterland sehr gut vorwärts. Auch auf schmalen Passstraßen, die sonst schier unpassierbar waren. Fischer bemerkte es erst jetzt. Die Nummer des Wagens lautete LU 510CA.
Er grinste. Da war sie wieder, die Bibelstelle. Lukas 5, 10. Er konnte den »Fischzug des Petrus« auswendig:

Das Volk drängte zu Jesus, um das Wort Gottes zu hören. Der stand derweil am See Genezareth und sah zu, wie zwei Schiffe anlegten. Die Fischer wuschen am Ufer ihre Netze. Jesus betrat Simons Schiff und bat ihn, mit ihm abzulegen. Vom Schiff aus lehrte er das Volk. Und als er ausgeredet hatte, sprach er zu Simon: »Fahrt hinaus und werft eure Netze aus.« Und Simon antwortete: »Meister, wir haben die ganze Nacht gearbeitet und nichts gefangen, aber auf dein Wort hin will ich das Netz auswerfen.« Und da sie das taten, fingen sie eine so große Menge Fische, dass ihr Netz zu zerreißen drohte. Also baten sie ihre Gefährten auf dem anderen Schiff um Hilfe. Sie kamen und füllten beide Schiffe voll, bis sie fast sanken. Als das Simon Petrus sah, fiel er vor Jesu auf die Knie und sprach: »Herr, gehe von mir! Ich bin ein sündiger Mensch.« Denn ihn überkam ein arger Schrecken, weil sie so viele Fische gefangen hatten. Alle seine Begleiter waren fassungslos. Darunter waren auch Jakobus und Johannes, die Söhne des Zebedäus, die mit Simon zusammenarbeiteten. Und Jesus sprach zu Simon: »Fürchte dich nicht; denn von nun an wirst du Menschen fangen.« Und sie zogen die Schiffe an Land und verließen alles und folgten ihm nach.

Es war schon nach vier. Giulia telefonierte mit Roberto, und obwohl Fischer keine Silbe von dem dringlichen und pathetischen Wortschwall verstand, hörte er durch, dass sie Zeit schinden wollte. »Warum lügen Sie ihn an?«, fragte er, als sie das Handy zurück in die Tasche gleiten ließ.

Sie drehte abrupt den Kopf. »Tue ich das? Sie haben behauptet, Sie können kein Italienisch. Sie lügen doch!«

»Ich kann Stimmen interpretieren«, antwortete Fischer ruhig.

Giulia schwieg eine Weile und stierte auf das Meer, das sich ihnen entzog, ehe es wieder silbrig zum Vorschein kam. »Habe ich Ihnen je erzählt, dass Roberto immer katholischer wird?«

Fischer drückte die Kupplung. Schaltete. Kurvte.

»Als wir uns vor zwei Jahren kennenlernten, war er ein Linker. Ein Ökosozialist oder so was. Ein Guru der alternativen Aktivisten. Die Weltmeere retten will er ja immer noch. Aber neuerdings besucht er sonntags manchmal die Messe. Er hat sich von seiner Mutter einen Rosenkranz schenken lassen, und im Internet hat er gelernt, wie man damit betet.«

Fischer musste laut lachen.

»Bevor er einen Fisch tötet, bekreuzigt er sich. Bislang habe ich gedacht, er wird einfach älter, und ihn holen die Rituale der Ahnen ein. Bei den Italienern ist die Bedeutung der Familie ja noch sehr viel tiefer verankert als in Deutschland.«

Oje, dachte Fischer, na dann guten Morgen. Die Inbrunst, mit der seine Familie ihn umklammert hielt, reichte ihm, und er konnte sich nicht vorstellen, dass es in Italien noch schlimmer sein sollte. Auch wenn er nicht recht wusste, wie er seiner Riesenverantwortung für die Großeltern und die Schwester unter den gegebenen Umständen gerecht werden konnte, empfand er es doch als Erleichterung, den Fängen der restlichen Verwandtschaft für eine Weile entronnen zu sein.

»Ich dachte, das ist sein schlechtes Gewissen. Er will nicht länger in Sünde leben, weil er seinen alten Eltern damit Sorge bereitet. Oder er will nicht als Atheist sterben. Vielleicht hat er Angst vor der Hölle und hofft nun auf das Fegefeuer.«

Fischer hörte daraus, dass sie vielleicht selbst katholisch erzogen war. Er fragte sie nicht. »Und was denken Sie jetzt?«

»Er hat irgendwas mit dieser Sekte zu tun. Es ist doch eine Sekte?«

»Was weiß ich?«, rief Fischer. »Wieso fahren wir nicht einfach ins Ristorante und fragen ihn?«

»Er wird es uns nicht sagen«, erwiderte Giulia. »Niemals. Dazu kenne ich ihn zu gut. Natürlich ist er ein Muttersöhnchen und ein Hallodri. Wie jeder echte Italiener stößt er keine Frau zwischen 15 und 85 von der Bettkante. Aber als Toskaner fühlt er sich dabei auch noch besonders intelligent. Schlauer als jeder andere. Und er glaubt, er könne besser kochen als der Rest der Welt. Doch das ist eben nicht alles. Der Menschenschlag hier ist extrem männerbündlerisch und in sich gekehrt. Komplett verschwiegen. Verstockt. Da macht jeder alles mit sich selbst ab. Bestimmte Werte werden nicht infrage gestellt. Deshalb ist auf diese Leute hier auch absolut Verlass.«

Fischer versuchte, die vielen Widersprüche aufzudecken und die Botschaft dennoch zu verstehen. Giulia war gekränkt, dass sie nicht dazugehörte. Als Frau nicht. Als Deutsche zweimal nicht. Und sie ergriff jeden Strohhalm, der ihr das Gegenteil vormachte, übertrieben dankbar. Sie kam ihm bedürftig vor, und was sie sagte, überzeugte ihn nur halb. Das Azurblau des Himmels ging in das Türkisblau des Meeres über, und niemand konnte am Horizont erkennen, wo genau die Trennlinie war.

Beizeiten verloren sie den Fiat aus den Augen. Müller fuhr zügiger, als Fischer sich das zutraute. Als sie die Auffahrt zur Villa Cavolfiore passierten, war die Siesta vorbei, und ein mildes Lüftlein hatte die Gluthitze hinweggefegt. Am Himmel wehten Wolkenfetzen. Die schwülwarme Luft war feucht, das Licht verhangen. Irgendwo im Landesinnern gab es Gewitter. Weit genug weg, um einen Wetterumschwung für nicht allzu wahrscheinlich zu halten. Für das Wochenende seien Rekordtemperaturen angesagt, erklärte Giulia, als Fischer hinter dem Fiat parkte. Um das Haus herum gingen sie zur Terrasse. Müller und der Großvater saßen bereits unter dem Sonnendach an einem eigens bereitgestellten Tisch.

»Prego.« Camilla kam mit einem Tablett von drinnen und brachte Espresso und eine Karaffe mit Wasser und Eiswürfeln.

»Vergelt's Gott«, sagte Fischer.

Der Pool lag samten vor dem Meer. Es roch nach dunkel gerösteten Kaffeebohnen, Chlor und Schwefel. Ein Tagpfauenauge taumelte vorbei und kreuzte die Bahn eines Zitronenfalters.

»Ich habe das ›Muränenmahl‹ noch immer nicht zu Ende gelesen«, sagte Giulia. »Wo ist Merle Engel? Ist ihre Stiefgroßmutter mit den beiden Enkeln inzwischen aufgetaucht?«

»Ich weiß es nicht.« Camilla seufzte. »Merle hat sich erst mal von hier verabschiedet. Ich muss ja nicht alles kapieren.«

Fischer setzte sich so, dass er auf das fahl schimmernde Meer blicken konnte. Wie unterschiedlich waren die Wellen, wie verschieden wühlte die Gischt – heute noch verhalten, anderntags schon wild und wütend. Fischer fing an zu begreifen, dass das Meer größer war als sein Verstand, dass es universellen Gesetzen folgte. Das Wasser wurde manchem, der es erst lieben lernte, beizeiten schon zum Feind. Man nannte das, wenn sich ein positives Element in sein Gegenteil verkehrte, mitunter Gottes Wille.

»Müller, Camilla«, sagte Fischer und deutete auf die beiden. Alle nickten. Neben ihm hockten Müller und Giulia, der Großvater und Camilla gegenüber. Er stellte sich und den Opa nicht vor. Giulia hatte ihm erklärt, Camilla wisse Bescheid. Er fragte sich, worüber. Alles, was er über Camilla Bruni wusste, war, dass sie ins Italienische übersetzte. Und dass es diesen Streit gab um das »Muränenmahl«. Was das mit ihm zu tun haben sollte, begriff er nicht. Oder mit Müller. Er blinzelte, ihn blendete das seltsam grelle, diesige Licht, und vor seinen Augen erstreckte sich endlos das durchscheinende Blau.

»Ist es eigentlich ein Zufall«, fragte der Opa, der in kleinen Schlucken sein Wasser trank, »dass diese Autorin aus Altötting stammt?«

»Bayerisch spricht sie ja nun nicht«, meinte Giulia.

»Na ja, es gibt heutzutage Logopäden, wo man sich das wegmachen lässt«, meinte Müller. »Aber Zufälle bestimmen nun mal unser Leben.«

Was ist denn los? Fischer stutzte. Wieso schwätzt der so ein Blech? Und weshalb ist er überhaupt hierher mitgekommen, obwohl er es zunächst unvorstellbar fand? Fühlt sich Müller hier sicher, oder will er uns überwachen? Warum spricht er nicht mehr über seinen Auftrag und raunt bloß noch? Hat ihn irgendwer zurückgepfiffen? Wurde er verwarnt? Hat man ihm eine andere Richtlinie vorgegeben?

»Unser Beichtstuhl stammt scheinbar aus der Pfarrkirche St. Oswald in Marktl, wo Joseph Ratzinger am Karsamstag anno 1927 noch am Tag seiner Geburt als Sohn des Gendarmeriemeisters Joseph und der Köchin Maria getauft wurde.« Der Großvater hatte die Beine übereinandergeschlagen und wippte mit dem Fuß. Seine Zehennägel waren gesund und sauber. Er trug Trekkingsandalen, die Fischer zuletzt an ihm gesehen hatte, als sie vor zehn, zwölf Jahren auf den Hohentwiel gewandert waren. Der Opa grinste und schob sich eine weiße Strähne aus der Stirn. »Das ist freilich ein Witz. In Wahrheit kommt der Beichtstuhl aus einer namenlosen Nachbargemeinde. Aber kreuzfromm sind sie ja dort im Oberbayerischen allesamt.«

»Was wollen Sie damit sagen?«, fragte Müller, der noch nicht ganz genesen war und ungesund schwitzte. Sein beiges Polohemd war fleckig vor Nässe, und sein gegerbtes Gesicht wirkte bleich und aufgedunsen. Nur seine Hände hatten noch eine Restbräune. Mit einem gebügelten, bestickten Baumwolltaschentuch, das, wie Fischer bemerkte, die Initialen A. T. trug, wischte er sich über Stirn und Glatze.

»Manches«, meinte der Opa. »Die Ahnen der Merle Engel haben die Familie des späteren Benedikt möglicherweise gekannt. Ich habe das ›Muränenmahl‹ ja nun gelesen. Wie manche Bücher zu mir finden, die auf einer Beststeller- oder Bestenliste auftauchen. Dann habe ich im Feuilleton von dem Ärger mitbekommen, von wegen Persönlichkeitsrechte von irgendwelchen mediokren Nebenfiguren, und ich habe nichts mehr begriffen. Darum konnte es ja nun nicht gehen. Worum ging es dann? Ich habe ein wenig nachgeforscht. Ich war Deutschlehrer, nebenher ein wenig Religion und Geschichte, so ganz verlässt das einen nicht. Wobei, ich unterrichtete gegen meinen Willen. Gern wäre ich Theologe geworden, wie mein Sohn und übrigens auch mein Enkel.«

Der Großvater nickte Fischer zu, der zumal nicht mehr drauskam. Er hatte es doch geschafft. Aus ihm war endlich ein Geistlicher geworden. Und er errettete alle. Das war die Abmachung, Fischers persönlicher Generationenvertrag. Warum sprach der Großvater nun im Hinblick auf ihn ebenfalls im Konjunktiv Irrealis? Und schloss ihn in die Welt derer, die versagt hatten, ein? Oder tat er das gar nicht? Wollte er mit seinem letzten Satz vielmehr sagen, dass nicht nur Fischer, sondern auch sein Vater Theologie studiert hatten? Das war Fischer neu.

»Es geht im ›Muränenmahl‹ um die Geschichte eines beliebten Speisefischs. Die Muräne ist von aalförmiger, scheinbar flossenloser Gestalt. Schon Plinius der Ältere«, führte Müller aus, »der sich in der ›Naturalis historia‹ ausführlich mit der Teichfischhaltung beschäftigt hat, wies darauf hin, dass die Römer den Meeresfisch besonders schätzten und am meisten die Muraena. Diese wurde kultiviert und in großen Stückzahlen gehalten. Die immense Menge an Muränen, die kurzfristig lieferbar sein musste, war ein wiederkehrendes Problem.«

Der Großvater fuchtelte in der Luft herum und übernahm. »Plinius der Jüngere hat sein Werk dann auf andere Weise weitergedacht und vollendet. Denn er hat den außerchristlichen Beweis dafür angetreten, dass Jesus wirklich gelebt hat. Das war im 1. Jahrhundert. Gajus Plinius Caecilius Secundus schrieb Kaiser Trajan einen Brief und fragte um Rat, was er mit den Christen anfangen solle. Er beschrieb genau, wie er massenhaft die Todesstrafe vollstrecken ließ. Da es jedoch trotzdem immer mehr Christen gab und sich dieser ›Aberglaube‹, wie Plinius es nannte, wie ein Lauffeuer ausbreitete, fürchtete er, dass er mit dem Morden nicht mehr nachkam. Daher wollte er den Christen die Möglichkeit der Reue einräumen. Wer dem Aberglauben abschwor, wurde am Leben gelassen.« Der Opa machte eine Pause. »Und eben darum geht es in diesem Buch nicht. Hier entkommt keiner. Dass die Teufels bei einem Familienfest mehrere Meter Mittelmeermuräne verzehren, spiegelt das ja nur sozusagen an der Oberfläche. Das ist die äußere Handlung. Im Kern dreht sich der Roman um den Kreislauf des Fressens und Gefressenwerdens, um die Nahrungskette, und vor allem also auch um das, was die Muräne verspeist.«

»Die Mittelmeermuräne, Muraena helena, lebt an Felsenküsten und ernährt sich von Krebsen, Fischen und Kopffüßern. In Felsspalten und Höhlen lauert sie ihrer Beute auf und jagt sie vorzugsweise nachts. Muränen bilden Reviere aus, die sie häufig halten«, erläuterte Müller.

»Wollen Sie damit sagen, das Fressen sei eine Metapher für das Urchristentum?« Camilla wandte sich wieder an den Opa und schüttelte den Kopf. »Die Muräne als Verfolger? Unglaublich. Wär ich nie drauf gekommen.«

Giulia, die den Kopf gesenkt hielt und ihre Fingernägel säuberte, schwieg.

Der Opa strich sich die notorische Locke nach hinten, die ihm widerspenstig ins Gesicht fiel. Er war ziemlich rot im Gesicht. »Nein, die Muräne ist ein Bild für die Kirche. Oder, besser gesagt, für den Klerus. Für die inneren Werte des Klerikerstands. Es geht um den Charakter der Wesensverwandlung. Um die Transsubstantiation, besser bekannt als die Wandlung, die wegen des vollständigen Fehlens des Weihesakraments unvereinbar ist mit dem lutherischen Abendmahl. Es geht um die damit verbundenen Werte. Und um die Umkehr und die Neuschöpfung dieser Werte. Es geht um das Wunderwirken.«

»Ach«, sagte Camilla, »und noch was?«

Der Opa hob begütigend die Hand. »Sachte. Es geht um das Fegefeuer. Ratzinger hat es vom Ruch des KZs befreit. Dieser Vergleich mit dem jenseitigen Konzentrationslager stammt, wenn ich es recht weiß, von ihm selber. Er lehnt das ab und beschreibt das Fegefeuer als notwendigen inneren Läuterungsprozess. Der christusfähige Mensch soll so in die Gemeinschaft der Heiligen eingehen.« Der Opa lächelte schmal wie die Mondsichel. »Außerdem hat Ratzinger definitiv mit dem Limbus aufgeräumt. Das hatte er schon vor seiner Papstwahl vor, und er hat es durchgesetzt. Nicht deshalb musste er zurücktreten …«

Was hatte das mit dem »Muränenmahl« zu tun? Der Papst kam in diesem Buch doch gar nicht vor. Oder? Fischer konnte seinem Großvater nicht mehr folgen. Zwar war er senil, aber keinesfalls dement. Oft war er streitbar, jedoch entwickelte er gemeinhin keine Verschwörungstheorien, und unter Verfolgungswahn litt er bislang auch nicht. Vielleicht hatte es mit der Hitze zu tun, dass er plötzlich wirres Zeugs redete. Wobei es unter dem Sonnenschirm nicht übertrieben heiß war. Keinesfalls heißer als in Konstanz. Und die Dinge, für sich genommen, durchaus einen Sinn ergaben. Fischer verstand nur nicht den Zusammenhang. Er bemühte sich, seine Gedanken wieder auf das Eigentliche zu lenken. Und in der anderen, wohl weitaus ernsteren Sache zwei und zwei zusammenzuzählen. Der Menschenfischer. Lukas 5, 10. Die Autonummer LU 510CA. Der Fiat Sedici. Sedici gleich 16. Fischer stutzte. Benedikt XVI.! Bis zu seinem Amtsverzicht am 28. Februar 2013 war Joseph Aloisius Ratzinger alias Benedictus PP. XVI Oberhaupt der römisch-katholischen Kirche und des Staates der Vatikanstadt gewesen. Der erste deutsche Papst seit dem 16. Jahrhundert. Müller kutschierte also mit einer Art Papamobil durch die Gegend.

Fischer wandte sich an den Opa, der ihn auf diese glorreiche Idee gebracht hatte. »Meinst du, Merle Engel greift in ihrem Buch den Vatikan an? Kritisiert sie Benedikts Pontifikat?«

Müller erbleichte vollends.

Camilla zündete sich eine Zigarette an. »Halt, langsam. Noch mal zurück. Was war das? Welcher Limbus?«

»Der Limbus ist die Vorhölle, in der sich schuldlos Seelen sammeln, die nicht in den Himmel hineindürfen, weil sie vor Christi Geburt geboren sind und nicht getauft werden konnten. Jesus hat sie in seinem Abstieg in die Unterwelt daraus erlöst. Danach sind nur noch die Kinder darin gewesen, die gestorben sind, ehe sie getauft wurden. Was für ein Blödsinn. Ratzinger oder eben Benedikt hat sie alle befreit. Er hat dafür gesorgt, dass sie umstandslos in den Himmel kommen. Nun sind ihre Seelen im Paradies.« Der Großvater räusperte sich. »Und nun zu dir, mein Bub. Auf deine Frage. Natürlich bezichtigt dieser Roman den Vatikan. Es geht darin um das Muränengleichnis: Die Jägerin wird zur Gejagten, denn die Seeschlange frisst die Muräne, in deren Maul noch der Große Rote Drachenkopf steckt. Das ist das diametrale Gegenteil des Paradieses, die definitive Abkehr vom Bild des gütigen Gottes. Ich nehme an, dass Merle Engel damit Position bezieht, und dass das bestimmten Kräften im Katholizismus nicht passt.«

»Und das alles schließen Sie nur aus der Tatsache, dass sie aus Altötting kommt?« Müller legte den Kopf in seine Hände. »Hören Sie, ich habe Ihnen im Auto erzählt, dass mich die Schriftstellerin interessiert, weil ihr Buch eine irgendwie geartete christliche oder katholische Botschaft vermittelt, die ich nicht richtig deuten kann. Mehr aber auch nicht. Ist das nicht alles ein wenig spekulativ?«

»Das ist es.« Der Opa lächelte zittrig. In seinen Augenwinkeln standen Tränen, die er nicht wegwischte. »Vielleicht irre ich mich auch, und es handelt sich um eine Art Code. In dem Buch steckt eine Mission, die nur Eingeweihte entschlüsseln können. Merle Engel hat diese Passagen möglicherweise nicht einmal selbst geschrieben. Vielleicht weiß sie gar nichts von ihrer wirklichen Bedeutung.«

Fischer begriff immer weniger. Müller schnappte nach Luft.

»Alte Männer schnarchen manchmal und sind dabei hellwach.« Der Großvater grinste breiter. »Sie haben vorhin im Auto telefoniert, mitsamt dieser gottvollen Freisprechanlage, Herr Dr. Müller, und ich habe Ihnen zugehört. Wer war denn eigentlich Ihr Gesprächspartner? Kann das ein Mann der Kirche gewesen sein? Er kam mir seltsam bekannt vor. Kenne ich ihn aus dem Fernsehen? Oder waren wir mal zusammen bei einer Wallfahrt?«

Müller schwieg. Er wedelte mit der Hand, als wehrte er sich gegen den Angriff einer Hornisse.

Fischer war wie vom Blitz getroffen. Der Opa hatte also geblufft. Und bluffte weiter. Er stocherte im Nebel, um Müller aus der Reserve zu locken. Großartig! Fischer unterdrückte den Impuls, unkontrolliert zu lachen. Gleichzeitig fragte er sich immer mehr, für welche Organisation Müller ihn rekrutieren wollte. Ihm fiel wieder der Moment ein auf dem Konstanzer Weinfest, als er in die Knie gegangen war. Müller hatte mit den Augen gerollt und dreimal geflüstert: »Ich tu's.« Es hatte geklungen wie »Ich tü's!«

»Ιχθύς«, rief Fischer. Ichthys. Sein Herz schlug schneller, und ihm brach der Schweiß aus. Er sah das Fisch-Graffito aus Sori am Golfo Paradiso vor sich, das jemand an die Mauer gesprüht hatte. Wir sind Fisch? Der Fisch war wirklich keine Werbung für ein Schnellrestaurant. Es war das Erkennungszeichen der bekennenden Christenheit. »Ichthýs. Das griechische Wort für Fisch. Ἰησοῦς Χριστὸς Θεοῦ Υἱὸς Σωτήρ.«

»Es ist ein kurz gefasstes Glaubensbekenntnis, bestehend aus den Anfangsbuchstaben: Jesus, der Gesalbte, Gottes Sohn, der Erlöser«, übersetzte der Opa für die beiden Frauen, die sich kaum an der Diskussion beteiligt hatten. Er fixierte erst Giulia, dann Camilla, als er fragte: »Was hat es denn damit auf sich?«

»Lieber Herr Müller, Ichthýs, heißt so Ihre Organisation? Ist es so was wie ein Geheimbund? Ein Orden? Sie wissen nicht zufällig, welcher Mitbruder da was gestohlen hat? Oder was immer er angestellt hat, dass er jetzt bestraft werden musste?« Fischer legte Müller einen Arm um die Schulter. Er schluckte und bat den Schöpfer um Durchhaltevermögen. »Man hat ihm die rechte Hand abgehackt. Die Spur führt zu Roberto Colleoni …«

»Corleone? Wie Don Vito Corleone, der Mafiaboss, bekannt als der Pate? Das war die Hauptfigur aus dem Roman von Mario Puzo, der später mit Marlon Brando verfilmt wurde …« Müller versuchte offenkundig, vom Thema abzulenken.

Fischer unterbrach. »Colleoni. Roberto Colleoni heißt der Wirt. Der unter anderem deshalb in Verdacht geraten ist, weil er den Naturstrand, an dem die Hand gefunden wurde, bestens kennt. Es handelt sich um einen entlegenen Ort für Liebesspiele.«

Als Fischer mit Giulia und dem Großvater gegen sieben das Ristorante am Ortsausgang von Marina di Santo Stefano erreichte, kamen ihnen Urlauber entgegen, die offenbar vor dem »Da Roberto« wieder kehrtgemacht hatten. An der Tür klebte ein Zettel: *Quiso.*

»Chiuso«, sagte Giulia trocken. »Ah, Roberto, stupido! Stolto, cretino! Idiota!«

»Verstehe«, sagte Fischer. »Er will Ihnen eins auswischen.«

»Es ist Donnerstag!« Giulia fasste sich an den Kopf. »Er wird es doch wohl einen Tag unter der Woche ohne mich schaffen.«

»Ich für meinen Teil hätte nun nichts dagegen, meine Frau wiederzusehen«, sagte der Opa, der hinten saß, und stieg unerhört langsam aus. Wacklig torkelte er auf die Tür zu, die unverschlossen war, und trat ein.

Wir stolpern gräberwärts, dachte Fischer und überlegte, wo er das Wort schon einmal gehört hatte. Einen Moment lang spürte er mitten im Sommerhoch die Unausweichlichkeit des Endes. Der Großvater hatte sich sichtlich übernommen. Das musste heute und morgen keine schlimmen Folgen haben, aber irgendwann kam der Tag, an dem nichts mehr ging. Der Großvater hatte die Tür einen Spaltbreit offen gelassen. Fischer und Giulia folgten ihm, nachdem sie sich darauf geeinigt hatten, dass Giulia mit Roberto keinen Streit anfing. Und dass die abgehackte Hand fürs Erste kein Thema war. Die Tische waren gedeckt, doch das Lokal war leer. Am Küchentisch saßen Sarah und die Großmutter. Mit Maria spielten sie Karten.

»Mau-Mau!«, schrie Sarah.

»Mau-Mau! Ich wusste gar nicht, dass es das in Italien auch gibt«, meinte Fischer.

Giulia grinste. »Maria ist Polin. Sie kennt das wohl von dort. Sie spricht halbwegs Italienisch, aber kein Wort Deutsch.«

Maria stand auf und stellte sich vor. Sarah, die vollends ins Spiel vertieft gewesen war, sprang hoch und fiel

Fischer um den Hals. Dabei stieß sie unartikulierte Laute aus. Nur die Oma blieb sitzen, und der Opa setzte sich zu ihr. »Wie war dein Tag?«, fragte er, als sei er eben von der Schule nach Hause gekommen.

»Man schafft halt vor sich hin.« Die Großmutter hatte nahezu rosige Wangen. Die Küchenarbeit hatte ihr offensichtlich Freude bereitet, aber ihr Naturell ließ es nicht zu, dass sie das zeigen konnte. Sie legte die Hände in den Schoß und schnaufte. »Danke der Nachfrage, das ist zu gütig von dir. Es dankt einem ja sonst keiner. Ich habe 50 Fische ausgenommen, und nun liegen sie nutzlos in der Gefriertruhe.«

»Das war ich«, rief Sarah dazwischen, »ich hab die Fische.«

»Wo ist Roberto?«, wollte Giulia wissen. »Dove è?«

Maria richtete einen Schwall Worte an Giulia, die übersetzte. »Die drei haben sehr gut zusammengearbeitet. Sarah und Frau Fischer stellten sich ziemlich gescheit an, und Maria hatte mit ihnen viel Spaß. Um sechs war das Essen vorbereitet, aber Roberto erschien nicht zum Kochen. Also wurde das Personal wieder heimgeschickt und das Ristorante geschlossen.«

»Na, dann haben wir ja jetzt zwei Gründe, zur Polizei zu gehen«, sagte Fischer. »Oder drei, wenn wir Müller dazurechnen. Er hat sich zu Ichthýs ja recht kryptisch geäußert und ist dann blitzschnell abgedampft.«

»Da ist ja ganz schön was geboten gewesen«, meinte der Opa anerkennend. »Der Koch ist abgängig?«

»Mir geht der Hut hoch«, sagte die sonst so kulante Oma, die Roberto einfach nicht leiden konnte. »Lässt uns hier hocken. Dieser Tagdieb kommt mir grad geschliffen. Was macht so einer, wenn er nicht schaffen will? Er pflegt seine Mödele, macht grad, was er will, und geht in die Wirtschaft! Handschellen sollte man dem anlegen, und heimschleifen sollte ihn die Polizei.«

»Ich glaube nicht, dass die Carabinieri sich um einen Gastwirt kümmern, der seit einer Stunde fehlt.« Giulia schüttelte unwillig den Kopf. »Wir sollten ihn erst mal suchen. Vielleicht ist er in einem fremden Bett eingeschlafen.«

»Wie willst du ihn da finden?«, fragte Sarah. »Du kannst doch nicht überall klingeln.«

Giulia musste lachen, obwohl ihr der Schreck ins Gesicht geschrieben stand. Sie machte einen abgespannten und übermüdeten Eindruck. Ihr kariertes Baumwollkleid war verschmutzt und zerknittert.

»Ich weiß, wo Roberto ist.« Sarah klatschte in die Hände und drehte sich einmal im Kreis. »Ich weiß, ich weiß, ich weiß.«

»Wo denn?«, fragte Fischer.

»Er hat gesagt, er muss zur Rita.«

»Wann hat er das gesagt?«

»Am Nachmittag. Bevor er weg ist.«

»Auch das noch.« Giulia stöhnte. »Wenn ihm gar nichts mehr einfällt, flüchtet er zu seiner Ex.«

»Er wollte dort jemand treffen«, sagte Sarah.

»Bei Rita?« Giulia griff sich an den Kopf. »Ach du grüne Neune! Er meinte das Boot. Er ist zum Hafen gegangen.«

Maria brachte die Großeltern zurück zum Campingplatz. Beide waren total erledigt, hielten einander aber glücklich an den Händen. Sie versprach, bei ihnen zu bleiben, bis Fischer nachkam. Sarah ließ sich durch nichts davon abbringen, mit zum Fischerhafen Porto del Valle nach Porto Santo Stefano zu fahren. Sie durfte nach vorne auf den Beifahrersitz. Sie fuhren auf der SP 65, der Strada Provinciale Panoramica, und kurvten dann in Serpentinen die Einbahnsträßchen zum Meer hinunter. Als sie ankamen, stand die Sonne schon tief. Zwei blitzend weiße Fähren hatten angelegt, die Monte Argentario mit den Nachbarinseln Giglio und Giannutri verbanden. Das Meer reflektierte das letzte Licht wie ein riesiger Spiegel. Auf der Strandpromenade herrschte dichter Verkehr. Aufjaulende Motorinos schlängelten sich zwischen Autos hindurch und Flaneuren, die vergeblich versuchten, einen Zebrastreifen zu überqueren. Auf einer Verkehrsinsel war ein winziger Park angelegt. Dort wuchsen Olivenbäume und Palmen. Daneben standen weiße Betonbänke, auf denen, inmitten der zwei Fahrbahnen mit insgesamt fünf Spuren, Rentner saßen. Einige von ihnen spielten zwischen den Bänken Boccia.

»Die italienische Großfamilie ist oft nur noch ein Klischee«, meinte von hinten Giulia. »Viele Alte sind vereinsamt und arm. Die sind extrem schlecht dran, verglichen mit den alten Leuten in Deutschland. Das soziale Netz ist hier viel grobmaschiger. Von den 16 Millionen Rentenempfängern in Italien kriegen die wenigsten viel Geld. Die allermeisten stehen schlecht da. Sie haben nichts und niemanden, sie sind völlig isoliert und überleben nur mit Hilfe von kirchlichen Einrichtungen und katholischen Laiengemeinschaften. Es gibt viele davon. Und die kümmern sich um die Alten und Armen und Obdachlosen. Ohne ihre Mildtätigkeit und ihre gelebte Nächstenliebe wäre es für die Bedürftigen die Hölle. So haben sie wenigstens eine Chance, in die Gesellschaft zurückzukehren. In diesem Land noch gebraucht zu werden, bleibt für die meisten ein unerfüllbarer Traum.«

»Aber haben Sie nicht heute erst gesagt, bei den Italienern sei Familie noch in?« Fischer bremste hinter einer Vespa, die ihn beim Überholen schier streifte.

»Esatto. Durchaus. Sicher, man hält die Traditionen hoch und fuchtelt mit den Fahnen. Aber das ist letztlich alles Augenwischerei. Die Jungen scheren sich um die Alten einen feuchten Dreck. Immerhin gibt es in Italien an die vier Millionen Menschen, die über 80 sind. Die meisten sind Frauen. Viele sind krank und depressiv. Während sich alte Männer manchmal selbst organisieren, trauen sich das Frauen nur in einer intakten Nachbarschaft oder in der Gemeinde.«

Er dachte an den emeritierten Papst. Bekam der eigentlich eine Rente? Oder war er der ärmste aller armen alten Leute, weil er komplett leer ausging? Fischer bog ein in die Sackgasse, die zu dem Kai führte, an dem die Fischerboote festmachten, fand dort aber keinen Parkplatz. »Ich finde, wir sollten im Auto sitzen bleiben«, sagte er zu Giulia, »während Sie sich in Ruhe umschauen. Lassen Sie sich bitte Zeit. Wir warten hier. Wenn es etwas gibt, wovon ich wissen sollte, rufen Sie mich bitte an.«

»Ich nicht, ich nicht! Kann ich mit?« Sarah sprang aus dem Auto.

»Du bleibst hier«, befahl Fischer in ungewohnt hartem Ton. »Giulia geht allein.«

»Ist Roberto totgegangen?«, fragte Sarah, als sie wieder eingestiegen war.

Fischer sah zu, wie Giulia auf dem schmalen Streifen zwischen den Autos und den Booten balancierte und sich mit raschen Schritten entfernte.

Sarah packte ihn am Arm und rüttelte. »Sag mir, Justus! Hat den einer totgemacht?«

»Wie kommst du denn darauf?« Fischer erschrak. Er wollte Sarah, die Grausamkeit nicht verarbeiten konnte, um jeden Preis vor schlimmen Bildern bewahren.

»Ich hab ein gesehen, die hatte ein Messer. Mit ein Gewehr.«

»Klar«, sagte Fischer. »Und eine Kettensäge.«

»Ja!«, schrie Sarah. »Esatto. Genau! Es war so ein Säge mit Strom. Brumm!«

Erstaunt stellte Fischer fest, dass Sarah als Erste anfing, das Italienische zu imitieren. Freudig ahmte sie Leute und Laute nach. Und gallig dachte er, dass sie sich gegenseitig in Schach gehalten und so wenigstens alle ein Alibi hatten. Falls Roberto tatsächlich umgebracht worden war und einer von ihnen ein Mordmotiv besaß: Giulia, Camilla und Müller kamen als Täter jedenfalls nicht infrage. Falls Roberto noch lebte, gab es immer noch das Rätsel um die abgehackte Hand. Und ich?, überlegte Fischer. Ich muss mich nun darum kümmern. Zur Not muss ich mich dazu zwingen. Weil ich aus dieser Nummer, in die ich hineingeschlittert bin, nicht mehr herauskomme. Obwohl ich weniger Mumm in den Knochen habe als mein eigener Opa. Ich bin weder so leidensfähig wie die Oma noch so leidenschaftlich wie Sarah. Ich bin nicht der Schnellste und neige zur Wehleidigkeit. Mein Gegner bin in Wahrheit ich selbst.

»Du bist so still«, sagte Sarah, »bist du traurig? Soll ich dir ein Witz erzählen?«

»Au ja«, sagte Fischer.

»Was macht ein Downie am Computer, wenn es brennt?«

»Keine Ahnung.«

»Er drückt auf Löschen.« Sarah kreischte vor Vergnügen und biss sich in die Hand.

Fischer sah auf die Uhr. Wie lange mussten sie noch warten? Es war schon viertel neun. Die Sonne war in einen Sack geschlüpft. Dort, wo er mit dem Caddy stand, sah man den Sonnenuntergang sowieso nicht. Vor ihm ragte ein mit Bäumen bestandener und mit Appartementhäusern und Villen bebauter Felshügel auf.

»Kennst du auch ein Downie-Witz?«, fragte Sarah.

Fischer überlegte. »Kommt ein Downie am ersten Schultag ins Klassenzimmer. Ruft: ›Hier sind nur Holzbänke! Ich dachte, ich komme in die erste Klasse!‹«

An der gebremsten Art, wie Sarah lachte, merkte Fischer, dass sie die Pointe nicht verstand und sich schämte. Es dauerte ihn. »Magst du nachher ein Eis?«

Sarah schüttelte den Kopf, dass der Pferdeschwanz flog. »Ich bin zu dick, ich bin Fetti, ich muss abnehmen.«

»Fetti? Wer sagt denn das?« Linkisch strich Fischer ihr über Kopf und Nacken.

Sarah stieß ihn zurück und schrie wie ein Stier. Ihre Lider flatterten. Sie verdrehte die Augen, schmatzte, zuckte, fing an zu krampfen und verlor das Bewusstsein.

14.

NSA Headquarter // CIA Italy

TOP SECRET // Vorläufige Bilanz der Operationen Cozze alla Marinara und Calamari Romana

(MA // IO) Stiller Erfolg: Aufklärungs-Synergien infolge der verdeckten Operation Miracolo

Nachrichtenquelle: 4711[benebene]ßjä!qlgo301GO

Datum und Uhrzeit: |||||||||

Bei der Verfolgung der Kommunikationswege des Vatikans ist uns ein entscheidender Durchbruch gelungen. Ohne eine vollständige Übersicht über die Finanzlage des Heiligen Stuhls erlangen zu können, sind wir nebenbei zur Erkenntnis gelangt, dass durch gezielte Anti-Terrorpolitik (angestrebte Heiligsprechung von |||||||||) eine Stärkung unserer weltweiten Interessen eingetreten ist. Aus der Bilanzübersicht lässt sich jedoch lediglich schließen, dass das vergangene Jahr mit einem Defizit in Höhe von schätzungsweise 150 Millionen Euro beschlossen wurde. Salopp könnte man damit sagen, dass die Kurie pleite ist und unserer Stärkung bedarf. Anvisiert ist eine Investition von 1,2 Millionen in das Staatssekretariat, 10,5 Millionen in die diplomatischen Vertretungen, 51,3 Millionen in die Immobilienverwaltung und 217.500 Euro ins Radio Vatikan. Dass letztere Summe bei einem Defizit von geschätzten 40 Millionen Euro so geringfügig ausfällt, hat mit unseren laufenden Personalkosten im Marketingbereich zu tun, die horrend sind und gegengerechnet werden müssen.

15.

Der Liegeplatz war leer. Die »Rita« war ausgelaufen. Die Festmacherleine hing lose an einem Poller. Giulia schloss daraus, dass Roberto es eilig gehabt hatte. Sonst hätte er sie gesichert. Sie fragte sich, ob er mit dem kleinen Fischerboot vom Porto del Valle bis nach Marina di Alberese tuckern würde. Auf dem Wasser waren das, wenn er nicht zu weit hinausfahren wollte aufs Meer, bestimmt über 15 Kilometer. Da das Boot altersschwach war, blieb er meistens in Küstennähe. Größere Strecken legte er nie zurück. Zumindest wusste sie nichts davon. Giulia fragte sich, ob Roberto zum Naturstrand gefahren war, um dort die Leiche zu suchen. Oder Spuren zu beseitigen. Sie konnte nicht glauben, dass er einem Mann die Hand abgehackt, ihn gar getötet hatte. Er war vielleicht ein Filou, aber doch kein Verbrecher! Er neigte überhaupt nicht zur Gewalttätigkeit, selbst wenn er bisweilen cholerische Ausbrüche hatte. Dabei war aber nie mehr zu Bruch gegangen als ein Teller.

Fischers Verdacht, dass Roberto seine Finger im Spiel hatte, fand Giulia begründet. Aus ihrem Verhalten ihm gegenüber hatte er haarscharf geschlossen, dass sie schon mit Roberto dort gewesen war. Dass er den Ort also kannte. Was ja auch stimmte. Blieb die Frage, weshalb jemand im Bruchholz eine Hand drapierte. Hatte sich eine Gruppe von Männern an dem entlegenen Ufer getroffen und dem Opfer dann die Hand abgehackt? Hatten sie damit vielleicht eine Art Urteil vollstreckt? Gehörte Roberto selber dazu oder hatte er den Männern den geheimen Ort nur genannt? Giulia merkte, wie fremd er ihr plötzlich war. Wie fern er rückte.

Fischers Eröffnung mit der abgehackten Hand hatte Müller offenbar nachhaltig erschreckt. Sein verstörtes Verhalten und sein abrupter Rückzug hatten wiederum Giulias Misstrauen verstärkt. Einerseits fand sie es ungeheuerlich, dass Roberto in etwas verstrickt sein sollte, von dem sie keinerlei Ahnung hatte, andererseits teilte sie dieses Schicksal mit unzähligen anderen italienischen Frauen. Nur spürte Giulia nun deutlich, dass sie keine Italienerin war. Sie kam aus Stuttgart und, egal, wie lange sie schon fort in der Fremde war, sie blieb Stuttgarterin. Ihr Wesen war durchdrungen von einer süddeutschen Gründlichkeit. Da war nichts zu holen. Wenn sie herausfinden wollte, was geschehen war, wenn sie die Realität, in der sie lebte, erkennen wollte, musste sie handeln. Der einzige Anhaltspunkt, den sie hatte, befand sich am Handgelenk von Luca. Das Ichthýs-Symbol mit der Bibelstelle vom Menschenfischer.

Es hatte keinen Sinn mehr, Roberto im Auto zu folgen. Selbst wenn er mit dem Boot nur langsam vorangekommen war, würde es sicher noch über eine Stunde dauern, ehe sie am Strand von Marina di Alberese anlangten. Bis dahin wäre es dunkel, und Roberto hätte das, was er erledigen wollte, längst getan. Wenn er am Nachmittag aufgebrochen war, standen die Chancen, dass er bald zurückkam, nicht schlecht. Sollte sie Fischer Bescheid geben und hier am Kai auf Roberto warten? Ihn quasi öffentlich zur Rede stellen, vor allen Leuten, falls es Publikum gab? Giulia entschied sich dagegen. Sie wollte erst mehr wissen, ehe sie Roberto damit konfrontierte. Vielleicht fand sie ja auch Dinge heraus, die ihn entlasteten und die Sachlage auf eine einigermaßen befriedigende Weise erklären konnten. Wobei die Gründe für eine abgetrennte Hand niemals sonderlich befriedigend waren …

Anstatt zum Caddy zurückzukehren, schlug Giulia den Weg zum Piazzale Candi ein. Sie musste Luca finden. Und vorher ging sie zur Polizei. Der Sitz der Carabinieri war nur einen Steinwurf entfernt. Er befand sich im Viale Barellai 50, unweit des Fischerhafens, vis-à-vis von dem Miniaturpark, in dem die Rentner Boccia spielten. Die Carabinieri waren in einem sachlichen, etwas verkommenen Bau untergebracht, in dem es nach Bohnerwachs und Lavendel roch. Hinter einem Resopalschalter im Erdgeschoss saß eine junge, blonde Polizistin in dunkelblauer Uniform mit rot eingefasstem Kragen. Auf der Schulter trug sie ein Rangabzeichen mit einem Stern. Es gab kein Namensschild. Giulia sagte ihr, sie wolle als Zeugin eine Aussage machen. Die Polizistin kopierte ihren deutschen Personalausweis. Dann bat sie Giulia, auf einem Holzstuhl Platz zu nehmen, und telefonierte.

Ein stämmiger Carabiniere mittleren Alters erschien, der drei Sterne hatte. Sein volles schwarzes Haar war mit Silberfäden durchzogen, und seine Augen glänzten glaskugelblau. Seine milchig weiße Haut war im Gesicht und an den Händen sommersprossig. Der Mann sah aus wie ein der Mythologie entsprungener Gäle. Er gab Giulia die Hand, stellte sich vor als Capitano Gabriele Calabrese und bat sie in ein kleines, quadratisches Zimmer. Es war vollgestopft mit Akten und stickig. Vor dem Fenster stand ein Ventilator aus Metall, der träge rotierte. Durch die Lamellen fiel das letzte Licht. »Bitte, setzen Sie sich.«

Er hockte sich ihr gegenüber hintern Schreibtisch, knipste die Lampe an, richtete auf dem Rechner eine neue Seite ein und musterte sie forschend. »E adesso? Bitte, was kann ich für Sie tun?«

»Heute Nachmittag habe ich am Naturstrand von Marina di Alberese eine deutsche Herrenuhr gefunden, eine ›Nomos Tangente‹. Unweit davon lag eine abgehackte rechte Hand. Sie muss noch ziemlich frisch gewesen sein, es waren keine Fliegen daran oder Maden oder was, und sie war auch nicht vertrocknet. Sie befand sich im Bruchholz und gehört einem Mann, der vermutlich Linkshänder ist, weil er die Uhr offenbar rechts trug. Auf das Handgelenk ist ein Fisch tätowiert mit dem Namen Luca und den Zahlen 5 und 10.«

Capitano Calabrese, der ihre Aussage zunächst in den Computer eingegeben hatte, stockte. »Sind Sie sich ganz sicher? An welchem Strandabschnitt war es denn?«

»An einer eher unzugänglichen Badestelle unterhalb der Abteiruine von San Rabano in der Nähe der Torre dell'Uccellina. Es gibt da eine kleine Bucht mit einem herzförmigen Felsen, der ins Meer hineinragt. Direkt davor, etwa 15 Meter vom Ufer entfernt, lag die Uhr. Ich habe sie leider angefasst. Dann entdeckte ich die Hand, und ich habe die Uhr wieder hingelegt und alles so gelassen, wie es war.«

»Unterhalb der Abteiruine? Dann hätten Sie da nicht sein dürfen. Dort führt, ein Stück vom Meer entfernt, der Wanderweg entlang, doch diese Zone ist für Badegäste gesperrt. Das weiß ich, weil auf dem Parkplatz des Naturparks regelmäßig Kontrollen stattfinden. Auch

Wege und Ufer werden kontrolliert. Die Besucherzahl ist beschränkt, die Strandmeter sind es auch. Aber es geht nicht nur darum. Sondern um die große Anzahl aufgebrochener Autos. Der Zugang zum Meer ist ein bevorzugter Ort für Kleinkriminelle und Diebesbanden.« Calabrese blickte auf die Ausweiskopie. »Sie sind Deutsche? Sie leben in Florenz?«

»Ich verbringe den Sommer schon seit Jahren in Marina di Santo Stefano.« Überrascht lauschte Giulia auf den trotzigen Klang ihrer Stimme. Als ob sie sich dafür rechtfertigen müsste!

Calabrese ging nicht weiter darauf ein. Mitten auf seiner Stirn schwoll eine dicke blaue Ader, die pulste. »Wieso kommen Sie mit Ihrer Geschichte erst jetzt? Sie hätten unverzüglich Meldung machen müssen. Die Hand, wenn es eine Hand war, ist einem galoppierenden Verwesungsprozess ausgesetzt. Man kann sie vielleicht schon morgen nicht mehr so einfach identifizieren. Und wenn wir sie suchen, ist nicht einmal gesagt, dass wir sie überhaupt noch finden werden, weil Wildtiere oder Greifvögel sie verschleppt und gefressen haben. Noch effektiver sind Ameisen.«

»Aber die Uhr ist doch noch da.« Giulia stockte. »Und es gibt einen Zeugen. Einen katholischen Pfarrer. Justus Fischer aus Konstanz. Er macht gerade Urlaub und wohnt mit einigen Verwandten auf dem Camping Verde Mare bei Albinia. Ich kann Ihnen seine Mobilnummer geben.«

Er reichte ihr Block und Bleistift. Sie schrieb die Nummer von ihrem Telefonino ab und fragte sich, weshalb er sie nicht gleich in sein elektronisches Formular übertrug.

»Wir werden morgen früh den ganzen Strandabschnitt mit Suchhunden abgehen«, sagte Calabrese ernst. »Sie werden die Hand finden, wenn es eine gibt. Und vielleicht stoßen wir auf eine Leiche. Wir brauchen Sie für diese Maßnahme nicht, aber bitte halten Sie sich zu unserer Verfügung.«

Er schenkte ihr einen langen glaskugelklaren Blick. Giulia schrieb auch ihre Mobilnummer auf den Zettel.

Als sie wieder nach draußen auf die Straße trat, dämmerte es bereits. Am Hafen gingen die Lichter an.

Giulia nestelte in ihrer Tasche, fand das Telefonino. Fischer hatte dreimal angerufen. Sie rief ihn zurück. »Bitte entschuldigen Sie, dass ich mich erst jetzt melde. Hoffentlich haben Sie nicht lange auf mich gewartet. Was machen Sie gerade?«

»Ich fahre mit Sarah heim auf den Camping und sinniere darüber, von was ein Papst lebt. Und Sie?«

»Ich war bei den Carabinieri.«

»Und?«

»Ein Capitano Gabriele Calabrese hat meine Aussage aufgenommen. Er wird vielleicht auf Sie zukommen.«

»Ist gut.«

»Sie wollen das Gelände morgen mit Suchhunden durchkämmen. Das hat er jedenfalls gesagt.« Giulia fiel ein, dass sie ihre Aussage nicht unterschreiben musste. Calabrese hatte sie nicht einmal ausgedruckt. Oder sie ihr wenigstens vorgelesen. Das kam ihr plötzlich komisch vor. Wieso war der Carabiniere derart schlampig gewesen?

»Haben Sie ihm von unseren Schlussfolgerungen, Ichthýs betreffend, erzählt? Haben Sie ihm Lucas Tätowierung auf Ihrem Handy gezeigt?« Fischer machte einen wortkargen und ermatteten Eindruck. Die beiden

Fragen kamen ihm nur mühsam über die Lippen. Vielleicht fürchtete er die Konsequenzen. Wenn die Polizei anfing, sich um den Fall zu kümmern und in bestimmte Richtungen zu ermitteln, konnte das auch für ihn etwas aufwendiger werden.

»Nein«, sagte Giulia. »Er hat mich nicht danach gefragt. Und was Roberto angeht, er ist mit dem Boot in See gestochen. Ich schaue gleich noch mal nach, ob er inzwischen wieder angelegt hat.«

Das Boot war nicht da. Die Stelle an der Kaimauer, wo die »Rita« sonst lag, war leer. Giulia befestigte die lose Leine mit einem Rundtörn am Poller. Dann klapperte sie sämtliche Anlegestege ab. Vielleicht hatte er weiter draußen festgemacht. Es gab kaum Wellen. Die Schiffe schaukelten nur ganz leicht. Die »Rita« war nirgends zu sehen. Giulia stand da und blickte hinaus auf das Meer, auf dem ein transparenter Lichtschimmer lag. Hinter einer Wolke lugte, in zunehmendem Halbprofil, ein milchiger Mond hervor. Deutlicher als sonst konnte man sein Gesicht erkennen. Giulia verharrte eine Weile, als wollte sie sich die Szenerie einprägen. Irgendwann kehrte sie um, überquerte den Piazzale Candi, ging an einer reizlosen Häuserfront entlang bis zum Viale Barellai und dort geradeaus zur Via Cetina. Am Fuß der Via Oratorio nahm sie die Treppe hinauf zur Altstadt. Aus einem offenen Fenster drang der Refrain von Lucio Battistis Canzone: »Acqua azzurra, acqua chiara / con le mani posso finalmente bere. / Nei tuoi occhi innocenti / posso ancora ritrovare / il profumo di un amore puro, / puro come il tuo amor.«

Giulia mochte dieses Liebeslied, das in einem halben Jahrhundert zur italienischen Sommerhymne geworden war. Denn der Text, in dem es um Treue, Reinheit und Unschuld ging, bot immer wieder Stoff zum Nachdenken. Er entzog sich der Logik, schuf aber eine kühne Synästhesie, indem er Schmecken und Riechen mit dem Tasten, Fühlen und Sehen verband. *Aus den Händen kann ich schließlich das Wasser trinken.* Giulia blieb stehen, zog wieder ihr Telefonino aus der Tasche, besah sich das Foto von Lucas rechter Hand. Er trug die »Nomos Tangente« nicht mehr. Oder hatte er die teure Uhr nur so weit hochgeschoben, dass sie nicht mehr aufs Bild passte? Wieso trug er überhaupt eine deutsche Marke? Hatte das irgendeine Bedeutung? Giulia hielt inne. Ihr kam der Gedanke zunächst absurd vor, dennoch wollte sie ihm nachgehen. War die Uhr, die am Strand lag, vielleicht Lucas Uhr? War Luca tatsächlich Linkshänder? Dann war es der Mann, dem die abgehackte Hand gehörte, vermutlich nicht, denn das wäre ein allzu großer Zufall gewesen. Hatte Luca ihm die Hand abgehackt und dabei seine Uhr verloren? Wieso besaßen beide Männer das tupfengleiche Tattoo? Wenn Fischer recht hatte, ging es bei dem Fisch um ein Glaubensbekenntnis. In diesem Symbol der bekennenden Christenheit stand die Stelle aus dem Lukasevangelium, wo Jesus den Petrus aufforderte, Menschen zu gewinnen und um sich zu scharen. Also ging es um Menschenfang, um die Gründung einer Organisation von Menschenfischern. Sie war vermutlich im katholischen Umfeld angesiedelt und hieß möglicherweise Ichthýs.

Giulia stieg weiter die Stufen hinauf. Von der Via del Forte gelangte sie zur Via Cavour. Es hatte abgekühlt, es windete und dunkelte rasch. Der Himmel war verhangen und sternenlos. Der Mond war verschwunden.

Am Hügel, der vor ihr lag, brannten vereinzelte Lichter. Die Fortezza Spagnola, die zu ihrer Linken lag, wurde hell angestrahlt. Giulia schaute hoch zu den schwarzen Schießscharten. Anfang des 17. Jahrhunderts war die zweistöckige quadratische Festung von den spanischen Habsburgern angelegt worden. Über den Treppenaufgang einer Zugbrücke gelangte man im Innenhof zu einer Terrasse mit Hafenblick. Diesen Aussichtspunkt liebte Giulia besonders bei Regen, wenn sie ihn nicht mit Dutzenden von Touristen teilen musste.

Sie passierte beige und rosafarbene Hausmauern, die in der Nacht fast farblos wirkten, fahl wie die Plastikkordel-Vorhänge und die Blumen- und Kräuterkübel. Nur das Basilikum war grün, und die Geranien blühten blutrot. In der Via delle Vigne kam sie an dem Haus vorbei, an dem unter einem Fenster das schwarze Graffito stand: ΙΧΘΥΣ.

»Ichthýs«, sagte Giulia laut. Sie konnte die Zeichen plötzlich entziffern, es waren keine kryptischen Verschlüsselungen, sondern griechische Buchstaben, und vor ihr tat sich ein klares Bild auf. Sie sah den Weg vor sich zur Villa Cavolfiore. Sie dachte an den Downhiller, der den Hang hinabgerast war und sie dabei fast umgefahren hätte. Hinter dem Vollvisierhelm hatte sie sein Gesicht nicht erkennen können. War es einer der Ichthýsler gewesen, die hinter Camilla her waren oder gleich hinter Merle Engel? Giulia verstand zwar nicht, was das »Muränenmahl« mit den Machenschaften von Ichthýs verband, doch dass es einen Zusammenhang geben musste, war nach den wirren Aussagen des greisen Herrn Fischer sonnenklar. Giulia grinste. Der Alte hatte gelauscht und versucht, Peter Müller zu provozieren. Doch falls Peter das Geheimnis kannte, hatte der alte Fischer es ihm jedenfalls nicht entlockt.

Luca wohnte in der Via San Paolo, nicht weit von der Chiesa di Santo Stefano. Die Barockkirche war im Juni 1944 von deutschen Truppen, die sich auf dem Rückzug befanden, vollständig zerstört worden. Nur der Campanile, der frei stehende Glockenturm, war erhalten geblieben, das Kirchenschiff musste ganz neu aufgebaut werden. Giulia stieß oft auf Unglauben, wenn sie ihren Klienten erzählte, wie viele Kriegsverbrechen im Sommer 1944 in der Toskana begangen wurden: Die deutsche Wehrmacht und die Waffen-SS verwüsteten über 600 Dörfer und Kleinstädte. Dabei wurden nicht nur Partisanen getötet, sondern auch zahlreiche Zivilisten. Während des deutschen Abzugs wurden vielerorts Frauen und Kinder erschossen. Nach dem Krieg hat man über all das nicht mehr gesprochen, die Akten verschwanden im »Armadio della vergogna«, im »Schrank der Schande« in Rom.

Gianvito Fanciulli, Lucas Urgroßvater mütterlicherseits, hatte sich den Marodeuren mutig entgegengestellt. Breitbeinig hatte er auf der Via Santo Stefano gestanden und sich das Hemd zerrissen, als ein Soldat das Gewehr auf seine Brust richtete. Gianvito war stark behaart, und auf seinen beachtlichen Bauch war das Antlitz der Jungfrau Maria tätowiert, die, statt zum Kreuz, zu seiner Brustwarze aufschaute. Der Soldat, noch ein halber Junge, hatte daraufhin die Flucht ergriffen. Diese Anekdote hatte Alfonso, Lucas Vater, Roberto erzählt, der sich schieflachte.

Vor der Nummer 5 brannte eine Straßenlaterne. Das Haus war vanillegelb und dreistöckig. Links und rechts der soliden Eichentür standen Terrakottatöpfe mit Zitronenbäumen. Von einem grünen Fensterladen im ersten Stock baumelte eine grün-weiß-rote Lichterkette. Giulia sah nicht, woher der Strom kam, aber sie war eingeschaltet. Auf einem getöpferten Schild stand unter einer orangefarbenen Sonne auf den azurblauen Meereswellen der Name Cazzotto. Giulia betätigte den schmiedeeisernen Türklopfer. Sie hatte den Ring kaum losgelassen, als Alfonso vor ihr stand, der Don, dem der Ruf vorauseilte, ein Padrino zu sein, eine Familie zu unterhalten. Alfonso Cazzotto sah schlecht aus. Seine Augen waren rot und geschwollen. Außerdem war er unrasiert und stank nach Grappa. Er war noch keine 60, wirkte aber deutlich älter. Er hatte eine graue Stoppelglatze. Sein Gesicht war mit Talgdrüsenzysten, Warzen und Altersflecken übersät, seine faltigen Tränensäcke hingen über die teigigen Wangen, unter der breiten, sinnlichen Mundpartie, die fast etwas Weibisches hatte, quoll das Doppelkinn. Er war klein und drall. Seit ihrer letzten Begegnung war er noch massiger geworden. Zu einem fein gerippten weißen Unterhemd trug er rote Boxershorts mit dem Wappen der Toskana: ein nach links aufspringender silberner Pegasus.

»Vaffanculo. Che cazzo vuoi?« Alfonso bellte scharf wie ein Köter. Er machte keinerlei Anstalten, sie hereinzubitten.

»Ist Luca zu Hause? Ich muss ihn unbedingt sprechen.« Giulia redete hastiger und lauter, als sie es wollte.

»Che cazzo fai?« Alfonso breitete die Arme aus und stemmte beide Hände links und rechts in den Türrahmen. Als wollte er Giulia daran hindern, gewaltsam ins Haus einzudringen.

»Nicht ich. *Ich* mach gar nichts. *Er* hat ziemlichen Mist gebaut, glaube ich. Ist Luca übrigens Linkshänder?«

»Che cazzo dici? Was erzählst du für einen Scheiß?«

»Sono cazzi tuoi, testa di cazzo. Das ist dein Scheiß, Arschloch«, schrie Giulia. »Du hast doch deinen Sohn in diese beschissene Lage gebracht. Oder willst du mir sagen, Ichthýs sei seine Idee?«

»Zum letzten Mal: Was willst du?« In Alfonsos Stirn grub sich eine Zornesfalte, so tief wie der Ombrone.

»Also gut, dann kann ich dich auch gleich selbst fragen. Was hast du mit Ichthýs zu schaffen? Zu was hast du Luca gezwungen?« Giulia bebte. Sie fing an, ungesund zu schwitzen. Die Hitze flutete ihr Gesicht.

»Verschwinde.« Alfonso zischte. »Hau ab! Luca ist nicht da. Keine Ahnung, was er treibt. Ich hab ihn seit Tagen nicht mehr gesehen.«

Sie spähte an ihm vorbei in den Flur. Neben einem Kordelvorhang lehnte am Täfer eine Axt. Sie zeigte darauf. »Und wozu, zum Teufel, brauchst du dieses Ding?«

Camping und Outdoor kamen kaum infrage. Alfonso war auch nicht der Typ, der Bäume fällte. Er hatte zwei linke Hände, die er sich nirgendwo schmutzig machte. Selber tat er so gut wie nichts Unrechtes. Während er in den umliegenden Ristoranti Gelder eintreiben ließ, betätigte er sich überregional als Jurist. Als Rechtsanwalt rettete er arme Kerle, die in Not geraten waren. Sie hatten häufig mit der römisch-katholischen Kirche zu tun. Oder mit der Vatikanbank, dem privatrechtlichen Finanzinstitut im Besitz des Heiligen Stuhls. Alfonso Cazzotto eilte der Ruf voraus, vor einigen Jahren habe er den ehemaligen vatikanischen Rechnungsprüfer verteidigt, als gegen ihn Haftbefehl wegen Geldwäsche erlassen worden war. Selbstverständlich ging das Ganze irgendwie gut aus.

»Das Richtbeil? Interessiert dich das? Bene. Komm, ich zeig es dir.« Alfonso drehte sich um, holte das Werkzeug, wog es in den Händen. Es war keine moderne Axt aus Qualitätsstahl, inklusive ergonomischer Geräteform und Klingenschutz, wie Roberto sie besaß, sondern ein deutlich angejahrtes, grobes und viel benutztes Modell. Der Holzstiel war schmucklos und verwittert, die Schneide auffallend breit.

»Ein *was*, bitte? Ein Richtbeil? Madonna zoccola.« Giulia fluchte. Sie meinte, sich verhört zu haben. Der Schweiß lief ihr übers Gesicht. Sie glühte von innen und schwitzte in ihrem dünnen Kleid. Obwohl es kühl war und ein Wind ging, bildeten sich auf dem karierten Stoff Schweißflecken.

»Fühl mal, wie schwer es ist. Komm, halt es fest.« Alfonso streckte ihr das Beil hin. Ein Strahlen lief über sein Gesicht. »Es stammt aus dem Vatikan. Auch dort gab es die Todesstrafe. Erst 1969 wurde sie per Gesetz abgeschafft.«

»Pah«, machte Giulia, die keinerlei Anstalten machte, die Waffe in die Hand zu nehmen. »Verarschen kann ich mich selber.«

Alfonso grinste. »Kein Witz. Das Beil gehörte Giovanni Battista Bugatti, das war so ein kurzer, stämmiger Kerl wie ich, immer gut gekleidet, Spitzname Mastro Titta. Sein Hobby war das Bemalen von Gebrauchsgegenständen. Er malte ausschließlich Papstporträts, die an Pilger und Touristen verkauft wurden. Offiziell war er der ›Maestro di Giustizia‹, also der Justizmeister oder ›Meister der Gerechtigkeit‹.«

»Ah ja«, sagte Giulia. »Dauert das jetzt länger? Kann ich vielleicht reinkommen?«

»Nein. Sekunde.« Alfonso legte das Beil an die alte Stelle und verschwand. Wenig später kam er wieder. Er trug Anzug, Krawatte und Hut und sah aus wie Jake »Greasy Thumb« Guzik, ein gewaltfrei operierender Gangsterboss aus Chicago. Sie nahm an, das machte Alfonso absichtlich. Er war ironiefähig und verstand sich auf eine subtil ausgelotete Poesie. Vielleicht war er aber einfach nur ein eitler Idiot.

Mit kurzen schnellen Schritten lief Alfonso auf sie zu. »Tut mir leid, dass ich dich auf der Straße stehen lasse. Bei uns ist es etwas schwierig, Mama geht es nicht gut, ich möchte Pia nicht noch mehr Umstände machen. Übrigens danke für deine Grüße.«

»Di niente. Keine Ursache.«

»Wenn du willst, lade ich dich auf ein Bier ein. Können wir draußen sitzen? Oder frierst du?« Alfonso trat nahe an sie heran, neigte den Kopf und blickte ihr besorgt in die Augen. Er war ein Stück kleiner als sie und roch nach Pfefferminz.

»Es geht.« Giulia rieb sich die bloßen Arme. Um die Ecke fegte der Wind. Nachdem die Hitzewallung abgeklungen war, fing sie an zu frösteln. Sie holte die Fleecejacke aus der Tasche und zog sie an.

Sie gingen Richtung Kirche. Am Eck war an der Piazza eine kleine belebte Bar. Es luftete, und eine weiße Einkaufstüte trieb die Straße entlang. Sie setzten sich neben dem Eingang auf zwei weiße Plastikstühle. Der Kellner brachte Bier und Erdnüsse.

»Wo waren wir stehen geblieben?«, fragte Alfonso, der ein silbernes Zigarettenetui auf den Tisch legte, vertraulich.

»Beim Meister der Gerechtigkeit.«

»Genau. Sì, è vero. Giovanni Battista Bugatti war also von 1796 bis 1864 der offizielle Scharfrichter des Kirchenstaats. Er hatte die diesbezüglich längste Dienstzeit im Vatikan und vollstreckte 516 Hinrichtungen. Dafür bekam er keinen Lohn, aber er hatte eine Dienstwohnung und ein festes Einkommen aus Steuern. Ab 1810 stand die Guillotine auf der Engelsbrücke – Mastro Titta brauchte sein Richtbeil nicht mehr. Im hohen Alter von 85 Jahren wurde er von Papst Pius IX. mit einer monatlichen Rente von 30 Scudi pensioniert.« Alfonso holte sein Feuerzeug aus der Jackentasche und zündete sich eine Zigarette an.

»E il risultato? Und wie kommt das Ding nun zu dir?«

»Es kam gestern per Post. Private Museumsleihgabe. Ich hab das Beil sozusagen als Pfand geliehen bekommen, von einem geistlichen Mandanten, der seine Rechnung nicht zahlen kann. Das heißt, ich bin als Gläubiger derzeit der Besitzer, er hingegen bleibt als Schuldner zwar der Eigentümer, aber …«

»Von was lebt eigentlich ein Papst?« Giulia unterbrach ihn, weil sie wusste, dass Alfonso sonst ewig weiterfaseln würde, ohne auch nur mit einem Wort zu verraten, woher die Waffe stammte. Themenwechsel. Sie dachte an Carlo, ihren Partner. Ob er wohl Immobilien für den Vatikan vertickte? Sie wusste es nicht. Sie musste ihn fragen.

Alfonso blickte hoch gen Himmel, der immer noch vollkommen sternlos war und wolkenverhangen. »Es wird nachts ein Gewitter geben.« Er inhalierte. »Ach ja, der Heilige Vater. Tja, wovon lebt der? Von ganz wenig, nehme ich an. Franziskus hat schon als Jesuit die Armut gepriesen. Wenn er sich jetzt nach dem heiligen Franziskus von Assisi benennt, dann ist das ein noch nie da gewesenes Programm. Ein Debüt, sozusagen.«

»Wird ja auch langsam Zeit.« Giulia trank einen Schluck. Nahm mit dem Löffel ein paar Erdnüsse. Sie dachte plötzlich befremdet daran, dass sie sich die Nüsse einverleibte, während Alfonso den Rauch einsog. Wurde man zu dem, was man zu sich nahm? »Zum Beispiel Papst Sixtus IV. Der war, glaub ich, Franziskaner. Und der ließ doch die Sixtinische Kapelle erbauen. Ist das ein Beispiel klösterlicher Bescheidenheit?«

Alfonso zuckte mit den Schultern.

»Und was kriegt denn jetzt so ein Nachfolger von Apostel Petrus, dem Menschenfischer?«

»Er bekommt das, was er braucht.«

»Tja. Und wer bestimmt das? Wenn ich es recht weiß, regiert der Papst als absoluter Monarch über den Vatikanstaat. Dann könnte er also die ganzen Kunstschätze verscherbeln, falls ihm sein Taschengeld nicht reicht.«

Alfonso zog an seiner Zigarette.

»Und was ist mit Benedikt XVI.? Konnte er als ehemaliger Theologieprofessor und Erzbischof von München-Freising Rentenansprüche geltend machen? Du kennst dich doch mit solchen Sachen aus.«

Alfonso qualmte und lächelte beseelt. »Kaum, aber seine Bücher haben freilich Tantiemen abgeworfen. Da ging es wohl um Millionen von Euro. Das Geld wurde gestiftet.« Er pausierte. »Millionenboni kassiert keiner im Vatikan. Da geht es nicht um Spitzenverdienste. Aber du wirst davon gehört haben, der Papst hat eine eigene Bank, das ›Istituto per le Opere di Religione‹, kurz IOR. Ob dort irgendwelche bedeutsameren Mafiosi ihre schwarzen Konten im Schatten des Petersdoms parken, ist noch nicht raus. Also, ich denke jetzt mal im Maßstab der Panama-Papiere. Steuer- und Geldwäschedelikte in dieser Größenordnung sehe ich persönlich jetzt nicht. Doch allein der Verdacht, dass alles noch viel schlimmer sein könnte als bekannt, schadet dem Vatikan enorm. Und ein Wirtschaftskrimi ist das schon. Du kannst dazu natürlich jede Menge belastendes Material im Internet finden.«

»Du bist als Anwalt an so was dran? Worum geht es denn genau?«

»Schiebereien, krumme Immobiliengeschäfte, Steuerhinterziehung, Korruption, Betrug, Zinstricks, Geldwäsche, Idiotie. Um die Verquickung zwischen Vatikanbank und Waffenschiebern und um Skandale jeder Art. Die Enthüllungsgeschichten über verbrecherische Finanzgeschäfte des Vatikans füllen inzwischen die Regalbretter gutgeführter Buchhandlungen. Die Topseller liegen an der Kasse. Du kannst sie an der Tankstelle kaufen. Sag mir jetzt nicht, dass du von diesem investigativen Treiben nichts mitbekommst.«

»Brutta storia, Alfonso. Klingt ganz schön übel, die Geschichte.« Giulia sah einem Taubenpaar zu, das sich auf dem Pflaster um eine Erdnuss stritt. »Was ist das eigentlich für eine Revolution, die Papst Franziskus da durchzieht? Geht es darum, mit diesen Machenschaften aufzuräumen? Die finanziellen Verstrickungen aufzulösen und die Fehler in der Buchhaltung transparent zu machen?«

Alfonso schwieg lange. Er musterte Giulia versonnen. »Ich weiß, dass du mich für einen Cazzo hältst«, sagte er dann. »Für ein veritables Arschloch. Ich kann es dir nicht verdenken. Aber manches, was ich tue, dient dazu, Schlimmeres zu verhindern.«

Hatte nicht auch Fischer das von sich gemeint? Dass er Schlimmeres verhindern wolle? Giulia hatte nicht das Gefühl, dass er dazu in der Lage war. Und Alfonso schon zweimal nicht. »Was tust du denn so?«

»Wenn ich dir das anvertrauen würde, müsste ich dich hinterher erschießen.« Alfonso grinste. »Da ich aber niemals eine Waffe trage, reden wir lieber über all die anderen Geheimnisse und Rätsel der Christenheit.«

»Dann verrat mir jetzt bitte, was sich hinter dem Namen Ichthýs verbirgt.«

»Non lo so. Keine Ahnung. Nie davon gehört.« Alfonso nahm einen letzten tiefen Zug und schielte auf den Zigarettenstummel.

Du lügst, dachte Giulia. Oder du bist dümmer, als die Polizei erlaubt. »Könntest du dir vorstellen, dass dein Sohn mit diesem historischen Richtbeil aus dem Vatikan einem sakralen Bundesbruder die Hand abhackt? So von Fundamentalist zu Fundamentalist?«

»Wenn dem so wäre«, Alfonso lächelte wieder und drückte die Kippe aus, »hätte es mit dem Finanzdelirium des Vatikans vermutlich nicht das Geringste zu tun. Luca ist kein Materialist. Ihm ist Geld komplett gleichgültig. Da lass ich nichts auf ihn kommen.«

»Bacio, amore«, sagte Giulia und fing leise an zu singen. »Nei tuoi occhi innocenti / posso ancora ritrovare / il profumo di un amore puro, / puro come il tuo amor.«

Am Morgen erwachte Giulia mit einem dicken Kopf. Sie hatte einen schlechten Geschmack im Mund und spähte aus dem Fenster. Der Himmel war schon wieder blau.

Doch in der Nacht hatte es tatsächlich einen Sturm und ein arges Gewitter gegeben, dazu kam ein ordentlicher Regenguss; die Straße, auf der Steine und abgerissene Äste lagen, war noch patschnass. Giulia, die sich vor Blitz und Donner fürchtete, hatte davon nichts mitbekommen.

Zu Fuß war sie die knapp zweieinhalb Kilometer von Porto Santo Stefano nach Marina gegangen. Als sie dort ankam, ging es gegen halb elf. Daheim in ihrer kleinen Wohnung hatte sie sich an ihren Laptop gesetzt und zwei Stunden lang gegoogelt. Sowohl auf italienischen wie auch auf deutschsprachigen Seiten gab es eine Fülle von Material zur globalen Finanzkrise des Apostolischen Stuhls. Sie war weder über Nacht gekommen noch über Nacht wieder verschwunden, sondern sie zog sich durch die Jahrzehnte.

Papas Privatbank, das IOR, war im Juni 1942 gegründet worden – ziemlich genau zu der Zeit, als Papst Pius XII. zumindest gerüchteweise von den nationalsozialistischen Verbrechen erfahren haben musste. Der geheimnisumwitterte Kirchenhistoriker, der im Seligsprechungsprozess als Untersuchungsrichter auftrat, stellte aber übereinstimmend mit zwei Kollegen fest, Pius XII. könne zu Kriegszeiten nichts vom wahren Ausmaß des Holocaust gewusst haben. Doch dass er über die massenhafte Verfolgung unschuldiger Menschen informiert war, lässt sich aus seinen äußerst vorsichtigen Stellungnahmen eindeutig ablesen. Im Zuge des Seligsprechungsverfahrens kam es 2009 zu Protesten von jüdischer Seite. Pius wurde vorgeworfen, er habe nichts gegen den Völkermord unternommen. Papst Benedikt XVI. unterzeichnete daraufhin die Seligsprechung nicht. Er bedachte seinen Vorgänger lediglich mit der Zuerkennung des heroischen Tugendgrades. Für eine Seligsprechung fehlt Franziskus nun noch der Nachweis eines Wunders.

Was das alles für die Vatikanbank bedeutete? 2010 haben Holocaust-Überlebende die Europäische Kommission aufgefordert, den Verbleib jüdischer Vermögen bei der Vatikanbank zu klären. Wie die Sache weiterging, dazu fand Giulia nichts. Sie folgte einer anderen Spur. Der erste große Bankenskandal, in den das IOR verstrickt war, fand in den 1970er- und 1980er-Jahren statt. Das IOR war Hauptaktionär der Banco Ambrosiano in Mailand, damals die größte italienische Privatbank, entzog sich aber wegen des völkerrechtlichen Sonderstatus des Heiligen Stuhls der italienischen Bankenaufsicht. Der Mafia-Rechtsanwalt Michele Sindona, der Ambrosiano-Generalmanager Roberto Calvi und der IOR-Direktor Erzbischof Paul Casimir Marcinkus nutzten das für Unterschlagungen, um Mafia-Gelder zu waschen und Millionenbeträge in die Schweiz und auf die Bahamas zu transferieren. Calvi tauchte unter, seine Leiche wurde im Juni 1982 unter der Blackfriars Bridge in London gefunden. Er hing an einem Strick, seine Taschen waren mit Ziegelsteinen gefüllt. Fast gleichzeitig stürzte Calvis Sekretärin in der Mailänder Bank aus dem Fenster. Marcinkus war im Vatikan gefangen, weil in Italien ein Haftbefehl gegen ihn vorlag. Nach diesem Skandal stand das IOR am Rande des Ruins.

Giulia überflog einige Mutmaßungen, denen zufolge über die Banco Ambrosiano die geheime Finanzierung der Solidarność-Bewegung in Polen abgewickelt wurde. Wie das mit ihrem Zusammenbruch und der wiederum mit dem plötzlichen Tod von Johannes Paul I. zu tun hatte, kapierte sie definitiv nicht mehr. Klar wurde nur, die Reputation des Vatikans war dahin. Bis heute verweigerte der Kirchenstaat der italienischen Justiz jede Amtshilfe. Dennoch bestätigte 2010 ein Urteil des Berufungsgerichts in Rom, dass die Cosa Nostra über mehrere Jahre hinweg illegal erworbenes Kapital über IOR-Konten gewaschen hatte.

Dann kam der Papst-Rücktritt: Hing er damit zusammen, dass Osama Bin Laden ein Konto bei der Vatikanbank hatte? Giulia musste laut lachen. Die Quelle, die sie angeklickt hatte, wirkte wie das Werk von Verschwörungsmythologen. Aus dem Vatikan, stand da, sei ein Geheimbericht aufgetaucht. Darin gehe es um homosexuelle Ausschweifungen und Erpressungsgelder. Aus dem Finanzskandal um die Vatikanbank sei ein Machtkampf entbrannt: Die massive Wirtschaftskriminalität habe Joseph Ratzinger zu seinem spektakulären Rücktritt veranlasst.

Giulia las einen Artikel in »La Repubblica« vom Februar 2013. Darin wurden drei Kardinäle zitiert, die über Korruption, Unzucht und Kriminalität referierten. Bevor er das Handtuch schmiss, schickte Papst Benedikt Ettore Balestrero als Nuntius nach Bogotà. Balestrero war im Vatikan für die Beziehungen zum IOR zuständig. Gleichzeitig war er ein enger Vertrauter von Silvio Berlusconi. Der Vatikan pflegte gute Geschäftsbeziehungen zu Regierungschef Berlusconi, in guten wie in schlechten Zeiten – und von dort liefen wieder die Fäden zur Mafia, zur Cosa Nostra und zur Prostitution mit Minderjährigen. Obwohl das IOR eigentlich nur Geistlichen aus dem Vatikan offenstehen sollte, hatten selbst die Manager keinen Schimmer, wer dort Geld deponierte. »La Repubblica« sprach von einer großen Waschmaschine und zitierte einen Kardinal: »Selbst Osama Bin Laden,

Scardanelli, Buonarotti, Salvator Rosa oder Salvatore Riina hätten bei der Vatikanbank ein Konto eröffnen können.«

Giulia dachte plötzlich, dass Alfonso Cazzotto sie weniger an Jake Guzik als vielmehr an Salvatore Riina erinnerte, einen der Anführer der Cosa Nostra. Das war im Grunde genommen gemein, denn der hatte weitaus weniger Charme als der Buchhalter. Im Gegensatz zu Jake »Greasy Thumb« Guzik machte Riina das Abschlachten nichts aus. Er wurde für etwa 100 Morde verantwortlich gemacht, von denen er Dutzende selbst begangen haben sollte.

Nachdem sie eine Flasche Sprudel in sich hineingeschüttet hatte, wankte Giulia ins Bett. Sie schlief wie ein Stein. Nun, beim Erwachen, war ihr schlagartig klar, dass sie handeln musste. Sie checkte ihr Telefonino. Roberto und Luca waren abgängig. Keiner von beiden hatte sich auf ihre dringliche SMS hin gemeldet. Sie fehlten also beide. Giulia hegte kaum die Hoffnung, dass das Zufall war. Irgendwie hatte das Verschwinden des einen mit dem des anderen zu tun. Und vermutlich war dabei Gewalt im Spiel. In was war Roberto nur hineingeraten, bei dem auch Luca eine Rolle spielte? Wieder fragte sie sich, welche Funktion Peter Müller dabei hatte. Welcher Auftrag verband ihn mit der katholischen Kirche? Er war nicht bereit, die Karten offen auf den Tisch zu legen. Daher hatte es wenig Sinn, sich ihm anzuvertrauen. Oder ihn um Hilfe zu bitten.

Giulia überlegte, ob sie Capitano Gabriele Calabrese ins Boot holen sollte, verwarf den Gedanken aber wieder. Falls es sich hier um ein Verbrechen der Mafia drehen sollte, vermengt mit den Machenschaften des Vatikans, würde ein Carabiniere nichts ausrichten. Mafia? Vatikan? Ich muss wieder auf den Boden kommen, sagte sie sich, ich fange langsam an zu spinnen. Trotzdem ist Calabrese nicht mein Mann. Stattdessen rief sie Fischer an und erreichte die Mailbox. Beim zweiten Versuch schien es zu klappen.

»Wissen Sie, wie viel Zeit es ist?« Etwas an Fischers Stimme war seltsam. Sie klang rau, gebrochen.

»Scusi. Hier ist Giulia Franca.«

»Es ist erst halb sieben. Mein Enkel schläft. Alle um mich rum schlafen. Ich habe mir erlaubt, dieses Ding zu nehmen und darauf herumzudrücken, damit das Läuten aufhört«, raunte Fischer senior. »Kann ich sonst noch was für Sie tun?«

»Richten Sie Herrn Fischer bitte aus, er möge IOR googeln, Italia Orbetello Roma, IOR, plus Geldwäsche plus Ratzinger plus Benedikt, dann wird er sicher schon bald drauskommen. Ich bin jetzt mal weg und melde mich dann wieder.«

»Also was jetzt. Schiene oder Chaos? Wird er durchblicken oder durchdrehen? ›Drauskommen‹ ist ja eines der unüberbietbaren uralten Wörter, die in einer bewährten süddeutschen Dialektik immer auch ihr Gegenteil einschließen.«

»Er wird sich halt so durchwursteln«, sagte Giulia.

Sie duschte, putzte sich die Zähne und trank einen Espresso. Dann kleidete sie sich sorgfältig an. Sie wählte ihre beste Wäsche, geblümte Pumps und ein veilchenfarbenes Leinenkostüm, das für einen Freitag definitiv zu schade war. Sie schminkte sich übertrieben genau, weil sie von nun an auf Kleinigkeiten achten und keinen Fehler mehr machen wollte. Denn sie rechnete damit, dass sie die nächste Nacht womöglich in einer Zelle zubringen würde.

Mordverdacht. Natürlich hatte sie ein Motiv, mit Vorsatz und Heimtücke Roberto Colleoni umzubringen. Oder Luca Cazzotto. Oder beide. Roberto hatte sie betrogen, Luca, der ihn erpresste, hatte sie zurückgewiesen und beleidigt. Dass sie von beiden schwer gekränkt worden war, lag auf der Hand. Für die italienische Polizei reichte das, sie erst einmal einzusperren. Niemand sonst hatte ein offenkundiges Interesse daran, die zwei Männer nacheinander aus dem Weg zu räumen. Falls beide umgebracht worden waren und es zwischen den Fällen eine Verbindung gab, wurde sie als Erste vernommen. Wenn sie etwas vorbringen konnte, das sie entlastete, war das sicher kein Fehler.

Giulia packte ihren Kulturbeutel. Tat ihn in die Tasche. Dachte an Carlo, den sie um Rat bitten musste. Nicht nur, was die Immobiliengeschäfte des Vatikans anging, mit denen sie sich noch beschäftigen wollte. Vielleicht lag dort ein Schlüssel zu Ichthýs. Wo auch immer er inzwischen mit seiner Familie die Ferien verbrachte, sie musste ihn unbedingt erreichen. Er konnte ihr vielleicht ein paar Tipps geben. Auch, was den weiteren Verlauf dieses Sommers anging. Falls sie unbehelligt blieb, war sie geneigt, alles hinzuschmeißen und nach Florenz zurückzukehren, was vor Ferragosto der Wahnsinn war. Die Stadt war, bis auf die Tauben und die Trauben von Touristen, wie ausgestorben. Man war quasi isoliert. Giulia hatte keine Ahnung, wie sie von dort aus weiter recherchieren konnte, aber sie hielt es in Marina plötzlich nicht mehr aus. Sie fragte sich, was mit dem »Da Roberto« werden würde. Und ob sie sich auf der Stelle einen Anwalt suchen sollte. Alfonso, der einzige Strafverteidiger, den sie vor Ort kannte, kam dafür kaum infrage. Die ganze Toskana kam ihr wie ein labyrinthisches Gefängnis vor. Schlagartig wusste sie, was sie tat. Sie würde sich in ihre »Giulia« setzen und geschwind nach Süddeutschland flitzen. Bevor man sie festsetzte, war sie weg. Es ging darum, Zeit zu schinden, die eigene Haut zu retten. Eilig packte sie ihren Koffer, goss die Gartenkräuter und prüfte, ob sie den Herd ausgemacht hatte. Als sie nach dem Schlüsselbund griff, bimmelte die Glocke der Chiesa di Santo Stefano.

»Sie haben Merle Engel gefunden.« Camilla konnte kaum sprechen. »Quasi vor meiner Tür. Sie ist beim Schwimmen ertrunken. Die Leiche wurde an den Felsen gespült, sie lag unten am Strand, keine 50 Meter vom Ufer entfernt. Völlig zerfetzt. Vielleicht ist Merle gestern Abend in den schweren Sturm geraten. Da gab es meterhohe Wellen, das Meer hat getobt. Was auch immer sie davor getrieben hat, arg weit kam sie nicht.«

16.

NSA Headquarter // Chief of Station CIA Italy

TOP SECRET // Auswertung der Operationen Cozze alla Marinara / Calamari Romana

(SI // TU) Durchbruch: Religiöse Eiferer stabilisieren durch gezielte Einflussnahme die Wirtschaftsinteressen der USA

Instant Messaging: Textnachricht von Merle

Nachrichtenquelle: 0741[unerrore]jds!elhu123NO

Datum und Uhrzeit: ||||||||||

Liebe ALLE,

Du meine Güte, wie blöd seid Ihr denn!? Das hier ist keine Schießbudenübung. Muss man erst mich ins Boot holen und mir das Ruder übergeben, um einen globalen Fehler zu erkennen? Einen Kardinalfehler, den Ihr von Anfang an bei der Verschlüsselung der Nachrichtenquellen gemacht habt? Wie könnt Ihr Spackos auf Umlaute zurückgreifen und das Scharf-S benutzen, und wie kann ein Schweizer dabei mittun? Was für einen Laptop hat der bloß und von wem? Wenn Ihr mich fragt: Ihr könnt einpacken. Damit ist die ganze Sache nutzlos und die Operation am Ende. Es ist bloß noch eine Frage von Tagen, ehe das gesamte Unternehmen auffliegt. Und unsere wunderschöne Organisation hopsgeht. Zieht

Euch schon mal warm an, Brüder und Schwestern. Und betet einen Schmerzhaften Rosenkranz.

PS: Diese Nachricht knackt keiner.

17.

»Zögern Sie nicht, an Mord zu denken!«, hatte der Mann auf der Kniebank gesagt. Das war nun genau eine Woche her. Da hatte der Unbekannte den Beichtstuhl betreten und die dubiosen Ereignisse ins Rollen gebracht. Das Zögern ist mir heilig, erkannte Fischer, und ihm fiel das Zitat ein aus dem Buch von Markus Werner, das Frau Eckerle ihm geschenkt hatte: »Allein das Zögern ist human.« Fischer bedachte diesen Satz mit lebhafter innerer Anteilnahme und Zustimmung. Dennoch kam er nicht umhin zu erkennen, dass er allmählich handeln musste. Inzwischen hatte er zu niemandem mehr Kontakt. Müller war verschollen. Giulia war verreist, ohne vorher Bescheid zu geben, und hatte sich nicht mehr gemeldet. Zumindest vorübergehend war sie unerreichbar. Das Ristorante hatte geschlossen. Während der Siesta war er zu Camilla gefahren. Dort waren die Läden zu gewesen, die Türen verriegelt, die Terrasse war leer. Auf dem Meer kräuselten sich winzige Wellen, weiße Tupfen blitzten, entfernt zwei Paddler in einem Kajak. Im Pool trieb wie eine Sonne ein orangeroter Ball, und auf einem Bistrotisch stand ein Cocktailglas mit einem Rest grellgrüner Flüssigkeit.

Zügig fuhr Fischer zurück, stellte den Caddy auf den überhitzten Parkplatz und lief über den Camping, der dösend dalag, in ein flirrend faules Licht getaucht, das schräg durch die Bäume einfiel. Kein Mensch war unterwegs. Die Eichelhäher verteidigten lachend ihr Revier. In der Küchennische vor dem Bungalow setzte Fischer Wasser auf. Sarah lag ein paar Schritte entfernt in der Hängematte, die sie in Orbetello gekauft hatten. Das bunte Baumwolltuch war zwischen zwei Pinien gespannt und schaukelte sanft. Fischer ging auf sie zu. Über dem Bikini trug Sarah eines von Opas bleichen Polohemden; mit einem herzförmigen Tomatensoßenfleck auf der Brust. Ihre nackten Füße waren schmutzig, Beine und Arme voller Sand. Sogar Ohr und Stirn waren sandig, der Pferdeschwanz war verrutscht. Sarah schlief mit offenem Mund. Sie schnarchte leise. Ein Speichelfaden rann ihr aus dem Mundwinkel. Fischer, der sich über sie beugte, widerstand der Versuchung, ihn abzuwischen.

Der Himmel war aufreizend blau, und es war noch heißer geworden. Nichts erinnerte mehr daran, dass es vor zwei Nächten wie aus Kannen geschüttet hatte. Das Irrsinnsgewitter hatte ein Hoch herbeigezaubert, das so stabil war, als währte es ewig. Genauso kam Fischer der Urlaub vor. Die Abläufe hatten sich routiniert eingespielt. Halb neun Frühstück, dann Strand, Lärm, Imbiss, Siesta. Danach Tee, ein paar Runden »Mensch ärgere Dich nicht« und ein kleiner Ausflug. Ein paar Einkäufe in den umliegenden Ortschaften, ein Gang durch die Kirche. Dann vielleicht nochmals einen Abstecher zum Strand, Sonnenuntergang, ein Apèro, ein leichtes Mehrgänge-Menü auf der Terrasse vor dem Bungalow. Sie hatten sich in der Via dei Gladioli 23 eingelebt. Die Katastrophen und Albträume, von denen Fischer fantasiert hatte, waren nicht eingetreten. Keine einzige. Der Opa hatte sein Asthmaspray vergessen und sich ein neues verschreiben lassen, es aber bislang nicht gebraucht. Sarah hatte nur ein einziges Mal einen Krampfanfall gehabt. Die Oma hatte zweimal eingenässt. Beides lag unter dem Durchschnitt.

Die Überschaubarkeit der Umgebung, die sich wiederholenden Rituale, die scheinbare Endlosigkeit des Sommers und die Gegenwart des Meeres taten offenbar allen gut. Der Opa hatte seine aktuelle Lektüre, Roberto Bolaños 1.100-Seiten-Roman »2666«, beiseitegelegt und Fischer gebeten, ihm seinen Laptop zu leihen. Fischer hatte keine Ahnung, was er damit trieb. Seines Wissens gab es auf dem Camping kein WLAN, aber was wusste er schon. Die Großmutter pflegte mit Sarah ihre gemeinsamen Hobbys. Um die Wette verteufelten sie Wespennester; gemeinsam bekämpften sie Ameisen, Spinnen, Mücken und Fliegen. Beide liebten Wassergymnastik, Sonnenuntergänge und die Kochkunst. Wenn Fischer sich nicht irrte, hatte die Oma Rezepte reaktiviert, die sie vorher nicht mehr zusammenbekommen hatte – Geschnetzeltes, Kutteln, Gaisburger Marsch –, und Sarah hatte, was das Würzen und Abschmecken anging, entscheidend dazugelernt.

Fischer lief das Wasser im Mund zusammen, wenn er an ihren Kartoffelsalat dachte, den es am Mittag zu Omas Leberspätzle gegeben hatte. Sarah hatte die heißen Kartoffelrädle mitsamt den geschmälzten Zwiebeln in der Gemüsebrühe ziehen lassen, bis sie aufgesogen war. Den lauwarmen Salat machte sie mit Essig und Öl, buntem Pfeffer, Salz, einer Prise Zucker und Muskat an. Dann schnitt sie die Endivienblätter in streichholzdünne Streifen und rührte sie direkt in die Kartoffeln. Darüber streute sie glatte, gehackte Petersilie und Schnittlauch.

Fischer hatte es bislang nicht für möglich gehalten, dass sie es hinkriegen konnte, richtig zu salzen. Er bemerkte erstaunt, dass die Oma mehr Geduld mit Sarah hatte als er, und dass sich deren Fähigkeiten, selbstständig ein Essen zuzubereiten, dadurch immens steigerten. Sarah freute sich selber am allermeisten über ihre Erfolge und kaufte an den »Frutta-e-Verdura«-Ständen, in der Macelleria und Pescheria lustvoll ein.

»Näher«, sagte die Oma, »kommen wir einander nicht mehr.«

Fischer blieb auf der Hut, aber alle vier erholten sich prächtig. Niemand hatte Sonnenbrand bekommen, keiner litt unter Durchfall oder einem Hitzschlag, keinen plagte das Heimweh. Nur Sarah war von Schnaken verstochen. Sie hörte erst auf zu jammern und zu klagen, als die Oma sie von oben bis unten mit Essigwasser eingerieben hatte. Am späten Samstagnachmittag, als er aus seiner Siesta erwachte, fing Fischer allmählich an, sich zu entspannen. Aufs Mal passte es ihm gut, dass die ganzen Leute ihn nicht mehr belangten. Müller nicht und Giulia nicht, mit all ihren Gebrechen, Gefolgen und Geheimnissen. Dass die damit verbundenen Wirrsale quasi vertröpfelten und weitere Irritationen und Aufregungen ausblieben, kam ihm gerade recht. Es gab nur ein Schicksal. Diese Weisheit eines imaginären Mafiabosses, verzapft vom Padrino, vom Paten Don Vito Corleone, verkörpert von Marlon Brando, deckte sich zufällig mit der Weisung des allmächtigen Gottes. Das war Fischers tiefste innere Überzeugung. Sein wahrer Glaube. Er dachte nicht, dass Gottvater auf ihn heruntersah, Jesus ihn bei der Hand nahm und der Heilige Geist bei ihm Quartier bezog. Aber alles, was hier um ihn herum geschah, passte irgendwie in das Weltengesetz. Das wahrhaft Göttliche war die eigene Geistesgegenwart inmitten eines Globalzusammenhangs. Es ging immer um die Schöpfung. Eigentlich zählte nur noch Italien.

Fischer hatte, auf Anraten des Opas, ein paar Tage verlängert. Sie hatten noch über eine Woche Urlaub vor sich, erst am 15., an Mariä Himmelfahrt, würden sie wieder abreisen. Fischer nahm sich vor, jeden einzelnen Augenblick auszukosten. Wann würde er je wieder in dieser Konstellation Ferien machen? Es ging darum, die Freuden zu teilen, den Moment zu genießen und das Glück zu vermehren. Dennoch blieb da die Sache mit der abgehackten Hand, mit Ichthýs und Müllers dubiosem Verhalten. Fischer glaubte nicht mehr, dass er exkommuniziert werden sollte, es musste etwas anderes dahinterstecken, etwas komplett Nebulöses, und er konnte nicht so tun, als gäbe es das nicht. Deshalb setzte er sich eine Frist: Am Sonntagabend wollte er sich um Müller kümmern. Wohin auch immer der sich verdrückt hatte, er würde ihn finden. Er hatte immer noch dessen Privathandy aus dem Beichtstuhl, präpariert oder nicht. Seltsam war, dass Müller es nie zurückgefordert hatte.

»Was machen wir heute?«, fragte Fischer aufgeräumt, als sie nach der Siesta beim Tee saßen.

Die Großmutter hatte Sarah gezeigt, wie man Pfirsichmarmelade einkocht. Sarah, noch verschlafen, schmierte sie dick auf die ungesalzenen und ungebutterten Brotscheiben. Mit einem Schlag war sie wach. »Erst Strand. Bitte, erst baden. Kann ich, Justus?«

»Welchen Tag haben wir?«, fragte die Oma. »Es ist doch Samstag, nicht wahr? Man tut wie die Leut.«

»Heißt?«, fragte Fischer.

»Korso«, erklärte der Opa. »Wir mischen uns abends unters Volk.«

Nachdem Fischer mit Sarah ins Wasser gegangen war und sie lange geplanscht hatten, saßen sie in ihren Liegestühlen und spielten mit den Großeltern mehrere Runden »Uno«. Danach war es Zeit für eine warme Dusche. Fischer half Sarah und der Oma, sich die langen Haare zu waschen. Sie benutzten beide begeistert ein grünes Apfelshampoo, das ein extrem künstliches und aggressives Aroma hatte. Der Opa saß wieder vor dem Laptop. Er hockte auf der Terrasse und machte sich mit seinem goldenen Füllfederhalter Notizen in ein ledergebundenes Heft.

Sarah und die Großmutter cremten sich ein. Fischer half ihnen beim Anziehen. Beide wählten bunte Baumwollkleider, die von Hand gewaschen und frisch gebügelt waren. Dann trugen sie Lippenstift auf und steckten sich gegenseitig die Haare hoch. Nachdem er ebenfalls geduscht hatte, musste Fischer den Opa bitten, endlich in die Hufe zu kommen. Als sie losfuhren, war es schon fast halb acht. Fischer schlug vor, in Porto San Stefano eine Pizza zu essen.

»Ich will lieber nach Marina«, sagte Sarah, die mit der Oma hinten saß.

»Das Ristorante hat zu«, sagte Fischer. »Und Pizza gibt es dort eh nicht.«

»Gibt es doch«, sagte Sarah. »Klar gibt es Pizza.«

»Das ›Da Roberto‹ hat wieder auf«, entgegnete der Großvater. »Ich habe es gerade eben gegoogelt.«

Sie parkten am Straßenrand gegenüber und fanden sofort einen freien Tisch, obwohl die Terrasse des

Lokals ansonsten bis auf den letzten Platz belegt war. Aber sie hatten Glück, weil eine Kleinfamilie aufstand. Es waren junge bayerische Eltern mit zwei kleinen Kindern, die sichtlich genervt waren und sich gestritten hatten.

Sarah und die Oma setzten sich so, dass sie den Sonnenuntergang beobachten konnten. Sie hatten das Meer vor sich und strahlten. Beide trugen billige, gefälschte Markensonnenbrillen, zu denen sie ein afrikanischer Strandverkäufer überredet hatte. Großmutters Brille hatte einen signalgrünen Rand, Sarahs einen pinkfarbenen. Fischer saß neben dem Großvater mit Blick zur Straße. Dort staute sich wie meist abends der Verkehr, Motorinos drängelten sich zwischen den Autos hindurch, die Fußgänger wichen kaum aus. Es war laut und stank nach Benzin.

»Arrivo subito.« Die blonde Bedienung, die an den Tisch kam, sprach Deutsch. »Der Chef ist heute nicht da, die Hilfsköche sind allein, deshalb haben wir nur eine eingeschränkte Karte. Es gibt als Tagesmenü: zur Vorspeise Peperonata, dann Fischtopf oder Rinderbraten in Chianti, zum Nachtisch Kastanienkuchen. Pappardelle con Coniglio können wir aber auch zubereiten. Oder Pasta mit Tomatensoße. Und Salat.«

»Kann ich Pizza?«, fragte Sarah.

»Gibt es bei uns nur angeliefert und eingefroren. Wir sind ja keine Pizzeria und haben keinen Steinofen.« Die Bedienung zuckte bedauernd die Schultern.

»Siehst du«, sagte Fischer.

»Aber sie ist von Luigi und schmeckt ganz gut.«

»Okay.« Sarah lachte. »Ich nehm mit Zwiebel und ein Cola.«

Fischer bestellte Weißwein und Wasser. Der Opa nahm das Tagesmenü mit Fischtopf, die Oma mit Rinderbraten. Fischer wählte die Nudeln mit Kaninchenragout, das Chüngeli, wie der sprachversierte Großvater das Coniglio auf Helvetisch hieß, dazu grünen Salat. »Wieso ist Roberto nicht da? Wo ist er denn?«

»Sie kennen ihn?«, fragte die Blonde verblüfft. »Ach so, na ja, ich weiß es nicht. Da müsste ich Maria fragen.«

»Bitte«, sagte Fischer.

Fünf Minuten später überbrachte die Bedienung mit den Getränken Marias Antwort: »Roberto musste nach Neapel zu einer Beerdigung. Ein naher Verwandter ist gestorben. Sein Cousin oder sein Onkel. Es kann sein, dass er erst Mitte nächster Woche wieder zurück ist.«

»Sie lügt«, sagte Sarah, als sie knapp außer Hörweite war.

»Das sagt man nicht einfach.« Die Oma legte mahnend den Kopf schief.

»Woher willst du das wissen, mein Kind?«, fragte der Opa.

Fischer sah, wie Sarah mit sich rang. Sie verkrampfte die Finger, rollte mit den Augen, grimassierte, erschauerte. Ein Kichern lief ihr übers Gesicht und verlor sich in einem nervösen Blinzeln. Fischer litt mit ihr mit. Sie demonstrierte, was bei anderen Menschen inwendig passierte, wenn sie in Stress gerieten. Ihm fiel ein, dass er seit Tagen nicht mehr gestottert hatte. Das gelang ihm manchmal, ohne dass er wusste, woran es lag. Und bisher war das Stottern jedes Mal wiedergekommen. Die Therapie, die ihm endgültig darüber hinweghalf, hatte den Weg zu ihm noch nicht gefunden.

Sarahs Stimme war fest, als sie zu sprechen begann. Sie hatte die Blockade überwunden. »Also heute Morgen, wo wir an den Strand sind und wo die Wassergimastik aus war. Ich hab den gesehen. Den Roberto halt. Der war in dem Boot. Ziemlich nah am Ufer.«

»Wo denn genau?« Fischer dachte an den kurzen Moment, in dem er im Liegestuhl eingenickt war. Daraus war eine Viertelstunde geworden. War Sarah allein ins Wasser gegangen? Unbeaufsichtigt? Obwohl sie einigermaßen schwimmen konnte, war ihm nicht wohl dabei.

Sarah zeigte auf eine Klippe. »Da, hinter so ein Felsen. Ganz hoch war der. Ich bin da raufgeklettert und hab da runtergeguckt und da waren überall Steine. Das waren so Steine im Meer, da wo das Boot reingefahren ist. Wie in so eine Wanne. Und da war dann das Boot. Das dem Roberto gehört. Die ›Rita‹ heißt das. Das stand auch da drauf: ›Rita‹ stand da. Da lag der drin. Er war da drin und hat Mittagsschlaf gemacht. Das war der Roberto.«

»Woher weißt du denn, dass er das war?« Fischer bemühte sich, ruhig zu bleiben. Und sich dem Tempo, in dem Sarah die Geschichte erzählte, anzupassen.

»Ganz einfach. Der hatte ein Pferdeschwanz. Und um den Kopf das weiße Band. Weil er doch der Koch ist.« Sarah verzog das Gesicht. »Der hatte bestimmt ein Sonnenstich. So ganz braun war der. Ich wollte ihm mein Mütze geben, aber da runter war gefährlich zu dem Meer. War ganz steil. Also bin ich wieder zurück zu der Oma.«

»Du machst nichts wie solche Sachen.« Die Großmutter schüttelte den Kopf.

»Das hast du gut gemacht«, sagte der Großvater. »Du hättest dich sonst schlimm verletzen können.«

Sarah grinste. »Ich geh nicht allein ins Wasser. Hab ich

Justus versprochen. Mach ich nie nie nie. Und ich kletter auch nicht runter, wenn da das Meer ist.«

»Würdest du denn die Stelle noch finden?«, fragte Fischer.

»Weiß nicht.« Sarah zog die Mundwinkel nach unten und hob Hände und Schultern. So verharrte sie eine Weile.

Der Großvater schenkte die Getränke ein.

Die Großmutter deutete gen Horizont, dessen Linie unklar verschwamm. »Da hinten kommt der liebe Herr Jesus.«

Fischer drehte sich um. Das Schauspiel war spektakulär. Grau-rote Wolkenfetzen. Türkistöne spiegelten sich zwischen pink- und orangefarbenen Flächen auf dem Meer. Ein schwarzer Stehpaddler näherte sich in majestätischer Haltung dem Steg. Er sah tatsächlich aus, als glitte er von selbst übers Wasser. Für einen Augenblick erstrahlte der Himmel in einem kanariengelben Licht. Dann ging die Sonne unter.

Ein Gitarrist kam, stellte sich neben ihren Tisch, klampfte und sang: »O sole mio.«

»Was treibt der Grasdackel denn?«, fragte die Oma ungewöhnlich derb. »Was glotzt er mich so an? Ich meine, müssten wir uns kennen?«

»Ma n'atu sole cchiù bello, oi ne'.« Der Opa nahm ihre Hand und grinste. »Er will dir sagen: Es gibt keine Sonne, die schöner ist als du.«

»Ich wusste gar nicht, dass du so gut Italienisch kannst«, meinte Fischer.

»I wo«, erwiderte der Großvater. »Aber macht ja nichts. Ist in dem Fall wurstegal. Der Mann singt das Original. Das ist Neapolitanisch.«

Es hatte keinen Sinn, nachts zum Strand zu gehen. Der Campingplatz war eingezäunt und das Tor verschlossen. Selbst wenn sie einen Weg fanden, der um das Riesengelände herum zum Meer führte, wäre die Kopflampe zu schwach, um etwas sehen zu können. Der fast volle Mond gab auch nicht genug Licht. Er lugte durch die Pinien, als sie gegen elf den Bungalow erreichten. Die Kugellampen leuchteten am Weg. Bei den Nachbarn war es dunkel und still. Die großen Kinder zogen gruppenweise mit ihren Fahrrädern über den Platz. Die kleineren waren mit ihren Eltern beim Baby Dance, der offiziell um zehn zu Ende ging, was illusorisch war, weil er um halb elf erst anfing. Fischer hatte sich schon gut in die Auswahl der Canzoni eingehört. Eben lief »Coccodrago«; die gepitchte, quäkende Kinderstimme mit der zünftigen Bandbegleitung kam als Musikmüll in Fetzen auf der Terrasse an.

»Hab alles weggeputzt, ganze Pizza. Ich bin so voll, ich muss gleich Bett.« Sarah gähnte.

Fischer half ihr beim Zähneputzen. »Wie hast du Roberto gefunden?«

»Nur so«, sagte Sarah und gluckste.

»Zufall?« Fischer wartete ab, ob sie Schluckauf bekam. Dann gluckste sie bis zur Besinnungslosigkeit. Aber nichts passierte.

»Ha ja. Bin da halt rauf, und die Oma hat gewartet. Wollt nachschauen, wo die Erde die Kurve macht.«

Fischer lachte. »Du siehst die Erdkrümmung auch, wenn du unten bleibst. Du musst nur aufpassen, wenn ganz weit weg ein Schiff fährt. Der Rumpf verschwindet dann nämlich, und das ist der Beweis, dass die Erde rund ist.«

»Toll«, sagte Sarah und klatschte in die Hände. Dabei ließ sie die Zahnbürste fallen. »Die ist mir runtergeflogen.«

Fischer hob sie auf und säuberte sie unter dem fließenden warmen Wasser.

»Du«, flüsterte Sarah und hängte sich bei ihm ein. Er beugte sich zu ihr hinunter. Ihr Mund streifte sein Ohr. »Der ist da drin in dem Boot gelegen und ist nicht mehr verwacht. Kann es sein, dass Roberto totgegangen ist?«

Er schwieg und nahm sie in den Arm.

»Der war ganz blutig. Die haben den totgemacht. Mit dem Gewehr und dem Messer.«

Fischer schluckte.

»Die sind da reingekommen in die Küche. Und dann ist Roberto ganz schnell weg.« Sarah fuhr sich mit der Zunge über die Lippen.

Fischer hielt sie an den Schultern und sah sie fest an. »Du musst mir jetzt die Wahrheit sagen, Sarah. Ist das wirklich wahr?«

In Sarahs Gesicht zeichneten sich Unglauben und Enttäuschung ab. »Alles alles alles. Ich lüg doch nicht, Justus.«

»Wieso hast du das nicht gleich erzählt?«

»Ich hab Angst gehabt. Weil ich da rauf bin. Dass du schelten tust. Weil du doch so oft mit mir schimpfen musst.«

»Mumumuss ich das?« Fischer fühlte die Tränen aufsteigen. Da war es wieder, sein Stottern. »Uuund hast du jetzt auch Angst? Wegen Roberto? Wegen dem Messer und dem Gewehr? Und wegen den Männern?«

»Keine Angst«, sagte Sarah. »Aber die waren keine Männer.«

»Was denn dann?«

»Auch Frauen«, sagte Sarah. »Die waren Männer und Frauen. Zwei oder drei. Ich weiß nicht mehr. Ich kenn die nicht.«

Sarah schlief ein wie ein Sack. Die Großmutter hatte sich mit gefalteten Händen unten auf das Stockbett gesetzt und mit ihr das Gutenachtgebet gesprochen: »Müde bin ich, geh zur Ruh, / Schließe beide Äuglein zu. / Vater, lass die Augen dein / Über meinem Bette sein.«

Nachdem auch die Oma ins Bett gebracht worden war, hockte sich Fischer mit dem Opa noch auf die Terrasse. Der Baby Dance hatte endlich aufgehört, die Nachbarn kamen zurück. Die Mütter liefen gebückt, hielten die kleinen Kinder bei den Händen und sprachen zischelnd auf sie ein. »Dai, dai, dai ... Su!«

Die Väter folgten in gebührendem Abstand, redeten und rauchten. Sie wurden von ihren halbwüchsigen Söhnen überholt, die waghalsig eng an ihnen vorbeirasten. Fischer schaltete die Kopflampe an, holte Gläser und aus dem Kühlschrank eine angebrochene Flasche, er goss beide Male voll. Der Großvater hatte für seine Verhältnisse schon viel getrunken, er trank weiter, es war sein drittes Glas Wein.

»Hauptsache«, sagte der Opa, lehnte sich zurück und schlug die Beine übereinander, »das Kind wird nicht traumatisiert. Ich ahne ja langsam, was da vorgefallen ist. Sarah wird sich zu schützen wissen. Deine Großmutter sowieso. Und übrigens. Wir werden die Leiche nicht finden. Wenn wir morgen nachschauen, ist das Boot weg.«

Fischer widersprach nicht. Der Opa hatte, zumal für sein Alter, ungewöhnlich gute Ohren. Und eine ebenso überraschende Kombinationsgabe.

Der Großvater nahm einen Schluck. »Kork.«

»Aber Opa, das ist ein Drehverschluss.«

Er wischte mit der Hand durch die Luft. »Das war ein Witz, mein Bub. Wann wirst du es endlich lernen, meinen Humor zu verstehen?« Er pausierte, räusperte sich, spielte mit einer Locke. Nahm die Brille ab, putzte sie an seinem Polohemd. »Ich bin da, frag mich nicht, wie, auf eine Sache gestoßen. Wie sie mit diesem ganzen Schlamassel zu tun hat, in dem dieser Müller steckt, kann ich nicht sagen. Noch nicht. Aber irgendwie treten die ja an dich ran. Das ist mit Händen zu greifen, mein Bub. Die haben da irgendeinen Auftrag. Ich nehme an, dass es die Guten sind, aber sie zeigen noch nicht ihr Gesicht.« Der Opa pausierte. »Es gibt, wie immer, wenn es um Ideologien geht, sotte und sotte. Auf der einen Seite die Guten und auf der anderen die Ausgeburt des Bösen. Die einen belauern die andern und umgekehrt. Und jetzt pass auf. Es gibt da einen Geheimbericht. Den kann jeder lesen. Er stammt noch aus den Zeiten Papst Benedikts. Ein Insider des Vatikans hat sein bemerkenswertes Dossier von damals ins Internet gestellt, oder ein anderer hat es an seiner statt getan. Es geht um das IOR, um die Bank des Vatikans. Gegen dieses Geldinstitut sind in den letzten 50 Jahren eine Latte von Vorwürfen erhoben worden, und einer der Hauptanklagepunkte lautet: Von der Mafia bis zum internationalen Terrorismus konnte dort jeder ein Konto aufmachen. Und kann, vielleicht, aber seit Franziskus ist es dort still geworden. Das mag zweierlei bedeuten: Der Papst räumt auf, oder der Papst sorgt dafür, dass Ruhe herrscht.«

»Oder beides?«, fragte Fischer.

»Oder beides.« Ein schattiges Lächeln huschte über das Gesicht des Großvaters. »Jedenfalls hat er alle exkommuniziert. Alle. Glatt und sauber. Nicht nur die Mitglieder der kalabrischen 'Ndrangheta. Sondern sämtliche Mafiosi weltweit. Weil sie das Böse anbeten, quod erat demonstrandum. Damit ist erst mal Ruhe im Karton. Aber es heißt freilich nicht, dass sie keine Konten mehr besitzen. Es bedeutet eher, dass Franziskus nicht noch weiter für Schlagzeilen sorgen will.«

Es war, als ginge ein Wind. Die Pinienzweige säuselten. Ein Rauschen kam vom Meer her, ein anderes von der Straße. Es war kaum mehr als eine Ahnung, so still war zumal die Nacht. Im Nachbarbungalow wurde das Licht gelöscht. Ein Kleinkind schrie empört nach seiner Mutter.

»Heißt?«

Der Opa ächzte und räusperte sich. »Wenn ich das wüsste, mein Bub. Womöglich unterdrückt Franziskus ja mit aller Gewalt Botschaften, die aus dem Vatikan kommen könnten, und hält Untersuchungsergebnisse zurück. Möglicherweise scheut er Aufklärung und Transparenz um jeden Preis. Seine Forderung, dass alles ans Licht muss, verschleiert womöglich die wirklichen Zustände, die das niemals erlauben würden. Selbst ein Revolutionär, oder nennen wir ihn neutral Erneuerer, muss gewisse Grenzen einhalten. Sonst wäre es mit der katholischen Kirche möglicherweise aus und vorbei.«

»Aha.« Fischer nippte. Der Weißwein mundete vorzüglich. Er hatte die ideale Trinktemperatur und explodierte am Gaumen. Im Abgang zeitigte er ein Meer aus Blüten und mediterranem Fallobst. Fischer entsann sich nicht, dass er am Abend zuvor genauso brillant nach Fäulnis geschmeckt hatte, und er konnte mit dem Etikett nichts anfangen. Vor seinen Augen drehte sich alles.

Der Großvater war hellwach. »Gehen wir zurück zum Geheimbericht aus der Ära Benedikts. Die Rede ist dort auch von einem Homosexuellen-Ring. Es geht um Besuche in Schwulen-Bars, Massage-Salons, um Erpressungsversuche und Schutzgelder: Das Finanzielle läuft oder lief über die Vatikanbank. Hinzu kommen Millionenbeträge für irgendwelche Einrichtungen, es geht um über drei Milliarden Euro Spielgeld. Die hat man verpulvert. Wer nicht mitgemacht hat, wurde gefeuert.«

Fischer nahm die Hände des Großvaters. Sah ihm fest in die Augen. »Du bist unglaublich. Aber was willst du mir damit sagen?«

Der Opa erwiderte ernst seinen Blick. »Möglicherweise ist ja nicht Franziskus der große Impulsgeber, sondern es war Benedikt. Ich könnte mir vorstellen, er war ein einsamer, isolierter Kämpfer. Jedenfalls haben ihn Kardinäle so beschrieben. Ich glaube, er war sogar mehr. Er war ein verkannter Rebell. Denn alles deutet darauf hin, dass der Aufstand innerhalb des Heiligen Stuhls mit ihm bereits begonnen hat. Und nun gibt es eine Art Unheiligen Krieg. Den Franziskus möglicherweise vertuschen muss.«

»Heißt?«, fragte Fischer wieder.

»*Το μεγάλο ψάρι τρώει το μικρό.* Der große Fisch frisst den kleinen. Da wären wir wieder beim ›Muränenmahl‹. Dann hätten wir vielleicht auch den Link, denn es muss nach dem, was dieser Müller verzapft hat, einen Zusammenhang geben zwischen den Machenschaften des Klerus und dem Roman dieser jungen Frau aus Bayern. Wie auch immer. Aber du wirst kaum bestreiten, dass das kein normaler Urlaub ist. Die wollen irgendwas von dir. Wir werden bald erfahren, wer *die* sind. Und ich halte schützend meine Hände über dich, solange ich dazu imstande bin.«

Fischer drückte sie ihm. Fest. Beide Hände.

»Ein Glas nehm ich noch.« Der Großvater grinste.

Fischer holte eine neue Flasche.

Gegen Morgen träumte er von gestikulierenden Bankern, die reihenweise in die Wüste geschickt wurden. Dazu gehörten der Chef der Bank, der Chef der Finanzaufsicht und der Kämmerer des Vatikans, ein Kardinal. Fischer träumte von korrumpierten Dienstleistern, überhöhten Preisen, Kontakten zu großen deutschen und italienischen Rüstungskonzernen und Schmiergeldaffären. Er träumte von der haarsträubenden Verquickung mit anderen Banken, von Bestechung, Geldwäsche und Verderben. Und er träumte von Papst Benedikt XVI., der wegen der Vatikanbank von seinem Amt zurückgetreten war. Als der Papst aus Oberbayern den in rotes Leder gebundenen Geheimbericht las, war er so schockiert, dass aus ihm wieder Joseph Ratzinger wurde.

Im ersten Zwielicht wachte Fischer auf. Er war wie gerädert. Und hatte den Eindruck, gar nicht geschlafen zu haben. Stattdessen hatte er immer nur das wiederholt, was sein Opa ihm eingeflüstert hatte. Es war eine krude Mischung aus auf der Hand liegenden Informationen und verrückten Verschwörungstheorien. So kam es Fischer jedenfalls vor. Er erwachte von einem Duft aus Melisse und grünen Zitronen und glaubte sich im ersten Moment an Camillas Parfüm zu erinnern. Dann zerstob diese Assoziation wieder. Zurück blieb ein diffuses Bedürfnis, sie aufzusuchen.

Als sie gefrühstückt hatten und zum Strand aufbrachen, war es schon drei viertel zehn. Der Opa hatte einen dicken Stapel Postkarten gekauft, den er, ordentlich eingetütet, oben auf den Korb legte. Darauf tat er Adressbuch, Filzstifte und Füller.

»Ich nehm das«, sagte Sarah, die zum blauen Basecap mit der weißen Aufschrift *DOWN UNDER* und zum roten Bikini einen bunten Schwimmring um den Bauch trug mit Biene-Maja-Muster.

»Dann pass auf, dass du Opas Sachen nicht verlierst.« Fischer reichte ihr ein hellgelbes T-Shirt mit grauen Punkten. »Zieh das an, damit du dir die Schultern nicht verbrennst.«

»Ich bin schon ganz braun.« Widerstrebend gehorchte Sarah. »Immer tust du schelten.«

»Na ja.« Fischer merkte selbst, dass sie recht hatte. Er meckerte wirklich dauernd an ihr herum. »Ich meine es doch nur gut. Außerdem hab ich selber auch ein Hemd an. Es kann nicht schaden, wenn man halbwegs anständig gekleidet losgeht. Ausziehen kann man sich immer noch.«

»Dauernd weißt du alles besser. Und dauernd willst du bestimmen.«

»Streitet euch nicht, Kinder«, mahnte die Oma.

»Auf geht's!«, schmetterte der Opa.

Fischer und Sarah hatten Turnschuhe angezogen. Strandtücher, Handtücher, Sonnencreme, Bücher, Flipflops, Wasser und Wäsche zum Wechseln hatte er in seine Riesenreisetasche gepackt. Oma und Opa trugen zu ihren pastellfarbenen Outdoor-Klamotten Strohhüte und Sonnenbrillen und hielten einander bei der Hand. So gingen sie durch den Pinienwald des Campingplatzes bis zu dem Tor, das zwischen den Bäumen lag und zum Strand führte. Oma kaute, vermutlich zum ersten Mal in ihrem Leben, einen Kaugummi. Sie hatte sich das Päckchen selber gekauft.

»Gibst du mir auch ein?«, bat Sarah. »Bitte.«

»Er schmeckt nach Ananas. Du magst doch keine Ananas, Annelies.«

»Mensch, Oma!« Sarah streckte die freie Hand aus. »Jetzt gib.«

Fischer musste lachen. Die Buchstabenähnlichkeit von »Ananas« und »Annelies« hatte die Großmutter verleitet, Sarah mit ihrer Mutter zu verwechseln. Es hatte keinen Wert, wenn man sich darüber aufregte, dass so etwas passierte. Das würde immer öfter vorkommen, bis zu dem Tag, an dem die Oma keinen mehr kannte. Ob es jedoch so weit kam und wann dieser Zeitpunkt erreicht war, wusste kein Mensch.

»Italien«, sagte der Opa, »ist laut und unkompliziert. Die Dinge liegen quasi auf der Hand. Man muss das Augenfällige bloß erkennen.«

Halbstarke überholten riskant auf martialischen Fahrrädern. Aus ihren Handys quoll Italo-Hip-Hop. Inmitten halb nackter Heerscharen, die mit Luftmatratzen, Sonnenschirmen, Paddelbooten und Wurfzelten bewehrt zum Meer pilgerten, erreichten sie den Strand.

»Bevor die Wassergymnastik startet, gehe ich mit Sarah hinüber zu dem Felsvorsprung, auf den sie gestern geklettert ist.«

Der Opa hob den Zeigefinger. »Sie bleibt aber unten.«

»Natürlich bleibt sie unten.«

Die Großeltern legten sich auf die Liegen. Ihre Waden waren voller Sand. Darüber kreisten kleine schwarze Fliegen, die sich emsig niederließen. Es schien die beiden nicht zu stören. Selbst die Oma hatte sich an den »Dreck« gewöhnt.

Fischer machte sich mit Sarah davon. Im Gänsemarsch liefen sie durch das knöcheltiefe Salzwasser. Auf den Strandabschnitt mit seinen uniformierten Liegeplätzen, der zum Campingplatz gehörte, folgte der Gemeindestrand. Hier durfte jeder, wie es ihm passte, auf dem Boden liegen. Nur Hunde waren nicht erlaubt. Es war alles geboten, was Fischer schon kannte, aber alles überbordend auf einmal. Was da zusammenkam, glich einer Art Strandpsychose: Fliegende Händler schoben sich mit riesigen Gestellen und Taschen zwischen den dicht gedrängten Badegästen hindurch, weiß gekleidete Asiatinnen boten Massagen an, farbige Frauen flochten Kunsthaarzöpfchen, ein Mann, der zwei gigantische weiße Eimer schleppte, schrie: »Noce di cocco, noce di cocco. Cocco fresco, cocco bello.« Ein monströses Fahrzeug fuhr frische Früchte und Eis durch die Gegend, an Marktständen tobte der Bikini- und Kleiderverkauf. Ein Händler hatte seine Ware auf eine großflächige Plane geschmissen, und das weibliche Publikum balgte sich darum.

»Ich sammel Muscheln«, sagte Sarah.

Fischer begutachtete den schmutzigbraunen, sehr festen Sand. »Meinst du, hier gibt es viele?«

»Ich sammel Muscheln.«

Fischer sah keine einzige, aber das musste nichts heißen. Nur etwa 50 Meter weiter ragte an dem ansonsten flachen Sandstrand die kleine Klippe auf. Sie war nicht zu übersehen, allerdings auch nicht sehr spektakulär – nur wenige Meter hoch und leicht zu besteigen. Fischer kletterte raufwärts und blickte von oben hinunter. Auf der anderen Seite lag das Meer. Sonst nichts. Fischer konnte weder die Steine erkennen, von denen Sarah gesprochen hatte und die eine Art Mole bilden mussten, noch das Boot. War Roberto in die offene See abgetrieben? Das Meer war sehr ruhig. Schäumende, sich ringelnde Wellen klatschten verhalten ans Ufer oder verläpperten verlegen vorher. Fischer blickte hinüber auf die Insel Giglio und die Halbinsel Monte Argentario. Er musste wieder versuchen, Giulia zu erreichen.

»Und?«, fragte Sarah, als er wieder unten ankam. Sie hatte tatsächlich ein paar Muscheln gefunden, die sie, zusammen mit dem Haus einer muschelfressenden Mondschnecke, im T-Shirt barg wie das arme Waisenkind in seinem Kleidchen die Sterntaler.

»Nichts«, sagte Fischer. »Nicht einmal Steine.«

Sarah stampfte mit dem Fuß auf. »Aber da waren gestern welche.«

Als Bodenseebewohner hatte Fischer keine Ahnung von Ebbe und Flut. Konnte es sein, dass tags zuvor ungefähr eine Stunde später ein deutlich niedrigerer Wasserstand geherrscht hatte?

»Da waren welche«, sagte Sarah. »Und da war Roberto in sein Boot.«

»Ich glaube dir«, sagte Fischer.

»In echt?« Sarah blickte zu ihm hoch. »Und was ist dein Plan?«

»Komm, wir gehen jetzt zurück zu Opa und Oma und schreiben Karten.« Fischer nahm Sarahs freie Hand.

»Kann ich Mama und Papa?«

»Klar. Ich hab den Eltern zwar schon ein paar SMS geschickt, aber die freuen sich dann doppelt.«

»Die Hitze«, sagte der Großvater, als sie ihren Platz erreichten. Er hatte einen roten Schädel und schwitzte. »Langsam wird es mir doch zu viel.«

»Wir können die Karten auch auf dem Camping schreiben«, bot Fischer an.

»Ich mach mit der Oma noch die Wassergimastik.« Sarah hüpfte auf die Großmutter zu, die mit geschlossenen Augen unterm Schirm lag, und zog sie an der Hand.

Die Oma schüttelte den Kopf. Mit dem Zeigefinger stupfte sie in die Luft. »Ich muss erst noch die Mama fragen, ob ich das darf.«

Der Opa setzte sich auf und strich sich über die geschwollenen Beine. An den Waden hatte er gewaltige Krampfadern. »Bleib ruhig noch da mit den beiden Frauen, mein Bub. Ich geh allein zurück.« Der Opa warf sich das Hemd über und wankte davon.

»Was hat er denn?«, fragte die Oma. »Der Krieg ist doch aus.«

»Es ist ihm nicht gut«, sagte Sarah.

Fischer grinste. Dass der Großvater einfach einen Kater hatte, behielt er für sich.

Am späten Nachmittag war der Opa so weit wiederhergestellt, dass Fischer ihn um einen Gefallen bitten konnte. »Würdest du mitkommen zur Polizei?«

»Willst du wirklich eine Aussage machen?« Der Großvater saß auf der Terrasse vor dem Bungalow und trank seinen Tee, während Sarah bereits das Geschirr spülte. Die Oma trocknete ab.

Die Zikaden sangen. Die Sonne fiel durchs Geäst. Es roch nach Harz und Honig. Kinder mit Bällen querten den Platz, Männer mit Hunden brachten den Müll weg und entsorgten Flaschen, Mütter hängten Windeln und Wäsche auf. Eine Wespe kreiste chaotisch und landete auf dem Tisch. Der Opa betrachtete sie nachdenklich.

»Ich habe eine Idee«, sagte Fischer. »Du könntest für mich übersetzen.«

»Nun ja, ich bin wirklich überrascht, dass ich des Italienischen noch in kleinstem Umfang mächtig bin. Schließlich habe ich die Sprache nach dem Krieg gelernt, wo es auf Rom ging, und später habe ich sie nie wieder richtig gebraucht.« Der Großvater sah ihn an, mit geröteten, wässrigen Augen und durchdringendem Blick. »Aber ob es dafür noch langt? Willst du es nicht lieber auf Englisch versuchen?«

»Mir fehlen die richtigen Wörter. Und den Carabinieri vermutlich auch.« Fischer fiel ein, dass er den Opa nochmals hatte fragen wollen. »Was habt ihr eigentlich damals auf dieser Wallfahrt gemacht? Wieso seid ihr nach Rom gelaufen? Ich glaube, du hast mir nicht alles erzählt …«

»Also gut. Wir waren Teil der Bewegung des Erzengels Michael. Als solchem gehörten wir einer internationalen Kongregation an. Wir haben versucht herauszufinden, was Papst Pius XII. in der Zeit des Faschismus über die Naziverbrechen gewusst hat. Außerdem wollten wir untersuchen, wie er sich dazu verhalten hat. Sein Schweigen war längst an unser Ohr gedrungen, aber wir wollten es nicht glauben. Es erschien uns ungeheuerlich. Sollte das tatsächlich der Fall gewesen sein, forderten wir Konsequenzen. Den Rücktritt des Papstes, seltmals eigentlich undenkbar.« Der Großvater starrte in eine unbestimmte Weite, als fände er dort das Vergangene. »In Rom lief es besser als erhofft. Wir bekamen einen gewissen Einblick gewährt, denn wir hatten Kontakte zu einem Kardinal, der uns geheime Dokumente aus dem Vatikan beschafft hat. Natürlich waren wir blauäugig. Die meisten von uns waren jung. Viele waren im Krieg gewesen, sie waren ausgebombt worden oder geflohen. Wir waren aufrechte Katholiken. Wir haben die Nazis gehasst. Viele von uns hat nur der Glaube gerettet. Als wir bei Kriegsende erfuhren, dass ein Völkermord geschehen war, gegen den die Kirche nichts unternommen hatte, wollten wir uns von deren Oberhaupt nicht länger verschaukeln lassen. Wir waren am Ende unserer Geduld. Dennoch mussten wir einsehen, dass wir zu weit gegangen waren, als der Kardinal und Mittelsmann, dessen Name nichts zur Sache tut, plötzlich verstarb. Es hieß, an einer Fischvergiftung. Angeblich hatte er eine Muräne verzehrt, die bei ungenügend hohen Temperaturen gegart worden war. Deren Gift in Blut, Haut und Drüsen blieb demnach weiter wirksam.«

»Wie viele wart ihr denn?«

Der Großvater lächelte mondsichelfein. »In der Kongregation waren wir 13. Die apostolischen Zwölf und ein Ersatzmann.«

»Kongregation?« Fischer schüttelte den Kopf.

»Wir haben unsere süddeutsche Sektion so genannt. Großmäulig. ›Institut des geweihten Lebens‹. Die Eckerles waren ja auch dabei, der Hans und die Margarete, noch kein Paar seltmals, das waren noch halbe Kinder, Hänsel und Gretel wurden sie geheißen, und richtig, sie hieß Engel.« Der Opa stutzte. »Wie groß die gesamte Bewegung war, kann ich nicht mehr sagen. Wir haben das nie ganz durchschaut.«

»Das ist tapfer gelogen. Es gab diese Bewegung des Erzengels Michael nicht«, mischte sich überraschend aus der Küchennische die Oma ein, die offenbar zugehört hatte. »Dein Vater hat sie erfunden, mein Sohn. Damit haben wir die Römische Kurie ganz schön unter Druck gesetzt. Im Vatikan glaubte man, da seien Abertausende junger Katholiken unterwegs. In Wahrheit waren wir aber nur eine Handvoll, allesamt wie wild hinter Papst Pius her. Ein gutes Dutzend Leute. Grad so viele wie Jesus mit seinen Aposteln. Und die sollen später schuld gewesen sein, dass seinem Leichnam bei der Einbalsamierung die Nase abfiel.«

Es ging gegen halb fünf. Fischer brachte die Großmutter und Sarah ins Ristorante. Sie wollten unbedingt wieder aushelfen und gingen direkt durch in die Küche. Dort wurde bereits munter gewerkelt. Nur Roberto fehlte. Der Großvater verhandelte gestikulierend mit Maria, deren Wortschwall Fischer entnahm, dass sie einverstanden war. Eine der Küchenhilfen holte zwei Stühle. Auf dem Tisch stand ein Sack Kartoffeln, die geschält werden mussten.

»Wir sind gegen acht spätestens zurück und essen dann hier«, sagte Fischer.

Der Opa übersetzte. In der Luft hing Kräuterduft, dazu das süßliche Aroma reifer, erhitzter Tomaten.

Sarah umhalste und herzte Fischer, die Oma gab ihm höflich die Hand.

»Du wirst gebraucht«, sagte Fischer.

»Es ist mir ein inneres Missionsfest«, erwiderte sie.

Der Opa küsste die Oma auf den Mund. Fischer bot ihm seinen Arm an und half ihm in den Caddy. Dann fuhren sie zurück nach Porto Santo Stefano. Fischer machte das Radio an: »L'italiano«. Wer war das? Adriano Celentano? Fischer wusste es nicht, er hatte den Song seit einer Ewigkeit nicht mehr gehört, aber der altvertraute Hit aus der Kindheit spulte sich ab, als wäre er in die Hirnrinde eingemeißelt: »Lasciatemi cantare / con la chitarra in mano / lasciatemi cantare / sono un italiano. // Buongiorno Italia gli spaghetti al dente / e un partigiano come Presidente / con l'autoradio sempre nella mano destra / e un canarino sopra la finestra …«

Der Opa sang mit. »Buongiorno Italia / buongiorno Maria / con gli occhi pieni di malinconia / buongiorno Dio / lo sai che ci sono anch'io.«

Im Wagen roch es nach Wald, nach Heidelbeeren, Harz, Sonne und heißen Tannennadeln. Fischer merkte plötzlich, dass das Lied ihn an seine Schwester Rahel erinnerte, an den Sommer, in dem sie verschwunden war. Den Sommer 1983. Er sah ein Auto vor sich. Einen roten Golf. Er wusste, dass es ein Golf und dass er rot war. »Der Schlager ist doch so ungefähr von 1983. Kennst du einen, der damals einen roten Golf gefahren ist?«

»Deine Tante Mechthild«, erwiderte der Großvater. »Es war ihr Zweitwagen, auf den sie schrecklich stolz war. Als einzige Frau in der Familie hatte sie ein eigenes Auto. Das Theater werd ich nie vergessen. Wie kommst du darauf?«

»Nunununur so.« Fischer stotterte. Er merkte, wie ihm der Schweiß ausbrach. Er stellte sich den roten Golf vor, der auf dem Parkplatz der »Zuflucht« geparkt hatte, und lief knallrot an. Eine Hitzewelle flutete sein Gesicht. Er konnte sich kaum noch auf die Straße konzentrieren. »Wewewer singt da? Und wieso kakakannst du den Text aaauswendig?«

»Der Sänger heißt, wenn ich es richtig weiß, Toto Cutugno. Aber ich entsinne mich nur noch an Bruchstücke. Jaja freilich, das war mal ein Riesenhit. Muss wirklich so um 83 gewesen sein. Ich weiß noch, dass er bei der Beerdigung von deinem Onkel Gianpietro gelaufen ist. Der war doch Italiener! Und er war völlig beseelt von diesem Lied. Dann haben die in der Friedhofskapelle die Platte aufgelegt! Das waren die vom italienischen Kulturverein. Der Pfarrer wollte die Trauerfeier abbrechen. Die Mechthild hat getobt. Das gab einen richtigen Skandal.« Der Opa lachte schadenfroh. »Ich konnte die Schwester deiner Mutter immer gut leiden. Aber an dem Tag, wo sie den Freitod von ihrem Mann totgeschwiegen hat, war es aus. Es ist keine Schande, wenn einer sich umbringt. Dieses bigotte Getue, dabei war sie doch keinen Funken religiös. Ganz im Gegensatz zu Gianpietro, der jeden zweiten Samstag zur Beichte rannte. Nein, sie war seltmals für den Sozialismus! Und für den Feminismus! Oder grün halt, aber wie grün! Grüner als ein Hektar Tannenwald! Dabei fuhr sie mit Wollust Auto. Gut, das will ich ihr nicht vorwerfen. Inkonsequent sind wir alle, gell? Aber wäre sie hingestanden, hätten die Italiener pietätvoller reagiert und den Blödsinn gelassen. Nun ja, wir hatten seltmals noch andere Sorgen. Die Sache mit Rahel war noch nicht lange her. Du konntest nichts dafür, mein Bub.«

Fischer sagte nichts darauf. War er bei der Beerdigung dabei gewesen? Er konnte sich an nichts entsinnen. Er war gerade acht Jahre alt geworden, seine fünfjährige Schwester war verschwunden, er war schuld. Sie hatten zusammen Verstecken gespielt, Verschlupferles am Buhlbachsee, und er hatte vergebens nach Rahel gerufen. Hatte er danach jemandem erzählt, dass er auf dem unbelebten Parkplatz einen roten Golf gesehen hatte? War man so auf Gianpietro gekommen? Hatte der sich deshalb das Leben genommen? Was trieb er eigentlich an der Schwarzwaldhochstraße, er wohnte doch mit seiner Familie schon damals in der Nähe von Konstanz?

Spinn ich jetzt komplett?, fragte sich Fischer. Er schüttelte den Kopf. Nur, weil Tante Mechthild einen roten Golf fuhr! Das konnte, das musste Zufall sein. Wieso sollte Gianpietro ihn genommen haben? Um so etwas zu tun? Nie war Fischer zu Ohren gekommen, dass der italienische Onkel perversen Neigungen nachgegangen wäre. Niemals hatte es Gerüchte gegeben. Doch Fischer spürte, dass es etwas gab, das soeben, befeuert durch eine italienische Schnulze, aus dem schieren Nichts in sein Unterbewusstsein zurückkatapultiert worden war. Er kam nicht darauf, in welche Richtung das ging. Hatte er das vertraute Lied, das ständig im Radio lief, auf dem Parkplatz gehört? Aus dem offenen Auto heraus? Und dann wieder auf der Beerdigung? War ihm dabei ein Verdacht gekommen, den er nicht äußern, den er nicht einmal denken durfte? Fischer schwitzte und schwieg. Der Schweiß rann ihm übers Gesicht, die Kleider klebten pudelnass am Körper. Auch der Großvater hing seinen Gedanken nach. Stumm fuhren sie die Küstenstraße entlang nach Porto Santo Stefano.

»Wir gehen zu den Carabinieri«, meinte Fischer knapp, als er den Blinker setzte.

»Wir haben die Makellosigkeit der Landschaft in uns eingesogen«, vermeldete daraufhin der Opa. »Die Lüfte sind lau, die Sonne liebkost das Meer, heiter wechseln Ebbe und Flut, am Strand lachen die Möwen, allenthalben nichts als Harmonie. Aber wird da die italienische Polizei auch nach Feierabend noch Dienst tun?«

»Einer wird schon zugegen sein.« Fischer parkte in der Nähe vom Viale Barellai auf einem Behindertenparkplatz und legte den »Jagdschein« hinter die Scheibe.

»Was hast du vor? Willst du mich nicht vorher einweihen?«, fragte der Opa.

»Du wirst schon sehen.«

Sie betraten die Nummer 50. Fischer ließ dem Großvater den Vortritt. Am Schalter im Eingangsbereich fragte er nach Capitano Gabriele Calabrese. Der blutjunge Diensthabende gab freundlich Auskunft.

»Signor Calabrese befindet sich in seinem wohlverdienten Wochenende«, übersetzte der Opa launig. »Wir können aber seine Kollegin sprechen.«

»Das wollte ich sowieso.« Fischer blickte den Diensthabenden aufmunternd an.

Zwei Minuten später saßen sie in einem Dienstzimmer, und eine blonde Polizistin um die 30 trat hinzu, die zu hochgesteckten Haaren einen dunkelblauen Hosenanzug trug und sich mit dem schmallippigen Charme der Stewardess einer Billigfluglinie vorstellte. Sie war eine echte Blondine und hieß Sofia Cazzotto.

»Womit kann ich Ihnen behilflich sein?«

»Nun, Signora«, hob Fischer an. »Mein Name ist Fischer, Justus Fischer, ich bin der Pfarrer der St. Katharinenkirche in Konstanz. Dies ist der Mann, dessen Frau meinem Vater das Leben geschenkt hat, Signor Fischer senior, er wird für uns übersetzen.«

»Nicht nötig.« Sofia Cazzotto lächelte. »Ich kann ein wenig Deutsch.«

»Umso besser«, sagte Fischer. »Ich möchte Ihnen reinen Wein einschenken. Es ist so: Ich verfüge offenbar über Kontakte zum Vatikan, über die ich keine nähere Auskunft geben kann, möglicherweise gehöre ich einer im Verborgenen agierenden Verbindung an, zu der ich mich aus Gründen, die nichts zur Sache tun, nicht äußern möchte, und ich bin hier, um Ihnen die Beichte abzunehmen.«

»Wie bitte?« Sofia Cazzotto sprach mit starkem bayerischem Akzent.

»Wieso das nötig ist, muss ich Ihnen wohl nicht erklären. Sie wissen selbst am besten, was Sie getan beziehungsweise unterlassen haben. Es könnte sein, dass Sie sonst exkommuniziert werden müssten. Sie verstehen schon. Ausgeschlossen aus dem Bund der katholischen Kirche. Das ist die strengste Kirchenstrafe überhaupt. Sie ahnen, was das heißt. Sie dürfen keine Sakramente mehr empfangen. Was das für das Heil Ihrer unsterblichen Seele zur Stunde Ihres Todes bedeutet, liegt auf der Hand.«

Sie schwieg.

Fischer grinste wie der Teufel. »Ich bin hier aus Barmherzigkeit Gottes des Vaters. Das Beichtgeheimnis ist unverletzlich. Niemand wird von dem, was Sie dem lieben Herrgott gestehen, je etwas erfahren.«

»Da ich als Übersetzer nicht gebraucht werde, will ich den Raum nun verlassen.« Der Großvater sagte noch ein paar Sätze auf Italienisch. Fischer glaubte, »Euro« verstanden zu haben, aber er war sich nicht sicher. Schwankend stand der Opa auf und tappte hinaus.

Sofia Cazzotto bekreuzigte sich. »Im Namen des Vaters und des Sohnes und des Heiligen Geistes. Amen.«

»Gott, der unser Herz erleuchtet, schenke dir wahre Erkenntnis deiner Sünden. Er gewähre dir seine Barmherzigkeit.«

»Amen.« Sofia Cazzotto atmete tief durch. »Beim Bild meines treu sorgenden Padre Alfonso und meiner lieben Mamma Pia gestehe und bereue ich als gute Tochter des Herrn, dass ich Böses getan und Gutes unterlassen habe. Erbarme dich meiner, oh mio Dio.«

Und dann erzählte sie Fischer alles. Restlos alles, was sie wusste. Es war eine Menge, viel zu viel für eine so junge und so blonde Toskanerin. Fischer würde sie nicht enttäuschen. Er würde ihr Beichtgeheimnis mitnehmen in sein Grab.

»Jetzt begreifst du also mehr, als dir guttut, du weißt womöglich, wo Sofias Bruder Luca ist, du kennst den Kontostand dieses Don Alfonso, die Strichliste seiner Morde, aber du kannst dein Wissen nicht verwenden.« Der Großvater schnaubte und gurtete sich an, während Fischer rückwärts aus der Parklücke fuhr. »Sonst wirst nämlich *du* exkommuniziert. Das steht so im Kirchenrecht. Wie du schon richtig sagtest: *Das Beichtgeheimnis ist unverletzlich. Dir ist es daher als Beichtvater streng verboten …*«

»*… den Pönitenten durch Worte oder auf irgendeine andere Weise und aus irgendeinem Grund irgendwie zu verraten*, ja.« Fischer konnte die Absätze auswendig. »*Ein Gebrauch des aus der Beichte gewonnenen Wissens,* *der für den Pönitenten belastend wäre, ist dem Beichtvater streng verboten, auch wenn jede Gefahr, dass etwas bekannt werden könnte, ausgeschlossen ist. Niemand darf den guten Ruf, den jemand hat, rechtswidrig schädigen und das persönliche Recht eines jeden auf den Schutz der eigenen Intimsphäre verletzen.*«

»Und was machst du jetzt?«

»Nichts«, sagte Fischer. »Ich habe mit Lucas Schwester nie gesprochen.«

Sein Handy klingelte. Er fuhr rechts ran.

»Ich bin in Konstanz«, sagte Giulia. »Das ist es doch, was du wolltest.«

»Sehr gut.« Die Stunde war gekommen. Fischer duzte sie umstandslos zurück. »Du musst die Eckerles befragen. Das Ehepaar Eckerle. Hans und Margarete Eckerle. Es geht um das Handy, das im Beichtstuhl lag. Müllers Handy, das angeblich präpariert war. Ich glaube das nicht, aber ich möchte das Handy so wenig wie möglich anfassen. Das hat mit meiner Rolle als Geistlicher zu tun, es dreht sich um das Beichtgeheimnis. Darin eingeschlossen ist das Handy, mit dem die Eckerles irgendeinen Firlefanz vorhatten. Einer von beiden hat es unter der Kniebank deponiert. Ich dürfte dir das gar nicht sagen. Bitte finde für mich heraus, was es damit auf sich hat, ohne dass sie dahinterkommen. Die beiden sind schon betagt und wohnen immer noch allein in ihrer Wohnung in der Altstadt. Du findest ihre Nummer und Adresse im Telefonbuch. Ich habe x-mal versucht, sie anzurufen, aber ich habe niemanden erreicht.«

»Hast du Peter Müllers Handy immer noch?«

»Ja, aber zu was? Müller hat sich seit Tagen nicht mehr gemeldet.« Eigentlich komisch, dachte Fischer. Er hätte das Handy sofort zurückfordern müssen, als er übern Berg war und wieder klar denken konnte. Stattdessen hatte er die Übergabe immer wieder verschleppt. Und nun blieb er einfach fort.

»Ruf Andrea an. Andrea Tedesco. Das ist ein Schweizer aus dem Tessin, der lange in Zürich gelebt hat. Seine Nummer müsste gespeichert sein.«

»Auf dem Handy? Wie gesagt, ich hab nur ein paar von den notwendigsten Funktionen gecheckt. Um herauszufinden, wem es gehört. Das ist mir gelungen. Seither mache ich nichts mehr damit.«

»Dann spring über deinen Schatten. Gott sieht alles, aber er behält es für sich. Meines Erachtens ist er fast gar so verschwiegen wie du.«

»Wer ist Andrea Todesco?«

»Tedesco. Keine Ahnung. Ich habe den Namen von Carlo Scarivari. Peter Müller sei mit dem befreundet. Er habe mit ihm ein paar Häuser besichtigt. Mit mehr konnte mir Carlo allerdings auch nicht helfen.«

18.

NSA hintere Toskana

TOP SEKRET // Künstlicher Darmausgang nach Notoperation Calamari Romana

Ziel: Penetration der Ausscheidungswege des Vatikans im Hinblick auf den Stoffwechsel des Heiligen Stuhls

Nachrichtensofortversand: Andrea Tedesco, Vorsteher einer Fake-Runde, untergetaucht weitab von Florenz, und Peter Müller, Aufenthaltsort unbekannt.

Nachrichtenquelle: Niente

Datum und Uhrzeit: |||||||||

– Wie albern ist das denn? Jetzt lassen Sie doch diesen Scheiß. Wieso machen Sie sich über mich lustig? Ihre Unverschämtheit tut weh.

– Sie haben damit angefangen. Das ist wie bei zwei Brüdern, die zusammen im Sandkasten sitzen, und einer haut dem andern sein Schäufele auf den Kopf.

– Hä?

– Sie wollten sich wichtigmachen. Diese ganzen NSA-Protokolle, die Sie angeblich abgefangen haben … Sie haben einfach mitgeschrieben. Oder ein Diktiergerät laufen lassen. Mehr haben Sie doch sowieso nicht drauf.

– Sind Sie besoffen, oder was?

– Ich trinke einen Vermentino aus Monterufoli.

– Na, dann sind Sie nicht weit gekommen. *[Pause.]*

Wissen Sie, wir sind Menschen mit natürlichen Ein- und Ausgängen, wir reden, wir essen, wir rülpsen und furzen, wir führen ab. Früher haben wir gestunken, das tun wir heute nicht mehr.

– Wo liegen Ihre Interessen wirklich, und wer bezahlt Sie dafür?

– Wenn ich das so genau wüsste.

– Na ja. Sie lügen. Oder schlimmer noch. Sie haben das doch alles angeleiert.

– Habe ich nicht. Ich wurde beordert. Unsere Kommission ist aufgeflogen, die Kurie hat uns gekündigt, der Kardinalstaatssekretär hat uns rausgeschmissen, aber uns gibt es doch noch. Und unser Auftrag ist ungebrochen. Seine Heiligkeit erwartet unser Ergebnis. In Gestalt von Philipp Engel.

– Dazu kann ich Ihnen keine wirklichen Fakten liefern. Wir finden Philipp nicht. Es gibt auch nichts zu finden. Er wird tot sein, na und? Es gab diesen Bootsunfall, der war tragisch. So was kommt vor. Das ganze Gedöns drumherum ist doch Peanuts.

– Wie meinen Sie das?

– So, wie ich es sage. Merle Engel hat den Tod ihres Bruders nicht verkraftet und allerlei Unfug verbreitet. Sie wollte ein Buch darüber schreiben, einen Enthüllungsroman, einen globalen Bestseller. Den hat sie mit dem dicken Debüt und dem lancierten Skandal geschickt vorbereitet.

– Daraus wird im Leben nichts. Sagt Ihnen der Name Lara Cardella was?

– Sollte er das?

– Sie schrieb mit 19 den Bestseller »Ich wollte Hosen«. Dieses bitterkomische Machwerk über familiären Missbrauch, über Misshandlung, Lüge und Gewalt, das Unglück also einer Spießergesellschaft, hat vor bald 30 Jahren ganz Sizilien erschüttert. Lara Cardella kam als Nestbeschmutzerin international ganz groß raus. Sie hat dann noch ein paar Bücher geschrieben und wirklich alles probiert – Liebe, Tod, Mafia; trotzdem wurden es nur Misserfolge. Mit 30 gab sie auf. Sie lebt in einem Kaff bei Rom, aber im Vergleich zu Christiane F. sind die Tantiemen wohl eher mager. Merle wird kaum ein anderes Schicksal ereilen. Ihr Scheitern ist vorprogrammiert. Sie muss irgendwas schaffen.

– Kaum. Sie wird sich keinen Job mehr suchen. Es war sowieso umsonst. Jetzt ist sie nämlich selbst bei einem Badeunfall ums Leben gekommen. Das passiert ja manchmal. Dass Hinterbliebene, die mit ihrer Trauer nicht fertig werden, sich auf ähnliche Weise richten.

– Sie ist tot? Wieso sagen Sie das erst jetzt?

– Tja. Ich versuche schon die ganze Zeit, zu diesem entscheidenden Punkt vorzudringen …

– Sie hat doch eben erst bei uns angefangen …

– So schnell kann's gehen.

– Wir haben also keine Protokollantin mehr?

– Wir brauchen auch keine.

– Sie wollten sie doch in die Kommission holen.

– Wegen Philipp. Um sie auszuhorchen. Alle Informationen, die sie über ihren Bruder hatte, zu nutzen. Aber ich bin auch ohne sie zu meinem Schluss gekommen. Philipp war todgeweiht. Seine Heilung ist ein Mirakel. Ein Mysterium. Wir dürfen da, glaube ich, von einem Wunder sprechen.

– Dürfen wir das? Angenommen, Sie haben nicht recht. Und Merle Engel wurde wie ihr kleiner Bruder, wie ihre

Eltern beseitigt. Um Spuren zu verwischen. Um Zeugen auszuschalten. Dann halten wir doch lieber die Klappe.

– Erst mal. Doch das Ergebnis steht fest. Philipps Spontanheilung ist vom Standpunkt des Arztes aus unmöglich.

– Da machen Sie es sich jetzt aber leicht.

– Sie spinnen ja. Leicht? Ich habe alle Quellen zusammengetragen. Arztbefunde. Krankenakten. Tagebücher. Meine Skepsis ist besiegt. Aus medizinischer Sicht habe ich keinen Einwand. Die Berührung des Rings … Der übrigens, wie Sie ja zuverlässig wissen, echt war.

– Kommt ganz darauf an. Es gibt für alles eine Lösung.

– Dann der Unfall. Für einen Forensiker ist das in der Tat absolut simpel. Ich meine sogar, nachweisen zu können, da wurde etwas aufgebauscht.

– Nun nur nichts vermischen. Es ist so …

– Ansonsten: Heiligsprechung! Sehr viel später, freilich. Schaumermal. Bis dahin: Deckung!

– Wie konnten Sie in so kurzer Zeit …

– Kurz? Unsereins ist gewohnt, zeitnah Zeugnisse beizubringen. Wenn Sie mich fragen, da ist ein Wunder passiert. Ich bin mit meinem Latein am Ende und völlig einverstanden damit, wenn ich das im Hinblick auf die künftige Seligsprechung und so weiter beurkunden muss. Tu ich.

– Wer zahlt *Sie* eigentlich?

– Mich? *[lacht]* Im Augenblick keiner. Und da ich an nichts glaube, habe ich nichts davon.

– Und was ist mit Fischer?

– Welcher Fischer?

– Dieser Stadtpfarrer. Der Kerl aus Konstanz.

– Kenn ich nicht. Nie was von dem gehört. Aber kann es sein, dass Sie einfach ein Hochstapler sind? Ein

Mensch mit einer diagnostizierbaren Persönlichkeitsstörung? Ein Irrer, ein Schweizer Schizo? Als ich in Kontakt mit Ihnen kam, hatte ich gleich diesen Verdacht. Die ersten Eindrücke sind immer die richtigen. Wer hat das noch mal gesagt? Egal. Steht zu vermuten, dass ich auf einem Wunder hocken bleibe.

19.

»Andrea Tedesco. Seine Nummer müsste gespeichert sein. Justus, Ciao. Ich melde mich, wenn ich Neues habe.« Giulia schob ihr Telefonino zurück in die Hülle. Dann sah sie eine Weile aus dem Fenster. Der Erker im Wohnzimmer ging auf drei Seiten hinaus. Vom ersten Stock blickte sie hinunter auf die unbelebte Fußgängerzone. Kein Mensch war unterwegs. Am Rand eines Blumenkübels dümpelte eine Taube. Über Konstanz hingen schwarze Wolken, nun ging ein Gewitter nieder, es regnete, was herab mochte, es schüttete, und der Regen prasselte gegen die Scheibe. Daraus wurden vogeleigroße Hagelkörner. Sie sprangen auf dem Fensterbrett hoch wie Tischtennisbälle. Die Inschrift an der gegenüberliegenden Hauswand, die mit Wappen und Malereien verziert war, verlor sich in einem milchigen Grau. Giulia sah zu, wie sich die Konturen verwischten, sie lauschte auf das Trommeln. Es klopfte wie wild. Dann blitzte es nahe, und direkt darüber donnerte es. Giulia erschauerte. Sie hatte Furcht vor Gewittern, obgleich sie dabei tief schlafen konnte. Das war ihr selber ein Rätsel, wie so manches. Erst hatte sie nach Altötting zu Traude Engel fahren wollen, aber Merles Stiefgroßmutter war bereits auf dem Weg in die Toskana. Also machte Giulia, nachdem sie sich im Gewirr der Autobahnen verirrt und hoffnungslos verfranzt hatte, einen Abstecher nach Konstanz, ohne recht zu wissen, was sie dort wollte. Sie stellte die »Giulia« in ein Parkhaus. Fischers Schwester Hannah, die sie bei ihrem Rundgang durch die Altstadt im Pfarrhaus antraf, wo sie den Briefkasten leerte, brachte sie im verwaisten Haus der Großeltern unter. Es lag in der Zollernstraße dem See zu, unweit des Stadtgartens. Im Erdgeschoss war eine Parfümerie, das Dachgeschoss war vermietet. Das alte Ehepaar Fischer bewohnte die beiden Stockwerke dazwischen. Giulia bekam oben das Gästezimmer, verbunden mit der Bitte, sich um die Blumen zu kümmern. Das war übertrieben vertrauensselig, zumal es bis auf die Geranien vor dem Fenster nicht viel zu gießen gab. Giulia wunderte sich. Sie hatte lediglich erwähnt, bei Fischer handele es sich um ihren Klienten. Konnte es sein, dass Fischer ihre Ankunft in Konstanz angekündigt hatte? Hatte er geahnt, dass sie dort landen würde, und seine Schwester gebeten, sie bei den Großeltern unterzubringen, damit sie sich in deren Zuhause ein wenig umsehen konnte?

Die großzügige Wohnung war herrschaftlich. Sie strahlte eine düstere Vornehmheit aus, bei der Geld keine Rolle mehr spielte. Küche und Badezimmer verkörperten den chromblitzenden Charme der 1930er-Jahre. Die Hähne waren vergoldet, die Kacheln fein gebrannt und mit Jugendstilmustern der Jahrhundertwende verziert. Das Mobiliar musste aus den 1850er-Jahren ererbt sein. Vielleicht war es auch älter. Was nicht uralt war, wirkte zeitlos und teuer. Vom Salon, der drei Sofas hatte und inmitten einer Ahnengalerie einen Großbildschirm aufwies, führte eine Flügeltür ins Arbeitszimmer. Überall Lampen, Uhren, Gemälde. Nur wenige halbhohe Regale. Neben DVDs mit den Kinolegenden des vergangenen

Jahrhunderts eine überschaubare Anzahl an Büchern, die meisten in Leder gebunden. Giulia öffnete wahllos Türen und suchte nach der Bibliothek. Es gab eine Rumpelkammer, dort türmte sich neben Putzmitteln der Rest. Taschenbücher lagen nach dem Alphabet sortiert in nummerierten Weinkisten und waren vom Arbeitszimmer ausgeschlossen. Giulia ging dorthin zurück. Die Gastfreundschaft der Familie hielt sie nicht davon ab, sich umzuschauen und ein paar Schubladen zu öffnen. Im antiken Schreibtisch des Seniors fand sie Kontoauszüge, die sie nicht näher prüfen wollte. Ein verschlossenes Testament. Ein Asthmaspray. Und eine umfangreiche Dokumentation des wohl stockenden und komplizierten Seligsprechungsprozesses von Papst Pius XII., ergänzt durch Aufschriebe in einer klaren, veralteten Handschrift, die Giulia mühelos entziffern konnte. Sie erfuhr, Eugenio Pacelli habe am 20. April 1917 eine Ernennung zum Nuntius in Bayern erhalten. Zwar konnte sie mit dieser Information nichts anfangen, außer dass es sie an den Geburtsort von Benedikt erinnerte, wobei ihr das Datum – der 20. April – irgendwie bekannt vorkam. Sie las, dass Papst Pius XI., der ein brennender Antifaschist gewesen sein musste, 1939 plötzlich abgelebt war. Eugenio Pacelli, der ihm nun nachfolgende Weltkriegspapst Pius XII., habe als dessen Kardinalstaatssekretär an seinem Vermächtnis maßgeblich mitgestrickt, sei dann aber damit nicht weitergekommen. Immerhin habe er aber im Vatikan und in Castel Gandolfo dem Vernehmen nach zahlreiche Juden versteckt; auch in Klöstern und kirchlichen Einrichtungen im weiteren Umfeld seien Tausende untergekommen. Es gab viele andere angenommene Rettungsaktionen, die mehr oder minder belegbar waren. 2009 hatte das Seligsprechungsverfahren mit der Zuerkennung des heroischen Tugendgrades eine erste entscheidende Hürde genommen. Dann ging plötzlich nichts mehr voran, wohl, weil Pius XII. kein Märtyrer war. Wie auch immer, Pius blieb schillernd, Franziskus trug ihm offenbar nichts nach, falls er dennoch zuzeiten des Holocausts gefehlt haben sollte, doch beharrte er auf ein Wunder. Ein solcher Wundernachweis, von einem Mediziner beglaubigt, gehörte zu den Voraussetzungen für eine Selig- als Vorstufe zur Heiligsprechung. Dass sich das 1965 eröffnete Seligsprechungsprozedere über die Ära Benedikts XVI. bis zu Franziskus zog, legte die Frage nahe, wann sich die Vatikanischen Geheimarchive endlich öffneten. Diese Überlegung hatte Fischer senior auf einem Briefkuvert notiert, das ohne Marke an ihn adressiert war, mit drei Fragezeichen versehen und doppelt unterstrichen. Obwohl Giulia sich für die Problematik interessierte, fand sie nicht, dass es sie etwas anging, worüber Fischer senior sich den Kopf zerbrach. Offensichtlich haderte er damit, dass etwas in die verkehrte Richtung lief. Es musste etwas geben, das ihn nachhaltig störte. Er steigerte sich da gehörig hinein. Diese Obsession des Großvaters erfüllte sie mit einer fremden Scham, die sie nicht deuten konnte. Da sie keinen Zusammenhang erkannte zu dem, was sie umtrieb, schloss Giulia die Schublade wieder.

»Madonna zoccola.« Giulia fluchte. Sie konnte es immer noch nicht fassen. Merle Engels Leiche war an die Felswand des Capolungo gespült worden. Oder war sie lebendig dort aufgeprallt? Waren die Wellen wirklich so stark gewesen? Giulia fragte sich, ob sie beim Schwimmen tatsächlich ertrunken war. Sie konnte sich vorstellen, dass Merles Tod etwas mit dem »Muränenmahl« zu tun hatte und der Roman wiederum mit Ichthýs. Giulia hatte ihn inzwischen zu Ende gelesen, fand ihn aber unspektakulär. Vielleicht gab es darin geheime Botschaften. Der Einzige, der diesbezüglich möglicherweise zur Aufklärung beitragen konnte, war Peter Müller. Dieser war wie Luca abgängig. Von Roberto hatte sie nichts mehr gehört, auf dem Telefonino war er nicht erreichbar, und Giulia fürchtete, dass Fischer ihr etwas verschwieg. Das Beste war wohl, wenn sie Robertos Verschwinden weiter verdrängte. Es half nichts, die Dinge zu überstürzen. Nun musste sie einen Schritt nach dem anderen machen.

Nachdem es abgeregnet hatte und verhalten aufklarte, fand Giulia aus dem Haus und orientierte sich an einer virtuellen Karte, die sie sich eingeprägt hatte. Auf dem Pflaster standen schwere Pfützen, an deren Rändern noch schmelzende Hagelkörner schwammen. Giulia blickte in den milchigen Himmel und entdeckte darin einen fast vollen Mond. Von der Zollernstraße gelangte sie über die Wessenbergstraße zur Sankt-Johann-Gasse. Dort bog sie nach rechts ab in die Inselgasse. Die Eckerles wohnten gegenüber der Insel, an der Ecke Konzilstraße, nahe am See. Giulia fand die Hausnummer nicht. Auf der Insel stand sie plötzlich vor dem Inselhotel, einem ehemaligen Dominikanerkloster, und kehrte wieder um. Vor dem Stadttheater war ein Klappschild aufgestellt. Sie las: *Vorsicht Spielende. Kinder bitte langsam fahren!!! Ferienbetreuung*.

Es ging gegen halb acht, weitab vom Dämmer, es war Samstag, doch die Stadt war leer. Keine Flaneure, keine Touristen, es fuhren kaum Autos. Giulia kehrte um.

Plötzlich stand sie vor dem Haus. Es war ein vermutlich dem Jugendstil verpflichteter Villenbau, in dem sechs Eigentümer oder Mietparteien unterkamen. Als Giulia das Klingelschild las, sprang ein kleiner Junge heraus, mit einem Ball unterm Arm, und flitzte über die Fahrbahn. Sie schob sich an ihm vorbei und gelangte ins Treppenhaus. Die Eckerles lebten im Dachgeschoss, was wahrscheinlich längst Mühe machte. Es gab keinen Fahrstuhl. An der Tür stand *Hans und Margarete Eckerle*. Sie hatten vermutlich keine Kinder, oder die Kinder waren aus dem Haus, als sie sich beizeiten im Dachstock eingerichtet hatten.

Giulia zückte ihre Kreditkarte und zog sie durch den Schlitz. Die Wohnungstür sprang auf. Sie war nicht abgeschlossen, was alten Leuten nicht gleichsah.

»Hallo, ist da jemand?« Giulia rief in einen Flur hinein, den sie zögernd betrat. Keiner gab eine Antwort. Es roch nach Verwesung, eindeutig, und sie war auf alles gefasst. Der Geruch war stechend und erinnerte sie an den toten Hund, den sie vor Wochen am Strand gefunden hatte. Dennoch besaß sie den Mut, die Wohnungstür anzulehnen und sich mit dem Rücken dazu umzusehen. Links und rechts vom schmalen Flur standen die Türen offen. Es handelte sich um eine überschaubare Zweieinhalbzimmerwohnung. Die Räume waren für ein Dachgeschoss ungewöhnlich hoch und hatten große Fenster. Das Bad war orangerot gekachelt. Giulia tappte vorwärts und warf einen Blick in ein aufgeräumtes Schlafzimmer mit hellen Holzmöbeln, die in den 1980er-Jahren modern gewesen waren. Über dem Bett lag eine kotzbunt gehäkelte Tagesdecke. Die Lampen wirkten billig, der Einbauschrank machte einen pragmatischen Eindruck. Auf einem schlichten Stuhl saß ein selbst genähter Stoffhase. Vielleicht hatten die Eckerles Enkel, die sie besuchten. Auf dem Parkettboden lagen Flickenteppiche, deren frische Farben ins Auge sprangen.

Giulia ging geradeaus durch zum Wohnzimmer, das einen kleinen Balkon besaß. An den Wänden stapelten sich Bücher in selbst gezimmerten Regalen, die bis zur Decke gingen. Die Eckerles hatten einen weiten Bildungshorizont mit einem Schwerpunkt auf Nachkriegsliteratur und einem Faible für Theologie. Neben Landkarten und Wanderführern reihten sich Bestimmungsbücher zu Flora und Fauna. Es gab keinen Fernseher, dafür aber eine kompakte Stereoanlage mit einer klassischen CD-Sammlung und ein zusätzliches Designradio aus Holz. Der Schreibtisch war unspektakulär, ebenso die in eine Nische eingelassene Sitzecke mit einem Schlafsofa, auf dem sich ein Schaffell und Kissen befanden, einem Glastisch und zwei abgewetzten Sesseln.

Bis auf ein paar herumliegende Zeitungen wirkte alles zwanghaft aufgeräumt, fast leblos. Darin ähnelte die Wohnung jener der alten Fischers, so verschieden sie war. Unterschiedlich war auch der Grad der Ordnung. Während die Fischers auf penible Sorgfalt im Alltag stets Wert zu legen schienen, die Räume strahlten das aus, hatten die Eckerles bewusst die Spuren ihres Lebens getilgt. Die Zimmer waren quasi hergerichtet worden. Hier spürte man die plötzliche Verlassenheit und die Angst, nie wieder heimzukommen. Mit Eindringlingen wurde gerechnet, und man wollte sich ihrem kritischen Blick nicht mehr als unbedingt nötig aussetzen.

Der Gestank kam aus der geräumigen Küche, die gegenüber vom Schlafzimmer lag. Sie war ebenso karg und sachlich wie die übrige Wohnung, mit einer vernünftigen, ziemlich vernutzten Einbauküche, die in jüngerer Zeit überholt worden war. Der noble Gasherd, der große Kühlschrank und die gemütliche Eckbank mit den rot karierten Bezügen ließen darauf schließen, dass die Eckerles gerne kochten und, miteinander schwätzend, in der Küche saßen. Der Besuch, den sie empfingen, war vermutlich überschaubar, aber die extreme Sachlichkeit wirkte unnatürlich. Alles war nüchtern, sauber und leer, bis auf den Mistkübel. Giulia zog den Schrank auf. Unter der Spüle wurde der Abfall sorgsam getrennt. Im Biomüll lagen, umringt von verwelkten, verdörrten Salatblättern, Fischgräten und -köpfe. Die Eckerles hatten vergessen, den Abfall zu entsorgen, als sie, nachdem sie alles aufgeräumt hatten, in banger Erwartung eines ungewissen Endes letztlich doch überstürzt abreisten. Oder war da noch etwas anderes? Giulia knüpfte die Trageschlaufen der Komposttüte zusammen und hob sie vorsichtig aus dem Eimer.

Auf dem Küchentisch lag ein Gebetsbild der heiligen Serena: *»Du schmerzensreiche Märtyrerin, bitt für uns!«*

Bei Don Alfredo in der Hofhalde war auf der Terrasse noch ein Tisch frei. Der Regen hatte aufhört, es war etwas frisch, aber windstill. Giulia nahm Antipasto di mare. Danach wählte sie Orecchiette con rucola und als Hauptgang Pesce spada alla siciliana, Schwertfisch mit Oliven, Kirschtomaten und Kapern. Als Beilage gab es Reis. Sie trank einen halben Liter Weißwein, Sprudel und einen Espresso. Dazu bestellte sie eine hausgemachte Pannacotta. Dann zahlte sie und ging heim.

Giulia begriff vieles nicht, aber sie konnte sich einiges zusammenreimen. Nach dem Krieg hatte es eine papstkritische Kirche von unten gegeben, der Fischers und Eckerles angehört hatten. Die Fischers waren gleich alt wie Joseph Ratzinger, die Eckerles nur wenige Jahre jünger – möglicherweise hatten sie Joseph gekannt, verkehrten in der gleichen Clique. Der alte Fischer hatte ihn im Krieg kennengelernt, im Reichsarbeitsdienst, bei der Errichtung von Panzersperren oder bei den Luftwaffenhelfern. Vielleicht waren sie sich in einem Kloster begegnet, und Joseph war damals dabei, als es zu dieser Wallfahrt zu Pius XII. nach Rom ging. Wie es schien, hatten die einstigen Mitglieder dieser denkwürdigen Bewegung mit dem emeritierten Papst noch eine Rechnung offen. Ob sie etwas mit Ichthýs zu tun hatte, war völlig unklar. Jedenfalls gab es auch heute wieder eine Basiskirche, die vermutlich vorwiegend in Italien operierte und zu mafiösen Methoden griff. Diesen Leuten war Roberto irgendwie verbunden, und es hatte ihn womöglich den Kopf gekostet. Merle Engel gehörte dem Vernehmen nach der Gegenseite an, also der Pro-Papst-Fraktion, und es gab einen neuen, mit allen Mitteln geführten Krieg zwischen den Anhängern und den Gegnern des Heiligen Stuhls. Ohne Zweifel war es ein religiöser Krieg, der nicht zuletzt mit virtuellen Waffen ausgetragen wurde. Die feindlichen Fronten bespuckten sich verbal, davon war auszugehen, doch sie ließen es nicht dabei bewenden. Zur Not hackten die einen den anderen die Hände ab. Aber wofür stritten sie und gegen was wandten sie sich genau?

Giulia war zu satt und zu müde, um sich wegen Roberto ernste Sorgen zu machen. Er war zu weit weg.

Wenn ihm etwas passiert war, hatte er sich das selbst zuzuschreiben. Und sie hatte es irgendwie kommen sehen.

Am Sonntagmorgen holte Giulia in aller Herrgottsfrühe den Wagen aus dem Parkhaus. Es war der 6. August, der Tag des Festes der Verklärung des Herrn. Dieses geht zurück auf eine Begebenheit, die sich auf dem Berg der Verklärung zutrug, wohin Jesus einige seiner Apostel mitgenommen hatte. Vor ihren Augen wurde er verwandelt; sein Gesicht strahlte wie die Sonne, und seine Kleider wurden licht und schneeweiß. Aus einer Wolke sprach eine Stimme: »Das ist mein geliebter Sohn, an dem ich Gefallen gefunden habe; auf ihn sollt ihr hören.« Erst 1457, nach dem Sieg über die Türken bei Belgrad, wurde das Fest der Verklärung Jesu für die lateinische Kirche verbindlich.

So stand es jedenfalls im Internet. Giulia hatte die halbe Nacht gegoogelt und war eher aus Versehen darauf gestoßen. Wonach sie suchte, war die heilige Serena. Deren sterbliche Überreste befanden sich in der Wallfahrtskirche »Maria in der Tanne«, mitten im Schwarzwald, direkt bei den Triberger Wasserfällen. Flavia Serena, geboren um 365, gestorben 408 in Rom, war die Tochter des Honorius, des Bruders von Kaiser Theodosius I., gewesen. Sie galt als gebildet und war dessen Lieblingsnichte. 384 verheiratete er sie mit dem sehr einflussreichen Heermeister Stilicho, dem sie drei Kinder gebar. An seiner Seite mischte sie sich als fromme Christin auf eigenwillige Weise in die römische Politik ein. Was sie dort bewirkte, blieb undurchsichtig. Laut Quellenlage wurde sie vom römischen Senat hingerichtet, weil man befürchtete, sie würde die Stadt an die Goten verraten, die soeben Rom belagerten.

Als Katakombenheilige war sie aus Rom hergeschafft worden. Am 16. April 1751, einem Freitag nach Ostern, wurden die Gebeine, zuvor im Kloster Rottenmünster in Rottweil kostbar bekleidet und reich mit Gold, Edelsteinen und Stickereien verziert, nach Triberg überführt. Damit entging sie dem Bildersturm und Ikonoklasmus im Zuge der Reformation, wo Reliquien reihenweise zerstört wurden. Als Reaktion darauf hatte der Heilige Stuhl angeordnet, dass Tausende von Toten aus den römischen Katakomben exhumiert wurden, und die meisten davon verbrachte man in die deutschsprachigen Gebiete nördlich der Alpen. Der Wunsch, die Reliquie eines Märtyrers zu besitzen, wurde auch in Triberg laut. Man wandte sich somit vermutlich an einen Kurialprälaten in Rom, die Anfrage wurde positiv entschieden, und durch einen Kurialbischof wurde eine Echtheitsbescheinigung erstellt. Die Übertragung fand in feierlicher Prozession statt. Der Schrein stand seitdem zur Verehrung bereit.

Über Singen und Villingen-Schwenningen bretterte Giulia nach Triberg. Die gut 100 Kilometer ließen sich in schätzungsweise eineinhalb Stunden bewältigen. Giulia hatte ihr Gepäck in der Zollernstraße gelassen und nicht einmal gefrühstückt. In Jeans und T-Shirt war sie aus dem Haus gegangen. Nun war sie froh, dass im Auto eine Jacke lag. Der Himmel war wolkenverhangen, die Luft kühl. Giulia stierte stur auf die Straße. Ausnahmsweise hatte sie keinen Blick für die Landschaft. Sie ließ den Hegau, die süddeutsche Toskana, bald hinter sich. Das sagenumwobene Burgenland am westlichen Bodensee mit seinen bizarren Vulkanformationen, romantischen Ritterburgen und mystischen Flusslandschaften war ihr in den Kinderferien immer willkommen gewesen. Doch nun entsann sie sich an nichts. Keine nostalgisch verbrämten Erinnerungen machten sich breit. Der Hohentwiel und die elegisch geschwungenen Ausläufer des Schwarzwalds waren ihr gleichgültig. Den Eingang zum Schwarzwald selbst nahm sie als bedrohlich wahr; in engen Serpentinen ging es zwischen den Bäumen das Loch hinunter.

Triberg empfing sie als verschlafenes, vom Tourismus geschändetes Nest. Die Hauptstraße säumten falsches Fachwerk und haushohe Kuckucksuhren. Der Ortskern lag im Kessel, und Giulia verfuhr sich zweimal. Am Hang fand sie einen Privatparkplatz. Als sie die Wallfahrtskirche betrat, deren Tür erwartungsgemäß offenstand, war es erst kurz nach halb acht. Das Bild, das sich ihr bot, war ebenfalls erwartbar. In der zweithintersten Bank, vor sich barocke Reichtümer und freilich den besagten Schrein der Serena, kniete ein greises Paar und betete laut vor sich hinmurmelnd ein »Gegrüßet seist du, Maria«. Der Mann hielt einen Rosenkranz in der fleckigen Hand, die Frau einen hölzernen Fisch. Beide ähnelten einander. Sie waren spitznasig und schmallippig und hatten selbst geschnittene graue Topffrisuren. Sie waren das, was man ein symbiotisches Paar nennt. Sie hatten sicherlich keine Geheimnisse voreinander und waren in 70 Jahren nie fremdgegangen. Im Vergleich zu den Fischers, die noch ein paar Lenze mehr auf dem Buckel hatten, waren sie topfit. Sie wirkten rüstig und zäh und trugen zu praktischen Rucksäcken betagte Outdoor-Klamotten: Trekking-Sandalen, Wanderhosen, luftige Anoraks.

»Lassen Sie das, es bringt nichts«, sagte Giulia, die

durch die Bank davor schritt. »Sie haben die Gräten nicht im Mistkübel vergessen. Ichthýs lässt grüßen.«

Sie stellte die Komposttüte mit dem stinkenden Fischabfall neben ein »Gotteslob«. Die zwei zuckten zusammen. Unisono bekreuzigten sie sich. Ihre Eheringe an der rechten Hand waren betont schlicht.

»Herr und Frau Eckerle, nicht wahr? Sie haben Pfarrer Fischer erwartet, als Chauffeur seines Großvaters, Ihres engsten Genossen aus Großkampftagen. Sie haben ihm einen Wink gegeben, oder besser gesagt, zwei, das Gebetsbildchen gepaart mit dem Müll. Ich muss Sie enttäuschen. Ich heiße Giulia Franca. Und ich bin an seiner statt hier, wenn das noch korrektes und geläufiges Deutsch ist, scusi, ich bin etwas aus der Übung und lese zu viele Klassiker. Zwar blicke ich vieles nicht, doch ich ahne, und da bin ich Fischer gewisslich voraus, was Sie vorhaben.« Giulia hatte nicht die mindeste Ahnung. Sie stocherte vollkommen im Nebel.

»Hatten. Was sein musste, ist geschehen. Willkommen in der alten Heimat, denn ich höre doch heraus, dass Sie eine Hiesige sind?« Frau Eckerle stand auf und legte den Holzfisch auf die Bank. Sie gab Giulia die Hand. Der Druck war nicht zu fest, aber dafür trocken und warm. Es roch nach frischen Kräutern. Die Komposttüte hatte aufgehört zu stinken. Giulia fragte sich, ob das zu einem Wunder gereichte.

»Was heißt das?«, fragte sie und deutete auf Frau Eckerles Fisch, in den die Buchstaben »IHS« eingeschnitzt waren.

»Iesum Habemus Socium«, sagte Herr Eckerle zärtlich. Er hatte eine feste, tiefe, noch junge Stimme. »Oder Jesus Hominis Salvator. Jesus Heiland Seligmacher. Ganz, wie Sie wünschen, Frau Franca. Das ist die süddeutsche Segregation der weltweiten Bewegung. Ich nehme an, Sie sind mit den römischen Machenschaften der Jetztzeit vertraut. Leider hat sich auch unser Stadtpfarrer Fischer von denen dort einwickeln lassen. Aber vermutlich ist er zu naiv, das überhaupt zu merken.«

»Was haben Sie in Rom nach dem Krieg wirklich gesucht? Ich meine, auf dieser Pilgerreise ... Die Fischers haben mir davon erzählt; ich glaube, es ging um die Haltung von Papst Pius XII. gegenüber dem Holocaust.« Dass Giulia ein klein wenig log, störte sie nicht. In gewisser Weise stimmte es sogar – sie hatte sich in Fischer seniors Arbeitszimmer davon berichten lassen.

Herr Eckerle wackelte mit dem Kopf. »Da blickt kein Mensch durch, das ist total kompliziert. Man tut Pius unrecht, wenn man sagt, er habe nur geschwiegen. Ein Heiliger, wie es andere gerne hätten, war er aber auch nicht. Die Wahrheit ist in irgendwelchen Archiven vergraben. Aber das hat uns Junge nicht interessiert. Uns ging es um die Liebe. Wir waren für die Liebe unterwegs.«

Frau Eckerle lächelte ihn an. Dann wandte sie sich an Giulia. »Ist lange her. Wie auch immer. Bestimmte Prozesse müssen verhindert werden. Und man kann die Folgen falscher Entscheidungen verändern. Wir haben es in der Hand, was passiert. Alles, was die Kirche tut, ist von Menschen gemacht.«

»Heißt?«, fragte Giulia, die damit Fischer zitierte. Etwas Pragmatischeres als die Aussage von Frau Eckerle hatte sie selten vernommen. »Im Übrigen wird diese Hand auch schon mal abgehackt. Beispielsweise von einem Ichthýs-Bruder. Mit dem vatikanischen Richtbeil womöglich. Ein Restaurantbesitzer verschwindet. Und kurz drauf stirbt in der Toskana eine junge Touristin aus Altötting, einem Wallfahrtsort mit Gnadenkapelle, also quasi von da, wo Joseph Aloisius Ratzinger herkommt. Sie hat ein obskures Buch geschrieben. Einen Roman, in dem es um ein ›Muränenmahl‹ geht, eine Parabel auf das Abendmahl … Aber mit einer miesen Botschaft, die an die Nahrungskette anknüpft, fressen und gefressen werden. Oder an Darwin … Survival of the Fittest. Angeblich haben sich Mitglieder ihrer Familie in dem Buch wiedererkannt, das hat in Deutschland zu einem literarischen Skandal geführt, und sie hat auch Verwandte in der Toskana. Ich könnte mir allerdings vorstellen, dass noch was anderes dahintersteckt. Etwas, das wir nicht begreifen.«

»Wir haben mit den Fanatikern in Italien nichts zu schaffen«, erklärte Frau Eckerle, die auf einmal nervös wirkte. Sie kiekste ein wenig. Doch in ihrer Stimme lag etwas Forsches und Frisches, das sie plötzlich verjüngte. »Das sind doch alles Mafiosi und Terroristen. Uns hingegen geht es rein darum, den früh Verstorbenen endlich die ewige Ruhe zu schenken. Diese Frau hier«, sie zeigte auf den Schrein, »wurde ermordet. Dann wurde ihr Leichnam missbraucht. Sie hat schier 2.000 Jahre darauf gewartet, dass einer sie aus den Fängen der Heiligenverehrung erlöst. Nun haben wir sie aus dem Schrein befreit und ihr endlich die ewige Ruhe geschenkt. Wir dürfen das nicht. Wir nehmen an, es ist eine schwere Sünde. Doch letztlich sind wir unserem Gewissen verpflichtet, oder nicht?«

Giulia lief durch den Gang zur heiligen Serena, die wie Schneewittchen in einem gläsernen Sarg gelegen hatte. Sie meinte zu sehen, dass das kunstvolle Korsett mit seinen ausgeschmückten Streben leer war. Es lag kein Skelett mehr darin. Die Knochen waren verschwunden, die Pantöffelchen hohl. Der Schädel war durch eine wächserne Maske ersetzt. Die gemalten Augen stierten sie unverwandt an. Doch sie mochte sich irren.

Giulia fuhr hinter dem alten Daimler her nach St. Peter. Der Ort nahe Freiburg war von den höchsten Bergen des Südschwarzwalds umgeben: Unmittelbar benachbart ragten der Feldberg auf, der Schauinsland und der Kandel. Keinen dieser Berge sah man. Auf dem Weg zur Hochebene, die nur etwa hälftig, also 700 Meter über dem Meer lag, war die Landschaft in ein diesiges Licht getaucht. In der Nacht hatte es geregnet. Die Straße war noch nass, und das Gras, das schon wieder hoch stand, glitzerte. Über den Tälern schwebte wolkig der Nebel, der zwischen den Bäumen dampfend verpuffte. Das gab der Landschaft einen heimatlichen Zauber, den Giulia über viele Jahre hinweg vermisst hatte. Oder auch vergessen. Im Schwarzwald hatte sie in der Kindheit viele Ferien verbracht. Daran erinnerte sie sich jetzt, während sie konzentriert die Kurven nahm. Oben auf dem Lindenberg hatten sich die Eckerles in einem katholischen Gästehaus eingemietet. In der Wallfahrtskirche »Maria Lindenberg« wollten sie den Gottesdienst besuchen, weil in der Triberger »Maria in der Tanne« an diesem Sonntag keiner stattfand.

Sie waren zeitig dran, und der Parkplatz war noch voller Lücken. Die Eckerles scherten ein, stiegen aus und wiesen Giulia den Weg zur WC-Anlage. Sie war großzügig und sauber. Auf einer Bank kramte Frau Eckerle in ihrem Rucksack. Zum Vorschein kamen eine Thermoskanne, Plastikbecher und Tupperdosen. »Dürfen wir Sie zu einem kleinen Frühstück einladen? Wir sind Veganer. Die Fischabfälle, die Sie in unserem Müll gefunden haben, stammen aus dem Container des benachbarten Inselhotels.« Frau Eckerle lachte meckernd. »Sie haben den Beutel doch nicht etwa in der Kirche vergessen?«

»Ich habe ihn entsorgt«, sagte Herr Eckerle und deutete in die verhangene Landschaft. »Dort hinten wäre der Feldberg. Doch er zeigt sich nicht.«

Es gab Pfefferminztee mit Knäckebrot und selbst gemachten pflanzlichen Brotaufstrichen. Sie waren sämig und fein gewürzt. Frau Eckerle bestreute sie mit Sesam und Schwarzkümmel. »Diese Mischung hilft bei den Moslems von jeher gegen alles. Und was denen nützt, kann uns nicht schaden.«

»Wir waren immer für Toleranz«, bestätigte Herr Eckerle. »Vor allem beim Essen.«

»Danke für die Einladung.« Giulia griff zu und kaute. Es mundete herrlich. »Das schmeckt wirklich gut. Darf ich mir das Rezept aufschreiben? Im Übrigen schulden Sie mir eine Erklärung.«

»Auberginenmus«, sagte Frau Eckerle. »Mein Mann ist nicht in der Lage, eine Zwetschge von einer Aubergine zu unterscheiden. In dieser Hinsicht habe ich ihn nicht emanzipieren können. Als Trotzreaktion auf so viel Unverstand wurde unser einziger Sohn Koch auf einem Kreuzfahrtschiff, und wir sehen ihn selten.«

»Es ist so«, erklärte Herr Eckerle. »Ausgangspunkt für eine Selig- und daraus resultierend Heiligsprechung ist der Antrag einer Diözese. Wenn es nicht um einen Papst geht, wo dann meist Rom selber zuständig ist. Der Impuls kommt also von einer Diözese. Oder einer Ordensgemeinschaft. Der Antragsteller holt beim Apostolischen Stuhl eine Unbedenklichkeitserklärung ein. Steht der Aufnahme des Verfahrens nichts entgegen, wird ein Postulator beauftragt, der die Biografie zusammenträgt. Oft ist das ein Historiker mit theologischem Hintergrund. Er sammelt Informationen, wertet Tagebücher und Briefe aus, befragt Zeitzeugen und führt Interviews. Das Ergebnis wird bei der Kongregation für die Selig- und Heiligsprechungsprozesse eingereicht. Diese prüft die gesammelten Zeugnisse und entscheidet, ob der Anwärter den Kriterien genügt. Falls er kein Märtyrer war, muss zusätzlich ein Wunder vorgewiesen werden, in den meisten Fällen ein Heilungswunder, welches von Medizinern geprüft und für unerklärlich befunden wird.«

»Müller«, sagte Giulia.

»Genau«, schmetterte Frau Eckerle.

»Aber um wen geht es denn?«

»Es ist die heimische Diözese, die dahintersteckt.« Herr Eckerle grinste. »Er ist viel zu bescheiden, um die Sache selber zu lancieren.«

Ausgerechnet in diesem Augenblick bimmelte die Glocke der Chiesa di Santo Stefano. Giulia fischte ihr Telefonino aus der Tasche. Mit dem Daumen wischte sie über das Display.

»Wo bist du?«, fragte Müller.

»Peter!«, rief Giulia geistesgegenwärtig. »Ich bin an den Bodensee gefahren, und dann … Per caso … Also zufällig …«

»Ich auch«, sagte Müller. »Wir treffen uns auf dem Reichenauer Wein- und Fischerfest. Direkt am Jachthafen Herrenbrücke.«

Giulia erinnerte sich, dass Müller sich mit Fischer auf dem Konstanzer Weinfest getroffen hatte. Er schien eine Vorliebe für solcherlei Verabredungen zu haben. Hoffentlich brach er dabei nicht wieder zusammen. »Wann und wo?«

»Nicht zu früh. Heute Abend gegen acht? Es gibt dort eine Segelschule, und daneben ist eine umgebaute Telefonzelle. Darin befindet sich ein öffentlicher Bücherschrank. Davor stehe ich.«

Am Himmel leuchtete die ISS, die mit 27.616 Kilometern in der Stunde in circa 400 Kilometern Höhe über Mitteleuropa hinwegflog. Giulia fuhr über den von Pappeln gesäumten Inseldamm Reichenau, der das Festland mit der größten Bodenseeinsel verband. Links und rechts davon zogen sich das Wollmatinger Ried und dann der Untersee. Sie parkte in einer ruhigen Seitengasse in Mittelzell, unweit des Münsters St. Maria und Markus, deren Namen sie gleich wieder vergaß. Sie schloss den Alfa ab. Dann lief sie zum Wasser und stürzte sich ins Getümmel. Überall standen und saßen Leute. Sie verstopften die Wege, redeten, riefen und lachten, aßen und tranken und hockten schunkelnd und singend an Biertischen. Eine Blaskapelle spielte La Paloma. Die süddeutsche Gemütlichkeit wirkte genauso laut und gezwungen wie das inszenierte Dolce Vita in Italien. Je tiefer sich die Dämmerung senkte, desto austauschbarer wurde die Stimmung. Aber während hier nächtens Schlägereien von Besoffenen dräuten, drohten dort Verletzungen durch Feuerwerkskörper. Giulia stellte sich vor, dass ein paar marodierende Idioten daherkamen und ihr Auto anzündeten, und sie beschloss, vor Einbruch der Dunkelheit zu verschwinden.

Kurz nach Sonnenuntergang ging im Südosten der Mond auf. Er war fast unnatürlich groß und beinahe voll. Giulia schob sich an den vollgeladenen Tischreihen vorbei und zwängte sich zwischen den schwitzenden Leibern hindurch. Sie hatte nicht den geringsten Appetit und nicht die kleinste Lust zu verweilen. Selbst die Sicht auf den See und die Küstenlinie mit ihren Ankerbuchten verlockte sie nicht, und ihr entging der romantische Abendhimmel.

Nicht weit vom Zentrum des Treibens war die Segelschule, und daneben stand die Telefonzelle. Sie war grün gestrichen und mit Regalbrettern ausgestattet, die von oben bis unten voller Bücher waren. Giulia schaute sich um. Müller war zwischen den vielen Flaneuren nirgends zu sehen. Sie checkte das Telefonino. Er hatte nicht angerufen und keine SMS geschickt. Es war zehn nach acht.

Um sich die Zeit zu vertreiben, betrat Giulia den öffentlichen Bücherschrank. Drinnen war es stickig, und es roch säuerlich nach altem Papier. Sie überflog die Namen auf den Buchrücken und las Süskind, Stevenson, Márquez, Dostojewskij, Chester Himes, Lagerlöf und Calvino. Dazwischen Astrid Lindgren und Rolf Hochhuth sowie eine Reihe unbekannter Namen. Namen, die nie wirklich das Licht der Literaturwelt erblickt hatten, die nie die Wahrnehmungsschwelle überschritten und einen Gesprächswert generiert hatten. Und Namen von Verdammten, die nach ihrem Tod im Fegefeuer vergessen worden waren, die von keinem kanonisiert wurden. Das-ist-Kunst- und Kann-weg-Namen lehnten Titel an Titel nebeneinander.

Giulia langte wahllos nach einem der Bücher und schlug es auf. Es war Graham Greenes Roman »Die Kraft und die Herrlichkeit«. Auf Seite 115 hieß es: *Die Kerzenflamme brannte in der heißen Luft des Sumpflandes zu einer rauchigen Spitze und vibrierte ... Der Priester hielt das Papier dicht daran und las die Worte: Altar-Gesellschaft, Verein des heiligen Sakraments, Töchter Mariä, und dann blickte er wieder auf und gewahrte, wie aus dem Dunkel die gelben Malariaaugen des Mestizen ihn belauerten. Christus fand Judas nicht schlafend im Garten: Judas konnte mehr als eine Stunde wachen.*

Erschrocken stellte Giulia das Buch ins Regal zurück. Das Telefonino meldete den Eingang einer SMS. Peter Müller schrieb: *Das war schon ganz gut, aber trotzdem das falsche Buch. Du musst den Thriller von Michael Crichton nehmen, mit dem programmatischen Titel ›In caso di necessità‹. Italienische Übersetzung. Drittes Regalbrett rechts. Nimm das Buch und gib es Pfarrer Fischer. Mach schnell. Es ist absolut wichtig. Darin befinden sich alle Informationen, die Fischer braucht, um seine Rolle in diesem Spiel verstehen zu können.*

Im Notfall oder im Bedarfsfall also. Giulia fand das dicke Taschenbuch sofort. Beim Herausnehmen passierte nichts, aber beim schnellen Durchblättern von hinten nach vorn stellte sie fest, dass das Buch präpariert worden war. In die Mitte der Seiten hatte jemand ein rechteckiges Loch hineingeschnitten. Und darin lag ein USB-Stick. Sie steckte das Buch mitsamt dem Inhalt in ihre Tasche.

Wieder kam eine SMS. Diesmal war sie lang und von Fischer. *Liebe Giulia! Bist Du noch am Bodensee? Würde es Dir etwas ausmachen, wenn Du zur Katharinenkirche fährst? Bitte besorge Dir, falls zu ist, bei Hannah den Schlüssel. Und bitte untersuche den barocken Beichtstuhl, die Decke, die Wände, jede Ritze davon. Möglicherweise brauchst Du Werkzeug, um die Verschalung abzulösen, die Bretter im Holzboden wurden ja später angeschraubt, aber es wäre mir wichtig, dass Du das für Dich behältst. Keiner darf was erfahren. Du wirst eine Kassette finden oder einen Brief. Was auch immer es ist, bring es mir mit, ohne es vorher anzuhören oder zu lesen. Vielleicht klebt es auch einfach auf der Unterseite der Kniebank. Ich habe dort, als ich ein Handy herausgefischt habe, etwas Komisches bemerkt, aber ich war zu abgelenkt, um mir darüber Gedanken zu machen. Hüte diesen Fund wie einen Schatz. Es geht wieder um das Beichtgeheimnis. Wenn Du mich fragst, da gibt es nichts zu wollen. Ich muss an mich halten und da durch, denn das Beichtgeheimnis ist unumstößlich. Da es im Naturrecht verankert ist, kann es von der Kirche auch nicht gelockert werden.*

20.

Lieber hochverehrter allmächtiger Gottvater!

Ich habe einen Mord begangen. Ich habe ein kleines Kind entführt und getötet. Dass es eine böse Verquickung von Zufällen war, spielt vor dem Jüngsten Gericht keine Rolle. Mir droht die ewige Verdammnis, und selbst ein gütiger Gott kann mir nicht helfen. In Demut und Reue bekenne ich meine Sünden. Und meine Schuld.

Ich muss anders anfangen. Es war an einem strahlenden Hochsommertag Anfang August 1983. Eine Genossin aus unserer Friedensbewegung, Mechthild, hatte mir ihr Auto geliehen, einen roten Golf. Ich durfte damit meinen Mann abholen, der mit seiner Selbstfindungsgruppe in den Vogesen wandern war und sich den Fuß verknackst hatte. Ziemlich früh fuhr ich los. Ich wollte einen kleinen Umweg über den Schwarzwald machen. Mechthild hatte mir das Auto nicht umsonst gegeben. Im Gegenzug sollte ich ihrer Schwester, die ich nicht einmal kannte, einen Sack Schafwolle bringen, die sie gesponnen hatte, außerdem selbst genähte Kleidung für die Kinder, einen Hasenstall, Werkzeug, einen Rasenmähermotor und einen Haufen Zeugs aus dem Garten.

Ich war nie eine begnadete Autofahrerin, Gott ist mein Zeuge, aber ich kam auf der Schwarzwaldhochstraße besser zurecht als auf der Autobahn. Im Auto war ein Radiorekorder, es lag eine Kassette darin mit italienischen

Popsongs. Die habe ich angemacht und die ganze Zeit laut gehört, und vielleicht hat mich das abgelenkt. Kurz vor dem Ziel verfuhr ich mich. Jedenfalls landete ich auf einem Parkplatz und wollte mir die Füße vertreten und in die Karte schauen. Da ist mir das kleine Mensch einfach vors Auto gerannt. Ich sah noch das rote Kleid mit den Blumen darauf. Dann gab es diesen furchtbaren Knall. Danach weiß ich nichts mehr. […]

21.

Der Vollmond, dessen kaltes Licht durch die Pinien fiel, bot das letzte spektakuläre Schauspiel. Das Wetter blieb stabil und strahlend. Die darauffolgende Woche verlief ohne weitere Vorkommnisse. Man lebte in den Tag hinein. Was zählte, war der Augenblick. Das tat gut. Das Campingleben auf dem Verde Mare bewegte sich zwischen Terrasse und Strand. Gegen Abend gab es kleine Ausflüge. Giulia hatte sich energisch zurückgezogen, nachdem sie Fischer ein kleines Päckchen ausgehändigt hatte, das sie tatsächlich im Beichtstuhl gefunden hatte. Es war mit Paketband an der Unterseite der Kniebank festgeklebt worden. Unerklärlicherweise wusste Fischer, was es beinhaltete: ein Geständnis. Es ging um die Antwort auf die Frage, was mit seiner Schwester Rahel vor 34 Jahren geschehen war. Alles drehte sich um den Mord an dem fünfjährigen Mädchen. Das seltsame Verhalten des späten Pönitenten, der nach Frau Eckerle gekommen war, ließ bei Licht besehen gar keinen anderen Schluss zu. Nur diese eine Botschaft ergab einen Sinn, und Fischer hatte seiner Intuition vertraut, als er Giulia gebeten hatte, nach etwas zu suchen, das im Beichtstuhl versteckt war. Er legte das Päckle ungeöffnet in die Innentasche seines Koffers. Er musste den passenden Moment abwarten, um sich des Inhalts anzunehmen. Dass er das tat, war unausweichlich. Doch nicht jetzt, nicht hier. Bis die richtige Stunde schlug, schob er alles weg. Alles, was ihn an Rahel und an ihr Verschwinden erinnerte, war mit einem Schlag wieder tabu.

Dennoch bedrängte ihn die Furcht, dass er die Prüfung, die unaufhaltsam auf ihn zukam, vergeigte. Der Inhalt des Päckchens durfte nicht den Zweifler in ihm wecken. Er hoffte, dass er sein Gottvertrauen nicht verlor. Fischer brütete vor sich hin und musste an Gottes Plan denken. Was ist dein Plan, fragte er seinen Schöpfer, was planst du? Tief in seinem Herzen wartete er auf die Ankunft einer Antwort. Es war das zweite Mal in seinem Leben, dass er das tat. Mit gerade mal acht Jahren hatte er dem Allmächtigen zum ersten Mal diese Frage gestellt. Damals hatte er eine Antwort bekommen. Die Stimme, die ihn erfüllte, hatte ihm gesagt, was sein einzig mögliches Schicksal war. Aus ihm würde ein katholischer Pfarrer werden, mit allem, was dazugehörte. Das hatte den grausamen Verlust der Schwester und die Sprachlosigkeit, in die seine Familie hineingestürzt war, die geheimen Schuldzuweisungen und offenen Schuldgefühle in ein Heilsversprechen verwandelt. Fischer hatte sein Scheitern überwunden. Er hatte seinen Untergang bezwungen und in einen Sieg umgemünzt, indem er sich ins Weltengesetz schickte. Er rettete seine Seele, indem er sich dem Universum unterwarf. Und freiwillig tat, was das zum Leben Nötige, also im ursprünglichen Sinne die Notdurft, von ihm verlangte. Er lernte Demut und Erbarmen und trug dadurch einen heimlichen Erfolg davon. Keinen Triumph, aber einen Erfolg, der viel mehr wert war als das bloße Überleben. Erfolg, sagte sich Fischer, messe ich doch nie von außen. Erfolg messe ich von innen. Es ist das Auffinden der vom Schicksal gestellten Aufgabe, das Erkennen ihrer Freiwilligkeit und das Einverständnis mit dem Sinnhaften von beidem. Daraus erwächst eben das Gottvertrauen, das einen trägt. Das änderte nichts daran, dass die Schwester nicht wiederkam, dass es nichts gab, was man beerdigen konnte, nicht einmal eine unlautere Hoffnung. Die Decke der Trauer, unter der die Familie begraben war, hüllte Fischer bis zum heutigen Tag mit ein. Nun wuchs in ihm die Angst, dass das Fundament darunter bröckelte und zusammenbrach. Zur Not war das für ihn aber auch eine Chance, endlich letztgültig Buße zu tun. Man bleibt immer etwas schuldig, dachte Fischer. Im Strampeln oder im Untergang. Darin lag die größtmögliche Ferne zur Unfehlbarkeit des Papstes. »Alles ist außer Kontrolle.« Hatte Papst Franziskus das wirklich gesagt?

Giulia indes mauerte. Erst verlor sie kein Wort darüber, was sie am Bodensee, oder wo auch immer sie noch herumgegondelt war, erlebt hatte. Kein Wort von den Eckerles. Auf die Frage, wo Müller sei, meinte sie, sie wisse es nicht. Vielleicht sei er wieder daheim, vielleicht aber auch nicht. Er habe sich mit ihr auf dem Reichenauer Wein- und Fischerfest verabredet, sei dort aber nicht aufgeschlagen. Dann verweigerte sie zumal jedes weitere Treffen und schlug eine Verabredung nach der anderen aus. Fischer ließ es schließlich dabei bewenden. Auch ansonsten: Stillschweigen. Womöglich gab es nichts zu verkünden. Von keinem. Selbst Camilla hatte sich nicht mehr gemeldet. Ihr gastfreundliches, unkompliziertes Wesen täuschte darüber hinweg, dass sie letztlich unzugänglich war und ihre Ruhe wollte. Fischer dachte, dass sie keine Chance hatten, wirklich zu erfahren, was geschehen war, so schlau der Opa auch sein mochte. Weil sie halt doch nur deutsche Touristen waren, Fremde in der Toskana, die als solche behandelt wurden. Sie gehörten nicht dazu. Letztlich schloss man sie aus. Es störte ihn wenig, auch wenn er gerne gewusst hätte, wie die Sache weitergegangen war. Schließlich war er irgendwie darin verwickelt gewesen. Hatte man Roberto gefunden? Was war aus Merle geworden? Fischer mied das »Da Roberto«, der Opa sagte dazu nichts, und nach anfänglichen Bitten und Klagen vergaßen Sarah und die Oma das Lokal. Fischer war froh, dass Müller ihn nicht mehr belästigte, und lud dessen Handy nicht länger auf.

Die Tage vergingen rasch und gleichförmig, und schon wieder war Samstag. Man hatte bereits den 12. August, und Fischer war sich ziemlich sicher, dass er und die Seinen fortan vollends unbehelligt bleiben würden. Auf einstimmigen Wunsch der ganzen Familie lief er vor der Siesta zur Rezeption und verlängerte nochmals den Aufenthalt im Bungalow Nummer 23 in der Via dei Gladioli. Man würde erst am 17. August, dem Donnerstag nach Ferragosto, die Rückfahrt antreten, wenn die Reisewelle sich gelegt hatte. Unterwegs würde man den letzten Staus ausweichen und noch ein-, zweimal übernachten, um am Wochenende erholt und tiefenentspannt in Konstanz einzutrudeln.

Fröhlich kehrte Fischer auf die Terrasse zurück, wo von Sarah und der Oma ein spätes Mittagessen vorbereitet wurde. Der Opa hatte sich bis eben gewissenhaft der Zeitungslektüre auf Fischers Laptop gewidmet, wohl auch, um herauszufinden, was es in der Region Neues gab, und schlug nun ein dickes, hinfälliges Buch sorgsam, mit zitternden Fingern in Zeitungspapier ein. Kein Wort hatte er mehr über Ichthýs oder die sonstigen Vorkommnisse verlauten lassen. Stattdessen hatte er sich vollkommen in seine unprofane geistige Welt zurückgezogen und die 1.100 Seiten des rätselhaften Romans »2666« von Roberto Bolaño ausgelesen. Das Buch lag, zurück im Schutzumschlag, feierlich auf dem Tisch. Was der Großvater in ausufernden Schachtelsätzen von der Handlung erzählte, war über die Maßen verwirrend und irritierend, jedoch schien er sich seltsamerweise darin auszukennen. Fischer konnte nicht glauben, dass dieser Wahnsinn wirklich zwischen zwei Buchdeckel gepresst war, und er argwöhnte, dass es mit dem Opa bergab ging.

»Was heißt eigentlich zwei sechs sechs sechs?«, fragte Sarah, die abwechselnd Brombeeren für den Smoothie verlas und Salat zupfte. Sie deutete auf den Umschlag.

»2666 ist eine Jahreszahl, die Zahl des Bösen«, erklärte der Opa. »Bolaño zufolge geht es um einen Friedhof, *vergessen hinter einem toten oder ungeborenen Augenlid, dem wässrigen Rest eines Auges, das, weil es etwas vergessen möchte, am Ende alles vergessen hat.*«

Von den Nachbarn drang, mit einem Schwall Grilldunst, der Refrain eines Schlagers von Lucio Battisti herüber: »Acqua azzurra, acqua chiara / con le mani posso finalmente bere. / Nei tuoi occhi innocenti / posso ancora ritrovare / il profumo di un amore puro, / puro come il tuo amor.«

»Ja so«, tat die Oma, die die allerletzten Erbsen schälte, die sie beim »Frutta e Verdura« aufgetrieben hatte, um Minestra con Piselli zu kochen. »So geht es mir eines schönen Tages auch. 666 ist doch die Zahl des Teufels, nicht wahr?«

»Ja, es ist eine biblische Zahl, die erstmals in der Offenbarung des Johannes vorkommt.« Der Großvater nickte und wischte über den Tisch. Die Geste, mit der er seinen Bericht hatte einleiten wollen, ließ den alten Schinken vor ihm zu Boden sausen, es krachte, und der Rücken sprang auf.

Fischer hob das Buch auf, lupfte den Einband und las laut vor, was, in der Innenseite des Buchrückens verborgen, in altdeutscher Schrift gedruckt stand:

Seiner göttlichen Majestät
dem
Allerbarmherzigsten Herrn und Heilande
Jesus Christus
und Seinem gnadenreichsten Herzen
gewidmet von
Seinem letzten Diener.

»Gib, gib.« Sarah sprang auf und fuchtelte wie wild in der Luft herum.

»Warte.« Fischer schlug den Buchdeckel auf. Er las: *»Aus der Bücherei von: Katholischer Männerverein, Überlingen am See. Gedruckt 1904 im Verlag J. Habbel in Regensburg.«*

»Großartig«, sagte der Opa. »Josef Habbel, der Gründer, gehörte zu den Aufrechten. Seine Nachfolger haben sich dran gehalten und dezidiert erzkatholische Literatur verlegt. Das hat sie freilich in Konflikt mit den Nazis gebracht. Sie durften nichts mehr drucken. Erst nach dem Krieg ging es weiter. Habbel hat unter anderem Werke von Dietrich von Hildebrand herausgebracht, Konvertit und persönlicher Freund von Papst Pius XII.«

»Ja, aber was ist das denn jetzt für ein Buch?« Sarah, die sich kurz wieder eingekriegt hatte, zeigte mit dem

Finger darauf. Dann fuhr sie sich mit der Zunge über die Lippen, hampelte und hüpfte auf einem Bein.

Fischer legte das Buch zurück auf den Tisch.

»›Ben Hur‹ von Lew Wallace«, sagte der Opa. »Der Roman spiegelt keine historisch haltbaren Tatsachen wider. Es geht um den erfundenen jüdischen Fürsten Judah Ben Hur, der im ersten Jahrhundert wegen einem Attentat auf den römischen Statthalter von Judäa zur Galeerenstrafe verurteilt wird. Er wird an eine Ruderbank angekettet und muss so lange rudern, bis er zusammenbricht und stirbt. Wo er dann diese Folter doch überlebt, plant er in seiner Heimat den Aufstand. Den Römer Messala, der erst sein Freund ist und dann sein Widersacher, besiegt er bei einem Wagenrennen. Die revolutionäre Bewegung erstarkt. Aber Ben Hur gibt seine Umsturzversuche auf, als er die Botschaft des gekreuzigten Jesus mitkriegt und zum christlichen Glauben findet.«

»Warum liest du aber auch so ein Zeugs?«, fragte die Oma. »Da geht es doch nicht mit rechten Dingen zu. Und wo du es doch sowieso alles schon kennst.«

Der Großvater grinste. »Also gut. Das ist sonst echt nicht meine Kragenweite. Aber dieser Müller hatte es dabei. Ich habe es ihm entwendet. Nun hoffe ich, daraus ein geheimes Zeichen zu lesen.«

Fischer konnte sich nicht helfen, er musste laut lachen.

»Lach du nur.« Der Opa schnaubte und wischte sich seine weiße Strähne aus der Stirn. »Der Müller hatte dich doch irgendwie am Wickel, mein Bub. Glaubst du, ich hätt nicht gemerkt, wie du geschwitzt hast? Der meint, er sei in einen ganz großen Krieg geraten. Und nun wollt er dich da mit hineinziehen. Gut, dass du widerstanden hast. Das hab ich doch alles mit eigenen Augen mit angesehen. Und ich hab immer gut auf dich aufgepasst. Denk nur, ich kenn diese Gesellen. So einer wie der ist gefährlich. Der zettelt da selber was an. Dieser Mann ist eindeutig größenwahnsinnig. Aber da ist er ja nicht mehr. Der würde uns doch dauernd heimsuchen, wenn der noch hier in der Toskana wäre. Nein, der ist wieder fort. Vielleicht marschiert er schon auf Rom zu. Ich will nicht wissen, was er dort treibt.«

»Der Papst hat auch gesagt, die Welt ist im Krieg, weil sie den Frieden verloren hat«, vermeldete Sarah.

Die Oma strahlte und sagte: »So ist es dann halt auch wieder. Es ist an der Zeit, wieder einmal einen Kopfstand zu machen.«

»Du bist doch stocktaub. Nein, Justus, nein nein nein!« Sarah schrie, biss ihn in die Schulter und boxte ihn mit beiden Fäusten in den Oberarm. Dabei entwickelte sie eine beträchtliche Kraft.

Ungerührt entfernte Fischer mit dem Fingernagel den Aufkleber, den Sarah an der Außenseite des Schüttsteins angebracht hatte, als sie nach dem Essen beim Spülen helfen sollte. Auf leuchtorangerotem Grund stand:

Dieses Objekt ist echter & authorisierter
Papst
Bitte immer respektvoll behandeln !!
Wer das liest ist Papst ! Fnord ! Kallisti ! Ichthýs ! Alles ist heilig !
Echt und authorisiert vom Haus der Apostel von Eris
Amt für essenzielle Nebensächlichkeiten

»Wo hast du den her?«

»Weiß nicht«, sagte Sarah, während sie endlich von Fischer abließ. Sie hüpfte einmal im Kreis und zeigte auf den maroden Aufkleber, den Fischer aufgeweicht und zerkratzt hatte. »Ich will den aber. Der soll da.«

»Da fehlt ein Komma«, sagte mit strenger Stimme die Oma, die an den Schüttstein getreten war und sich bückte. »Nach ›Wer das liest‹ fehlt ein Komma.«

»Fnord. Kallisti.«

»Kallistē. Es müsste eher Kallistē heißen, altgriechisch καλλίστῃ. Zankapfel, auch Erisapfel. Der goldene Apfel der Zwietracht. Der Begriff geht zurück auf die griechische Mythologie.« Der Großvater lächelte nachsichtig. »Fnord hingegen scheint mir irgendein Unfug zu sein.«

»Was hat das alles mit Ichthýs zu tun?« Fischer griff sich sein Smartphone und googelte. »Aha. Fnord ist ein Kunstwort, das durch die ›Illuminatus!‹-Trilogie von Robert Anton Wilson und Robert Shea bekannt wurde. Dabei geht es um die Principia Discordia, um die Konditionierung durch gezieltes Einspielen von Information und Desinformation. Im wahren Leben ergeben sich daraus vielfältige Manipulationsmöglichkeiten, vor allem für die Massenmedien und den Staat, aber freilich auch für Terrororganisationen und Kirchen. Beispiele sind das Presseamt des Heiligen Stuhls sowie die selbst ernannte Nachrichtenagentur Amak, die regelmäßig die Bekenntnisse der Terrormiliz Islamischer Staat verbreitet. Beides ist verbrieft, aber wo steht das Haus der Apostel von Eris? Und wer steckt bitte hinter dem ›Amt für essenzielle Nebensächlichkeiten‹?« Wieder googelte er. »Ah! Das sind Leute, die starten zur 8. Abfahrt ins Fegefeuer.

Sie heizen ein mit ›Techno & Tribetek‹. Ich zitiere: *Euch erwartet wieder ein Line-up vom Feinsten. Dank dem Support durch Abfahrn Industries präsentiert die Fegefeuer Crew zusätzlich zu den lokalen DJs Mario Luke und Jotek23 zwei Live Acts aus Frankreich* … Und das Ganze auf der Homepage vom Club Alpha 60 e.V. in Schwäbisch Hall.«

»Das dünkt mich nichts. Es stinkt«, sagte der Opa, der hinter ihn getreten war, »nach einer Anspielung auf den Illuminatenorden. Ursprünglich war das ein kurzlebiger Geheimbund, der durch Aufklärung und sittliche Verbesserung die Anarchie einläuten wollte. Er wurde 1776 vom Philosophen und Kirchenrechtler Adam Weishaupt in Ingolstadt gegründet und acht, neun Jahre später im Kurfürstentum Bayern verboten. Aber natürlich existierte er weiter. Er hat die Französische Revolution ausgelöst, den Kampf gegen die katholische Kirche geführt, den Ameisenköder erfunden und die Weltherrschaft erlangt. Heute sind die Illuminaten verantwortlich für AIDS, Börsencrashs, Verschwörungstheorien, ADHS, verseuchtes Trinkwasser und verdorbenen Fisch.«

Fischer, dem siedend heiß einfiel, was er von Müller über die Ciguatoxine gelernt hatte, blieb das Lachen im Hals stecken. Tonnen von Fisch wurden zum biologischen Kampfmittel. Sarah und die Oma lachten umso lauter.

Tiefblaues Wasser und sanft wogende Wellen – Sarah saß auf der Terrasse und verfolgte auf Fischers Laptop das Konstanzer Seenachtfest. Die Live-Webcam brachte Bands, Gaukler, Kleinkunst und Artisten, sie zeigte das Familienprogramm, Wasserskishows, den Seenachtfest-

Markt mit seinen Schmuckständen und die Segnungen der Gastronomie. Man durfte sogar in die blubbernden Töpfe gucken und auf den Grill, auf dem Felchen, Steaks und Würste gegart wurden. Junge Blondinen in pinkfarbenen Dirndln und Burschen in Lederhosen prosteten einander zu. Auf dem gesamten Seenachtfest-Gelände, das bis weit über die Grenze nach Kreuzlingen hinein ging, waren Kameras aufgestellt, und Drohnen flogen über die dicht gedrängte Masse, die wackelfreie Luftaufnahmen in Filmqualität sendeten. Das riesige Festivalgelände am Bodenseeufer wurde aus allen möglichen Perspektiven gezeigt, bis hin zu den Absperrungen und den Einsatzwägen der Polizei.

»Willst du nicht ausmachen und mitkommen zum Essen?«, fragte Fischer. »Es ist doch Samstag. Wir gehen heute noch mal ins ›Da Roberto‹. Da wolltest du doch immer wieder hin.«

»Nein«, sagte Sarah, die angestrengt auf den Bildschirm starrte.

»Das Seenachtfest ist eine Erfindung der Nachkriegszeit. Als die Bundesrepublik gegründet wurde, tat man sich zusammen mit den Schweizern und machte Party. Kreuzlingen sollte herhalten, dass man Bonn wieder entkam.« Die Großmutter wackelte mit dem Kopf. »Trotzdem sind wir keine Schweizer geworden. Und selbst heute Abend feiert jede Seite für sich. Nur das Feierwerk ist für beide.«

»Ich will das Feuerwerk sehen«, sagte Sarah.

Fischer nickte. »Die machen gegen später auch wieder Feuerwerk in Marina.«

Sarah sprang auf. »Ich will das Seenachtfest-Feuerwerk. Das ist kein normales Feuerwerk. Das ist aus Feuer, Wasser und Musik.«

»Das dauert noch eine Weile, bis es losgeht. Du kannst den Laptop mitnehmen.«

»Nein«, sagte Sarah. »Die sind jetzt schon 50.000. So viele Leute sind die und ich nicht. Ich will aber auch. Bitte, Justus. Kann ich, kann ich?«

Fischer seufzte. »Okay, wir bleiben hier und holen Pizza. Ins ›Da Roberto‹ gehen wir dann am letzten Abend zum Abschied.«

»Yippie! Yippie, Justus! Yippie-Ya-Yeah!« Sarah fiel ihm um den Hals und erwürgte ihn schier.

»Yippie-Ya-Yeah!« In Fischers Gedächtnis spulte sich ein Text ab, den er vor Unzeiten auswendig gelernt hatte.

An diesem strahlenden Samstagnachmittag war außer den beiden Kindern kein Mensch unterwegs. Es war windstill. Durch die Luft taumelte eine Hummel.

Als die Geschwister die einsame Lichtung am See erreichten, wirkte das Ufer verlassen. Die Sonne schien gleißend hell. Sie konnten treten, wohin sie wollten.

»Juhu, jippie ja jeh!«, schrie die Schwester und hüpfte auf einem Bein. »Wir sind frei, wir sind frei! Wenn bloß keine Russen kommen mit der Atombombe.«

»Wir spielen, dass es einen Krieg gibt«, schlug der Bruder vor. »Den Dritten Weltkrieg. Das Reich des Bösen feuert auf uns die Interkontinentalrakete.«

»Aber unsere Kinder.« Die Schwester ging in die Hocke und schluchzte. »Unsere armen, armen Kinder! Wie viele hätten wir?«

22.

[…] Ich bin erst wieder aufgewacht, als das kleine Mensch neben mir im Auto saß. Hinten war ja kein Platz, und im Kofferraum auch nicht. Ich habe die Kleine angeschnallt. Sie blutete nicht, auch nicht aus dem Mund. Erst hat sie noch geatmet. Dann bin ich mit ihr durch die Gegend gefahren, kreuz und quer, völlig kopflos, und wir landeten nach einer halben Ewigkeit in Triberg. Wie ich dort hingekommen bin, daran kann ich mich nicht entsinnen. Durch ein Wunder landete ich bei der Wallfahrtskirche »Maria in der Tanne«. Als wir ankamen, war sie tot.

Es war ziemlich einfach, die Leiche des kleinen Mädchens im Schrein der Serena zu verstecken. Die seidenen und samtenen Kleider der Reliquie waren etwas zu groß, aber es lagen ja noch die Knochen darin. Von einem Skelett konnte man kaum sprechen, es gab auch keinen Schädel, das tote Kind fand genug Platz. Das Ganze ging recht rasch und ich blieb unbehelligt. Angst hatte ich nicht. Damals waren Wallfahrtskirchen längst nicht so beliebt wie heute, und man hatte es auch nicht so mit dem Wandern. Bei dem guten Wetter kam keiner dort rein, und ich hatte ja das Werkzeug dabei; geschickt bin ich in handwerklichen Dingen immer schon gewesen.

Dann fuhr ich nach Konstanz zurück, parkte den Wagen und rief am nächsten Morgen Mechthild an. Ich behauptete, eine Migräne häbe mich gepackt, und ich sei krank und deshalb verhindert gewesen. Man hat mir das einfach geglaubt. Jeder hat doch gewusst, dass ich nicht gern Auto fahre.

Ich wurde nicht angegangen, nicht befragt, nicht vernommen. Keiner hat mich belangt. Natürlich hatte ich Schuldgefühle. Ich bin danach nie wieder Auto gefahren. Ich habe mir jedwede Vergnügung untersagt, mit Ausnahme vom Lesen und vom Gottesdienst. Und ich habe nie wieder den Beischlaf genossen. Ich spürte kein Verlangen. Genügte aber stets meiner Pflicht. Mein Mann ahnt von alledem nichts.

Dass es sich um die Enkelin unserer früheren Freunde drehte, des Ehepaars Fischer, um ein Mädle namens Rahel, erfuhr ich erst sehr viel später. Und dass sie mit ihrem Bruder Justus an diesem See gewesen war. Ich habe keine Zeitung gelesen und mich um nichts mehr gekümmert. Wir hatten auch lange keinen Kontakt mehr zu den Fischers. Dass sie mit Mechthild verwandt waren, der Schwägerin eines Sohns, wusste ich auch nicht. Mechthild hat mich auf die Sache nicht angesprochen. Zumindest nicht direkt, oder ich erinnere mich nicht mehr. Es ist ja weit über 30 Jahre her. Und wir waren auch nur bekannt über die Friedensbewegung.

Dass es die Familie zurück in die Konstanzer Heimat gezogen hatte, erfuhr ich erst, als Justus in unserer Gemeinde Pfarrer wurde. Ich kriegte mit, dass er als Kind eine Schwester verloren hatte. Da wusste ich Bescheid und habe seitdem unablässig seine Nähe gesucht. Ich bin vierzehntägig zu ihm zum Beichten gegangen, habe es aber nie übers Herz gebracht.

Rahel ruhe in Frieden. Vielleicht braucht es da noch Hilfe. Ich opfere gern mein himmlisches Heil, wenn ich weiß, dass sie im Himmel ist. Für den Seelenfrieden ist es vonnöten, dass ihre Gebeine anständig bestattet werden. Ich werde einen Weg finden, ohne dass mein Mann davon erfährt.

Gott sei mir armer Sünderin gnädig.

In Ergebenheit vor dem Herrn, Eure untertänigste Dienerin Margarete Eckerle

23.

Bis dahin hatte zwischen Fischer und Giulia ein Gleichgewicht geherrscht, alles war irgendwie in der Schwebe gewesen, am Ende hatte Fischer klar die Oberhand. Trotz der Sache mit Roberto, mit seinem Verschwinden, möglicherweise seinem Tod. Fischer konnte nicht sagen, weshalb er das selber so empfand. Es war nicht so, dass er der Stärkere war. Er war bloß der, den alles mehr betraf. Und seine Familie würde er mit reinreiten müssen in das Unvermeidliche, das mit Wucht auf ihn zurollte.

Als um zehn der Countdown zum Musikfeuerwerk lief, hatten sie bereits gegessen. Sie hatten sich eine 40 auf 60 Zentimeter große Party-Pizza geteilt, die mit Tomatensugo, Mozzarella, Zwiebeln, Champignons, Schinken, Salami, Artischocken, Alopinos und rotem Paprika belegt war. Fischer streute kräftig Peperoncino darüber und hatte hinterher ein pelziges Gefühl am Gaumen. Alle waren pappsatt. Der Großvater hatte sich zurückgezogen und las im Bungalow im starken Strahl der Kopflampe »Ben Hur«; in banger Erwartung, erleuchtet zu werden. Sarah und die Oma fieberten dem Feuerwerk entgegen. Die Großmutter hatte den Arm um Sarah gelegt, und beide stierten auf den Laptop. Vor ihnen standen Einmachgläser mit selbst gemachtem Gurkensprudel. In den durchlöcherten Deckeln, die rot-weiß kariert waren, steckten signalfarben geringelte Strohhalme. Ab und zu nippten sie daran.

Fischer hockte gedankenverloren vor einem Glas Weißwein. Als das Seenachtsfeuerwerk begann, gesellte er sich zu den beiden Frauen, setzte sich mittig hinter sie und schaute, lauschte, horchte.

Die Südwestdeutsche Philharmonie Konstanz spielte zum Auftakt die Ouverture der Feuerwerksmusik von Georg Friedrich Händel. Augenblicklich stand der Himmel in Flammen. Die Ouverture in D-Dur passte vortrefflich zu der Abfolge der Blau-, Türkis-, Grün- und Goldtöne. Der erste Teil, ein feierliches Adagio im Viervierteltakt, wurde durch eine mehrtaktige Kadenz verabschiedet und mündete in ein lebhaftes Allegro, das im Dreivierteltakt von energischen Rottönen und Silber unterstützt wurde. Nach jubilierenden Fanfaren und energischen Punktierungen kam im dritten Teil ein elegisches Stück in der Paralleltonart h-Moll. Zum Abschluss rundete das Allegro die Da-capo-Form ab.

»Du hast ja die Augen zu. Schlaf nicht ein«, rief Sarah, lief auf ihn zu und schüttelte ihn.

Auch die Oma drehte sich zu ihm um. »Du verschläfst das ganze feurige Spektakel, mein Sohn.«

»Ich schlaf schon nicht.« Fischer grinste. »Ihr habt ja recht, ich muss beides würdigen. Das Seenachtfest-Feuerwerk ist ja eine Choreografie aus Musik und tonnenweise Pyrotechnik. Da sollte man schon mal hingucken, Menschenskind. Die Musikfeuerwerke begannen übrigens wirklich in der Barockzeit mit Händel. Allerdings konnten die Feuerwerker damals noch nicht so gut synchron zur Musikuntermalung schießen. Heute gibt es dafür schlaggenaue Zündmaschinen.«

Als Nächstes hatten die Pyrotechniker, die das Klangkonzertgewitter »Sommernachts-See-Serenade« nannten, ein unspielbares Stück von Georg Friedrich Haas im Programm, das der Mikrointervallik frönte und eigens in einem auf der Schweizer Seite hämisch erteilten Auftrag komponiert worden war. Ohrenbetäubende Obertonreihen kombattierten mit einem Stroboskopeinfall, der das Auge zum Kollabieren brachte. Es ging, wie Fischer nebenher googeln konnte, um die Pole Nacht und Romantik. Das mutige Intermezzo währte kurz und wurde abgenommen von etwas, das befriedet nach Dvořák klang.

Mit dem Seefeuerwerk näherte sich das Konstanzer Seenachtfest seinem glanzvollen Höhepunkt. Über dem nächtlichen Bodensee bot sich eine atemberaubende Inszenierung. Lichtexplosionen erfüllten den Nachthimmel, formten sich am Firmament zu filigranen Mustern und verglühten im freien Fall in die stille Glätte des Sees. Dazu diese Musik, die sich letztgültig Mozart in die bewährten Arme schmiss und mit einer formvollendeten Kopulation von Licht und Laut im Schlussakkord lodernd aufbrandete.

Es war vorbei. Die Webcam fuhr über angestrahlte, erleuchtete, leuchtende und sengend strahlende Gesichter.

»Das war was.« Die Großmutter seufzte selig. »Lauter so schöne Bilder. Und dann der Krach. Das hätte man sich früher auch nicht denken können.«

»Da ist er!«, Sarah sprang auf. Kreischend zeigte sie auf den Bildschirm. Mitten in die Menge. »Da ist Mi-Ma-Müller. Den kenn ich kenn ich kenn ich.«

»Genau. Herr Dr. Müller. So heißt der. Und da ist er ja, unser Tagdieb.«

Fischer stürzte zum Bildschirm. »Wewewer? Wo?«

»Da. Das charakterlose Subjekt.« Die Großmutter deutete auf einen älteren Herrn mit grauem Dutt. »Der kann den nicht leiden, den Müller. Die haben einen Streit. Das ist mit Händen zu greifen.«

Eindeutig. Es war Roberto, Giulias Lebensabschnittsgefährte. Er machte ein grimmiges Gesicht. Und steckte seine Hand in die Jackentasche.

»Der holt da was raus«, sagte Sarah.

Es war ein mindestens faustgroßer Gegenstand. Etwas, das ein Thermobecher sein konnte oder eine zierliche Handgranate, dachte Fischer.

Sarah schrie. Spitz und hoch wie ein Tier.

»Ruhig. Schscht.« Die Oma legte die Arme um sie. »Du wirst sehen, Rahel. Mein Sohn macht alles wieder gut.«

Der Opa streckte den Kopf aus dem Bungalowfenster. »Ruf ihn sofort an.«

»Wewen?«

»Müller, mein Bub. Ruf Dr. Müller an. Du musst ihn warnen.« Das weiße Haar fiel ihm ins Gesicht. Der Großvater fuchtelte. »Dieser Koch bringt ihn um. Der war mal Müllers Freund, aber jetzt – jetzt ist er sein Widersacher. Er ist von der anderen Seite. Er gehört zu den fanatischen Ichthýslern, die den Klerus ausrotten wollen oder was weiß ich. Robertos Organisation führt einen Krieg gegen Müller. Der Terrorist, dieser elende, vertrielte, verreckte, hat sich in der Toskana selber aus dem Verkehr gezogen, um auf dem Seenachtsfest unbemerkt ein Attentat …«

So furchtbar hatte sich der Großvater, seit Fischer es sich denken konnte, nicht aufgeregt. Noch nie hatte er sich derart in der Wortwahl vergriffen.

Fischer packte das Handy, drückte Müllers Nummer und sah in der Webcam, wie der ranging. Roberto schleuderte Müller den Gegenstand ins Gesicht. Müller duckte sich gerade noch rechtzeitig. Dann wurde der Bildschirm mit einem Schlag kohlrabenschwarz.

Hinterher hatte Sarah einen Heulkrampf. Fischer gab ihr ein Zäpfchen und brachte sie ins Bett. Dann setzte er sich mit den Großeltern auf die Terrasse und machte noch eine gute Flasche Rotwein auf. Es war ein 2013er Poliziano Asinone Vino Nobile di Montepulciano DOCG, Azienda Agricola Poliziano, Montalcino, Toscana; ein ordentlicher Tropfen mit 14 Umdrehungen, den der Opa für 34,80 Euro als Mitbringsel für seinen Freund Eckerle erstanden hatte.

»Religiöser Fanatismus ist nie gut, das gilt auch für die Katholiken«, sagte der Großvater. »Ich habe haufengenug. Was die sich herausnehmen. Eine Geschmacklosigkeit sondergleichen. Da herrscht völlige Verblendung, und zwar auf beiden Seiten der zutiefst gespaltenen römisch-katholischen Kirche, ob es nun um die Papstbefürworter geht, mit ihrem Heiligsprechungswahn, oder um die direkt der Hölle entstiegenen Papstgegner von unten. Da kann sich dann die Sache leicht hochschaukeln, nach den Feuerwerksbomben noch ein paar simple Geschosse aus einem Prachtexemplar der deutschen Kleinwaffenindustrie – schon ist der Feind im Felde besiegt, und man schiebt das Malheur dem Islam in die Schuhe. Und vermutlich hätte es funktioniert und wäre im Leben nicht herausgekommen, denn der IS hätte sich sofort mit freudiger Begeisterung zu diesem Anschlag bekannt.«

»Es ist ja nichts passiert«, meinte die Oma, die das halb volle Glas hob, höflich dankte, Gott in der Höhe lobte und klirrend mit anstieß, ehe sie verhalten trank. »Wir haben die

Sauerei verhindert. Die Bombe ist nicht explodiert. Aber wer waren denn die beiden Männer, die bei ihnen standen?«

»Welche Männer?«, fragte Fischer.

»Na, die zwei. Neben diesem Tagdieb stand doch ein junger Kerl, so ein Schönling mit einer Sonnenbrille, und der andere gehörte zu Müller. Ein gestandenes Mannsbild mit dreifarbigen Augen. Der hatte dreifarbige Augen wie die toskanische Landschaft: aschbraun, lindgrün, graublau.«

»In Ringen oder mit Punkten?«, fragte der Großvater und blinzelte.

»Scheibenweis«, erwiderte die Großmutter gekränkt. »Ich weiß es zwar manchmal nicht mehr so und bin vollkommen wisslos, aber das konnte ich mir merken.«

Beide Seiten, dachte Fischer, waren also mindestens zu zweit.

Am Sonntagmorgen, als hinter den Pinien die Sonne aufging, lief er mit raschen Schritten die Via dei Gladioli entlang, und sein Ziel war die Nummer 23. Dann stand er vor ihm: der Mann mit den dreifarbigen toskanischen Augen. Die Oma hatte sie richtig beschrieben. Fischer erkannte ihn daher gleich. Wobei er bestimmt noch besser aussah als auf dem Bildschirm. Er war schwarzhaarig, groß gewachsen und breitschultrig und erinnerte mit seiner zeitlos eleganten Erscheinung an den amerikanischen Priester Stephan Fermoyle aus dem Roman von Henry Morton Robinson, den Fischer soeben zu Ende gelesen hatte. Das letzte Wort war »Amen«.

»Amen«, grüßte Fischer.

»Salü«, sagte der Mann. Trotz der Strapazen der Reise trug er einen tadellos sitzenden, unzerknitterten schwarzen Leinenanzug mit Hornknopfleiste und aufgesetzten

Taschen. Er musste die Nacht mit Bleifuß durchgebrettert sein, oder er hatte sich in seinen Privatjet gewuchtet. Dennoch wirkte er putzmunter.

Der Fremde gab ihm die Hand. »Andrea Tedesco. Tedesco wie deutsch, dabei bin ich ursprünglich Schweizer. Die meiste Zeit lebe ich in Florenz und bin der Sekretär Seiner Eminenz Giovanni Kardinal Amato, dem Kaplan Seiner Heiligkeit. Er ist unter anderem Mitglied des Päpstlichen Rats für die Kultur, und in dieser Mission bin ich hier erschienen, oder.«

Er sprach mit einem, wie Fischer fand, ekelhaft pedantischen Züricher Akzent, den er sich dort wohl in den einschlägigen Kreisen geholt hatte und für den er nichts konnte. Gleichwohl passte er hervorragend zu ihm – er hätte in praktisch jeder Zunft daheim und in jeglicher Branche erfolgreich sein können.

»Herzlich willkommen«, sagte Fischer. »Meine demente Großmutter holt mit meiner behinderten Schwester Panini, und der blitzgescheite Großvater, der ausgezeichnet hört, schläft noch den Schlaf des Gerechten. Wir können frei sprechen.«

»Mein Vorgänger wurde abgeknallt. Es ist nicht ganz ungefährlich, was ich hier treibe.« Tedesco setzte sich unaufgefordert auf einen der weißen Euronorm-Plastikstühle für 9,80 Euro. Der Stuhl mutierte dadurch schier gar zum Thron.

»Espresso?«

»Gern.« Tedesco nickte und sah hinüber zu Fischer, der am Herd hantierte. »Um es kurz zu machen und gleich zum Punkt zu kommen: Wir haben Sie eine Zeit lang beobachtet, die Ergebnisse validiert und nach unseren Richtlinien ausgewertet. Auguri. Gratuliere. Sie wurden auserwählt. Wenn Sie wollen, können Sie morgen bei uns anfangen. Sind Sie dabei?«

»Kommt ganz darauf an. Wie haben Sie mich eigentlich gefunden?«

»Meinen Sie, es ist ein Problem für uns, ein Handy zu orten?« Tedesco lachte hässig. »Wir sind eine kleine, aber feine Kommission. Wohl. Zunächst hatten wir den Auftrag, eine künftige Seligsprechung vorzubereiten. Dieser wurde soeben zurückgestellt, weil die Risikoeinschätzung extrem bedenklich ausfiel. Nun werden wir uns einer neuen Aufgabe zuwenden.«

»Sind Sie ein Freund von Peter Müller?«

»Freund würde ich es nicht nennen. Herr Dr. Müller hat uns als freier Mitarbeiter im Auftrag der Kurie ein Gutachten geliefert, das so brisant war, dass wir es unter den Tisch kehren mussten. Er hat einen astreinen, lückenlosen Wundernachweis erbracht, den wir nun unter Verschluss halten. Er weiß selbst gar nicht, wie genial er ist, und wir werden den Teufel tun, ihm das auf die Nase zu binden. Müller ist einmalig und für uns von unschätzbarem Wert. Certo. Ein wirklich brillanter Mediziner und sicherlich ein begnadeter Gerichtspsychiater.« Tedesco dankte mit einem flatternden Lächeln für den Espresso, den Fischer vor ihn auf den Tisch stellte.

»Zucker?«

Tedesco nickte. »Grazie. Welchen Unterschied macht es, ob man den Espresso mit dem Löffel umrührt oder ihn häufelt?«

Fischer brachte die Zuckerdose und überlegte.

»Es gibt keinen.« Tedesco strahlte ihn an. Seine dreifarbigen Augen glommen. »Die Frage stammt nicht umsonst aus Sizilien, und sie drückt eine tiefe Weisheit aus. Apropos Teufel. Wollen Sie nicht wenigstens wissen, in welche Richtung unsere Untersuchungskommission forschen wird?«

»Nein. Es ist mir völlig wurscht.« Fischer wurde ungeduldig. Der selbstverliebte Sekretär fing allmählich an, ihn ernsthaft zu nerven. Immer öfter streute er in seine Monologe italienische Brocken ein, die seine Rhetorik noch verschlimmerten. Fischer atmete tief durch. Hinter dem offenen Fenster des Bungalows schnarchte sägend der Opa, der ihn vielleicht hätte retten können.

»Allora. Wie gesagt, in diesem Falle geht es nicht um die Task-Force der Heiligsprechungsgewerke, die mitunter in einem wahren Wettlauf arbeitet, sondern um eine Mission des Päpstlichen Rats für die Kultur. Der Auftrag, den ein Bevollmächtigter des Heiligen Stuhls, ein enger Vertrauter seiner Heiligkeit, uns erteilt hat, ist es, uns mit Heilungsmöglichkeiten für arme Sünder zu beschäftigen, deren Befinden durch okkulte Belastungen oder satanische Praktiken gestört ist. Kurz, wir sind hinter dem Teufel her.« Tedesco legte den Kopf schief und lächelte. »Wir klassifizieren dabei drei Grade von dämonischen Störungen: Die Bedrängnis – obsessio – durch Irritationen des Satans, die Umsessenheit – circumsessio – durch Verfluchung oder fahrlässige Kontakte mit Spiritisten und Magiern, und die Besessenheit – possessio –, die mit Abhängigkeit und Unterwerfung einhergeht und nur mit dem allumfassenden Ritual des Exorzismus gebannt werden kann. Genau daran wollen wir arbeiten.«

Tedesco machte eine Kunstpause und legte die Hände übereinander. Fischer sah, dass seine rechte Hand eine Prothese war. Sie war fein gearbeitet und wirkte fast echt. Falls dem Sekretär die Hand abgehackt worden war, musste es schon eine Weile her sein. Aber man nahm offenbar gerne die rechte; vor allem, so es sich um einen Rechtshänder handelte.

Tedesco, der Fischers Blick bemerkt hatte, fuhr fort. »Abbastanza bene. Der Klerus steht voll hinter dieser Operation. Der Vatikan hat kein Problem damit, er hat beispielsweise die Internationale Vereinigung der Exorzisten schon vor Jahren offiziell anerkannt. Bereits unter Benedikt XVI. wurden wieder deutlich mehr Teufelsaustreiber zugelassen, aber nun sollen verschiedene Organisationen vernetzt und wissenschaftliche Studien ausgewertet werden. Auch unter dem theologischen Gesichtspunkt. Papst Franziskus ist durch seine italienischstämmigen Vorfahren sehr in der Volksfrömmigkeit verwurzelt. Er zweifelt keinen Moment daran, dass die Macht des Teufels immer größer wird. Das spricht er auch oft und offen aus. ›Es genügt‹, sagt Franziskus, ›eine Zeitung aufzuschlagen, und wir sehen die Gegenwart des Bösen, wir sehen, dass der Teufel wirkt.‹ Glauben Sie mir, Seine Heiligkeit hat ein sehr großes Interesse daran, dem Teufel das Handwerk zu legen. Und Sie sind unser Mann.«

»Hören Sie, ich habe Familie. Ich habe Verwandte und Freunde. Meine Gemeinde in Konstanz wartet auf mich. Außerdem kann ich kein Wort Italienisch.« Fischer hob abwehrend die Hände und schüttelte den Kopf. »Ich habe keine Zeit für Sonderjobs im Petersdom.«

Tedesco winkte ab mit der linken Hand. »Petersdom? Wir untersuchen, wenn ich es recht weiß, erst einmal ehemalige Kindersoldaten. Wir betreiben freie Feldforschung in Mexiko. Oder war es eine Versuchsanordnung im Irak? Es könnte auch in Saudi-Arabien oder Georgien gewesen sein. Ob Paramilitärs, Drogen oder Mafia – Hauptsache, es gibt irgendeinen Krieg. Jede Krisenregion der Welt, an die Waffen geliefert werden, kommt für unseren Einsatz infrage.«

»Das ist nichts für mich. Im Leben nicht. Das können Sie vergessen.« Fischer fing langsam an zu schwitzen. Er wartete bloß darauf, dass er die Sprache verlor.

»Das heißt, Sie wollen nicht beizeiten Erzbischof werden?«

»Nein. Nie! Niemals! Der Himmel bewahre.« Fischer, der merkte, dass er nicht stotterte, versuchte, wenigstens zu lachen.

In diesem Augenblick bog Sarah mit der Oma um die Ecke, eine pralle Paninitüte in der Hand. Beide trugen unbedruckte einfarbige Jogginganzüge, und die Oma fiel auf die Knie nieder und machte, gegen eine Pinie gelehnt, einen Kopfstand.

Zwei Tage später war Ferragosto, der Tag, an dem der Sommer den Zenit überschritt und die Kraft der Sonne gebrochen wurde. Noch war davon nichts zu spüren. Die Fischers genossen ihren Strandtag, der mäßig heiß und sehr abwechslungsreich war. Die fliegenden Händler riefen und warben mit Sonderangeboten, Sarah erstand ein Strandtuch mit Palmen und Kokosnussstücke. Bambini sangen und tanzten, Jugendliche rannten mit Wassereimern durch die Gegend, wirbelten den Sand auf und spritzten einander gegenseitig nass, wobei sie die Umliegenden nicht schonten. Braun gebrannte Mädchen in signalfarbenen Bikinis wurden von martialisch behosten Jungs verfolgt und umgekehrt. Halbwüchsige spielten Spielzeugtennis und Beachvolleyball.

Fischer begann eine neue Lektüre, Andrea de Carlos Roman »Als Durante kam«. Es ging um einen charismatischen Halunken, der die Weiberlandschaft der Marken flachlegte. Fischer amüsierte sich sehr. Darüber verging der Spätnachmittag. Er kam bis zu der Stelle, wo Durante seinen verunfallten Nachbarn aus dem Koma holte. Noch immer war nicht klar, worauf das Ganze hinauslief. Der von Durante aufs Äußerste genervte und gestresste Ich-Erzähler hatte noch eine lange Reise vor sich.

Als Fischer gegen sieben mit Sarah und den Großeltern auf den Campingplatz zurückkehrte, wurde in der Nachbarschaft gepackt. Riesige Familienkarossen mit verdunkelten Scheiben parkten mit geöffneten Kofferraumdeckeln in den Auffahrten und verschluckten immense Mengen an Gepäck. Koffer, Taschen, Strandwäsche, Schlafsäcke, Zelte, Campingzeugs, Kleider, Schuhe, Betttücher, Kochzubehör, Spielsachen, Bücher, Radios, Laptops, Fahrräder, Sportgeräte und Boote wurden gestapelt, vertäut, verstaut. Aus den Radios, Stereoanlagen und Fernsehern quollen konkurrierende Musikkaskaden, Comic-Dialoge und Wortfetzen. Alles klang wichtig und dringlich, und jede mit einem Fiepen dazwischengeschaltete Staumeldung barg ein Mysterium. Staunende Kleinkinder standen herum, ratlose Alte und melancholisch winselnde Hunde. Mütter riefen einander über die Plätze hinweg knappe Notate zu, ignorierten aber alles beflissen, was nicht zur unmittelbaren Klärung der Lage und zum Fortschreiten der Vorgänge beitrug. Die Väter waren gemeinhin nicht mehr ansprechbar, sondern hantierten mit ihrem dafür bereits geeigneten Nachwuchs stumm und auf vorverhandelte Weise. Alles strahlte eine gewaltige Routine, eine Aufbruchstimmung und künftige Verlassenheit aus, die sich auf den tapfer glänzenden Gesichtern der Kinder bereits spiegelte.

Es gab sehr viel Verkehr. Auf dem Weg liefen Leute, die zum Duschen in den Waschraum gingen oder von dort kamen. Andere hatten eingekauft und schwangen munter weiße Tüten. Zwischendurch schlängelten sich Radfahrer. Ein etwa Zwölfjähriger fuhr mit seinem Geländefahrrad querfeldein und verfing sich in einer Wäscheleine.

Fischer hatte schon am Strand schnell eiskalt geduscht, und da er sich am Morgen rasiert hatte, reichte ihm ein Spritzer von seinem Parfüm, um sich frisch zu fühlen. Im Spiegel blickte ihm ein Mann entgegen, den er sympathisch fand, aber kaum kannte. Das gebräunte, brillenlose Gesicht war auf der Stirn, unter den Augen und um den Mund von feinen Falten durchzogen, die er noch nie bemerkt hatte. Der Ausdruck wirkte entspannt, der Blick warm und wach. Der Opa, dem Fischer das Feld überließ, begnügte sich mit einer Katzenwäsche und zog frische Wäsche an, die er sich vorher sorgsam zurechtgelegt hatte. Sarah und die Oma brauchten eine Ewigkeit, um sich zu richten. Unter der Dusche seiften sie sich gegenseitig ein, Sarah kreischte, und die Großmutter kicherte. Dann ging es ans Haarewaschen, Abtrocknen, Eincremen, Kämmen, Fönen und Schminken. Als sie schließlich mit leuchtenden Augen und quietschbunt bemalt und gewandet vor Fischer standen, ging gerade die Sonne unter. Hinter den Felsen am Meer und für keinen von ihnen sichtbar. Der Sonnenuntergang fand ohne sie statt.

»Aber ich wollte ihn sehen«, sagte Sarah. Sie stampfte mit dem Fuß auf; es wirkte wie eine Pflichtübung. Sie war weit entfernt von einem Wutanfall.

»Pech«, erwiderte Fischer. »Morgen wieder. Morgen ist das letzte Mal, weil wir übermorgen fahren.«

»Au ja«, machte die Oma, die am Ärmel vom Opa zerrte. »Ich will wieder heim.«

»Ihr seid beide blöd.« Sarah grinste friedlich und nahm Fischer bei der Hand.

Mit dem Auto fuhren sie nach Marina di Santo Stefano. Im Radio lief ein Schlager, den Fischer nicht kannte. Er dachte an ›L'italiano‹: »Lasciatemi cantare / con la chitarra in mano / lasciatemi cantare / sono un italiano.« In der Nacht, wenn alle schliefen, würde er bei einem letzten Glas Wein das kleine kompakte Päckchen aufmachen, das Giulia ihm gebracht hatte.

Auf der Panoramastraße wurde Fischer wehmütig, als er das glitzernde, in Violetttöne übergehende Meer sah. Darüber wölbte sich in obszönen Fleischfarben ein unverschämt geschlechtlicher Abendhimmel. Das letzte Licht wurde reflektiert wie von einem riesigen Spiegel. Zwischen einem Wolkenhauch leuchteten türkisfarbene Tupfer, die über den mattierten Wellen fast grell erschienen. Der Abend war lau, das Meer gleichgültig in der fortschreitenden Dämmerung, der Blick auf die Weite des Wassers zum Bersten schön. Das alles war auch da, ohne dass es betrachtet wurde. Fischer spürte schmerzhaft seine eigene Vergänglichkeit und freilich auch die des Augenblicks. Seine Reisegesellschaft schwieg. Der Großvater war auf dem Beifahrersitz eingeschlafen. Aus der Nase hing ihm ein Tropfen, der nicht herunterfiel, sondern sich hartnäckig hielt.

Die Glocke der Chiesa di Santo Stefano bimmelte. Die Piazza vor der Kirche zierte ein bunter Blumenteppich. Neben dem Portal hing das überlebensgroße Porträt der

Madonna mit dem Jesuskind. Davor standen staunende Familien.

Sie fuhren weiter zur Küste, aus Porto hinaus. Die Via Roma, die Durchgangsstraße von Marina, die dem Meer entlanglief, war gestopft voll mit Fahrzeugen und Fußgängern, Fahrrädern und Vespas, Kindern und Hunden, Paaren und Passanten. Sie war mit schütter strahlenden Lichterketten behangen. Weißliche Lichterkegel zogen sich an der Meerseite entlang. Vor den Kais hatten Händler ihre Buden aufgebaut. Sie verkauften neben Lederwaren, Souvenirs und Modeschmuck auch Spielzeug, gefälschte Markenuhren, Heiligenbilder und Rosenkränze.

Als er am Straßenrand parkte, noch ein paar Hundert Meter vom Ristorante entfernt, fiel Fischer ein, dass Müller Geburtstag hatte. Und dass sein eigener Geburtstag unmittelbar bevorstand. In ein paar Tagen wurde er 42.

Bei »Da Roberto« war der Bär los. Sie fanden keinen Platz mehr, auf der Terrasse nicht und auch nicht an einem improvisierten Tisch auf den Sandflächen, die als breite Stiegen hinunter zum Meer führten. Sie mussten drinnen in einer Nische neben der Küche sitzen, in einem engen Eck unter einem mit staubigen Plastikblumen umkränzten Foto von Papst Pius XI., aber das wollte die Oma ums Verrecken nicht. Sie floh, nachdem sie sich bekreuzigt und einen Knicks gemacht hatte, und hockte sich draußen an der Straße auf ein Mäuerchen. Fischer ging hinaus und setzte sich zu ihr. Gemeinsam betrachteten sie ein schwarz-weißes Plakat, das auf eine Werbefläche gekleistert worden war. Links ein langes, schlankes Kreuz. Eine Todesanzeige. Unter seinem Konterfei und zwischen einer Menge Kleingedrucktem stand: *ROBERTO COLLEONI / di anno 59 // I funerali avranno luogo nella Chiesa di Santo Stefano mercoledi 16° agusto alle ore 10.30.*

»Er muss auf den Friedhof«, meinte Fischer. »Wenn tatsächlich er es ist, den sie begraben. Auf alle Fälle gibt es eine astreine Beerdigung.«

»Ich werde morgen in die Kirche gehen«, sagte nach langem Sinnieren die Oma, »es ist eine Schande, dass wir das Hochfest der Aufnahme Mariens in den Himmel im Dreck begangen haben.«

Bevor die Großmutter über dem Festgeheimnis depressiv werden konnte – stärker als der Tod ist die Liebe, Gott überlässt den Menschen, den er liebt, nicht dem Tod –, betete Fischer mit ihr ein »Gegrüßet seist Du, Maria«. Sarah hüpfte ihnen entgegen, die vermeldete, es gebe nun hinten auf der Terrasse einen Tisch.

Man servierte ihnen an einer langen Tafel auf Halbhöhenlage, an der ein großfamiliäres Gelage stattgefunden hatte. Eben wurde abgeräumt. Die Gäste hatten eine mächtige Sauerei hinterlassen. Keiner der Bediensteten, die in Flipflops oder Lederschuhen mit schweren Tabletts geschmeidig zwischen den Tischen wuselten, kam ihnen bekannt vor. Bei einer flammend Rothaarigen, die ein aufgesetztes, künstliches Bayerisch sprach, bestellte Fischer Wasser und Weißwein. Sie erzählte, in Bayern sei heute ein geteilter Feiertag, in gut drei Viertel aller Gemeinden seien Ämter und Geschäfte geschlossen. Bei ihnen daheim eben auch.

»Interessant«, sagte die Großmutter höflich.

»Na ja, und da hat mich meine Oma überraschend besucht.« Endlich kam die Bedienung zur Sache. »Und weil bei Ihnen am Tisch noch Platz ist …«

Alle nickten. Fischer bestellte dreimal das Tagesgericht, Antipasti aus Tomatenpüree an gegrillten Meeresfrüchten, als Hauptgang Seezunge mit Blattspinat und alternativ Kaninchenfrikassee; Sarah wollte lieber Pizza.

Eine ältere, sehr damenhaft gekleidete und frisierte Frau kam das Wegle herunter, an jeder Hand ein Kleinkind. Offenbar waren es Zwillinge, denn sie sahen einander vollkommen gleich. Beide hatten helle Lockenfrisuren und trugen Jeans und bedruckte T-Shirts. Wo sie gendermäßig angesiedelt waren, blieb vollkommen offen.

»Grüß Gott«, sagte die elegante Bayerin und gab allen die Hand. »Dürfen wir uns zu Ihnen setzen? Ich bin Traude Engel, und das sind meine Enkel. Das hier ist Kim, und das ist Kai. Oder nein, umgekehrt.« Sie lachte unsicher. »Das ist Kai und das ist Kim. Gleich kommt noch meine Gastgeberin.«

Sie hob die neugierig dreinblickenden Kinder links und rechts auf die Stühle, setzte sich und zeigte ein Stück weit nach oben. »Da ist sie schon.«

Die Frau war schön und schlank und hatte flammend rote Haare. Camilla, dachte Fischer. Sieh an.

»Camilla Bruni, die Übersetzerin«, sagte der Opa. »Eine überaus angenehme Erscheinung. Und gescheit ist sie. Eine Freude, sie so unverhofft wiederzusehen.«

»Das ist die Mama von der«, sagte Sarah und zeigte mit fliegenden Fingern auf die lodernde Servierkraft, die ihnen zwei Karaffen brachte und flugs wieder verschwand. »Die Mama von der da.«

Camilla holte sie ein. Beide waren auf gleicher Höhe. Sie redeten und gestikulierten.

»Von Merle?« Traude Engel lachte. Wieder klang es unsicher. »Bestimmt nicht. Aber jetzt, wo Sie es sagen:

Eine gewisse Ähnlichkeit gibt es schon. Die vielen roten Haare … Nein, nein, Camilla hat uns nur bei sich aufgenommen. Sie vermietet Gästezimmer, wissen Sie? Im Übrigen hat sie Furchtbares durchgemacht. Sie hat gedacht, Merle sei beim Schwimmen ertrunken. Es hat ja diesen grauenhaften Sturm gegeben, das Meer hat sich verändert, ist schlagartig explodiert, ist zum Gegner, zum Feind geworden. Einer jungen Schwimmerin hat dies das Leben gekostet. Sie ist ins Meer gestiegen und an einer Klippe direkt am Capolungo zerschellt. Die Leiche war völlig zerfetzt. Ihr Gesicht ist so zerschmettert gewesen, dass man sie nicht mehr erkennen konnte. Camilla hat die falsche Frau identifiziert. Sie hat gedacht, bei der Toten handle es sich um Merle. Dabei ist meine Enkelin nur für ein paar Tage nach Rom gefahren.«

»Sind Sie sicher, dass Camilla Bruni nicht die Mutter von Merle Engel ist?«, fragte Fischer. »Könnte es denn nicht sein, dass Merle als Baby zur Adoption freigegeben wurde? Das wäre dann der autobiografische Anteil im ›Muränenmahl‹. Die Ich-Erzählerin Muriel sucht nach ihren Wurzeln, und Merle findet sie.«

»Ausgerechnet bei einer Übersetzerin.« Traude Engel lächelte schwankend.

Nun schaltete sich der Opa ein, der aus einer Art Standby-Modus erwacht war. »Ja no. Camilla wusste, dass ihre Tochter in Deutschland aufwuchs. Dass Deutsch ihre Muttersprache war. Sie fing an, sich für diese Kultur zu interessieren. Was lag näher, als dass sie Germanistin wurde?«

»Ich muss meinem Vater beipflichten, obgleich ich Ihre weitverbreitete Haltung verstehe. Nichts liegt näher, als das Augenfällige gering zu schätzen. Dafür muss man keine Mythomanin sein, junge Frau«, bekräftigte höflich entschlossen die Oma. »Je länger man hinschaut, desto mehr entzieht sich einem das Offenkundige. Aber die ersten Eindrücke sind immer die richtigen.«

»Das ist die Mama von der da.« Sarah, die nicht zugehört hatte, grinste. »Und das ist meine Freundin Giulia. Buonasera.«

Nun kam auch Giulia den Hang herunter. Sie trug Trauer. Ihren Weg kreuzte eine schwarze Katze. Unvermittelt trat sie an den Tisch und erzählte die Neuigkeiten: Roberto hatte ihr, was keiner für möglich gehalten hätte, sie selbst am allerwenigsten, per Testament das Ristorante vermacht.

»Vaffanculo«, sagte Sarah begeistert.

Pünktlich um zehn, als alle gegessen hatten, begann das Großfeuerwerk. Es strahlte herüber vom Fischerhafen Porto del Valle und dauerte geschlagene 20 Minuten. Begonnen wurde mit Bomben und Raketen. Daran schlossen sich gigantische pyrotechnische Effekte an, die neben einem ausufernden Lichtspektakel auch einen üppigen Formen- und Farbenreichtum aufwiesen. Dazu gesellten sich eindrückliche Geräuschwirkungen wie Knallen, Sirren, Johlen, Jauchzen und Pfeifen sowie eine intensive Rauch- und Nebelentwicklung. Die Feinstaubbelastung war selbst in Marina noch beträchtlich.

Die Terrasse war wie leer gefegt. Die Zuschauer standen in dichten Trauben wie Gläubige am Ufer. Mit offenen Mündern saßen Kleinkinder auf den Schultern ihrer Ahnen und sahen mehrfach die Sonne untergehen. Das Meer lag schwarz und schweigend wie ein seidenes Tuch. Nur vereinzelt sprühte weißliche Gischt und reflektierte das künstliche Licht des Himmels. Wenn jetzt einer käme, in uns hineinrasen und uns plattmachen würde, dachte Fischer, wären wir alle mitsamt unseren Lieben verloren.

Die letzte chemische Sternschnuppe verglomm. Fischer kehrte mit den Großeltern an den verwaisten Tisch zurück und bestellte zum Abschluss eine Runde Mirto, einen Licore de murta, den sehr speziellen sardischen Myrtenlikör, der auf der Insel erzeugt wurde und den man eigentlich nur dort trinken konnte.

»Rosso o bianco?«, fragte die Bedienung, die Merle Engel hieß und dem Vernehmen nach Camilla Brunis Tochter war.

»Rot oder weiß?« Fischer kannte diesen Witz vom Trollinger, aber es war keiner diesmal. »Rosso, per favore. Und noch eine Karaffe Wasser.«

Sinnierend saß Fischer am Tisch. Beiläufig fragte er, während Merle das Gewünschte brachte: »Warum haben Sie in Ihrem Buch behauptet, Papst Johannes Paul I. sei vergiftet worden?«

»Habe ich das?«, fragte Merle Engel mit professionell erkalteter Stimme, während sie die Gläser halb voll goss. »Leide ich unter einer Papstneurose? Vielleicht deshalb, weil ich aus Altötting stamme?«

Fischer fuhr ungerührt fort. »Sie schreiben was von einem Fisch, einer Muräne, die der Papst mit seinem Kardinalstaatssekretär nach einer ernsten Unterredung verzehrt habe. Die Nonne Vincenza, die dem päpstlichen Haushalt vorstand, habe sie eigenhändig zubereitet. Johannes Paul I. habe seinen Gast entlassen und sich zeitig zurückgezogen. Vincenza sei, von düsteren Zweifeln geplagt, in sein Schlafgemach eingedrungen. Am frühen Morgen habe sie ihn tot aufgefunden. Ihrer Aussage zufolge saß er aufrecht in seinem Bett.«

»Das war Ende September 1978«, befand der Opa. »Gleich nach seiner Wahl hatte Johannes Paul I. einen Aufstand angezettelt. Er jagte über zehn Dutzend verdienstvolle Männer aus dem Amt. Sie hatten es weit gebracht und wollten sich das vielleicht nicht gefallen lassen.«

»Kann es sein, dass diese Männer eine Loge bildeten und die heillose Wirkung der Ciguatoxine schon kannten? Demnach hätten sie den Papst also mit einer aufpoppenden Biowaffe zur Strecke gebracht. Die Frage ist dann nur die, weshalb der Kardinalstaatssekretär offenbar ohne Symptome überlebt hat.« Fischer wischte sich seufzend den Schweiß von der Stirn. »Der Rest Ihres Buches ist eine harmlose Familiengeschichte.«

»Eben«, rief Merle. »Und der Papstmord nichts weiter als ein Albtraum.«

»Ist Ihre Familie eigentlich mit den Ratzingers verwandt?«, fragte die Oma, die ihr halb leeres Likörglas zwischen den Fingern drehte. »Wo Sie doch schon aus Altötting kommen.«

»Nicht, dass ich wüsste. Aber meine Familiengeschichte ist in Wirklichkeit der Hammer. Ich wurde wie Muriel adoptiert. Da hören die Parallelen zum Buch aber auch schon auf. Wir haben einiges mehr erlebt.«

»Ach«, sagte Fischer.

»Mein kleiner Bruder wurde durch ein Wunder von Papst Benedikt gerettet und dann mitsamt meinen Eltern umgebracht. Alle drei sind auf dem Bodensee bei einem Bootsunglück ertrunken. Es sollte aussehen wie ein Unfall, aber es war kaltblütiger Mord. Eine geplante und vollstreckte Hinrichtung. Hinter mir sind sie auch her. Eben wegen diesem Wunder! Jeder, der davon weiß, soll getötet werden.«

»Wer sind *sie*?«, fragte Fischer.

»Sie nennen sich Ichthýs.«

»Ichthýs!«, rief der Opa, dem der Kiefer aufklappte. »Ja so.«

Merle setzte sich und nickte. »Ihr Symbol ist der Fisch. Diese Organisation hat sich über ganz Italien verbreitet. Ihre Strukturen sind mafiaartig, und ihr Ziel ist die Verhinderung von Selig- und Heiligsprechungsverfahren. Dafür gehen sie, wenn es sein muss, über Leichen.«

»Aber der emeritierte Papst ist doch noch gar nicht … noch gar nicht seligsprechungsfähig. Dazu ist er dem Diesseits viel zu sehr verbunden.« Fischer zählte zwei und zwei zusammen. »Es herrscht also Krieg zwischen den bewaffneten Aktivisten der Heiligenindustrie, diesem Seligsprechungskommando und deren militanten Gegnern. Wie viele Mitglieder, schätzen Sie, hat Ichthýs?«

»Ein paar Tausend.«

»I wo.« Der Opa johlte vor Lachen.

»Glauben Sie bloß nicht, dass ich vor denen Angst habe.« Merle lächelte. »Ich will, dass das aufhört. Ich lass die ganze Bande hochgehen! Sobald ich genug Beweise habe, werde ich sie veröffentlichen. Dann haben die vergeigt.«

»So einfach geht die Welt.« Fischer nickte anerkennend. »Sie haben das ›Muränenmahl‹ geschrieben, Frau Engel, um Ichthýs zu warnen. Die sollen wissen, Sie können auch anders. Und sich vor Schreck schon mal ins Hemd pissen. Nun wird Ihre Mutter den Roman ins Italienische übersetzen, damit die Mostköpfe ihn auch wahrnehmen. Chapeau!«

»Das macht sie mit Fleiß«, attestierte die Oma.

»Das ist die eine Sache«, sagte Merle. »Die andere ist, dass ich Peter Müller gefunden habe. Und dass er mir geholfen hat. Er hat eine Menge herausbekommen. Im Vatikan sitzen Leute, die Ichthýs stützen. Sie halten sich für U-Boote der Basiskirche, aber sie sind nichts als korrupte Stinker. Da sind Bischöfe und Kardinäle darunter, alles Mögliche. Sie kooperieren mit der toskanischen Mafia, mit Männern wie Alfonso Cazzotto. Ein Boss von denen heißt Andrea Tedesco. Ein zwielichtiger Typ, ziemlich schwer zu greifen.«

»Und Müller?«, fragte Fischer. »Was hat unser Gerichtspsychiater damit zu tun?«

Der Opa hockte da wie hypnotisiert. »Ich würde mal sagen, dieser Dr. Müller schwebt in akuter Lebensgefahr.«

»Peter hat sich abgesetzt.« Giulia kehrte an den Tisch zurück, im Schlepptau Sarah. Beide hockten sich hin. »Irgendwo ins Ausland vermutlich. Sie werden ihn und seine Familie nicht finden. Davor hat er sämtliche Beweise auf einem USB-Stick gespeichert, den er mir auf der Reichenau zugespielt hat. Neben einigen Dokumenten handelt es sich vor allem um Chatprotokolle oder so, die über einen Blog mit dem lachhaften Namen ›NSA Zweigstelle Rom‹ liefen. Merle Engel hat sich da auch eingeloggt, als das ganze alberne Unternehmen schon im Niedergang war. Scheinbar geht es um die Analyse der Kommunikationsstrukturen im Vatikan. Eigentlich aber um den Fall von Philipp Engel. Die Aktenlage reicht, um ein Wunder zu attestieren. Der Stick beinhaltet alles, was diesbezüglich von Belang ist. Er ist für dich, lieber Justus. Du sollst entscheiden, wie nun weiter verfahren wird.«

»Wieso gerade ich? Ich bin doch nur ein einfacher Pfarrer.«

Giulia grinste. »Peter glaubt an dich. Und einige andere auch. Vielleicht auf direktes Anraten Seiner Heiligkeit.«

»Immerhin war Joseph mit meinem Mann in der Jugend gut Freund.« Die Großmutter lächelte mit zittriger Unterlippe und wehem Blick. »Da tut man sich im späteren Leben gern mal den Gefallen.«

»Das Ding ist meins!« Merle warf sich dazwischen und schnappte nach dem Stick, den Giulia aus ihrer Tasche holte, um ihn Fischer zu geben.

Der Stick fiel auf den Boden, und Sarah hob ihn auf. Gelassen und mit der ihr eigenen Bedächtigkeit ließ sie ihn in ein halb leeres Wasserglas gleiten. Merle kreischte auf, machte aber keinen Versuch, ihn dort wieder herauszufischen. Wortlos verließ sie den Tisch.

»Das war es dann wohl«, sagte Fischer. »Der Herr hat sein Urteil in dieser Sache gefällt. Aber was ist denn nun mit Müllers Handy? Wurde es präpariert oder nicht? Und wo ist es überhaupt?«

Keiner gab ihm eine Antwort. Der Großvater putzte hingebungsvoll seine Brille.

»Erst nahm ich an, dass die Eckerles dahinterstecken. Aber wieso? Woher konnten sie wissen, dass Müller mit mir Kontakt aufnehmen wollte, und wieso sollten sie ihm zuvorkommen?« Fischer sinnierte. »Das macht alles keinen Sinn. Kann es sein, dass du von Anfang an deine Finger im Spiel hattest, Opa? Die Kirche hat dich um Rat gefragt, deiner alten Verdienste wegen und weil du Joseph Ratzinger in deiner Jugend persönlich kanntest, und nun hast du eine Empfehlung ausgesprochen und dem Vatikan direkt deinen Enkel vermittelt. Müller hingegen, der schon im Boot war, hast du nicht vertraut. Du hast nicht verstanden, wozu der Heilige Stuhl einen Psychiater in die Kommission holt. Ein Internist hätte bei einem Wundernachweis viel nachhaltiger funktioniert. Voller Missmut hast du gefürchtet, dass Müller irgendwelche Strippen zieht. Du wolltest nicht, dass er die Initiative ergreift und dadurch im Vorteil ist. Deshalb hast du dafür gesorgt, dass ich auf ihn zugehe. Und ein paar Informationen über ihn sammle. Aber wie könnte ich das tun, wenn sein Handy im Beichtstuhl liegt? Sobald ich es dort finde, muss ich doch annehmen, es sei ein Teil vom Beichtgeheimnis.«

»Dieser Dr. Müller hat sein Handy ganz einfach verloren.« Der Opa strich sich seine widerspenstige Locke nach hinten, lehnte sich zurück und schlug die Beine übereinander. Die Brille hatte er auf den Tisch gelegt. Seine Augen schimmerten wässrig. »So was kommt vor. Und du hast vollkommen richtig gehandelt, mein Bub. Du hast die Prüfung bestanden.«

»Okay, du hast mich also auf die Probe gestellt.« Fischer nickte. »Testergebnis positiv. Das Handy ist von selber in den Beichtstuhl gewandert. Damit wär der Kittel geflickt. Aber wem gehört nun eigentlich die abgehackte Hand, die wir am Strand gefunden haben?«

Giulia sah ihm in die Augen und lächelte. Ihre Augen waren hellblau mit braunen Tupfen, sie leuchteten wie Sommersprossen. Für eine frischgebackene Witwe wirkte sie sehr fröhlich. Und irgendwie draufgängerisch und voller Tatendurst. Fischer fragte sich, ob Roberto wirklich tot war. Oder bloß abgängig. Und ob sie bei seinem perfekten Verschwinden mitgewirkt hatte. Wie auch immer. Fischer seufzte. Es stand zu vermuten, dass Giulia bereits den nächsten Versuch unternahm, ihn zu verführen. Die Sache mit ihr war jedenfalls noch lange nicht ausgestanden.

Camilla und Traude Engel kamen mit den Zwillingen wieder, Kim und Kai turnten auf den Stühlen herum.

»Sie müssen ins Bett.« Traude Engel hob bedauernd die Hand.

Kim und Kai quietschten. Camilla umarmte der Reihe nach alle. Sie flüsterte Giulia irgendetwas ins Ohr.

Um den Tisch herum liefen Leute. Fischer verstand die Wörter »insieme«, »senza te«, »amore« und »quando«. Er dachte an das Päckle, das mit Paketband an der Unterseite der Kniebank festgeklebt worden war. Giulia hatte es ihm aus der St. Katharinenkirche mitgebracht, und er musste es in dieser Nacht endlich öffnen. Es ging um sein Seelenheil. Er würde die Botschaft, was auch immer sie ihn hieß, verwinden. Fischer ging davon aus, dass Herr Eckerle, der nach Frau Eckerle in den Beichtstuhl gekommen war, das Päckchen dort deponiert hatte. Fischer war sich plötzlich ganz sicher, dass es Eckerle gewesen sein musste, der auf der Kniebank herumgerutscht war. Mit Müllers Handy hatten die Eckerles hingegen nichts zu tun.

»Die abgehackte Hand. Vielleicht hat der das selber«, sagte Sarah. »Er hat sich selber die Hand.«

»Wer?«, riefen unisono am Tisch so ziemlich alle.

»Der, wo Carlo heißt.« Sarah kniff die Augen zusammen und klatschte in die Hände.

»Carlo? Carlo Scarivari? Mein Büropartner? Der und Ichthýs? Porco dio, was hat denn der damit zu schaffen?« Giulia sprang auf und schüttelte den Kopf. »Und wie kommst du überhaupt darauf?«

»Weiß nich«, sagte Sarah, »aber der Carlo ist ein Betrüger. Ein Dieb. Der hat Werkzeug gestohlen. Ganz viel! Der hat die Rechnung nicht bezahlt. Und dann hat er sich – wssst! – zur Strafe.«

»Ganz logisch ist das zwar nicht«, meinte Fischer. »Aber wie kommst du da drauf?«

»Er hat sich selber.« Mit der linken Handkante hieb sie aufs rechte Handgelenk. »Darum.« Aus ihrer roten Lacktasche fischte sie einen zusammengefalteten Zettel.

»Gib mir mal«, bat Fischer.

Sarah grinste. »Wie heißt das Zauberwort?«

»Bitte, Prinzessin!« Fischer nahm das Papier und faltete es auseinander. »Wo hast du das denn her?«

»Das ist dem Dr. Müller, als wir zusammen essen waren, runtergefallen. Aus der Hosentasche raus.«

»Eine Quittung vom Bauhaus in Singen. Vom 29. Juli, 13.39 Uhr. Sieh an, das war der Samstagnachmittag, an dem das Handy in meinem Beichtstuhl landete. Ausgestellt auf den Namen Carlo Scarivari.« Fischer schüttelte den Kopf und schnaufte. »Puh, der hat ja ganz schön zugelangt. Handwerkerhose, Sicherheitsschuhe, Arbeitshandschuhe, Schutzbrille, Feinstaubmaske, Bypass-Gartenschere, Akku-Heckenschere, Kombisystem-Bügelsäge, Elektro-Kettensäge, Benzinhäcksler inklusive Fangsack, Feuerkorb, Thermokomposter, und hier, Universalaxt 1.900 Gramm. Aber wieso hat er sich die Rechnung auf seinen Namen ausstellen lassen?«

»Er wollte den professionellen Einkauf von der Steuer absetzen«, erklärte der Opa voller Schadenfreude. »Da ist schon mancher drüber gestolpert.«

»Aber wie ist Müller an die Rechnung gekommen?« Fischer versuchte, die Bälle, die er in die Luft warf, wieder aufzufangen. Es waren zu viele.

»Er hat sich offenbar mit Carlo getroffen«, sagte Giulia trocken. »Wenn der die Tätowierung am Handgelenk hatte, muss sie ganz neu gewesen sein. Ich kann mich jedenfalls nicht daran erinnern. Und ich müsste es doch wissen, oder?«

»Peter Müller war also hinter Carlo Scarivari hier.« Fischer stockte und begriff. »Und dich, liebe Giulia, hat er nur benutzt, um in seine Nähe zu kommen.«

»Sehr gerne«, sagte die Großmutter, zu Giulia gewandt, »nehme ich Ihre Aufträge entgegen. Denn es ist doch wohl so, dass Sie mehr wissen, als Sie verraten. Sie stecken da bis zum Bauchnabel mit drin.«

»Was willst du uns damit sagen, Oma?« Sarah legte die Stirn in Falten und begutachtete die Großmutter mit aufgerissenen Augen und offenem Mund.

Die Oma stöhnte. »Ich weiß es nicht mehr so recht. Ich würde den Fang gerne sichten. Aber im Netz zappeln einfach zu viele Fische.«

»So viele sind es auch wieder nicht.« Der Großvater griff nach ihrer Hand. »Es sind bloß die geringsten Brüder unseres Herrn Jesus Christus, welche dem Menschenfischer und seiner Crew da gerade durch die Lappen gegangen sind. Aber haben wir ihnen vorher nicht das Wasser gereicht?«

Aus dem Kopf zitierte Fischer Matthäus 10,42: »Und wer einem dieser Geringsten auch nur einen Becher kaltes Wasser zu trinken gibt, wahrlich, ich sage euch: Es wird ihm nicht unbelohnt bleiben.«

Der Opa strahlte. »Brav, mein Bub. Du hast es begriffen.«

»Was ist jetzt die Belohnung?« Sarah sah von einem zum andern.

»Ich werde mich weiter um das Ristorante kümmern. Denn ich glaube nicht, dass ich nach Florenz zurückkann.« Giulia streckte sich kerzengerade, zupfte ihr Kleid zurecht, fuhr sich mit der Hand über den Ausschnitt und schenkte Fischer ein verschwommenes Lächeln. »Ichthýs ist schlimmer als die Mafia. Oder ist zumindest Teil davon. Carlo hat dafür gesorgt, dass Roberto verschwinden musste. Womöglich ist er schuld an seinem Tod. Sicher scheint mir, dass Carlo ein Verräter ist. Vielleicht hat er geredet. Mit den falschen Leuten womöglich. Dafür hat er gezahlt. Falls er noch lebt, möchte ich nichts mehr mit ihm zu tun haben. Nein, nein, ich bleibe hier.«

»Der Fisch ist geputzt«, befand Fischer. »Wir sind alle Bälle in einem Spiel, das frei ist von Willkür und Zufälligkeiten, das eisernen Gesetzen folgt. Aber wir werden nie erfahren, wer außer dem Papst noch das Sagen hat.«

»Dafür ist die Befehlskette zu oft unterbrochen worden«, bekräftigte der Großvater und wandte sich an die Oma. »Die sind gottvoll organisiert. Wir werden der Anstifter einfach nicht habhaft. Oder hättest du eine Idee, wer dahintersteckt?«

»Hätt ich.«

»Hettich?«, fragte Sarah. »Welcher Hettich?«

Niemand lachte.

»Wisst ihr, wenn ich mir vorstelle, dass ich in einem Land lebe, in dem ich als Frau jeden Tag acht Stunden gehe, um einen Kanister Wasser auf dem Kopf zu balancieren, dann ist das hier ein Spaziergang.« Nach diesem langen verschachtelten Satz machte die Großmutter eine Pause, die sich im Nichts verlor. Ihr Blick trübte sich, ihre Miene erlosch und ihr wunderbar beseeltes Antlitz nahm den Ausdruck geistigen Todes an.

Fischer ereilte die Ahnung, dass es diesmal für immer war. Nach dieser vielleicht finalen Offenbarung des Verstands würde die Oma womöglich nie mehr zu sich kommen.

Alle waren gegangen. Der Strand hatte sich geleert, und die Terrasse war verwaist. Keiner räumte mehr die

Gläser vom Tisch. Oben an der Straße gingen die Laternen aus. Die Nacht sank herab wie ein Tuch. Die Mondsichel schaukelte. Das Meer flüsterte und raunte. In der Ferne bellte ein Hund.

Die kleine Gemeinschaft saß noch eine Weile schweigend am Tisch. Giulia und die vier Fischers hatten einen Bund geschlossen, von dem keiner wusste, wohin er führen würde. Aber es war klar, dass man nicht auseinanderging, als sei nichts gewesen. Fischer nahm die Brille ab. Er nickte Giulia mit gesenkten Augen zu. Sarah drückte ihren Arm, sie summte; es war die Melodie eines ökumenischen Lieds, der Hymne der Kirche von unten, und alle hielten sich plötzlich an den Händen.

Die Großmutter fing an zu singen, zögerlich erst, dann mit wachsender Gewissheit. »So wie die Körner, auf den Feldern weit verstreut, zu einem Brote geworden. So führt der Herr die zusammen, die er liebt. Halleluja, halleluja.«

Der Opa schluchzte kurz. Dann fing er sich wieder.

»Halleluja, hallelu, halleluja! Halleluja, halleluja!« Die Oma sang. Mit fester Stimme und glockenhell sang sie das »Halleluja« von Taizé.

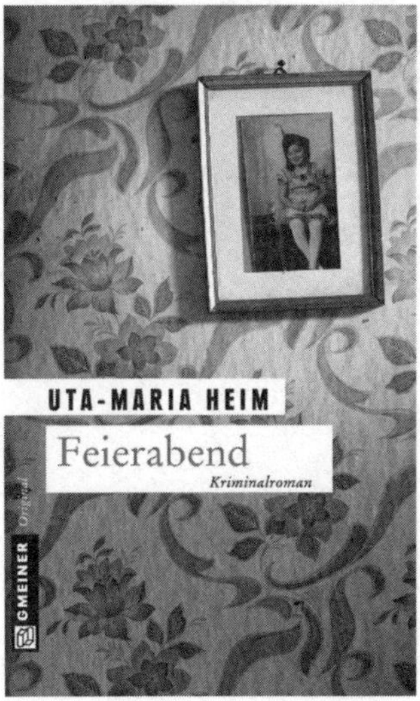

UTA-MARIA HEIM
Feierabend

978-3-8392-1178-6 (Paperback)
978-3-8392-3729-8 (pdf)
978-3-8392-3728-1 (epub)

WIR HABEN ES ZU LANGE TOTGESCHWIEGEN

Zusammen mit ihrer Tochter Susanne lebt Helene in einer Kleinstadt am Rand des Schwarzwalds. Die Wochenenden verbringt sie mit Marius, der am anderen Ende wohnt. Alles scheint geregelt und eingespielt. Bis bei ihr eingebrochen wird. Der Dieb stiehlt nur ein Parfüm. Aber auch Jakob Silberzahn, der jüdische Psychoanalytiker, der deportiert wurde und als Geist im Arbeitszimmer haust, ist verschwunden. Dafür taucht wenig später eine dubiose Putzfrau auf, Marius entzieht sich und Susanne führt ein Doppelleben.

Unaufhaltsam schlittert Helene in eine Lebenskrise. Sie beginnt sich mit der verdrängten Vergangenheit zu beschäftigen. Zu der auch Brunhilde gehört – die behinderte Zwillingsschwester ihrer Mutter, die vor 70 Jahren in der NS-Tötungsanstalt Grafeneck umgekommen sein soll.

GMEINER SPANNUNG

WWW.GMEINER-VERLAG.DE
Wir machen's spannend

UTA-MARIA HEIM
Totenkuss

978-3-8392-1059-8 (Paperback)
978-3-8392-3487-7 (pdf)
978-3-8392-3486-0 (epub)

DER FALL SEINES LEBENS Der Serienmörder Olaf Hahnke ist aus Stuttgart-Stammheim ausgebrochen. Ein Skandal bahnt sich an, der rote Karle flucht, und KHK Timo Fehrle träumt davon, endlich den Fall seines Lebens zu lösen. Nur Karles Schwester Rosa weiß, schuld an allem ist der Totenkuss.

Ein schwarzhumoriger Psychothriller über die Nachtseite des Schwabenlands, das hinunterreicht bis in die Toskana. Das Grauen wartet überall. Die Spirale des Wahnsinns eskaliert.

UTA-MARIA HEIM
Wespennest

978-3-89977-809-0 (Paperback)
978-3-8392-3429-7 (pdf)
978-3-8392-3428-0 (epub)

DER SIEG DES RATTENPRINZIPS Mit 86 haut der rote Karle noch einmal richtig auf den Tisch. Vom Nazi-Terror über den RAF-Terrorismus bis zum weltweiten Wirtschaftskollaps – Furcht, Schrecken und Dummheit sind einfach nicht totzukriegen. Doch im Ländle rumort es. Auf zum Widerstand! Während in Baden-Baden die postbürgerliche Revolution tobt, regt sich auch in Stuttgart Protest. Und Karle holt in Schramberg die Waffe aus dem Schrank.

Uta-Maria Heim hat ihr Krimidebüt »Das Rattenprinzip« nach 18 Jahren vom Kopf auf die Füße gestellt. Da ist Schluss mit lustig: Aus dem elastischen Wendehals wird der knallharte Klassenfeind. Kein Wunder, wenn sich öfter mal eine Kugel verirrt. Der Sieg des Rattenprinzips verläuft selbst für echte Heldinnen und Helden tragisch.

UTA-MARIA HEIM
Das Rattenprinzip

978-3-89977-745-1 (Paperback)
978-3-8392-3083-1 (pdf)
978-3-8392-3082-4 (epub)

DIE RÜCKKEHR DER RATTEN »Das Rattenprinzip« spielt im Frühjahr 1990, inmitten der Wende, in einem Ländle, das sich knitz an die schwindenden Utopien klammert. Der rote Karle, der letzte Kommunist, sitzt im mittleren Schwarzwald in seiner Klitsche und wettert unverdrossen gegen das »Rattenprinzip«: »Wer pariert, kriegt's in den Rachen geschoben.« In der Schwabenmetropole hingegen weht bereits ein anderer Wind. Die Zeiten des Aufbruchs und der Protestbewegungen sind vorbei. Die Technologie siegt, die Kultur wird allerorts mundtot gesponsert, zum Wohl des Automobils und des ungebremsten Profits. Da wird der clevere Zeitgeist, der die Globalisierung einläutet, schonungslos spürbar. Das Wende-Stuttgart ist ein gefährliches Pflaster, für Gutmenschen tödlich.

UTA-MARIA HEIM
TOT-
SCHWEIGEN
KRIMI IM
GMEINER-VERLAG